F. 피츠제럴드 단편선

Fitzgerald, Francis Scott

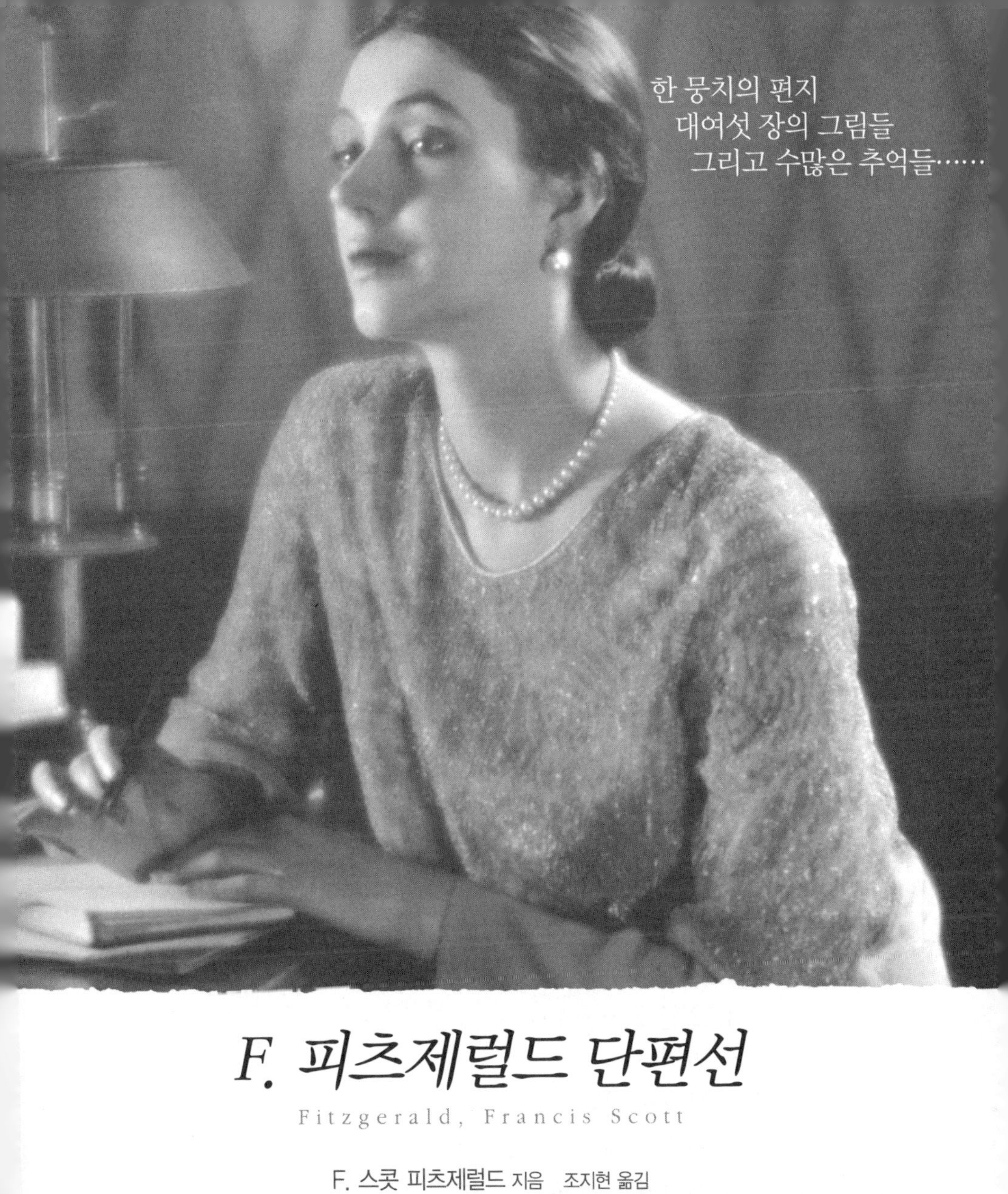

F. 피츠제럴드 단편선

Fitzgerald, Francis Scott

F. 스콧 피츠제럴드 지음　조지현 옮김

현대문화

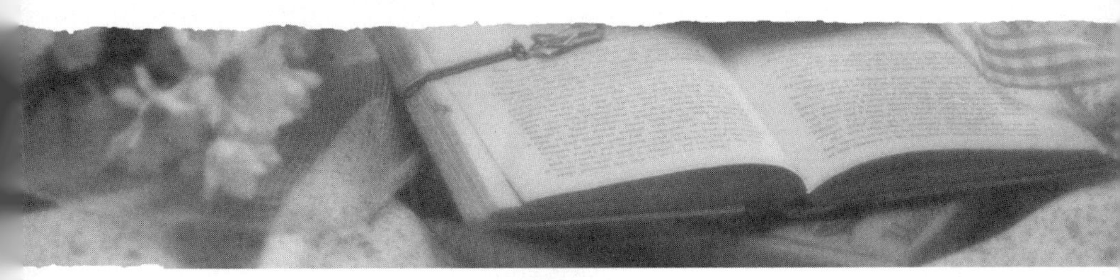

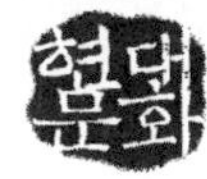

목차

기나긴 외출 길
The Long Way Out

1

　우리는 투렌〈프랑스 중부에 있던 옛 주(州).〉 지역의 몇몇 고성(古城)들에 대해 이야기를 나누고 있었다. 루이 16세가 자신의 재상인 발뤼 추기경을 6년이나 가두어 놓았다던 철창살에 대해 말하다가 토뢰(土牢: 옛 성의 비밀 감옥으로 주로 뚜껑을 열고 흙구덩이 아래로 죄수를 가두어 놓았다.)와 그 끔찍함에 대해 가볍게 언급하게 되었다. 후자 중 몇 가지를—사람들을 집어넣어 놓고 무한정 기다리게만 만드는 2~3미터 깊이의 메마른 우물들—직접 본 적이 있었고, 풀먼식 열차의 침대칸마저도 지독한 악몽으로 느낄 정도의 폐쇄공포증이 있는 나였기에, 그것들은 상당히 오랫동안 깊은 인상을 남겼다. 그래서 한 의사가 이 이야기를 말해주었을 때에는 다소 안도감을 느꼈다. 다시 말하자면, 그가 이 이야기를 시작했을 때에는 안도감을 느꼈다는 것이다. 이미 그것은 아주 오래전에 횡행했던 고문들과는 전혀 상관없는 이야기처럼 들렸기 때문이었다.

　남편과 아주 행복하게 살던 킹 부인이라는 어떤 젊은 여인이 있었다. 그들은 유복한 편이었고 서로를 깊이 사랑했지만, 두 번째 아이를 출산하던 중 부인은 긴 혼수상태에 빠졌고 다시 깨어났을 때에는 명백한 정신분열증의 증세를 보였다. 독립선언과 관련된 그녀의 망상은 자신의 병세와는 별로 관계가 없었고, 건강을 되찾으면서 그 망상도 사라져갔다. 10달 정도가 지나자, 그녀에게서 보이던 병세들이 거의 드러나지 않는 회복기로 접어들었고, 세상으로 되돌아가기를 간절히 열망하게 되었다.

그녀는 겨우 22살이었고, 다소 소녀다운 행동이 매력적이어서 요양원 직원들의 사랑을 받았다. 그녀가 충분히 건강을 되찾아 실험삼아 남편과 여행을 떠날 정도가 되자, 그녀의 모험이 커다란 관심거리가 되었다.

간호사 한 명이 그녀와 함께 필라델피아로 가서 드레스를 골라주었다. 어떤 이는 그녀가 멕시코에서 받은 다소 낭만적인 청혼 이야기를 알고 있었고, 그녀의 가족이 문병을 왔을 때 모든 이들이 그녀의 두 아이를 본 적이 있었다. 이번 여행은 버지니아 해변으로 가는 5일간의 일정이었다.

그녀가 여행준비를 하는 것―옷을 차려입고 신중하게 짐을 싸고, 머리에 웨이브를 주는 등의 그런 사소한 것들을 챙기는 모습―을 지켜보는 건 하나의 즐거움이었다. 출발 30분 전에 이미 준비를 마치고, 담청색 가운에, 4월에 쏟아진 소나기 직후처럼 시원해 보이는 모자를 쓴 그녀는 같은 층의 병실 사람들을 방문했다. 병을 앓은 후 종종 남아 있는 약간 놀란 듯한, 그리고 슬픔의 기색이 완연한, 연약하고 사랑스러운 얼굴이 기대감으로 반짝였다.

"정말 아무것도 하지 않을 거예요. 그게 제 바람이에요. 3일 내내 아침에는 내가 원하는 시간에 일어나고, 밤에는 늦게까지 깨어 있을래요. 직접 목욕용품도 구입하고 식료품도 주문할 거예요."

그녀가 말했다.

떠날 시간이 다가오자 킹 부인은 자신의 병실이 아니라 아래층에서 기다리기로 결심했고, 그녀의 짐 가방을 든 병원 잡역부와 함께 복도를 따라 지나가며, 다른 환자들이 근사한 휴가를 가지 못한다는 사실이 미안한 듯 그들을 향해 손을 흔들었다. 요양원의 원장이 그녀에게 즐거운 여행을 되길 기원했고, 두 명의 간호사가 굳이 함께 기다릴 변명거리를 찾아내 전염성이 강한 그녀의 즐거움을 함께 했다.

"피부를 아주 잘 태우도록 해요, 킹 부인."

"몸조심하고요, 엽서를 보내줘요."

그녀가 자신의 병실을 나설 무렵, 도시를 벗어나 병원으로 향하던 남편의 차가 트럭에 받혔다. 남편은 몸에 커다란 상처를 입어 몇 시간밖에 살지 못할 것으로 예상되었다. 그 소식은 킹 부인이 기다리고 있는 복도와 인접해 있는, 유리 칸막이 너머의 요양원 사무실로 전해졌다. 킹 부인을 바라보며 전화를 받던 교환원은 문득 그 유리에 방음처리가 되어 있지 않다는 사실을 깨달았고, 즉시 수간호사에게 와 달라고 요청했다. 수간호사는 당황해서 서둘러 의사를 찾아갔고, 의사는 어떻게 해야 할지 결정을 내렸다. 일단 남편이 아직 살아 있기 때문에, 부인에게 아무 말도 전하지 않는 것이 최선이라는 것이었다. 물론 남편이 오늘은 올 수 없다는 것을 그녀도 알아야 했다.

킹 부인은 아주 실망했다.

"그렇게 생각하는 것이 어리석은 짓이겠죠. 무엇보다도 몇 달을 기다렸는데, 하루 더 기다리는 것이 뭐가 힘들겠어요. 그이가 내일은 오겠지요, 그렇죠?"

그녀가 말했다.

간호사는 아주 힘겨워 했지만, 환자가 자신의 병실로 되돌아갈 때까지 간신히 모면할 수 있었다. 그런 뒤 병원 측은 경험이 풍부하고 냉정한 간호사를 배치해 킹 부인이 다른 환자들이나 신문과 접촉하는 것을 막았다. 내일쯤이면 일이 어떻게든 일단락이 지어질 터였다.

하지만 남편은 가까스로 목숨을 부지해나갔고, 병원 측은 거짓말을 계속 이어갔다. 다음날 정오가 될 무렵, 간호사 중 한 명이 복도를 따라 걷다가 어제와 같이 차려입고, 이번에는 직접 여행 가방을 들고 있는 킹 부인과 마주쳤다.

"남편을 만나러 가는 길이에요. 그이는 어제 올 수가 없었지만, 오늘 똑같은 시간에 오기로 했답니다."

그녀가 설명했다

간호사는 그녀와 함께 걸었다. 킹 부인에게는 건물 안을 자유롭게 돌아다닐 권리가 있었기 때문에 그녀를 자신의 병실로 되돌려보내는 일은 그리 간단하지가 않았다. 간호사는 요양원의 상부에서 그녀에게 말해준 것과 상반되는 이야기를 말해주고 싶지도 않았다. 현관에 도착하자, 간호사는 교환수에게 신호를 보냈고, 다행스럽게도 상대는 즉시 그 의미를 알아차렸다. 킹 부인은 마지막으로 자신의 모습을 거울에 비추어 보며 말했다.

"이것과 똑같은 모자를 12개 정도 기지고 있어서, 오늘의 이 행복한 순간을 계속 되새길 수 있으면 좋겠어요."

잠시 후 수간호사가 얼굴을 찌푸리고 다가오자 그녀가 애원했다.

"제발 조지가 늦는다는 말은 하지 말아요."

"아무래도 그런 것 같군요. 그냥 참고 기다리는 수밖에 없을 것 같아요."

킹 부인은 쓸쓸하게 웃음을 터트렸다.

"이 옷이 아직 새것일 때, 남편에게 내 모습을 보여주고 싶었는데."

“무슨 말이에요. 지금도 주름 한 점도 없잖아요.”

“아마도 내일까지는 괜찮겠죠. 내가 이토록 행복한데, 하루 더 기다리는 일로 우울해 해서는 안 되겠죠.”

“그럼요.”

그날 밤 그녀의 남편이 사망하자, 다음 날 의사들이 모여 회의를 열고 앞으로의 방안에 대해 의논했다. 그녀에게 사실을 털어놓는 것도 상당히 위험한 일이고, 사실을 숨기는 것도 그만큼 위험했다. 최종적으로 남편이 출장을 떠났다고 말해 우선적으로 눈앞에 닥친 여행에 대한 부인의 기대를 없애기로 결론지었다. 그녀가 이번 외출에 대해 단념하게 되면 그때 진실을 이야기하기로 했다.

의사들이 회의실을 나갈 때, 한 의사가 걸음을 멈추고 손가락으로 가리켰다. 현관으로 향하는 복도를 따라 킹 부인이 짐 가방을 들고 걸어가고 있었다.

킹 부인의 담당 의사인 파이리 선생은 숨을 죽였다.

“이거 끔찍한 일이구만. 아무래도 내가 지금 당장 부인에게 말하는 것이 나을지도 모르겠어. 보통 일주일에 두 번은 남편으로부터 전화를 받았었는데, 남편이 출장을 갔다고 말해야 무슨 소용이겠나. 그렇다고 만약 그가 아프다고 말하면, 그녀는 그를 만나러 가길 원하겠지. 나 말고 누가 나서서 이 일을 맡으려 하겠나?”

그가 말했다.

2

회의에 참석했던 의사들 중 한 명이 그날 오후 2주간의 휴가를 떠났다. 휴가에서 돌아온 그는 같은 시간, 같은 복도에서 자신을 향해 다가오는 작은 행렬을 보고 그 광경에 걸음을 멈추었다. 병원 잡역부가 가방을 운반하고, 한 명의 간호사와 담청색의 드레스에 봄 모자를 쓴 킹 부인이 걸어오고 있었던 것이다.

"안녕하세요, 선생님. 남편을 만나러 가고 있어요. 우리는 버지니아 해변으로 여행을 갈 예정이랍니다. 남편이 저를 기다리는 걸 원하지 않기 때문에, 제가 미리 현관으로 나가는 거예요."

그녀가 말했다.

그는 그녀의 얼굴을, 아이처럼 투명하고 행복한 얼굴을 바라보았다. 간호사가 그를 향해 상부의 지시라는 신호를 보냈고, 그는 단지 고개를 숙인 뒤 화창한 날씨에 대해 언급했다.

"정말 아름다운 날이에요. 하지만 비록 비가 내린다고 해도, 제게는 아름다운 날이 되었을 거예요."

킹 부인이 말했다.

의사는 당황스럽고 괴로운 마음으로 그녀를 지켜보았다. 왜 이 일이 계속되게 내버려 둔 거지? 그가 생각했다. 도대체 계속 이렇게 넘어갈 수 있을 거라 생각하는 걸까?

파이리 선생과의 만남에서 그는 자신의 궁금증을 털어놓았다.

"부인에게 말하려고 노력했네. 그녀는 웃음을 터트리며 자신이 여전히 아픈지 살펴보기 위해 우리가 일부러 그러는 거라고 말하더군. 바로 그런 경우에 '생각조차 할 수 없는' 이라는 말을 쓸 수 있을 거야. 남편의 죽음은 부인에게는 생각조차 할 수 없는 일이라네."

파이리 선생이 말했다.

"하지만 계속 이렇게 내버려 둘 수는 없잖아요."

"이론적으로는 안 되지. 며칠 전, 그녀가 평상시처럼 짐을 싸자 한 간호사가 그녀의 외출을 저지하려 했지. 복도에 서 있던 나는 그녀의 얼굴을 볼 수 있었어. 그녀가 산산이 무너져 내리기 시작하는 것을 보았지. 처음으로 말이야. 근육들이 긴장하고, 두 눈이 번득거리고, 목소리가 탁하고 날카로워지더니, 그녀는 아주 정중하게 간호사에게 거짓말쟁이라고 말하더군. 바로 그 순간 그녀는 유순한 환자로 남을 것인지 강제로 속박해야 할 증상을 보일 것인지 그 경계에 서 있었네. 그래서 나는 방 안으로 들어가 간호사에게 부인을 접수실로 안내하라고 말했지."

파이리 선생이 말했다.

방금 지나간 그 행렬이 다시 나타나, 병실로 향하자 그는 말을 끊었다. 킹 부인이 걸음을 멈추고 파이리 선생에게 말했다.

"남편이 오지 못한대요. 물론 조금 실망했지만, 남편이 내일은 온다니까요, 그렇게 오랫동안 기다렸는데 하루 더 기다린다고 뭐가 대수겠어요. 안 그래요, 선생님?"

그녀가 말했다

"네, 맞는 말입니다, 킹 부인."

그녀는 모자를 벗었다.

"이 옷가지를 벗어 치워둬야 해요. 이 옷들이 내일도 오늘처럼 새것이었으면 좋겠어요."

그녀는 모자를 자세히 살펴보았다.

"여기, 조그만 얼룩이 묻었지만, 이건 지울 수 있을 거예요. 어쩌면 그이가 알아차리지 못할지도 몰라요."

"남편께서는 알아차리지 못하실 겁니다."

"정말로, 하루 더 기다린다 해도 저는 괜찮아요. 제가 깨닫기도 전에 내일 이 시간이 어느새 찾아올 테니까요. 안 그래요?"

그녀의 모습이 사라지자 젊은 의사가 말했다.

"부인에게 아이가 둘이 있지요."

"그 두 아이가 문제가 될 거라고는 생각지 않아. 그녀가 '외출하러 나갈' 때에는, 이 여행을 단순히 건강이 회복되었다는 사실과 연관시켜 생각하지. 만일 우리가 그 여행을 막는다면, 그녀는 심연으로 가라앉을 테고 다시 병이 재발할 거야."

"그럴까요?"

"예후(豫後)가 없네. 나는 단지 그녀가 왜 오늘 아침 복도를 걸어 나가는 것을 허락했는지를 설명하려는 것이야."

파이리 선생이 말했다.

"하지만 내일 아침에도, 모레 아침에도 그럴 겁니다."

"가능성은 항상 존재하잖나. 언젠가 남편이 오리라는 가능성이."

파이리 선생이 말했다.

의사는 갑작스럽게 거기서 자신의 이야기를 끝냈다. 우리는 그 뒤에 무슨 일이 있었는지 말해 달라고 그를 재촉했으나, 그는 나머지 부분은 좀 실망스러울 거라며 꺼려했다. 말인즉슨, 그녀를 향한 그 모든 동정들이 결국은 무뎌졌고 마침내 요양소의 직원들은 그 행동을 단순하게 받아들이게 되었다는 것이다.

"하지만 그녀는 여전히 남편을 만나러 나가나요?"

"오, 그럼요. 늘 똑같습니다. 하지만 다른 환자들은, 심지어는 새로 들어온 사람들도, 복도를 지나가는 그녀를 전혀 눈여겨보지 않아요. 간호사들이 매년 모자를 새것으로 바꾸어 놓으려 노력하지만, 여전히 같은 옷을 입고 있죠. 그녀는 항상 실망하지만, 그 상황을 좋은 쪽으로 받아들이려고 최선을 다하죠. 또한 아주 사랑스럽게요. 우리가 생각하는 것처럼, 그렇게 불행한 삶은 아닙니다. 그리고 조금 기묘한 일이긴 하지만요. 다른 환자들에게는 그런 행동이 평온함의 실례가 되어주는 것 같아요. 제발 다른 이야기를 합시다. 비밀 감옥 이야기를 계속하도록 하죠."

(1937년)

다시 찾아간 바빌론
Babylon Revisited

1

“그럼 캠벨 씨는 어디 계시지?”

찰리가 물었다.

“스위스로 가셨습니다. 캠벨 씨가 상당히 아프시답니다, 웨일스 씨.”

“그것 참 유감이군. 그럼 조지 하트는?”

찰리가 다시 물었다.

“미국으로 돌아가셨죠, 직장으로요.”

“그럼 스노우 버드라고 불리던 친구는 어디에 있나?”

“지난주에는 여기에 계셨어요. 어쨌든 그분의 친구이신 세퍼 씨는 여기 파리에 계십니다.”

1년 반 전의 긴 목록에서 낯익은 이름을 두 개 찾아내자, 찰리는 자신의 수첩 안에 주소를 끼적거린 뒤 그 종이를 찢어냈다.

“만일 세퍼 씨를 보거든, 그에게 이걸 건네주게. 내 처형 집 주소 일세. 아직 호텔을 잡지 못했거든.”

그가 말했다.

그는 파리가 이렇게 비어 있다는 사실에 별로 실망하지는 않았다. 하지만 리츠 호텔의 바가 이렇게까지 고요하다는 것은 이상하

고 불길하게 느꼈다. 이곳은 더 이상 미국적인 바가 아니었다—술
집 내부에서는 정중함이 느껴졌고, 더 이상 그곳을 소유한 듯한 기
분이 들지 않았다. 그곳은 다시 프랑스에 귀속되어 있었다. 택시에
서 나온 순간부터 고요함을 느꼈고, 보통 때라면 미친 듯이 뛰어다
녀야 할 도어맨이 하인들 전용 입구에서 호텔 경비와 잡담을 하고
있는 것을 보았다.

복도를 따라 걸어가는데, 한때 떠들썩했던 여자 화장실에서는 그
저 한 사람의 지루한 목소리만 들릴 뿐이었다. 바에 들어서자 그는
오랜 습관에 따라 시선을 똑바로 앞쪽에 고정시킨 채 녹색 카펫 위
를 스무 발자국 정도 걸어갔다. 그리고 단호하게 난간에 발을 올린
뒤 몸을 돌려 방 안을 둘러보았지만 오직 한쪽 구석에서, 읽고 있
던 신문에서 시선을 들어 올린 한 쌍의 눈동자와 마주쳤을 뿐이었
다. 찰리는 예전, 한참 주식시장이 상승세로 치솟았던 막판에는 직
접 주문제작한 자동차를 타고 출근했던—어쨌든 근처 구석에 차
를 주차해놓는 섬세함을 보여주었던—수석바텐더 폴의 소식을 물
었다. 하지만 그는 오늘 시골집에 가고 없다고, 앨릭스가 전해 주
었다.

“아니, 더 이상은 안 마시겠네. 요즘은 많이 줄였거든.”

찰리가 말했다.

앨릭스가 축하를 건넸다.

“2년 전에는 꽤 많이 하셨죠.”

“확실히 잘 지키고 있다네. 지금까지 1년 반을 잘 지켜오고 있
어.”

찰리가 장담했다.

“미국의 상황은 어떤지 아시나요?”

“몇 달째 미국에 가본 적이 없다네. 지금은 프라하에서 사업을

하는 중이고, 그곳에서 두 군데의 사업체를 맡고 있네. 그곳 사람들은 나에 대해 모르고 있지."

앨릭스는 미소를 지었다.

"조지 하트 씨가 이곳에서 독신자 만찬을 열었던 날을 기억하나? 그건 그렇고, 클라우드 피센든은 어찌 됐나?"

찰리가 물었다.

앨릭스가 은밀하게 목소리를 낮추었다.

"아직 파리에 계십니다. 하지만 더 이상 이곳에 오시지는 않죠. 폴이 출입을 거절했답니다. 청구서가 3만 프랑이 넘어섰거든요, 술값과 점심값 그리고 평상시의 저녁 식사까지 전부 외상으로 하셨어요. 거의 1년이 넘게요. 마침내 폴이 외상값을 지불해 달라고 하자, 공수표를 건네주었답니다."

앨릭스는 안타깝다는 듯 고개를 흔들었다.

"그걸 이해할 수가 없어요. 그렇게 멋있던 사람이. 지금은, 완전히 허세로 부풀어 올라서……."

그는 두 손으로 통통한 사과를 만들어보였다.

찰리는 한쪽 구석에 자기들끼리 앉아 있는 한 무리의 야한 여자들을 바라보았다.

'저들에게는 아무것도 문제가 되지 않겠지. 주식이 오르든 떨어지든, 사람들이 일을 하든지 아니면 일자리를 잃고 빈둥거리든지 간에, 저들은 언제까지나 저럴 거야.'

그는 생각했다. 그 장소가 그를 짓눌렀다. 그는 주사위를 부탁해, 앨릭스와 술내기 게임을 했다.

"얼마나 계실 건가요, 웨일스 씨."

"어린 딸을 만나러, 사오 일 계획으로 방문한 거라네."

"아하! 어린 따님이 계셨군요."

밖에는, 불꽃 같은 붉은색, 가스의 푸른색, 유령 같은 녹색의 네온 사인들이 조용하게 내리는 비를 타고 자욱하게 반짝이고 있었다. 늦은 오후라 거리가 북적거렸고, 간이 술집들이 불을 밝혔다. 그는 카퓌신 대로의 한쪽 모퉁이에서 택시를 잡았다. 택시는 분홍색으로 물든 장엄한 콩코르드 광장을 지나, 필연적으로 센 강을 건넜고, 찰리는 문득 왼쪽 좌안(左岸: 센 강 남쪽 언덕 지역으로 주로 예술가와 학생들이 살고 있음.)이 거칠고 촌스럽게 보인다고 느꼈다.

찰리는 오페라 애버뉴로 가자고 택시기사에게 방향을 지시했다. 목적지로 가는 길에서는 조금 벗어나 있었지만, 그는 웅장한 건물 외벽에 퍼져 있는 푸른 불빛을 보고 싶었고, '레 피우 쿠 렌토〈Le Plus Que Lent: '렌토(느리게)보다 더 느리게' 라는 프랑스 작곡가 드뷔시(Achille Claude Debussy, 1862~1918)의 피아노곡으로 1910년 발표되었다.〉의 첫 몇 소절을 끊임없이 연주하는 택시의 경적 소리를 제2제정 시대(제2공화정과 제3공화정 사이에 나폴레옹 3세가 집권한 기간. 1852~1870.)의 트럼펫 소리라고 상상해 보았다. 브랜타노의 책방 앞에는 철제 셔터가 내려져 있었고, 레스토랑 '뒤발' 의 잘 다듬어진 작은 울타리 뒤에는 이미 사람들이 저녁을 먹으러 모여들어 있었다. 그는 파리에서 단 한 번도 싸구려 식당에서 식사를 한 적이 없었다. 다섯 코스로 나오는 저녁 식사에 4프랑 50상팀, 그러니까 미국 달러로 18센트, 그것도 와인까지 포함해서 말이다. 무슨 묘한 일인지, 그는 자신도 그곳에서 한번 음식을 먹어봤으면 하는 생각이 간절해졌다.

왼쪽 강둑을 따라 달리는데, 갑자기 그는 '지역 우선주의' 라는 감정을 느꼈고, '내가 내 스스로 이 도시를 망가뜨렸어. 그것을 깨닫지 못했지. 하지만 하루하루 시간이 흐르고, 그렇게 2년이란 시간이 흘렀지. 모든 것이 사라지고, 나도 사라져 버렸어.' 라는 생각이 들었다.

그는 서른다섯 살이었고, 썩 괜찮은 외모였다. 얼굴에 드러나는 아일랜드 혈통은 눈가의 깊은 주름 위에도 온전하게 남아 있었다. 팔라틴 거리에 위치한 처형 집 초인종을 울리는 동안 그의 눈썹 주위에는 완전히 일그러질 정도로 주름이 깊어졌다. 뱃속을 쥐어짜는 듯한 느낌이었다. 문을 열어주는 하녀의 등 뒤로, "아빠" 하고 외치며, 물고기처럼 펄떡이며 날아와 품안에 안기는 사랑스러운 작은 아이의 모습이 눈에 들어왔다. 그녀는 그의 머리를 자신의 귀 쪽으로 잡아당기며, 그의 뺨에 자신의 뺨을 비볐다.

"오, 우리 공주님."

그가 말했다.

"오, 아빠, 아빠, 아빠, 아빠, 아빠, 아빠, 아빠!"

아이는 그를 이끌고 가족들, 남자아이 하나와 딸아이 또래의 여자아이, 그리고 그의 처형과 동서가 기다리고 있는 곳으로 향했다. 그는 너무 반가워하는 척도 그렇다고 너무 싫어하는 듯한 태도도 보이지 않기 위해 말투에 신경을 쓰며 처형인 매리언에게 조심스럽게 인사를 건넸다. 비록 그의 아이를 염려하는 마음에, 결코 누그러들 수 없는 혐오감을 얼굴에 드러내는 일은 자제했지만 처형의 반응은 훨씬 솔직하고 시들했다. 두 남자는 친근하게 악수를 나누었고, 링컨 피터스는 찰리의 어깨에 잠시 자신의 손을 올려놓았다.

방 안은 따뜻하고 편안한 미국적인 분위기였다. 세 아이들은 다른 방들로 통하는 노란 타원형의 공간을 들락날락하며 사이좋게 놀고 있었고, 난롯불에서 타오르는 불길과 부엌에서 들려오는 프랑스 요리를 만드는 소리가 6시경의 즐거운 분위기를 말해주었다. 하지만 찰리는 긴장을 풀 수가 없었다. 심장이 그의 몸속에서 거칠게 뛰고 있었고, 그는 자신이 사준 인형을 두 팔로 끌어안은 채 가끔씩 그의 곁으로 다가오는 딸로부터 간신히 자신감을 긁어모으는 중이었다.

"정말로 아주 좋아요. 그곳에도 전혀 돌아가지 못하는 사업체들이 많이 있어요. 하지만 저희는 그 어느 때보다도 호황을 이루고 있지요. 다음 달에는 미국에 사는 여동생을 불러 집안일을 돌봐 달라고 부탁하려 해요. 작년 한해 제 수입은 그 어느 때보다 더 많았어요. 아시겠지만 체코……."

그는 링컨의 질문에 명쾌하게 대답했다.

그가 자랑을 쏟아내는 데는 특별한 이유가 있었다. 하지만 바로 그 순간 링컨의 눈 속에 담긴 흐릿한 불안감을 감지하고 그는 주제를 바꾸었다.

"아이들이 정말로 착하더군요, 잘 키우셨어요, 예의도 바르고요."

"오노리어도 정말로 착한 아이라네."

매리언 피터스가 부엌에서 돌아왔다. 그녀는 키가 컸고, 한때 상큼한 미국적인 사랑스러움이 담겨 있었을 두 눈에는 걱정스러움이 가득했다. 찰리는 한 번도 그녀의 매력에 관심을 쏟은 적이 없어서, 사람들이 그녀가 얼마나 예뻤는지에 대해 이야기할 때면 깜짝 놀라곤 했다. 처음 만난 순간부터 두 사람 사이에는 본능적인 혐오감이 존재했었다.

"저기, 오노리어를 보니까 어떠세요?"

그녀가 물었다.

"놀라워요. 열 달 사이에 아이가 얼마나 많이 컸는지 참으로 놀랍습니다. 아이들 모두 건강해 보이더군요."

"올 한 해 동안 의사를 한 번도 찾아가지 않았어요. 파리로 다시 돌아오니까 기분이 어떤가요?"

“미국인들을 별로 찾아볼 수가 없어서 기묘한 느낌이 들더군요.”

“저는 아주 기쁜걸요. 적어도 이제는 슈퍼마켓에 가면서도 우리를 백만장자라고 착각하는 사람들과 마주칠까 걱정을 하지 않아도 되니까요. 우리도 다른 모든 사람들과 마찬가지로 힘들긴 하지만 전반적으로는 아주 쾌적해졌어요.”

매리언이 격렬하게 말했다.

“하지만 호황기가 지속되는 동안에는 좋았죠.”

찰리가 말했다.

“우리는 일종의 왕족들이었고, 거기엔 의심할 여지가 없었죠. 우리 주위에는 어떤 마법이 존재했었죠. 오늘 오후 바에 갔더니…….”

그는 자신의 실수를 깨닫고 더듬거렸다.

“…… 내가 아는 사람이 한 명도 없더군요.”

그녀가 날카롭게 그를 바라보았다.

“이미 술집은 진저리나게 다녔을 거라고 생각했는데요.”

“단지 1분 정도 머물렀습니다. 저는 매일 오후 딱 한 잔의 술을 마십니다. 그 이상은 안 해요.”

“저녁 식사 전에 칵테일 한잔 어떤가?”

링컨이 물었다.

“저는 오후에 딱 한 잔만 마십니다. 그리고 이미 오늘분을 마셨어요.”

“그걸 제대로 지키길 바랄게요.”

매리언이 말했다.

그에 대한 혐오감은 그녀의 말 속에 담긴 냉기 속에 명확히 드러났지만, 찰리는 단지 미소를 지을 뿐이었다. 그에게는 더 큰 계획이 있었다. 그녀의 엄청난 적개심은 그에게는 이득이 될 것이고, 그는 얼마든지 기다릴 수 있었다. 그가 왜 이곳 파리까지 왔는지 그들도 알고 있을 테니, 그들이 먼저 이야기를 꺼내기를 바랐다.

저녁을 먹는 동안 그는 과연 오노리어가 자신을 닮았는지 아니면 제 엄마를 닮았는지 딱 잘라 말할 수가 없었다. 그들 두 사람을 비극으로 몰고 갔던 특징들을 물려받지만 않으면 다행이었다. 엄청난 보호본능이 그를 휩쓸고 지나갔다. 그는 자신이 딸아이를 위해 어떻게 해야 하는지 알고 있다고 생각했다. 그는 인품을 믿었다. 그는 한 세대를 위로 거슬러 올라가 다시 한번 인품이 영원불멸의 가치를 지닌 요소임을 믿고 싶었다. 그 밖의 것들은 모두 소멸되어 버렸다.

그는 식사 후 곧바로 자리를 떴지만, 곧장 숙소로 돌아가지 않았다. 옛날보다 더 분명해지고 더 사리분별이 있는 시선으로 파리의 야경을 보고 싶다는 호기심이 생겼다. 그는 카지노(누드 쇼를 하는 유흥업소.)의 보조 좌석을 구입해 조세핀 베이커(1920년대 파리의 환락가에서 명성을 떨치던 미국계 흑인 무용수.)가 선보이는 그 유명한 초콜릿빛 아라베스크를 구경했다.

한 시간 후 그는 그곳을 떠나 피갈 거리를 거슬러 올라가 블랑슈 광장을 거쳐 몽마르트로 향했다. 비는 그쳤고, 여러 카바레 앞에 멈추어선 택시들에서 야회복을 입은 몇몇 사람이 내렸다. 창녀들이 하나 둘씩 모여 호객행위를 하고 있었고 흑인들이 많이 눈에 띄었다. 그는 음악이 흘러나오는, 불을 밝힌 어떤 문을 지나치다 친근한 느낌에 걸음을 멈추었다. 한때 엄청난 시간과 엄청난 돈을 쏟아 부었던 술집 '브릭톱' 이었다. 몇 집을 더 지나쳐 그는 그 옛날의 또 다른 단골집을 발견하고, 부주의하게 그만 고개를 들이밀고 말았다. 그 즉시 오케스트라가 열정적으로 음악을 연주하기 시작했고, 한 쌍의 전문적인 무용수들이 자리에서 벌떡 일어났으며, 수석지배인이 단숨에 달려나오며 외쳤다.

"손님들이 막 도착하고 있습니다, 사장님!"

하지만 그는 재빨리 몸을 돌려 나왔다.

'술에 떡이 되어야 이런 데 오지.'

그가 생각했다.

카바레 '젤리'는 문이 닫혀 있었고, 그 주위에 자리 잡은 황량하고 불길한 싸구려 호텔들은 어두컴컴했다. 블랑슈 광장으로 다시 나가자 불빛이 훨씬 환하고 프랑스어를 쓰는 토박이들이 몰려 있었다. '시인의 동굴'은 사라졌지만 '카페 천국'과 '카페 지옥'은 여전히 그 큰 입을 벌리고 하품을 하며—심지어는 그가 지켜보고 있는 동안에도—관광버스 안의 빈약한 내용물들을 집어 삼키고 있었다. 한 명의 독일인, 일본인 그리고 한 쌍의 미국인이 겁에 질린 듯한 눈으로 그를 흘끗 바라보았다.

이것이 손님을 끌기 위한 몽마르트의 노력이자 재간이었다. 사악함과 낭비를 조장하는 모습이 완전히 어린아이 수준이었고, 그는 문득 방탕(放蕩)이란 단어의 의미를 알 것 같았다—옅은 공기 중으로 흩어져 버리는 것, 유에서 무를 창조하는 것임을. 밤이라는 짧은 시간 안에 이곳저곳 많은 장소를 옮겨 다니는 것이 위대한 인간의 도약이었고, 동작이 점점 더 느려지면 그 특권에 대한 대가는 점점 커져갔다.

그는 곡 하나를 연주해 달라고 오케스트라에게 천 프랑짜리 지폐를 지불했던 일을, 택시를 불러 달라고 도어맨에게 백 프랑짜리 지폐를 몇 장 주었던 일을 기억했다.

하지만 무의미하게 지불된 것은 아니었다.

심지어는 가장 심하게 낭비한 금액이라고 해도, 가장 기억할 만한 가치가 있는 것들을 기억하지 못하게 했던, 지금은 늘 떨치지 못하고 기억하는, 그 숙명에 대한 제물로 바쳐진 것이었다. 언제나 기억하게 될, 그의 자식이 그의 보살핌에서 벗어나 있다는 사실을, 그의 아내가 그에게서 벗어나 버몬트에 묻혀 있다는 사실을.

주점의 번쩍이는 불빛 속에서 한 여인이 그에게 말을 걸었다. 그는 그녀에게 계란 몇 개와 커피를 사준 뒤, 그녀의 유혹적인 시선을 회피한 채, 20프랑짜리 지폐를 한 장 쥐여주고 택시에 올라탔다.

2

잠에서 깨어나자 미식축구를 하기에 적당한, 화창한 가을 하늘이 펼쳐져 있었다. 어제의 우울함은 사라졌고 거리를 지나가는 행인들이 친밀하게 느껴졌다. 정오에 그는 '르 그랑 바텔' 식당에서 오노리어와 마주 보고 앉았다. 샴페인이 넘쳐나는 저녁과 오후 2시에 시작해서 뿌옇고 흐릿한 새벽녘에야 끝이 났던 기나긴 오찬의 추억이 존재하지 않는 유일한 식당은 그곳뿐이었다.

"자, 야채들을 좀 줄까? 야채들을 먹어야겠지."

"네, 그럼요."

"여기 시금치와 꽃양배추 그리고 당근이랑 강낭콩이 있는데."

"저는 꽃양배추가 좋아요."

"야채를 한 가지 더 먹지 그러니?"

"점심에는 항상 한 가지만 먹어요."

웨이터가 지나치게 아이를 좋아하는 척 행동했다.

"Quelle est mignonne la petite! Elle parle esactement comme une Francaise(너무나 작고 귀여운 아가씨군요! 진짜 프랑스 소녀처럼 말을 잘하는군요.)"

"후식은 어떻게 할까? 기다렸다가 보고 정할까?"

웨이터가 자리를 뜨자, 오노리어가 기대감이 찬 얼굴로 아빠를
바라보았다.

"오늘 우리는 뭘 하죠?"

"우선, 생토노레 거리에 있는 장난감 가게로 가서 뭐든 네가 좋
아하는 걸 사자꾸나. 그런 뒤 앙피르에 가서 보드빌〈노래·춤·만
담·곡예 등을 섞은 공연, 노래와 품을 섞은 경희가극(經喜歌劇).〉을 보는 거
야."

아이가 주저했다.

"보드빌에 가는 것은 좋아요. 하지만 장난감 가게는 안 돼요."

"왜 안 된다는 거지?"

"이미 아빠는 이 인형을 사주셨잖아요."

아이는 그 인형을 안고 있었다.

"저는 장난감들이 굉장히 많아요. 그리고 우리는 더 이상 부자가
아니잖아요, 안 그런가요?"

"부자였던 적은 한 번도 없었지. 하지만 오늘은 네가 원하는 건
뭐든지 가질 수 있는 날이란다."

"좋아요."

아이가 체념한 듯 동의했다.

애 엄마와 프랑스인 유모가 있었을 당시, 그는 아이에게 상당히
엄격한 편이었다. 하지만 지금은 더 관대해지기 위해 노력했다. 이
제 그는 아이에게 엄마와 아버지 두 역할을 해주어야 했고, 딸과의
의사소통이 단절되는 일은 절대로 없어야 했다.

"아가씨에 대해서 알고 싶은데요."

그가 짐짓 근엄한 표정을 지으며 말했다

"우선, 제 자신을 소개하도록 하죠. 제 이름은 찰스 J. 웨일스이
고, 프라하에서 왔습니다."

"오, 아빠!"

아이의 목소리가 웃음으로 부서졌다.

"그런데 아가씨는 누구신가요?"

그가 계속 그런 식으로 고집하자, 그녀는 즉시 자신의 역할을 받아들였다.

"오노리어 웨일스입니다. 파리의 팔라틴 거리에 살고 있어요."

"결혼은 하셨나요, 아니면 혼자인가요?"

"아뇨, 결혼하지 않았어요. 혼자예요."

그는 인형을 가리켰다.

"하지만 아이가 있는 것을 보았는데요, 부인."

차마 자신의 아이가 아니라고 부인하기는 싫었는지, 아이는 인형을 가슴에 꼭 끌어안으며 재빨리 생각했다.

"네, 결혼한 적이 있어요. 하지만 지금은 결혼한 상태가 아니에요. 남편과는 사별했답니다."

그는 재빨리 말을 이었다.

"그럼 아이의 이름은요?"

"시몬이에요. 학교에서 가장 친한 친구의 이름을 땄어요."

"학교 생활을 잘하고 있다니 정말로 기쁘답니다."

"이번 달에는 3등을 했어요."

그녀가 자랑했다.

"엘시—아이의 사촌이었다—는 18등을 했고, 리처드는 거의 바닥이에요."

"리처드와 엘시를 좋아하나요? 그래요?"

"네, 그럼요. 리처드를 굉장히 좋아하고, 엘시도 괜찮은 것 같아요."

조심스럽게 그리고 자연스럽게 그가 물었다.

"매리언 이모와 링컨 이모부는요. 어느 분을 더 좋아하나요?"

"오, 링컨 이모부요, 아마도요."

그에게 아이의 존재가 점점 더 각인되었다. 식당에 들어섰을 때에도, "…… 귀여운" 등의 웅얼거림이 그들의 뒤를 따라왔고, 이제 옆자리의 사람들은 이야기를 멈춘 채, 마치 꽃보다 더 소중한 존재인 것처럼 아이를 빤히 쳐다보고 있었다.

"왜 저는 아빠랑 함께 살지 못해요?"

그녀가 갑자기 물었다.

"엄마가 돌아가셨기 때문인가요?"

"너는 여기에 머물면서 프랑스어를 더 배워야 해. 아빠가 너를 이렇게 잘 보살피는 건 너무 힘든 일이었으니까."

"전 더 이상 많은 보살핌이 필요하지 않아요. 이제 저 혼자서도 모든 것을 다 할 수 있는걸요."

식당을 나서는데, 한 쌍의 남녀가 예상치 않게 그를 반기며 소리쳤다.

"이런, 이거 웨일스 아닌가!"

"잘 있었나, 로레인…… 딘크……."

갑작스럽게 과거의 망령들이 나타났다. 대학 동창인 딘컨 세퍼와 30대의 사랑스러운 금발미인인 로레인 쿼럴스는 3년 전 몇 달을 하루하루 방탕하게 살도록 일조한 무리들 중 하나였다.

"올해는 남편과 함께 오지 못했어요."

그의 질문에 그녀가 대답했다.

"우리는 지독하게 가난하거든요. 그래서 그이는 내게 한 달에 이백을 주면서 그걸로 멋대로 해보라고 하더군요……. 이 어린 아가씨가 당신의 딸인가요?"

"다시 들어가서 자리를 함께 하는 것이 어떤가?"

던컨이 물었다.

"그럴 수는 없네."

변명거리가 있어서 너무나 기뻤다. 늘 그렇듯이, 로레인의 열정적이고 도발적인 매력에 끌리긴 했지만, 이제 그의 인생은 그들과 완전히 달라져 있었다.

"그럼 저녁 식사는 어때요?"

그녀가 물었다.

"약속이 있네. 자네들 주소를 주면, 내가 연락하도록 하지."

"찰리, 아무래도 당신 정신이 멀쩡하군요."

그녀가 판결을 내리듯 말했다.

"정말로 이 사람이 멀쩡해 보여요, 던크. 어디 이이를 꼬집어봐요, 정말 멀쩡한지 확인하게."

찰리는 오노리어를 향해 고갯짓을 했다. 두 사람은 웃음을 터트렸다.

"어디에 머물고 있나?"

던컨이 의구심을 갖고 물었다.

그는 왠지 자신이 머물고 있는 호텔의 이름을 말해주기가 꺼려져 잠시 머뭇거렸다.

"아직 정하지를 못했네, 내가 연락하는 편이 더 나을 거야. 지금은 앙피르로 보드빌을 구경하러 가는 길이네."

"그거예요. 바로 내가 하고 싶은 거예요."

로레인이 말했다.

"나는 광대들과 곡예사들을 보고 싶어요. 우리도 그걸 보러 가요, 던크."

"우리는 우선 들러야 할 곳이 있네. 아마도 그곳에서 만날 수 있겠군."

찰리가 말했다.

"좋아요, 멀쩡하신 양반……. 잘 가요, 아름다운 꼬마 아가씨."

"안녕히 가세요."

오노리어가 정중하게 고개를 숙여 인사했다.

어쨌든 반갑지 않은 만남이었다. 그들은 그가 지금 제 구실을 하기 때문에, 그가 정말로 진지하기 때문에 그를 좋아하는 것이었다. 그가 지금의 자신들보다 더 강하기 때문에, 그의 강함으로부터 어떤 확실한 지원을 끌어내길 원하기 때문에 그를 만나기를 원했다.

앙피르에서 오노리어는 아빠가 접어준 외투 위에 앉기를 당당히 거부했다. 이미 아이는 자신만의 규범이 존재할 정도로 독립적이 되어 있었고, 찰리는 딸아이가 완전히 커버리기 전에 조금이라도 더 아이에게 자신의 존재를 알리고 싶은 욕망에 점점 젖어들었다. 이렇게 짧은 시간에 아이를 알고자 애를 쓰는 것은 가망 없는 일이었다.

막간에 부녀는 음악이 연주되는 휴게실에서 던컨과 로레인을 만났다.

"술 한잔 하지?"

"알았네. 하지만 바에서는 안 돼. 탁자를 하나 잡도록 하지."

"완벽한 아버지로군요."

멍하니 로레인의 말에 귀를 기울이며, 찰리는 오노리어의 시선이 탁자를 떠나는 것을 보았고, 동경이 담긴 아이의 두 눈이 방 안을 둘러보는 것을 바라보며 과연 아이가 무엇을 보고 있는지 궁금해했다. 그와 시선이 마주치자 아이가 미소를 지었다.

"전 레모네이드가 좋아요."

그녀가 말했다.

뭐라고 말했지? 무엇을 기대했지? 잠시 후 택시를 타고 집으로 가며 그는 아이의 머리가 자신의 가슴에 닿을 때까지 아이를 꼭 끌어당겼다.

"오노리어, 엄마에 대해 생각해 본 적이 있니?"

"네, 가끔요."

그녀가 나지막하게 대답했다.

"난 네가 엄마를 잊지 않았으면 좋겠구나. 엄마의 사진 가지고 있니?"

"네, 그럴걸요. 어쨌든 매리언 이모께서는 가지고 계세요. 왜 내가 엄마를 잊지 않기를 바라세요?"

"엄마는 널 아주 많이 사랑하셨거든."

"저도 엄마를 많이 사랑했어요."

그들은 잠시 침묵에 잦아들었다.

"아빠, 전 아빠랑 함께 가서 살고 싶어요."

그녀가 갑자기 말했다.

그의 심장이 세차게 뛰었다. 그는 이 문제가 이런 식으로 진행되기를 희망했다.

"지금 넌 행복하지 않니?"

"행복해요. 하지만 그 누구보다 아빠를 더 사랑해요. 그리고 아빠는 그 누구보다 저를 사랑하시고요, 안 그런가요? 이제 엄마는 돌아가셨잖아요."

"물론 그래. 하지만 네게 있어서 내가 항상 우선은 아닐 거야. 너도 이제 자라서, 네 또래의 누군가를 만나 결혼을 하면 아빠에 대해서는 완전히 잊어버리게 될 거야."

"네, 그건 사실이에요."

아이가 차분하게 동의했다.

그는 집 안으로 들어가지 않았다. 9시에 다시 돌아올 예정이었고,

그때 꼭 하고 싶은 말들을 식상해지게 미리 되풀이하고 싶지는 않
았다.

"집 안으로 안전하게 들어가면, 창문으로 네 모습을 보여주렴."

"좋아요. 안녕, 아빠, 아빠, 아빠, 아빠."

그는 아이가 모습을 드러낼 때까지 어두운 거리에서 기다렸다.
따스하고 밝은 존재가 창문 너머로 몸을 내밀고 밤을 향해 키스를
던졌다.

3

그들은 기다리고 있었다. 매리언은 마치 애도(哀悼)를 표하는 듯 검은색의 우아한 만찬용 드레스를 입은 채 커피용 탁자 뒤에 서 있었다. 링컨은 이미 이야기를 시작한 것처럼 조명 앞을 왔다 갔다 서성이고 있었다. 그들도 그 문제를 언급하는 일에 있어 그만큼이나 초조해하고 있었다.

"제가 왜 두 분을 만나 뵙고 싶어 하는지 아실 거라고 생각합니다—제가 파리를 방문한 진짜 이유를요."

매리언이 목걸이에 달려 있는 검은 별들을 만지작거리며 얼굴을 찌푸렸다.

"저는 집을 사서 정착하기를 간절히 바라고 있습니다."

그가 계속 말을 이었다.

"그리고 그 집에서 오노리어를 키울 수 있기를 몹시 바라고 있죠. 아이 엄마를 대신해서 오노리어를 맡아 길러주신 점은 고맙게 생각하고 있습니다. 하지만 이제 상황이 바뀌었습니다……."

그는 잠시 주저하다가 더욱 강하게 밀고 나갔다.

"…… 제 자신이 근본적으로 바뀌었습니다. 그러니 두 분께서 그 문제를 다시 고려해 주시길 바랍니다. 3년 전 제 행동이 엉망이었다는 사실을 부인하는 건 어리석은 일이겠지만……."

매리언이 냉혹한 시선으로 그를 올려다보았다.

"…… 하지만 이제 그런 일은 모두 끝났습니다. 전에 말씀드렸듯이, 전 지난 1년 동안 하루에 한 잔 이상의 술은 절대로 마시지 않았습니다. 그리고 그 한 잔도 일부러 마시는 거죠, 제 머릿속에서 술에 대한 욕심이 더 커지지 않도록요. 제 의미를 아시겠습니까?"

"모르겠어요."

매리언이 짧게 대답했다.

"제 자신을 위한 일종의 술책이죠. 그렇게 해서 술 문제에 관해 균형을 유지하는 거죠."

"알겠네. 어떻게든 자네가 술에 끌리고 있다는 사실을 인정하지 않으려는 것이군."

링컨이 말했다.

"뭐 그런 것이겠죠. 하지만 가끔은 그것조차도 잊어버리는 날도 있죠. 그러나 일부러 마시려고 노력하죠. 어쨌든 지금의 제 위치로는 술을 마시기도 힘이 들죠. 제가 맡아서 운영하고 있는 회사의 주인들은 제가 하는 업무에 대해 만족을 표하고 있고, 벌링턴(미국 버몬트 주 북서부의 도시.)에 사는 여동생에게 이쪽으로 와서 집안일을 돌봐달라고 부탁할 겁니다. 오노리어가 제 집으로 오길 간절히 바라고 있어요. 알고 계시겠지만, 아이 엄마와 저의 사이가 아주 안 좋았을 때에도 우리 두 사람 모두 오노리어에게 해가 되는 일이 없도록 노력했어요. 아이가 저를 좋아한다는 것도 알고 있고, 제겐 아이를 돌볼 능력이 있어요. 자, 이렇습니다. 두 분은 어떻게 생각 하십니까?"

이제 자신이 짓뭉개질 시간이라는 것을 알고 있었다. 한두 시간 정도 계속될 것이고, 아주 힘겨운 시간이 될 것이 분명했다. 하지만 만일 그가 피할 수 없는 분노를 억누르고 회개한 죄인과 같은 태도를 꾸준히 보여준다면, 결국에는 자신의 주장을 납득시킬 수도 있었다.

화를 억누르라고 스스로에게 다짐했다. '시시비비를 가리려고 온 것이 아니야. 오노리어를 데리러 온 거야.'

링컨이 우선 입을 열었다.

"우리도 지난달 자네의 편지를 받은 이후로 계속 그 문제에 대해 이야기를 나누었네. 우리는 오노리어를 보살피는 일에 큰 행복을 느낀다네. 정말로 사랑스러운 아이이고, 그 아이를 도울 수 있어서 아주 기쁘다네. 하지만 물론 문제는 그것이 아니지……."

매리언이 갑자기 끼어들었다.

"얼마나 술을 끊고 살 수 있어요, 제부?"

"영원히요. 그렇게 되길 바라고 있습니다."

"그걸 어떻게 믿을 수 있죠?"

"제가 사업을 접고 이곳으로 오기 전까지만 해도 그리 심하게 술을 마시지 않았다는 건 아실 겁니다. 그때 저와 헬렌은 사람들과 몰려다니……."

"제발 여기서 헬렌의 이름을 꺼내지는 말아요. 제부가 헬렌의 이름을 언급하는 것조차 듣기 거북하니까."

그는 씁쓸하게 그녀를 바라보았다. 이제껏 처형과 아내가 서로에게 호감을 가지고 있다고는 한 번도 느낀 적이 없었는데.

"제 과음은 단지 1년 반 동안만의 문제였습니다. 제가—이곳에 건너와서—망하기 전까지요."

"그걸로도 충분하잖아요."

"네, 그걸로도 충분합니다."

그가 동의했다.

"제가 느끼는 책임감은 전적으로 헬렌을 위한 것이에요."

그녀가 말했다.

"난 그 애가 내게 어떤 것을 원하는지 생각하려 노력하죠. 솔직히 제부가 그 끔찍한 짓을 자행한 날부터 제부는 내게는 더 이상 존재하지 않는 사람이에요. 그건 어쩔 수가 없어요. 그 애는 내 여동생이에요."

"압니다."

"그 애가 죽어가면서 내게 오노리어를 보살펴 달라고 부탁했어요. 만일 당시 제부가 요양소에 들어가 있지 않았더라면, 일이 더 수월해졌을지도 모르죠."

그는 아무런 대답도 하지 않았다.

"나는 죽을 때까지 헬렌이 우리 집 문을 두드리던 그날 아침을 잊지 못할 거예요. 뼛속까지 젖어서 덜덜 떨면서 제부가 문을 잠가버렸다고 하더군요."

찰리는 의자 모서리를 꽉 움켜쥐었다. 이건 그가 예상했던 것보다 더 힘겨웠다. 기나긴 설득과 해명을 늘어놓고 싶었지만 그냥 짧게 말을 맺기로 했다.

"제가 문을 잠가버린 그날 밤……."

그녀가 끼어들었다.

"그 일에 대해 다시 되풀이해서 말하고 싶지 않아요."

잠시 침묵이 흐른 뒤 링컨이 입을 열었다.

"요점에서 벗어난 것 같군. 자네는 매리언이 법적인 후견인 자격을 포기하고 오노리어를 자네에게 보내주길 바라는 거겠지. 아내가 말하고 싶은 요점은 아직 자넬 믿어야 할지 말아야 할지 모르겠다는 거라 생각하네."

"처형을 비난하는 건 아닙니다."

찰리가 천천히 말했다.

"하지만 처형께서 절 전적으로 믿으셔도 좋다고 생각합니다. 3
년 전까지만 해도 전 상당히 좋은 명성을 쌓았습니다. 물론 인간이
니까 무엇이든 가능하겠죠. 언제든 제가 또 잘못을 저지를 수도 있
겠죠. 하지만 만약 제가 여기서 더 기다려야 한다면, 저는 오노리
어의 어린 시절을 함께 하지 못할 테고 정착할 기회를 놓치게 됩니
다."

그는 고개를 저었다.

"단순히 그 아이를 잃고 싶지 않습니다. 아시겠습니까?"

"그래, 알겠네."

링컨이 말했다.

"왜 미리 이 모든 것을 생각하지 못한 거죠?"

매리언이 물었다.

"가끔 그런 생각을 하긴 했습니다. 하지만 헬렌과 저의 사이가
점점 더 나빠졌죠. 처형의 후견인 자격을 수락했을 당시, 저는 요
양원에 누워 있었고 주가의 폭락으로 빈털터리가 되어 있었어요.
제가 끔찍한 짓을 했다는 걸 알고 있었고, 만약 헬렌에게 어떤 식
으로든 평온함을 선사할 수 있다면 무엇이든 할 각오였습니다. 하
지만 이제는 상황이 다릅니다. 저도 제 직분을 다하고 있고 젠장,
아주 제대로 살고 있습니다. 지금까지⋯⋯."

"이 집 안에서는 욕을 하지 말아요."

매리언이 말했다.

그는 깜짝 놀라서 그녀를 바라보았다. 매번 그녀의 어조에는 그
를 향한 혐오감이 점점 더 명확하게 드러나고 있었다. 그녀는 삶에
대한 자신의 모든 두려움을 하나의 벽으로 쌓아올려 그를 향해 세
워두고 있었다. 이 사소한 질책이 어쩌면 몇 시간 전에 있었던 요

리사와의 말다툼 때문일 수도 있었다. 찰리로서는 자신을 향한 적대감이 가득한 이런 곳에 오노리어를 떼어놓아야 한다는 사실에 경각심이 점점 더 강해졌다. 빠르든 늦든 그 적대감이 드러날 테고, 여기서 한마디, 저기서 머리 한번 휘저으면 오노리어에게 얼마간의 되돌릴 수 없는 불신을 심어주기에는 충분할 것이다. 하지만 그는 자신의 얼굴에 드러나는 분노를 가라앉히고 그것을 속 안으로 삼켰다. 결국은 그의 뜻을 관철시킬 수 있을 것이다. 왜냐하면 링컨이 매리언의 발언의 불합리함을 깨달았고 그녀가 '젠장'이라는 말에 반감을 보여준 이후 가볍게 그녀를 다독이고 있었다.

"또 다른 하나는."

찰스가 말했다.

"이제 딸아이에게 확실한 혜택을 줄 수 있다는 겁니다. 프라하로 돌아가면 프랑스인 가정교사를 둘 예정입니다. 이미 새 아파트도 임대했고…….'

그는 자신이 실수를 저지르고 있음을 깨닫고 입을 다물었다. 저들이 그의 수입이 다시 자신들의 것보다 2배는 더 많아졌다는 사실을 침착하게 받아들일 거라고 생각되지 않았다.

"아무래도 당신이 우리보다 오노리이에게 너 많은 것을 줄 수 있겠죠."

매리언이 말했다.

"당신이 돈을 물 쓰듯이 썼을 때에도, 우리는 동전 하나하나에 벌벌 떨면서 살았어요. 아무래도 그걸 다시 시작하려는 것 같군요."

"오, 아닙니다."

그가 말했다.

"저는 교훈을 얻었어요. 저는 10년 동안 열심히 일했습니다. 아시겠지만, 다른 사람들처럼 주식으로 돈을 벌기 전까지는 말이죠. 지독하게도 운이 좋았죠. 더 이상 일을 할 이유가 없다고 생각했기 때문에, 일을 그만두었습니다.”

잠시 긴 침묵이 흘렀다. 모두들 신경이 날카로워지는 것을 느꼈고, 1년 만에 처음으로 찰리는 술 생각이 간절해졌다. 이제 그는 링컨 피터스가 자신에게 오노리어를 넘겨주기로 결정했음을 확신했다.

매리언이 갑자기 몸을 떨었다. 그녀의 일부는 찰리가 이제 단단하게 기반을 굳혔음을 인정했고 그녀의 모성은 그의 희망이 당연한 것임을 받아들이고 있었다. 하지만 그녀는 너무 오랫동안 편견을 갖고 살아왔다―여동생이 행복했을 리 없다는 이상한 불신에서 기초한 편견과, 설상가상으로, 그 끔찍했던 날의 충격이 그를 향한 증오심으로 변해버렸다. 그 모든 것들이 일어난 바로 그 당시의, 좋지 못한 건강과 불운한 환경으로 인한 좌절감이 명명백백한 악행과 명명백백한 악당의 존재를 믿게 만들었다.

“내 생각까지 어쩔 수는 없어요!”

그녀가 갑자기 소리를 질렀다.

“헬렌의 죽음에 제부가 얼마만큼의 책임이 있는지, 나는 몰라요. 그거야 제부가, 제부의 양심과 알아서 해결해야 할 문제죠.”

자극적인 고통이 그의 온몸을 타고 흘러갔다. 순간 그는 거의 자리를 박차고 일어날 뻔했고, 소리로 나오지 못한 말들이 목구멍 속에 메아리를 쳤다. 그는 잠깐 또 잠깐 스스로를 다잡았다.

“잠깐 기다려보게.”

링컨이 불편한 듯 말했다.

“난 자네가 그 일에 책임이 있다고 생각한 적은 한 번도 없었네.”

“헬렌은 심장에 이상이 생겨 사망했습니다.”

찰리가 무덤덤하게 말했다.

"네, 심장에 이상이 생겼죠."

마치 그 말에 다른 의미가 숨어 있다는 듯 매리언이 되풀이했다.

그런 뒤, 격하게 분노를 쏟아낸 후의 맥이 풀린 상태에서 그녀는 그를 똑바로 바라보았으며 어찌 되었든 그가 이 상황을 제어하는 단계에 도달했음을 깨달았다. 남편을 향해 시선을 던졌지만 그에게서 어떤 도움의 기색도 찾을 수 없자, 마치 그 문제가 전혀 중요하지 않다는 듯 갑자기 그녀는 패배를 인정했다.

"좋을 대로 하세요."

그렇게 외치며 그녀는 자리에서 벌떡 일어났다.

"그 애는 제부 딸이니까요. 난 제부의 인생에 끼어들려는 것이 아니에요. 단지 만약 오노리어가 내 딸이었다면, 나는 차라리 그 애가……."

그녀는 간신히 스스로를 제어했다.

"당신들 두 사람이 결정지어요. 난 더 이상 견딜 수가 없네요. 몸이 안 좋아요. 침대로 가서 누워야겠어요."

그녀가 서둘러 방을 나섰고. 잠시 후 링컨이 말했다.

"아내에게는 상당히 힘겨운 하루였네. 알다시피 아내가 얼마나 강하게 자네를……."

그의 목소리는 거의 사죄하는 말투였다.

"도대체 어디서 그런 생각들을 만들어낸 것인지."

"괜찮습니다."

"모든 것이 다 제대로 될 거야. 이제 아내도 자네가 아이를 키울 능력이 된다는 것을 알 거라 생각하네. 그리고 우리가 자네나 오노리어의 인생에 끼어들 수는 없는 일이지."

"감사합니다, 형님."

"나도 위로 올라가 아내가 어떤지 살펴봐야겠네."

"저도 가보겠습니다."

거리로 나왔을 때에도 그는 여전히 떨고 있었지만, 강변을 향해 보나파르트 거리를 따라 걷는 동안 마음이 진정되었고, 상쾌하고 신선한 센 강을 건널 즈음에는 승리감을 느꼈다. 하지만 방으로 돌아온 그는 잠을 이룰 수가 없었다. 헬렌의 모습이 그를 괴롭혔다. 몰지각하게 서로에 대한 사랑에 상처를 주기 전까지 그토록 사랑했던 헬렌, 그 사랑은 갈가리 찢겨져 버렸다. 매리언이 그렇게 생생하게 기억하고 있는 그 끔찍했던 2월의 어느 날 밤, 따분한 말다툼이 몇 시간 동안 계속되었다. '플로리다' 카페에서 한바탕 소동을 일으킨 뒤, 그는 그녀를 데리고 집으로 돌아가려 했고, 그러자 그녀는 탁자에 동석하고 있던 웹이라는 젊은 녀석에게 키스를 했다. 그런 뒤 그녀는 병적으로 흥분한 듯이 뭐라고 떠들기 시작했다. 혼자 집으로 돌아온 그는 미칠 듯이 화가 난 상태에서 문을 잠가버렸다. 바로 한 시간 후 그녀가 혼자서 집으로 돌아올 거라고는, 그녀가 너무나 당황한 나머지 택시를 잡지도 못한 채, 얇은 구두만 신은 채 눈보라 속을 헤맬 거라고는 정말 상상조차 하지 못했다. 그 여파로 폐렴에 걸리고, 기적적으로 회복되었지만, 모두들 경악 속에 빠졌었다. 두 사람도 '화해'를 했지만 그것은 종말의 시작이었다. 그 장면을 직접 눈으로 보고 그것이 동생이 겪어야 했을 수많은 시련들 중 하나였다고 상상한 매리언은 그 사건을 결코 잊지 않았다.

그 일을 되새기자 헬렌이 더 가깝게 느껴졌고, 아침이 가까워져 하얗고 부드러운 햇살이 반쯤 잠에 취해 있는 그에게로 조용히 내려올 무렵 그는 다시 헬렌과 이야기를 나누고 있는 자신을 발견했다. 그녀는 오노리어에 대한 그의 결정이 옳다고, 그녀도 오노리어가 그와 함께 살기를 바란다고 말해주었다. 그리고 그가 잘되어서, 잘하고 있어서 기쁘다고 말해 주었다. 그녀는 다른 여러 가지 말을 해주었다. 진한 친밀감이 느껴지는 말들을……. 하지만 그녀는 하얀 드레스를 입고 그네를 타고 있었는데, 그네가 계속 더 빠르게 움직이는 바람에, 마지막에는 그녀가 하는 말을 모두 똑똑히 알아들을 수가 없었다.

4

그는 행복을 느끼며 잠에서 깨어났다. 세상의 문이 다시 활짝 열렸다. 오노리어와 자신의 미래에 대한 전망과 계획들을 세우던 그는 문득 헬렌과 자신이 세웠던 모든 계획들이 떠오르자 다시 슬픔을 느꼈다. 그녀는 죽는다는 계획은 세우지 않았는데. 중요한 것은 현재였다─해야 할 일들과 사랑을 할 누군가가 필요했다. 하지만 너무 많은 사랑을 주어서는 안 되는 법이다. 그는 너무 지나친 애정으로 인해 아버지가 딸에게, 어머니가 아들에게 상처를 줄 수 있음을 알고 있었다. 나중에, 세상에 나갔을 때, 아이는 결혼 상대에게서 똑같이 맹목적인 애정을 찾으려 할 테고, 아마도 사랑을 찾는 일에 실패하게 되면, 사랑과 삶에게 등을 돌리게 되리라.

또 다른 화창하고 상쾌한 날이었다. 그는 링컨 피터스가 일하는 은행으로 전화를 걸어 자신이 프라하로 떠날 때 오노리어를 데리고 갈 수 있을 거라 기대해도 되는지 물었다. 링컨은 굳이 일정을 늦출 이유는 없다는데 동의했다. 한 가지, 법적 후견인 자격이 문제였다. 매리언은 그것을 조금 더 오래 유지하고 싶어 했다. 그녀는 모든 문제로 흥분해 있었고, 만약 1년 정도 더 그녀가 상황을 통제할 수 있다고 느끼게 된다면 사태를 더 쉽게 받아들일 것 같았다. 찰리는 오직 손으로 만질 수 있고, 눈으로 볼 수 있는 그의 아이를 원한 것이기 때문에 그의 말에 동의했다.

그러고 나자 가정교사가 문제였다. 찰리는 음침한 소개소에 앉아 베아른(프랑스 남서부 지역.) 출신의 성마른 여자와 포동포동한 브래튼(프랑스 북서부의 브리타니 지역의 토착민.) 아가씨와 이야기를 나누었지만 두 사람 모두 마음에 들지 않았다. 내일이면 몇몇 지원자들을 더 만나볼 수 있다고 했다.

그리퐁에서 링컨 피터스와 점심을 함께 먹으며 그는 자신의 기쁨을 억누르려 안간힘을 썼다.

"세상에 자기 자식만한 것은 없지. 하지만 매리언의 기분도 이해해주길 바라네."

링컨이 말했다.

"처형께서는 제가 지난 7년 동안 얼마나 열심히 일했는지는 전부 잊고 있어요. 오직 그 하룻밤만을 기억할 뿐이죠."

"또 한 가지 이유가 있어."

링컨이 주저하다가 말했다.

"자네와 헬렌이 유럽을 돌아다니며 돈을 뿌리는 동안, 우리는 그럭저럭 살아가고 있었었지. 나는 보험을 붓는 것 외에는 그 어떤 투자도 하지 않았기 때문에, 우리는 그런 부유함을 결코 누릴 수가 없었네. 아마도 매리언이 그것을 일종의 불공평함으로 느끼고 있다고 생각해. 결국 자네는 일까지 그만두었지만 점점 더 부유해졌으니까."

"그리고 그만큼 빠르게 모든 것이 사라져버렸죠."

찰리가 말했다.

"그래, 상당수의 돈이 호텔 짐꾼과 색소폰 연주자들 그리고 호텔 지배인의 수중에 들어갔지. 결국 이제 성대한 파티는 끝났네. 난 단지 그 광란의 시절에 대한 매리언의 기분을 설명하고 싶었을 뿐이야. 만약 오늘 6시쯤, 매리언이 너무 지쳐버리기 전에 우리 집을 방문해 준다면, 그 자리에서 상세한 부분들을 처리할 수 있을 거야."

호텔로 돌아간 찰리는 특정인물을 찾기 위해 리츠 호텔의 바에 남겨놓았던 주소를 통해 다시 전달된 속달 전보를 발견했다.

친애하는 찰리

우리가 지난번에 만났을 때 당신은 너무나 이상해 보여서 내가 뭔가 당신의 기분을 상하게 했는지 궁금하네요. 만약 그랬다면, 무의식중에 그런 거예요. 사실, 지난 1년간 당신에 대한 생각을 많이 했어요, 그리고 내가 이쪽으로 건너오면 당신을 만날 수 있지 않을까 하는 생각이 항상 내 마음 깊은 곳에 들어 있었죠. 그 광란의 봄 우리는 많은 시간을 함께 보냈잖아요, 한밤중에 정육점 주인의 세발자전거를 훔쳐 타고, 대통령을 방문하려 시도했을 때 당신이 낡은 중산모의 테두리만을 머리에 쓰고 철사 지팡이를 짚기도 했었죠. 최근 들어 모두들 많이 늙어 보이지만, 난 전혀 늙은 것처럼 느껴지지 않아요. 옛정을 생각해서 오늘 아무 때나 만날 수 없을까요? 지금은 끔찍한 숙취로 고생하고 있지만, 오늘 오후에는 다시 괜찮아질 거예요. 5시 리츠 호텔의 바에서 당신을 기다리고 있을게요.

언제나 당신의 헌신적인, 로레인.

　그가 느낀 첫 번째 감정은 자신이 실제로, 다 자란 성인이, 세발자전거를 훔쳐 로레인을 뒤에 태우고 깊은 밤부터 새벽까지 에투왈(개선문) 주위의 작은 집들 사이를 돌아다녔다는 사실에 대한 일종의 경악이었다. 헬렌이 못 들어오게 문을 잠근 것은 평상시 그의 행동들과는 전혀 들어맞지 않았지만, 세발자전거 사건은 달랐다. 그것은 그가 할 법한 많은 실수들 중 하나였다. 그렇게 완전히 무책임한 상태에 도달하기까지 도대체 몇 주를 혹은 몇 달을 방탕하게 보냈던 걸까?

　그는 로레인이 처음 자신의 앞에 나타났던 무렵을 떠올려 보았다―아주 매력적인 여자였다. 헬렌은 그 사실 때문에 불행했었다. 비록 아무 말도 하지 않았지만. 어제의, 식당에서 만난 로레인은 지치고, 평범하고, 초췌해 보였다. 그는 진짜로 그녀를 만나고 싶지 않았다. 앨릭스가 그녀에게 자신의 호텔 주소를 알려주지 않았다는 사실이 너무나 기뻤다. 그 사실에 안도감을 느끼며, 그 대신 그는 오노리어에 대한, 딸아이와 함께 보낼 일요일에 대한, 잘 잤냐고 아침 인사를 건네고, 밤이면 딸이 자신의 집에 있다는 사실을 알고, 어둠 속에서 딸아이의 숨소리를 듣는 그런 생각들을 했다.

　5시, 그는 처형 가족을 위한 선물들을―섬세한 의상을 입은 인형, 로마 병사들이 담긴 상자, 매리언을 위한 꽃다발, 링컨을 위한 커다란 면 손수건들을―들고 택시에 올랐다.

　매리언의 집에 도착한 순간, 그는 그녀가 그 부득이한 사실을 받아들였음을 알았다. 비록 여전히 못마땅하게 여겼지만 그를 사악한 이방인이 아닌 가족의 일원으로 반겼다. 오노리어는 이미 자신이 떠난다는 사실을 들은 뒤였다. 찰리는 아이가 자신의 엄청난 행복을 숨길 만큼 영리한 것을 보고 흡족해했다. 딱 한 번, 다른 아이들과 함께 방을 나서기 전에, 그의 무릎에 앉았을 때 아이는 자신의 기쁜 마음을 속삭이며 "우리는 언제 떠나요?"라고 물었다.

그와 매리언은 잠시 방 안에 단둘이 되었고, 충동적으로 그는 대담하게 말을 건넸다.

"집안 싸움은 상당히 씁쓸한 것이군요. 거기에는 어떤 따라야 하는 규칙 같은 것이 없으니까요. 통증이나 상처와도 다른, 어찌 말하면 충분한 살점이 없어, 치료가 불가능한, 찢어진 피부와 같다고 할까요. 처형과 제가 더 좋은 관계를 가졌더라면 하는 생각이 드네요."

"어떤 일들은 잊어버리기가 힘이 들죠."

그녀가 말했다.

"그건 믿음에 대한 문제예요."

그건 질문이 아니었고, 그녀가 계속 말을 이었다.

"언제 아이를 데려갈 예정인가요?"

"가정교사를 구하는 대로 가능한 빨리요. 모레 정도가 될 것 같아요."

"그건 불가능해요. 오노리어의 물건들을 싸야 하니까요. 토요일 전에는 안 돼요."

이번에는 그가 양보했다. 방 안으로 돌아온 링컨이 그에게 술을 권했다.

"그럼 오늘치의 위스키를 마시도록 하죠."

그가 말했다.

집 안은 아늑했다. 이곳은 사람들이 불가로 모여들게 만드는 진정한 가정이었다. 아이들은 자신이 아주 안전하고 중요한 존재라는 사실을 느끼고, 그들의 부모는 진지하고 사려심이 깊었다. 그들에게는 아이들을 위해 해야 할, 그의 방문보다도 더 중요한, 일이 있었다. 그 무엇보다도 한 수저의 약이, 매리언과 그 사이의 긴장된 관계보다 더 중요했다. 그들은 둔감한 사람들이 아니었지만, 그들은 삶과 생활에 완전히 사로잡혀 있었다. 그는 링컨이 은행이라는 수레바퀴에서 벗어날 수 있도록 자신이 뭔가 할 수 있는 일은 없는지 궁금했다.

초인종이 길게 울렸다. 어린 프랑스 하녀가 그들을 지나쳐 복도로 내려갔다. 또다시 초인종이 길게 울리고 문이 열렸다. 목소리가 들려오자, 응접실에 있던 세 사람은 궁금한 마음으로 머리를 돌렸다. 리처드는 복도를 내다보기 위해 몸을 움직였고 매리언은 자리에서 일어났다. 그러더니 하녀가 복도를 따라 걸어왔고, 바로 뒤로 그 목소리가 따라오더니 불빛 아래 던컨 세퍼와 로레인 쿼릴스의 모습이 드러났다.

그들은 기분이 좋았고, 들떠 있었으며, 웃음기 섞인 탄성을 지르고 있었다. 잠시 찰리는 너무나 기가 막혔고 어떻게 그들이 처형의 집 주소를 알아냈는지 이해가 되지 않았다.

"야-아-아!"

던컨이 찰리를 향해 거칠게 손가락질을 했다.

"야-아-아!"

두 사람은 다시 박장대소를 터트렸다. 불안함과 낭패감에 사로잡힌 찰리는 재빨리 그들과 악수를 나눈 뒤, 링컨과 매리언에게 그들을 소개했다. 매리언은 고개만 끄덕일 뿐, 아무 말도 하지 않았다. 그녀는 불가를 향해 한 발 물러섰다가 어린 딸이 자신의 옆에 서자, 아이의 어깨 위에 손을 얹었다.

침입자들에 대한 불쾌함의 수위가 높아지는 것을 느끼며, 찰리는 그들이 자기들의 목적을 설명하길 기다렸다. 잠시 정신을 집중한 뒤 던컨이 말했다.

"자네에게 저녁을 같이 먹자고 초대하러 왔네. 로레인과 나는 자네가 자네의 숙소를 숨기기 위한 그 온갖 현란한 수고를 그만두기를 단호히 주장하네."

찰리는 마치 그들을 강압적으로 복도 밖으로 내치려는 듯이 그들을 향해 다가갔다.

"미안하네, 하지만 그럴 수는 없어. 자네가 어디에 있을 예정인지 알려주면 내가 30분 후에 전화를 하지."

그 말도 별다른 효과를 거두지 못했다. 로레인이 갑자기 의자 팔걸이에 앉으며, 리처드에게 시선을 고정시키며 소리쳤다.

"오, 꽤나 잘생긴 도련님이네. 이쪽으로 오렴, 꼬마야."

리처드는 자신의 엄마를 바라볼 뿐 움직이지 않았다. 크게 어깨를 들썩거린 뒤, 로레인은 찰리를 향해 몸을 돌렸다.

"함께 나가서 저녁을 먹어요. 분명 당신의 친척들도 신경 쓰지 않을 거예요. 당신은 너무 몸을 사리는 것 같아요. 아니, 진지해요."

"그럴 수 없다니까."

찰리가 날카롭게 말했다.

"둘이서 식사를 하도록 해, 내가 나중에 전화를 하지."

그녀의 목소리가 갑자기 불쾌하게 변했다.

"좋아요. 우리는 가볼게요. 하지만 난 당신이 언젠가 새벽 4시에 우리 집 문을 두들기던 일을 기억하고 있어요. 그때 나는 당신에게 술 한잔을 대접할 만큼 너그러웠다고요. 가요, 던크."

흐릿하고 화난 얼굴과 불안정한 걸음걸이, 그리고 여전히 느릿느릿하게 움직이며 그들은 복도를 따라 걸음을 옮겼다.

"잘 가게."

찰리가 말했다.

"잘 있어요!"

로레인이 강한 어조로 대답했다.

그가 다시 응접실로 돌아왔을 때에도 매리언은 여전히 자리를 옮기지 않은 상태였고, 단지 그녀의 아들만이 그녀의 다른 쪽 품안으로 자리를 옮겨 서 있었다. 링컨은 마치 양옆으로 움직이는 진자처럼 조용히 오노리어를 안고 앞뒤로 흔들고 있었다.

"도대체 예의라고는 모르는 작자들이야. 어떻게 그렇게 무례할 수가 있지."

찰리가 불쑥 말했다.

두 사람 모두 대답하지 않았다. 찰리는 팔걸이의자에 몸을 묻은 채, 자신의 술잔을 들었다가 다시 놓으며 말했다.

"지난 2년간 만난 적이 없던 자들인데, 정말로 무례하기 짝이 없는……."

매리언의 한 마디에 그는 더 이상 말을 이을 수 없었다.

"오!"

순간적으로 터져 나온 분노에 가득 찬 그 외마디 소리와 함께 그녀는 재빨리 그에게서 몸을 돌린 뒤 방을 나섰다.

링컨은 조심스럽게 오노리어를 내려놓았다.

"자, 너희들은 식당으로 가서 스프를 먹기 시작하렴."

그의 말에 따라 아이들이 떠나자, 그는 칠리에게 말했다.

"매리언은 건강이 좋지 않아서 이런 충격을 견디질 못하네. 저런 부류의 사람을 보면 아마 멀쩡한 사람도 아프고 말걸세."

"저들에게 이곳으로 오라고 말한 적이 없습니다. 누군가에게서 형님의 이름을 알아냈겠죠. 저들은 일부러……."

"글쎄, 안타까운 일이군. 하지만 이 사태에는 전혀 도움이 되지 않아. 잠깐 실례하겠네."

홀로 남겨진 찰리는 긴장한 채 의자에 앉아 있었다. 옆방에서는 이미 어른들 사이의 사건은 잊어버린 듯 아이들이 식사를 하며 짧게 떠들고 있었다. 멀찍이 떨어진 방에서 말소리가 들려왔고, 전화기가 따르릉거리며 울리고 수화기를 드는 소리가 들리자 깜짝 놀란 그는 말소리가 미치지 않는 곳으로 자리를 옮겼다.

몇 분 후, 링컨이 돌아왔다.

"이보게, 찰리. 아무래도 오늘 저녁 식사는 취소하는 편이 낫겠네. 매리언이 상당히 안 좋다네."

"제게 화가 나셨습니까?"

"얼마간은. 아내는 강하지가 않아. 그리고……."

그가 약간은 퉁명스럽게 대답했다.

"그 말씀은 처형께서 오노리어에 대한 마음을 바꾸셨다는 겁니까?"

"지금 당장은 상당히 냉소적이네. 잘 모르겠어. 내일 은행으로 전화를 주게나."

"그 사람들이 이곳으로 올 거라고는 꿈에도 생각하지 못했다고 처형께 잘 말씀드려 주세요. 저도 두 분 못지않게 화가 나 있어요."

"지금으로는 그녀에게 아무런 말도 못 하겠네."

찰리는 자리에서 일어났다. 그는 자신의 외투와 모자를 챙긴 뒤 복도를 따라 걸어가기 시작했다. 그런 뒤 그는 식당의 문을 열고 낯선 목소리로 말했다.

"잘 있어라, 애들아."

자리에서 벌떡 일어난 오노리어가 식탁을 돌아 달려나와 그를 끌어안았다.

"잘 있어, 오노리어."

그는 넋이 나간 듯 말하더니 목소리를 더 부드럽게 가다듬은 다음에 뭔가를 위로하려는 듯 다시 말했다.

"잘 있어라, 애들아."

5

찰스는 로레인과 던컨을 찾아내겠다는 성마른 생각에 곧장 리츠 호텔의 바로 갔다. 하지만 그들은 그곳에 없었고 그 어떤 경우에도 자신이 할 수 있는 일이 없음을 깨달았다. 피터스의 집에서 술잔에 입조차 대지 않았기 때문에, 그는 위스키소다를 주문했다. 폴이 다가와 인사를 건넸다.

"엄청나게 변했어요."

그가 슬픈 듯이 말했다.

"이제는 예전의 반 정도밖에 장사가 되지 않아요. 너무 많은 손님들이 모든 것을 다 잃고 미국으로 돌아가셨다는 밀을 들었어요. 1차 폭락 때는 살아남았다고 해도 2차 폭락 때는 완전히요. 친구이신 조지 하트 씨는 무일푼이 되셨다고 들었습니다. 사장님도 미국으로 되돌아가셨나요?"

"아니, 난 프하라에서 사업을 하고 있네."

"주식 폭락 때 많이 잃으셨다고 들었습니다."

"그랬지."

그가 우울하게 덧붙였다.

"하지만 내가 원하던 모든 것들을 잃어버린 건 사실 호황기 때였네."

"공매(公賣)를 하셨군요."

"그런 것의 일종이지."

다시 그때의 추억들이 악몽처럼 그를 휩쓸고 지나갔다―여행을 하는 동안 만났던 사람들, 손가락을 더해서도 셈을 할 수 없었던 또는 조리 있게 말조차 못 하던 사람들. 선상의 파티에서 헬렌이 함께 춤을 추기로 동의했던, 그런데도 식탁에서 10발자국 떨어진 곳에서 그녀를 모욕했던 그 땅딸막한 사내. 술과 마약에 찌들어 공공장소에서 비명을 질러대던 중년의 여자들과 아가씨들……. 1929년의 눈은 진짜 눈이 아니라며 아내를 눈 속에 내버려둔 채 문을 잠갔던 남자들. 만일 그게 진짜 눈이 아니기를 바란다면, 그저 몇 푼의 돈을 집어주면 되는 거였다.

그는 전화기로 걸어가 피터스의 아파트로 전화를 걸었다. 링컨이 받았다.

"아까 일이 계속 마음에 걸려서 전화를 했습니다. 처형께서는 아직도 요지부동입니까?"

"매리언은 아프네."

링컨이 짧게 대답했다.

"이 모든 것이 자네의 잘못이 아니라는 건 아니. 하지만 이번 일로 아내가 무너져 내리는 것은 원하지 않아. 아무래도 한 6개월 정도 이 문제를 두고 보는 편이 좋겠네. 이 상태에서 아내의 감정을 더 흥분시킬 만한 일을 하고 싶지는 않다네."

"알겠습니다."

"유감이야, 찰리."

그는 자신의 탁자로 되돌아갔다. 그의 위스키 잔은 이미 비어 있었지만, 앨릭스가 질문이 담긴 시선을 던지자 그는 고개를 흔들었

다. 오노리어에게 뭔가를 보내는 것 외에 지금의 그로서는 할 수
있는 일이 없었다. 내일 또 엄청나게 많은 물건들을 아이에게 보내
겠지. 이런 것들이 모두 돈 때문이라고 생각하자 약간은 화가 치밀
어 올랐다.

'지금까지 너무나 많은 사람들에게 돈을 지불했어……'

'아니, 더 이상은 안 돼.'

그는 또 다른 웨이터에게 물었다.

"얼마지?"

언젠가 다시 돌아오리라. 그들이 그가 영원히 돈으로 해결하게
만들 수는 없었다. 하지만 그는 자신의 아이를 원했고, 지금으로는
그 사실을 제외하고, 아무것도 중요하지 않았다. 그는 더 이상 혼
자만의 꿈들과 근사한 생각들을 가진 젊은이가 아니었다. 이렇게
혼자가 되는 건 헬렌도 원하지 않는다고 그는 전적으로 확신했다.

(1931년)

리츠보다 큰 다이아몬드
The Diamond as Big as the Ritz

1

존 T. 언거는 미시시피 강가의 작은 마을인 하데스(우리말로 저승이
라는 의미가 있다.)라는 곳에서는 대대로 잘 알려진 가문 출신이었다.
존의 아버지는 여러 격렬한 아마추어 골프 경기에서 우승을 차지
한 적이 있었고, 언거 부인은 그녀의 정략적인 구애로 인해, '뜨거
운 성격에 뜨거운 잠자리' 라는 말로 지역 사람들 사이에 언급되었
었다. 그리고 막 16살이 된 아들 존 T. 언거는 어른이 되기도 전에
뉴욕에서 건너온 모든 최신 춤을 다 섭렵했다. 그리고 이제, 때가
되었기 때문에, 그는 멀리 집을 떠나야 했다. 모든 지역 교육의 해
악이자, 매년 지역의 가장 전도유망한 젊은 청년들을 빼앗아가는,
뉴잉글랜드의 교육에 대한 동경이 그의 부모를 사로잡고 있었다.
그들에게는 아들을 보스턴 근처의 세인트 마이더스 학교(피츠제럴드
가 소년 시절 수학한 세인트 폴 아카데미와 뉴맨 학교를 기초로 하고, 부차적으로
모든 것을, 결국에는 자신의 딸까지 금으로 바꾼 마이더스 왕의 전설을 은유적으
로 언급한 것으로 보인다.) 외에 다른 곳에 보낸다는 건 생각조차 할 수
없는 일이었다. 하데스는 그들의 사랑스럽고 선택받은 아들을 붙
잡아 놓기에는 너무나 작았다.

지금의 하데스에는—만일 그곳을 다녀온 적이 있으면 잘 알겠지만—뛰어난 예비학교(대학 입학 준비를 전문으로 하는 사립학교.)나 명문 대학이 별로 의미가 없었다. 비록 의상이나 예의범절 그리고 문화 생활에 있어서는 최신의 유행을 따르고 있음을 보여주었지만, 주민들은 세상과 상당히 동떨어져 있었고, 사람들의 대부분은 풍문에 의존했고, 하데스의 공식적인 행사는, 비록 충분히 고심해서 정교하게 치러졌을 테지만, 시카고 사교계의 명사들에게는 의심할 여지없이 '아마도 다소 시대에 뒤떨어졌다'고 평을 받았을 것이다.

존 T. 언거가 집을 떠나는 날 저녁이었다. 언거 부인은, 어머니다운 어리석음으로, 아들의 짐 가방에 리넨 정장과 전동 선풍기를 꾸려 넣었고, 언거 씨는 아들을 위해 돈을 잔뜩 끼워 넣은 석면 지갑을 건네주었다.

"기억하렴, 넌 언제든지 이 집에서 환영받는 존재란 것을."

그가 말했다.

"이걸 분명히 알아 두어라, 아들아. 우린 언제든지 널 반길 준비가 되어 있다."

"네, 알아요."

존은 목이 멘 목소리로 대답했다.

"네가 누구인지, 어디 출신인지를 잊지 말거라."

그의 아버지가 자신 있게 말을 이었다.

"네 배경이 네게 해가 되는 일은 없을 거야. 넌 언거 가문의 사람이야, 하데스 출신의."

그렇게 노인과 청년은 악수를 나누었고, 존은 눈물을 흩뿌리며 방을 걸어나왔다. 10분 후, 그는 도시의 경계를 벗어나 마지막으로 뒤를 돌아보기 위해 멈추어 섰다. 도시 경계선 위로 걸려 있는, 유

행이 지난 빅토리아 시대의 표어가 이상하게도 매력적으로 느껴졌
다. 그의 아버지는 몇 차례나 그 표어를 더 추진력과 기백이 있는
어떤 것으로―예를 들어 '하데스, 당신의 기회', 또는 평범하게, 따
뜻하게 악수하는 그림에 전구들을 장식하고 '환영합니다.' 라고 써
놓은 표시판 등을―바꾸려 노력했었다. 언거 씨는 그런 해묵은 표
어들이 다소 나약하다고 생각했다. 하지만 지금은…….
　그렇게 뒤를 한번 돌아본 후 존은 단호하게 자신의 목적지를 향
해 얼굴을 돌렸다. 그가 몸을 돌리자, 하늘을 수놓은 하데스의 불
빛들이 온기와 열정적인 아름다움으로 가득한 것처럼 보였다.

　세인트 마이더스 학교는 보스턴에서 롤스-피어스 자동차로 반 시
간 정도 떨어진 곳에 위치했다. 실제적인 거리는 결코 알려질 일이
없었는데, 왜냐하면 그 누구도, 존 T. 언거를 제외한, 롤스-피어스
를 대여해 그곳에 도착한 사람이 없었고, 아마 앞으로도 다시는 그
럴 일이 없을 터였기 때문이었다. 세인트 마이더스 학교는 세상에
서 가장 비싸고 가장 상류층의 자제들이 다니는 예비학교였다.
　존의 첫 2년은 아주 유쾌하게 지나갔다. 대부분의 소년들의 아버
지들은 갑부였고, 덕분에 존은 상류층들만이 왕래하는 휴양지들을
방문하며 여름을 보냈다. 그는 자신이 방문하는 동급생들에게는
호감을 주는 반면, 그들의 아버지들에게서는 대단한 존재라는 인
상을 받았고, 어린 마음에 종종 지나치게 똑같은 그들의 행동에 의
아함을 느꼈다. 그가 자신의 고향이 어디인지 말하면 그들은 재미
있다는 듯 "그 아래는 상당히 뜨거울 거야, 그렇지?" 라고 물었고
존은 간신히 흐릿한 미소를 지으며 이렇게 대답했다.
　"확실히 그렇죠."
　만약 그들 중 한 명이라도 그 농담을 하지 않았더라면 그의 반응

이 조금은 더 진실할 수도 있었다. 고향과 관련된 가장 색다른 질문은 "그곳은 살기에 너무 덥지 않나?" 정도였고, 그 역시 싫기는 마찬가지였다.

학창생활의 2년차 중반기에 퍼시 워싱턴이라는 이름의 꽤 잘생긴 소년이 존의 학년에 들어왔다. 이 새로운 학생은 꽤 유쾌한 행동거지에 심지어는 세인트 마이더스에서도 지나치게 옷을 잘 차려입는 편이었지만, 무슨 이유에서인지 다른 소년들과는 거리를 두고 있었다. 유일하게 그가 친하게 지내는 사람이 존 T. 언거였지만, 심지어는 존에게조차 그는 자신의 집이나 가족에 대한 언급은 극도로 꺼리는 편이었다. 그가 부유하다는 것은 말할 것 없는 사실이지만, 그런 몇몇 추측적인 사실들을 제외하고, 존은 자신의 친구에 대해 별로 아는 바가 없었고, 그래서 퍼시가 '서부'에 있는 자신의 집에서 여름을 보내지 않겠냐고 초대했을 때, 그의 호기심은 마치 근사한 사탕공장을 방문해달라는 초대장이라도 받아 쥔 듯한 느낌이었다. 그는 주저 없이 그 제안을 받아들였다.

두 사람이 기차에 올랐을 때에야, 퍼시는, 처음으로 다소 수다스러워졌다. 식당칸에서 점심을 먹으며 학교의 몇몇 동급생들의 부적절한 성격에 대해 이야기를 나누던 중 퍼시는 불현듯 밀두를 바꾸며 갑작스런 말을 꺼냈다.

"우리 아버지는……."

그가 말했다.

"단연코 세상에서 가장 부유한 사람이야."

"오!"

존은 정중하게 응수했다. 그런 자신감 있는 발언에 어떻게 대답해야 할지 마땅한 생각이 떠오르지 않았다. '그거 근사한 일이네.'라고 대답할까 생각했지만, 너무 속이 빈 것처럼 보였고, '정말?

이라고 응수하자니, 마치 퍼시의 말에 의문을 제기하는 것처럼 들릴 것 같아 말을 삼켜 버렸다. 그런 놀랄 만한 발언에는 아무런 질문을 던질 수가 없었다.

"단연코 가장 부자야."

퍼시가 되풀이해서 말했다.

"세계 연감에서 읽었는데……."

존이 입을 열었다.

"미국에서 1년에 5백만 달러 이상의 수입이 있는 사람은 단 한 명이고, 3백만 달러 이상이 4명, 그리고……."

"오, 그들은 아무것도 아니야."

퍼시의 입술이 반달처럼 일그러졌다.

"겉만 번드르르한 자본주의자들, 재정적인 송사리들, 대단찮은 상인들 그리고 고리업자들일 뿐이야. 우리 아버지는 그런 사람들의 재산을 모두 사들이고도, 당신이 그랬다는 것조차 모르실 거야."

"하지만 어떻게 그분은……."

"왜 사람들이 아버지의 수입을 기록하지 못하냐고? 왜냐하면 아버지는 세금을 한 푼도 내지 않거든. 어쨌든 조금은 내시지……. 하지만 당신의 **진정한** 수입에 관련해서는 한 푼도 내지 않아."

"진짜 부자이신가 보구나. 정말 기쁘다. 난 아주 부자인 사람들이 좋거든."

존이 단순하게 말했다

"더 부유한 분일수록, 나는 더 좋아."

그의 검은 얼굴 위에 열정적인 솔직함이 드러났다.

"지난 부활절에 슈닐처-머피 가문을 방문했거든. 비비안 슈닐처-머피는 달걀만큼 커다란 루비들을 가지고 있었고, 내부에서부터

빛이 반짝이는 원형의 사파이어들도 가지고 있었어.”

“난 보석들이 좋아. 비록 우리 학교의 그 누구에게도 이 사실은 알리고 싶지 않지만, 나도 상당한 수집품들을 소장하고 있어. 난 우표 대신에 그런 것들을 모으곤 했거든.”

퍼시가 열정적으로 대답했다.

“그리고 다이아몬드.”

존이 갈망에 찬 듯 말을 이었다.

“슈닐처-머피의 저택에는 호두알처럼 큰 다이아몬드가 있었어.”

“그런 건 아무것도 아니야.”

퍼시는 앞으로 몸을 숙이며 목소리를 낮게 깔고 속삭였다.

“그건 진짜 별것도 아니야. 우리 아버지는 리츠-칼튼 호텔보다 〈당시 파리, 뉴욕, 런던(칼튼 가문의 소유)에 위치한 리츠 호텔은 사치스럽고 값비싼 호텔의 전형이었다.〉 큰 다이아몬드를 가지고 계셔.”

2

두 산맥 사이에 놓인 몬태나의 황혼은 마치 독이 퍼진 하늘 위에 넓게 퍼져 있는 거무스름한 동맥들처럼, 거대한 멍자국 같아 보였다. 하늘 아래 끝없이 멀리 떨어진 곳에 피시라는 작고, 음울하고, 잊혀진 마을이 웅크리고 있었다. 그곳에는 12명의 사람이 있었는데—그렇다고 알려졌었다—문자 그대로 헐벗은 바위에서 빈약한 우유를 빨아 마시는, 열두 명의 우울하고 납득하기 힘든 영혼들로, 그들에게는 신비스럽게 내재한 힘이 존재한다고 했다. 피시 마을의 12명은, 일찍이 자연의 변덕에 의해 진화된 몇몇 종들처럼, 하나의 개별적인 인종이 되어 있었다. 이는 다시 생각하면 그들이 투쟁하며 멸종되도록 버려졌음을 의미했다.

멀리 검푸른 멍자국 너머로, 황무지를 따라 기나긴 줄을 이루며 움직이는 불빛들이 천천히 접근해오자, 피시 마을의 12명은 시카고에서 출발한, 7시에 도착하는 대륙횡단 급행열차가 지나가는 것을 보기 위해 초라한 기차역에 유령처럼 모여들었다. 1년에 대략 6차례 정도, 대륙횡단 급행열차가, 비록 생각조차 할 수 없는 외딴 지역이지만, 피시 마을에 멈추었고, 이런 일이 일어날 때면, 한두 개의 형체가 승강장에 내려, 매번 석양을 뚫고 나타난 이륜마차에 올라, 멍자국 같은 석양 속으로 달려갔다. 이런 의미 없고 터무니 없는 현상을 관찰하는 것이 피시 마을의 사람들에게는 일종의 행사가 되었다—단지 관찰하는 것, 그뿐임에도 불구하고—그들에게는 궁금증이나 사색을 불러일으키는 치명적인 성질의 환상이나 이런 신비스러운 방문을 둘러싸고 자라날 수 있는 종교 같은 것은 존재하지 않았다. 피시 마을의 사람들은 모든 종교를 초월해 있었다—심지어는 기독교의 가장 꾸밈없고, 가장 야만적인 교의마저도 이 황량한 바위 위에는 토대를 마련할 수가 없었다—그래서 그곳에는 제단도, 사제도, 성찬도 없었다. 오직 매일 밤 초라한 정거장 옆에 침묵의 집회가 있고, 신도들이 희미하고 생기 없는 경이로움의 기도를 바칠 뿐이었다.

이 6월의 저녁, 그들이 누군가를 신으로 섬긴다면, 아마도 그 급행열차, 그레이트 브레이커맨을 그 거룩한 대상으로 선택했을 것이지만, 7시 기차는 피시라는 인간계의(또는 비인간계의) 허름한 역사(驛舍)를 떠나야 하는 운명이었다. 7시에서 2분이 지난 뒤 퍼시 워싱턴과 존 T. 언거가 승강장 위에 내리고, 마법에 홀린 듯, 어이가 없는 듯, 두려움에 질린 피시 마을의 12쌍의 눈동자 앞을 서둘러 지나쳐, 어디에선가 홀연히 나타난 것이 분명한 이륜마차에 올라탔고, 마차가 출발했다.

30분 후, 땅거미가 어둠 속으로 완전히 젖어들자, 침묵을 지킨 채 이륜마차를 몰던 흑인이 눈앞의 어둠을 향해 그 칙칙한 몸을 흔들며 소리쳤다. 그의 외침에 대한 반응으로, 헤아릴 수 없는 어둠 속에서 마치 악의가 번뜩이는 눈처럼 생각되어지는 원형의 불빛이 모습을 드러냈다. 마차가 그쪽으로 가까이 다가가자, 존은 그것이 거대한 자동차의, 전에 본 그 어떤 차보다도 더 크고 더 근사한 자동차의 미등임을 깨달았다. 차체의 윤기는 니켈보다는 깊었고, 은

보다는 가벼웠으며, 바퀴의 축에는 무지개 빛으로 반짝이는 녹색
과 노란색의 기하학적인 장식이 박혀 있었다—존은 그것이 과연
유리인지 아니면 보석인지는 아예 생각조차 하고 싶지 않았다.

런던의 왕족 행렬의 사진에서 보았던 것과 같은 화려한 제복을
차려입은 2명의 흑인이 자동차 옆에 차렷 자세로 서 있었고, 두 청
년이 이륜마차에서 내리자, 그들은 손님이 알아들을 수 없는 이상
한, 마치 지독하게 왜곡되어 버린 남부 흑인들의 사투리를 듣는 듯
한 언어로 환영의 말을 건넸다.

"차에 타자."

그들의 트렁크가 흑단색의 리무진 지붕 위에 올려지는 동안 퍼시
가 친구에게 말했다.

"이렇게 먼 곳까지 저런 이륜마차를 타고 오게 만들어서 미안해.
하지만 기차에 탄 승객들이나 하느님께 버림받은 피시의 인간들에
게 이 차를 보여주어서는 안 되기 때문에 어쩔 수 없었어."

"맙소사, 자동차가 정말 근사해!"

그 갑작스러운 발언은 진심에서 우러나온 것이었다. 자동차 내부
의 장식들은 보석들과 자수로 짜인 수천 조각의 절묘한 비단 태피
스트리로 뒤덮여 있었고, 벽을 덧바른 천은 분명 금으로 이루어진
것이었다. 소년들은 듀벳튼(비단실을 섞어 짠 모직물의 일종으로 벨벳과
비슷하다.)과 비슷한 헝겊으로 덮어씌운 두 개의 팔걸이의자에 앉아
편안함을 만끽했는데, 그것은 타조 깃털 끝의 무수한 색을 뒤섞어
짠 것이었다.

"자동차가 정말 근사해!"

놀라운 듯, 존이 다시 외쳤다.

"이게?"

퍼시가 웃음을 터트렸다.

"이런, 이건 단지 스테이션왜건으로 쓰는 고물차인걸."

그 무렵 자동차는 두 개의 산맥 사이의 갈라진 틈 사이를 향해 어둠을 뚫고 미끄러지듯 달리고 있었다.

"한 시간 반 뒤면 집에 도착할 거야."

퍼시가 시계를 보며 말했다.

"또한 그곳은 네가 지금까지 봐 왔던 것들과는 완전히 다를 거라고 미리 말을 해줘야 할 것 같아."

만일 자동차가 존이 앞으로 보게 될 것들에 대한 암시라면, 그는 진짜로 놀랄 준비가 되어 있었다. 하데스에서 퍼져 있는 단순한 계명의 그 첫 번째 신조가 바로 부자들에 대한 경건한 숭배와 존중이었다—만약 존이 그들 앞에서 순수한 겸손함이 아닌 다른 것을 느꼈다면, 그의 부모님들은 아들의 신성모독에 경악을 느끼고 고개를 돌렸을 것이다.

이제 그들은 두 개의 산맥 사이의 틈에 도착해 그 안으로 들어서고 있었고, 바로 그 순간부터 길은 더 험해졌다.

"만일 달빛이 여길 비춰준다면, 우리가 거대한 협곡을 지나가고 있는 것이 보일 텐데."

창밖을 내다보려고 노력하며 퍼시가 말했다. 그가 송화구에 대고 몇 마디의 말을 건네자, 즉시 하인이 탐조등을 밝혔고, 거대한 불빛이 언덕의 중턱을 훑고 지나갔다.

"로키 산맥이야, 너도 알겠지만. 평범한 자동차라면 반 시간도 달리지 못하고 산산조각이 나겠지. 사실, 길을 알지 못하면, 탱크가 있어야 여길 빠져나갈 수 있을 거야. 너도 눈치 챘겠지만, 지금 우리는 산기슭을 따라 올라가고 있어."

그들은 분명 오르막을 달리고 있었고, 몇 분이 지나자 자동차는 산마루를 가로질렀고, 멀리 새로이 떠오른 창백한 달을 흘끗 볼 수 있었다. 갑자기 자동차가 멈추었고 몇몇 형체가 어둠 속에서 모습을 드러냈다—또다시 흑인들이었다. 다시 두 명의 청년이 거수를 올리며 마찬가지로 흐릿하게 알아들을 수 있는 사투리로 인사를 건넸다. 그런 뒤 흑인들은 작업에 착수했고 머리 위에 매달려 있던 네 개의 거대한 밧줄을 엄청난 보석이 박혀 있는 바퀴의 축에 매달았다.

"헤이-야!" 하는 소리가 허공에 메아리치자, 존은 자동차가 천천히 땅 위에서 들어 올려지는 것을 느꼈고—양옆으로 가장 높은 바위가 뚜렷하게 보였다—방금 그들이 떠나온 바위투성이와 날카로운 대조를 이루는 달빛이 비추는, 굽이치는 계곡이 그들의 눈앞에 펼쳐질 때까지 자동차는 더 높이 올라갔다. 한쪽 기슭만은 여전히 바위투성이였는데, 갑자기 그들 곁에 그리고 어디에도 암벽이 보이지 않았다.

허공에 잘라놓은 듯이 설계해놓은, 어떤 거대한 암면 위에 내려선 것이 분명했다. 한순간, 그들은 다시 내려가기 시작했고, 마침내 부드러운 충격과 함께 매끄러운 땅 위에 착륙했다.

"최악의 부분은 끝났어."

창밖으로 눈길을 돌리며 퍼시가 말했다.

"여기서 단지 8km만 더 달려가면 돼, 여기는 전부 사유도로야—태피스트리 벽돌길이지—가는 내내 보이는 것이 다 우리 소유야. 이곳이 바로 미국이 끝나는 곳이라고, 아버지가 말씀하셨어."

"그럼 우리가 캐나다에 있는 거야?"

"아니야. 우리는 지금 몬태나 로키 산맥의 한가운데에 있어. 하지만 지금 너는 역사상 단 한 번의 측량도 이루어지지 않은, 유일한 8평방킬로의 땅 위에 있는 거야."

"어떻게 그럴 수가 있어? 사람들이 잊어버린 거야?"

"아니."

퍼시가 치아를 드러내며 미소를 지었다.

"정부에서는 세 번이나 시도를 했지. 처음에는 우리 할아버지가 정부의 측량 기관에 모두 뇌물을 썼지. 두 번째 탐사 때에는 당신이 엉망으로 땜질한 미국 정부의 공식적인 지도를 건네주셨어. 그덕분에 15년이라는 시간을 버셨지. 마지막이 좀 어려웠지. 우리 아버지는 그들의 나침반을 인공적으로 설치해놓은 굉장히 강력한 자기장 안에 들어가게 만들어서 그 문제를 해결하셨어. 아버지는 결함이 있는 측량기구 일체를 소유하고 계시거든. 이 지역이 세상에 드러나지 않게 설계되어 있는 곳인데, 아버지는 그 측량기구들을 사람들이 사용하는 것과 바꾸어놓았지. 그런 뒤 그분은 강의 흐름을 바꾸고, 댐 위에 마을처럼 보이는 것을 세우셨어. 그래서 사람들은 그것을 보고, 그것이 계곡에서 16km 정도 떨어진 곳에 위치한 마을이라고 생각하는 거야. 우리 아버지가 두려워하는 것은 오직 하나뿐이야."

그가 결론지어 말했다.

"오직 세상에 단 하나 우리를 찾아낼 수 있는 장치가 있어."

"그게 뭐야?"

퍼시는 속삭이기 위해 목소리를 낮추었다.

"비행기."

그가 숨을 죽였다.

"우리에게는 여섯 자루의 비행기용 고사포(高射砲)가 있고 지금까지 그것들을 잘 사용해 왔어. 덕분에 몇몇 사상자도 나고, 상당히 많은 죄수들이 있어. 우리는 그런 건 별로 신경을 쓰지 않아. 알겠지만, 아버지와 나 말이야. 그러나 엄마와 여자애들은 심란해하지. 하지만 언젠가 우리가 그것을 사용하지 못하게 될 공산은 항상 존재하고 있어."

친칠라(chinchilla, 친칠라과의 포유류.) 모피 조각들과 헝겊들로 만든, 녹색 달이 뜬 천국의 특별한 구름들이 마치 타타르(tatar) 칸의 검열을 통과하기 위해 행진하는 동쪽 나라의 고귀한 물건들처럼 녹색 달 앞을 지나고 있었다. 존은 마치 한낮인 것처럼, 그리고 몇몇 소년들이 허공에 배를 몰며, 절망 어린, 암벽에 둘러싸인 작은 마을을 위한 희망의 전갈을 담은 특별한 약품을 대지에 흩뿌리는 것을 자신이 지켜보고 있는 것처럼 느껴졌다. 그의 눈에 그들이 구름 너머를 내려다보며 지켜보는 모습이—사방이 둘러싸인 이 작은 곳에서 지켜봐야 그것이 무엇이든 간에 지켜보는 것이 보일 듯싶었다. 그런 뒤에는? 심판의 날이 오면 특별한 약품과 대지로부터 멀리 숨겨놓은 어떤 교활한 장치를 작동해 착륙하는 것일까—아니면 적을 함정에 빠뜨리는 데 실패한다면, 재빨리 연기를 내뿜으며 날카롭게 바닥이 반으로 쪼개지고 땅속으로 사라져버리는 걸까. 그리고 퍼시의 어머니와 여동생들이 어찌할 바를 모르고. 존은 머리를 흔들었고, 벌어진 입술 사이로 조용히 공허한 미소가 피어올랐다. 또 어떤 위험천만의 장치가 이곳에 숨겨져 있을까? 괴상한 자가 또 어떤 개인적인 방책을 준비했을지? 아니면 어떤 끔찍하고 황금적인 신비가……

친칠라 구름들이 이제 두둥실 흘러갔고 몬태나 외곽의 밤은 낮처럼 환했다. 도로의 태피스트리 벽돌 길을 따라 달빛이 비춰는 고요한 호수 주위를 일주하며 화려한 타이어가 매끄럽게 달려갔다. 잠시 차갑고 매섭고 날카로운 소나무 숲의 어둠을 통과한 뒤 넓은 잔디 길로 나오자, 존이 즐거움의 탄성을 터트림과 동시에 "집에 다 왔어."라고 퍼시가 무겁게 말했다.

환한 별빛 아래, 호수의 가장자리에 위치한 샤토를(프랑스 보르도 와인 산지의 포도원 또는 대저택이나 성을 일컫는 말.) 뒤덮은 대리석의 광채가 인접한 산허리까지 퍼져 있었고, 그런 뒤 우아함과 완벽한 좌우대칭 속으로, 투명한 여성적인 나른함이 소나무 숲의 울창한 어둠 속으로 녹아내렸다. 그리고 수많은 탑들이, 비탈진 난간의 가느다란 창문 장식들이, 천 개의 노란 불빛들과 그 안의 소유물들이, 팔각형 그리고 삼각형의 황금빛 불빛들이, 반짝이는 별빛과 푸르스름한 어둠이 교차하는 지표면 위로 산산이 흩어진 부드러움이, 마치 심금을 울리는 음악처럼 그 모든 것들이 존을 전율시켰다. 탑들 중 하나인, 산기슭의 가장 크고 가장 검은 탑 꼭대기의 외부를 장식한 불빛들이 일종의 요정의 세계를 떠다니는 듯한 분위기를 만들었고, 열렬한 탄성과 함께 위를 올려다보자, 로코코풍의 희미하고 감미로운 바이올린의 선율이 흘러내려 왔는데, 그것은 존이 한 번도 들어본 적이 없는 그런 소리였다. 어느새 자동차는 밤공기 속에, 무수한 꽃들의 향기가 가득한 넓고 높은 대리석 계단 앞에 멈추어 섰다. 계단 꼭대기에 있는 두 개의 거대한 문이 소리없이 열리고, 황금빛 불빛이 어둠 속으로 쏟아져 나오더니, 검은 옷을 입고 머리를 높게 올린 매력적인 여인이 모습을 드러내며 그들을 향해 두 손을 팔짝 벌렸다.

"어머니!"

퍼시가 말했다.

"여기는 제 친구, 조지 언거로 하데스에 살아요."

그 뒤, 존은 그 첫날밤을 눈부시게 빛나는 무수한 불빛들과, 순간적이고 감각적인 인상들, 사랑을 속삭이는 목소리처럼 부드러운 음악, 그리고 아름다운 물건들, 불빛들, 그림자들, 움직임들, 얼굴들을 기억했다. 백발의 남자가 황금색 관에 꽂인 자수정 마개에서 다양한 색조가 넘치는 재제주(再製酒)를 따라 마시며 서 있었다. 티

타니아(요정 나라의 여왕.)처럼 옷을 입고 머리카락을 사파이어들로 장식해 땋아 내린 화려한 얼굴의 여자아이도 있었다. 손으로 누르자 자국이 생기는, 단단하지만 부드러운 황금으로 벽을 만든 방이 있었고 순수한 프리즘을 이상적으로 구체화시킨 듯한 방도 있었다. 천정, 바닥 그리고 모든 것들이, 세공하지 않은 엄청난 다이아몬드들로 만들어졌고 다양한 크기와 다양한 형태들의 보석들이 네 모퉁이에 세워놓은 기다란 보라색 불빛을 받아 반짝였으며, 사람의 눈을 현혹시키는 그 순백의 빛은, 인간의 바람 또는 꿈을 뛰어넘어 오직 그 존재들과 비교될 뿐이었다.

이런 미로와 같은 방들을 지나치며 퍼시와 조지는 집 안을 헤매고 다녔다. 가끔씩 그들의 발밑에 놓인 바닥이 아래층으로부터 비치는 불빛을 받아 찬란한 무늬로 너울거렸다. 거칠고 부조화로운 색조들, 파스텔의 섬세함, 순백의 날카로움 또는 아라비아 해의 어떤 이슬람 사원에서 가져온 것이 분명한 미묘하고 복잡한 모자이크의 무늬들. 가끔씩 두꺼운 크리스털 유리 아래에 존재하는, 활기찬 물고기와 무지개 빛 잎사귀의 식물들로 발아래의 물이 파랗게 또는 녹색으로 소용돌이치는 것을 볼 수 있었다. 그런 뒤 그들은 온갖 종류의 감촉과 색조의 모피 위를 또는 인간의 시대 이전에 멸망한 공룡의 거대한 어금니로 완전하게 조각한 듯 끊어지지 않고 이어지는 너무나 창백한 상아로 이루어진 복도를 따라 거닐고……

그런 뒤 흐릿하게 자리를 옮긴 기억과 어느새 그들은 식당에 앉아 있었다. 접시들은 모두 아주 얇고 단단한 다이아몬드로, 매끄럽게 베어낸 에메랄드를 세공하여 정교하게 작업한 것들이었다. 구슬프면서도 귀에 거슬리지 않는 음악이 멀리 통로들을 따라 흘러들어왔고, 깃털로 장식된, 등을 따라 빈틈없이 곡선을 그리는 의자는 첫 번째 포트와인을 비울 즈음에는 그를 삼키고 짓눌러 버렸다. 그는 꾸벅꾸벅 졸며 자신에게 던져진 질문에 대답하려 노력했지만, 꿀처럼 달콤한 사치는 졸음이라는 환상까지 더해져 그의 육체를 무너뜨렸다. 보석들, 옷감들, 와인들 그리고 금속들이 달콤한 안개처럼 그의 눈앞을 흐렸다…….

"네."

그는 정중하게 보이려 노력하며 대답했다.

"확실히 그곳은 상당히 더운 편이죠."

그는 간신히 유령과 같은 웃음을 더했다. 그런 뒤, 꿈처럼 연분홍색의 얼린 후식을 남겨놓은 채 움직임 없이, 저항 없이 둥둥 떠오르는 것처럼…… 잠에 빠져들었다.

잠에서 깨어났을 때 그는 몇 시간이 지났음을 알았다. 그는 사방이 흑단색인 아주 조용한 방 안에 있었고, 흐릿한 조명은 낮이라고 부르기에는 너무나 희미하고 미묘했다. 친구가 그를 내려다보며 서 있었다.

"저녁을 먹다가 잠이 들었어."

퍼시가 말했다.

"나도 거의 그랬지, 마찬가지로. 한 학기를 힉교에서 보낸 뒤 다시 안락함을 느끼다니 정말 근사한 일이야. 네가 잠들어 있는 동안 하인들이 네 옷을 벗기고, 목욕도 시켰어."

"이게 침대야, 아니면 구름이야?"

존이 한숨을 내쉬었다.

"퍼시, 있잖아, 퍼시. 네가 가기 전에, 네게 사과하고 싶어."

"왜?"

"왜냐하면 네가 리츠-칼튼 호텔만한 다이아몬드를 가졌다고 말했을 때, 난 널 의심했거든."

퍼시는 미소를 지었다.

"네가 믿지 않을 거라고 생각했어. 알아, 바로 이 산이야."

"무슨 산?"

"샤토가 서 있는 산 말이야. 산치고는 그리 크지가 않지. 하지만 약 15m 정도의 자갈과 잔디를 제외하고 아래는 전부 단단한 다이아몬드야. 하나의 다이아몬드. 결점이 하나도 없는 2입방킬로 크기의 다이아몬드……. 지금 듣고 있어? 뭐라고 말……."

하지만 존 T. 언거는 다시 잠 속으로 빠져들었다.

3

아침, 잠에서 깨어나며 그는 몽롱하게 방 안이 햇살을 받으면서 동시에 어두울 수도 있음을 인식했다. 방 한쪽의 흑단 벽이 일종의 트랙을 따라 한쪽으로 밀려져 있어서, 그의 침실은 햇살에 반쯤만 드러나 있었다. 흰 제복을 입은 건장한 흑인이 그의 침대 옆에 서 있었다.

"안녕하세요."

엉뚱한 곳에 가 있는 정신을 가다듬으며 그가 중얼거렸다.

"좋은 아침입니다, 도련님. 목욕하실 준비는 되셨나요, 도련님? 오, 일어나지 마세요. 제가 욕조로 옮겨 드리겠습니다. 만일 노련님께서 그 파자마의 단추만 풀어 주신다면 말입니다. 거기요. 감사합니다, 도련님."

존은 자신의 잠옷이 벗겨지는 동안 가만히 누워 있었다—재미있기도 하고 즐겁기도 했다. 그는 지금 시중을 들고 있는 검은 가르강투아⟨프랑스의 작가 프랑소와 라벨라이가 출간한 가르강투아와 판타그루엘 (Gargantua and Pantagruel)에 나오는 거인왕.⟩가 곧 자신을 어린아이처럼 들어 옮길 거라고 예상했지만, 그런 일은 전혀 일어나지 않았다. 대신 침대가 천천히 한쪽으로 기울어지는 것을 느꼈고 곧 그의 몸이 굴러가기 시작했다. 처음에는 몸이 벽 쪽으로 향해 움직여서 깜짝 놀랐다. 하지만 그가 벽에 닿을 때쯤 휘장이 벌어졌고, 약 2미터 정도의 푹신푹신한 양털 경사로를 따라 미끄러져 내려간 뒤 신체 온도와 똑같은 물속으로 부드럽게 떨어졌다.

그는 주변을 둘러보았다. 이동하는 데 쓰인 경사로인지 미끄럼틀인지는 부드럽게 접혀 제자리로 되돌아가 있었다. 어느새 그는 다른 방으로 옮겨져, 바닥과 수평을 이룬 높이에 머리만 내놓은 채 욕조에 몸을 담그고 있었다. 그를 둘러싼 모든 것이, 사방을 둘러싼 벽과 욕탕의 바닥과 옆면 그 자체가 푸른색의 수족관이었고, 자신이 앉아 있는 자리의 크리스털 표면을 응시하자 황금색 불빛 속을 헤엄치는 물고기가 심지어 호기심조차 없이 그의 쭉 뻗은 발가락 아래로 미끄러지는 것을 볼 수 있었다. 머리 위로, 바다의 푸른색을 띤 유리를 통해 햇볕이 내리쬐고 있었다.

"제 생각에 도련님, 오늘 아침에는 뜨거운 장미수와 거품목욕이 어떻겠습니까, 도련님. 그리고 마무리는 차가운 소금물로 하시죠."

아까 그 흑인이 그의 옆에 서 있었다.

"그러죠."

멍하니 미소를 지으며 존이 동의했다.

"원하는 대로."

자신의 빈약한 생활수준에 근거해서 지금의 목욕에 대해 명령을 내린다는 것이 건방질 뿐만 아니라 무척이나 사악한 짓처럼 생각되었다.

흑인이 단추를 눌렀고, 분명 머리 위쪽에서, 하지만 완전히 위쪽은 아닌 곳에서 따스한 물이 떨어지기 시작했다. 잠시 후 존은 근처에 분수가 설치되어 있음을 발견했다. 목욕물이 창백한 장밋빛으로 변했고 욕조 모서리마다 설치된 작은 해마의 동상에서 비눗물이 분출되어 나왔다. 이내 옆쪽에 위치한 두 개의 작은 바퀴가 물살을 휘저으며 찬란한 무지개 색의 분홍 거품을 만들어 향기롭고 가볍게 그리고 부드럽게 그를 감싸 안았고, 그의 알몸 주변 여기저기서 장밋빛 물거품이 반짝이며 톡톡 터져나갔다.

"활동 사진기를 틀까요, 도련님?"

흑인이 공손하게 제안했다.

"오늘 기계에는 근사한 희극이 한 통 감겨 있습니다. 또는 당장이라도 진지한 작품으로 바꿀 수도 있습니다. 만일 원하신다면 말입니다."

"아니, 괜찮아요."

존은 공손하지만 단호한 어조로 대답했다. 목욕을 무척이나 즐기고 있었기에, 다른 오락거리는 전혀 필요하지 않았다. 하지만 오락거리가 생겼다. 어느새 그는 밖에서 들려오는 플루트 소리에 무의식적으로 귀를 기울이고 있었다. 마치 폭포수처럼 흘러내리는, 욕실처럼 차갑고 푸른 플루트 소리에 공허한 피콜로 소리가 함께 했고, 물방울보다 더 연약하게 연주되는 음악이 그를 뒤덮고 매료시켰다.

차가운 소금물로 샤워를 마친 뒤, 다시 차갑고 시원한 물로 마무리를 한 후, 그는 욕조에서 걸어나와 폭신한 양털 가운을 걸치고, 똑같은 천으로 뒤덮은 침상에 누워 기름과 알코올 그리고 향유 마사지를 받았다. 그런 뒤 면도를 받고 머리 모양새가 다듬어지는 동안 푹신한 의자에 느긋하게 앉아 있었다.

"퍼시 도련님께서 도련님의 응접실에서 기다리고 계십니다."

모든 일이 끝나자 흑인이 말했다.

"제 이름은 깅섬입니다. 언거 도련님, 매일 아침 언거 도련님의 시중을 들어드릴 겁니다."

 존은 상쾌한 햇살이 쏟아지는 자신의 응접실로 걸어 들어갔고, 그곳에는 하얀색 새끼 염소가죽으로 만든 니커보커(무릎 아래에서 졸라매는 낙낙한 짧은 바지.)를 입고 편안한 의자에 앉아 담배를 피우고 있는 근사한 모습의 퍼시와 아침 식사가 그를 기다리고 있었다.

4

다음은 아침 식사를 하는 동안 존을 위해 퍼시가 워싱턴 가문에 대해 간략하게 이야기해 준 것이다.

지금의 워싱턴 씨의 아버지는 버지니아에 살았었는데, 그는 조지 워싱턴과 볼티모어 경〈제1대 볼티모어(1580?~1632) 남작은 1632년 영국의 찰스 1세로부터 지금의 메릴랜드 지역을 하사받았다고 한다.〉의 직계 후손이었다. 남북전쟁이 끝날 무렵, 그는 스물다섯 살의 대령으로 망해 버린 농장과 약 천 달러 정도의 금을 소유한 상태였다.

그 젊은 대령의 이름은 피츠-노먼 쿨페퍼 워싱턴이었다. 그는 버지니아의 땅을 남동생에게 넘겨주고 서쪽으로 가기로 결심했나. 그는 24명의 가장 충실한, 당연히 그를 숭배하는, 흑인들을 선택한 뒤 서부로 가는 기차표 25매를 구입했다. 그곳에서 그는 그들의 이름으로 땅을 구입해 양을 치고 소를 방목할 계획이었다.

몬태나에 도착한 지 한 달이 채 지나지 않아서 이미 사태는 정말로 너무나 악화되어 갔고, 그러던 중 그는 우연히 위대한 발견의 기회를 얻게 되었다. 언덕들을 넘어 말을 달리던 도중 그만 길을 잃었고, 음식도 없이 하루를 보내자 점점 배가 고파오기 시작했다. 라이플총을 가지고 있지 않았기 때문에, 어쩔 수 없이 다람쥐를 쫓아야 했고, 그 추격전이 진행되던 도중 그는 녀석이 입에 뭔가 반짝이는 것을 물고 있음을 깨달았다. 막 구멍 속으로 사라지기 전—창조주는 그 다람쥐를 그의 굶주림을 해소하기 위한 존재로 의도하시지 않으신 것이었다—녀석은 자신의 짐을 떨어뜨렸다. 자리에 앉아 상황을 궁리하던 피츠-노먼은 자신의 옆 풀숲에서 반짝이는 물체를 발견했다. 한 10초 정도 그는 완전히 음식에 대한 갈망을 잊어버렸고, 약 십만 달러를 벌어들였다. 식량이 되기를 완강하게 거부했던 다람쥐는 그를 커다랗고 완벽한 다이아몬드의 소유주로 만들었다.

그날 밤 그는 자신의 야영지로 향하는 길을 발견했고 12시간 후 그는 자신의 흑인들 중 남자들을 모두 이끌고 다람쥐 굴로 되돌아와서, 산의 옆구리를 맹렬하게 파 들어갔다. 그는 일꾼들에게 라인석(모조 다이아몬드) 광산을 발견했다고 말했고, 작은 다이아몬드조차 본 적이 없는 이들은, 아무런 의심없이 그의 말을 믿었다. 자신의 발견의 규모가 분명해지자, 그는 당혹스러움을 느꼈다. 산 자체가 하나의 다이아몬드였다—말 그대로 다른 불순물이 전혀 섞이지 않은 단단한 다이아몬드였다. 그는 반짝이는 표본들을 네 개의 안장가방에 가득 싣고 세인트폴로 말을 달렸다. 그곳에서 그는 6개의 작은 다이아몬드를 간신히 처분했고—더 큰 다이아몬드를 팔려하자 가게 주인은 기절해 버렸고 피츠-노먼은 공중질서 파괴죄로 체포되었다. 그는 감옥에서 탈출하여 뉴욕으로 가는 기차에 올랐고, 그곳에서 중간 크기의 다이아몬드를 몇 개 팔아 그것을 20만 달러어치의 금으로 교환했다. 하지만 그는 더는 보통 이상 크기의 보석들은 감히 꺼내려 하지 않았다. 사실, 그는 가까스로 제시간에 뉴욕을 떠났다. 보석시장에 거대한 동요가 일어났다. 다이아몬드의 크기가 아니라 그 비밀스러운 공급원으로 드러난 그의 존재가 문제였다. 캣스킬 산맥에서, 저지의 해안가에서, 롱아일랜드 섬에서, 워싱턴 광장 아래에서 다이아몬드 광산이 발견되었다는 등의 엉뚱한 소문들이 횡횡했다. 곡괭이와 삽을 든 사람들이 열차를 가득 메우고, 매시간 뉴욕을 떠나 엘도라도의 이웃 동네를 찾아 나섰다. 하지만 바로 그 시간 젊은 피츠-노먼은 이미 몬태나로 돌아와 있었다.

2주가 지날 즈음 그는 산속의 다이아몬드가 세상에 알려진 모든 다이아몬드를 다 합쳐놓은 것과 거의 같은 양임을 계산해냈다. 정상적인 방법으로 그 가치를 따지는 것은 의미가 없었다. 어쨌든 그것은 단 하나의 단단한 다이아몬드였으니까. 그리고 만일 그것이 시장에 나온다면, 시장이 왈칵 뒤집힐 뿐만 아니라, 또한 일반적인 수리적 계산대로라면 그 크기에 따라 가치도 달라질 것이 분명한데, 세상에는 그 다이아몬드의 10분의 1 크기의 다이아몬드를 구입하기에 충분한 금조차도 존재하지 않았다. 그리고 도대체 그렇게 큰 다이아몬드로 무엇을 한단 말인가?

그것은 놀라운 곤경이었다. 그는 어떤 면으로는 세상에서 가장 부유한 사람이었다. 하지만 그것이 조금이라도 어떤 가치가 있는 것일까? 만일 그 비밀이 드러나면 공황을 방지하기 위해서 성무가 어떤 정책을 강구하려 할지 알 수가 없었다. 어쩌면 그 즉시 소유권을 주장하고, 전매사업을 수립할지도 몰랐다.

달리 대안은 없었다. 그는 자신의 산을 비밀리 시장에 내놓아야 했다. 그는 남쪽으로 사람을 보내 남동생을 불러와 그에게 자신의 유색의 추종자들을—노예제도가 폐지되었다는 사실을 결코 알지 못하는 흑인들을—다스리게 했다. 이 사실을 분명하게 하기 위해, 그는 포레스트 장군이〈나단 배드포드 포레스트(Nathan Bedford Forrest:1821~1877)는 부유한 사업자이자 유명한 남북전쟁 당시 장군으로 전후

Klu Klux Klan(KKK)의 지도자가 되었다.〉 뿔뿔이 흩어져 있던 남군을 다시 모아 단 한 번의 전투에서 정정당당하게 북군을 패배시켰다는, 자신이 직접 제작한 선언문을 그들에게 읽어 주었다. 흑인들은 그를 무조건적으로 믿었다. 그들은 그것이 잘된 일이라는 공통의 입장을 보이고, 즉시 부활한 노역에 동참했다.

피츠-노먼 그 자신은 십만 달러와 트렁크 두 개 분량의, 온갖 크기의 세공하지 않은 다이아몬드를 들고 외국으로 나갔다. 그는 중국식 범선에 몸을 싣고 러시아로 향했고, 몬태나를 떠난 지 6개월 후, 그는 상트페테르부르크(러시아 북서부의 항구도시, 제정 러시아의 수도.)에 도착했다. 그는 어두침침한 하숙집에 짐을 풀고, 즉시 궁정 보석상을 방문해서 자신에게 짜르(황제)를 위한 다이아몬드가 있음을 알렸다. 그는 끊임없이 계속되는 살해의 위험 속에서, 여러 하숙집들을 전전하고, 자신의 트렁크들을 서너 차례밖에 열어보지 못할 만큼 두려움에 떨면서, 상트페테르부르크에 겨우 2주 동안 머물렀다.

더 크고 더 좋은 보석들을 들고 1년 안에 다시 돌아오겠다는 약속을 남기고, 그는 러시아를 떠났다. 그가 떠나기 전, 어찌 되었든 간에, 궁전의 보물 관리자는 미국 은행에 있는 그의 계좌에, 네 개의 서로 다른 가명으로, 총 1,500만 달러의 예치금을 넣어주었다.

그는 1868년 미국으로 다시 돌아왔고, 그 후 2년간 조금씩 여행을 다녔다. 그는 22개국의 수도를 방문해, 5명의 황제와 11명의 국왕, 3명의 왕자, 1명의 샤, 1명의 칸 그리고 1명의 술탄을 만났다. 그 당시 피츠-노만은 총 1억 달러에 달하는 부를 쌓아올렸다. 그는 자신의 비밀이 발각되는 일이 없게 조심스럽게 일을 진행시켰다. 그의 커다란 다이아몬드들 중 그 어느 것도 세상의 눈에 1주일 이상 드러난 적이 없었고, 퇴폐한 제국의 초창기에서부터 그것은 재난과 연애, 혁명 그리고 전쟁 등의 역사에 휘말려 들어갔다.

1870년부터 1900년 즉, 그가 죽을 때까지 피츠-노먼 워싱턴의 역사는 황금의 기나긴 서사시였다. 부수적인 사건들이지만, 그는 측량단을 교묘히 피하고, 버지니아 출신의 숙녀와 결혼해, 아들을 하나 얻었고, 불행한 일이었지만 일련의 복잡한 상황 때문에, 무분별하게도 인사불성이 될 때까지 술을 마시는 버릇이 있는 불운한 남동생을 어쩔 수 없이 살해해야만 했다. 이러한 행복한 나날들이 계속되고 확대되는 데는 몇몇 살인이라는 오점이 따랐다.

피츠-노먼은 죽기 바로 전, 자신의 정책을 바꾸어, 자신의 모든, 실제로는 몇 백만 달러의 외부 재산으로 대량의 희귀광물을 사들인 뒤 세계 각지에 있는 안전한 은행 금고에 그것들을 예치해놓고 골동품이라 표시해 놓았다. 그의 아들 브래독 탈레턴 워싱턴은 심지어는 더 강화된 수준으로 아버지의 정책을 답습했다. 광물은 더 희귀한 온갖 요소들로―라듐(자연 방사성 동위 원소의 일종. 물리 화학 실험과 의료용 및 방사능의 표준으로 사용된다.)과 같은―바뀌었고, 덕분에 1억 달러에 해당하는 금이 담배상자보다도 크지 않은 형태로 금고에 저장될 수 있었다.

피츠-노먼이 죽은 뒤 3년 후 그의 아들, 브래독은 사업이 너무 커졌음을 인정했다. 그와 그의 아버지가 산에서부터 얻어낸 부는 수치로 계산할 수 있는 범위를 넘어섰다. 그는 자신이 후원하고 있는 수천 개의 은행에 각각 보관해 놓은 정확한 라듐의 양과 그 익명의 예금주를 장부에 암호로 적어놓았다. 그런 뒤 그는 아주 간단하게 일을 마무리 지었다―광산을 닫아버린 것이다. 이미 그곳에서 캐낸 것들만 해도 아직 태어나지 않은 모든 워싱턴들이 세대를 이어가며 사치를 누릴 수 있었다. 단 하나의 걱정거리는 어떻게 그 비밀을 보호하는가 하는 것이었다. 최소한 그것이 발견됨으로 인해 공황이 발생하지 않도록 해야 했다. 그렇게 되면 세상의 모든 재산가들을 완전한 가난 속으로 하락시킬 것이 분명했다.

그들이 바로 지금 존 T. 언거가 머물고 있는 가족이었다. 그것이 그가 도착한 다음 날 아침, 은을 바른 벽지로 장식된 응접실에서 그가 들은 이야기였다.

5

 아침 식사 후, 존은 거대한 대리석 현관을 통해 밖으로 나가는 길을 발견했고, 호기심 어린 눈으로 자신의 눈앞에 펼쳐진 광경을 바라보았다. 다이아몬드 산으로부터 8km 너머 각듯한 화강암 절벽에 이르기까지 계곡 전체에 자리 잡은 정원들과 호수들 그리고 깨끗하게 손질한 잔디 위로 아직 황금빛 아지랑이가 나른하게 숨결을 내뱉고 있었다. 여기저기 한 무리의 느릅나무들이 만들어내는 부드러운 숲의 그림자가 검푸른 녹색이 지배하는 언덕 위에 자리 잡은 거친 소나무 숲들과 이상한 대조를 이루었다. 심지어는 존이 둘러보고 있는데도, 약 1km쯤 떨어진 사슴무리에서 세 마리의 새끼 사슴들이 또각또각 소리를 내며 차례로 뛰어나와 갈비뼈 부분이 검고 반쯤 옅은 빛깔의 또 다른 무리 속으로 의기양양하게 모습을 감추었다. 존은 숲으로 가는 길에 염소 다리의 인간이 피리를 부는 것을 본다거나 또는 분홍색 요정의 피부나 녹색 중에서도 가장 진한 녹색 잎사귀 사이로 날아가는 황금색 머리카락을 언뜻 보게 된다 해도 놀라지 않을 것 같았다.
 어떤 근사한 희망을 품은 채 그는 대리석 계단을 내려와, 바닥에서 잠들어 있는 매끄러운 러시아산 울프하운드의 잠을 약간 방해

한 뒤 어떤 특정한 방향으로 이어진 것처럼은 보이지 않는 하얗고 파란 벽돌을 따라 산책에 나섰다.

그는 가능한 한 한껏 자신을 즐겼다. 그것은 젊음의 더없는 행복일 뿐 아니라, 현재는 절대로 가질 수 없는, 하지만 항상 찬란하게 상상되는 미래에 견주어 평가해야 하는 불충분함이었다—꽃들, 황금, 아가씨들, 별들, 그것들은 어디 비교할 데가 없고, 도달하기 어려운 젊은 꿈의 예시이고, 예언이었다.

존은 진한 향기로 하늘을 가득 채우는 거대한 장미 덤불로 뒤덮인 부드러운 길 모서리를 돌아 공원을 가로질러 몇몇 나무들 아래 이끼가 잔뜩 끼어 있는 곳을 향했다. 그는 한 번도 이끼 위에 누워 본 적이 없었고, 사람들이 말하는 것처럼 정말로 부드러운지 직접 느껴보고 싶었다. 그때 그는 잔디를 가로질러 자신을 향해 걸어오는 소녀를 보았다. 그녀는 그가 지금까지 본 그 어떤 여자보다 아름다웠다.

그녀는 바로 무릎 아래까지 오는 하얀색의 작은 가운을 입고 있었고, 푸른색 사파이어 조각들로 장식한 목서초(木犀草)화환을 머리에 쓰고 있었다. 그녀가 다가오자 그녀의 분홍색 맨발이 이슬을 사방으로 흩뿌렸다. 그녀는 존보다 어려 보였다—16살도 안 된 것처럼 보였다.

"안녕하세요, 전 키스민이에요."

그녀가 부드럽게 속삭였다.

그녀는 존이 이미 알고 있던 것보다 더 아름다웠다. 그는 그녀를 향해 다가갔지만, 그녀의 맨발을 밟지 않으려 발을 끌었기 때문에 거의 움직임이 없었다.

"절 만난 적이 없으시죠."

그녀의 푸른 눈동자가 부드러운 목소리로 말했다.

“오, 당신이 엄청난 것을 놓친 셈이에요!…… 제 언니인 재스민을 만나보셨을 거예요, 어젯밤에요. 저는 양상추를 먹고 탈이 나서.”

그녀의 부드러운 목소리가 이어졌고, 그녀의 눈동자가 말을 이었다.

‘그리고 전 아플 때, 아주 상냥하지만…… 제가 건강할 때에는.’

‘당신은 제게 엄청난 영향력을 발휘하고 있군요.’

존의 눈동자가 말했다.

“그리고 전 제 자신에게 그리 둔하지는 않답니다.”

“안녕하세요? 오늘 아침에는 좀 나아지셨길 바랍니다.”

그가 말하고는 떨리는 눈동자로 덧붙였다.

“사랑스런 아가씨.”

존은 그들이 함께 길을 걷고 있다는 사실을 자축했다. 그녀의 제안에, 그들은 나란히 이끼 위에, 그가 실험해 볼 수 없었던 부드러움 위에 자리했다.

그는 여자에 대해 까다로웠다. 작은 결점 하나라도—두꺼운 발목, 거친 목소리, 눈에 쓴 안경 등의 결점 하나일지언정—그에게서 완전히 흥미를 앗아갔다. 그리고 난생처음으로 그는 자신의 옆에 있는 소녀가 육체적인 완벽함의 화신인 것처럼 느껴졌다.

“동부에서 오셨나요?”

매력적인 모습의 키스민이 흥미를 보이며 물었다.

“아뇨, 저는 하데스라는 곳에서 왔습니다.”

존은 간단하게 대답했다.

하데스에 대해 들어본 적이 없었는지, 아니면 그곳에 대한 유쾌한 농담거리를 떠올리지 못했는지, 그녀는 더 이상 별다른 말을 하지 않았다.

“이번 가을 동부에 있는 학교에 갈 예정이에요.”
그녀가 말했다.
“제가 그곳을 좋아할 수 있을까요? 뉴욕에 있는 불게 양의 학교에 들어갈 예정이에요. 아주 엄격한 곳이지만, 주말에는 가족들과 함께 뉴욕 집에서 지낼 수 있대요. 왜냐하면 아버지가 소녀들은 둘씩 짝을 지어 산책을 나가야 한다고 들으셨거든요.”
“아버님께서 당신이 자부심을 갖기를 원하신 거겠죠.”
존이 자신의 의견을 말했다.
“우리 둘 다 그래요.”
그녀가 대답했고, 두 눈이 자부심으로 반짝였다.
“우리 두 사람 모두 한 번도 벌을 받은 적이 없어요. 아버지는 우리에게는 절대로 그런 일이 없어야 한다고 말씀하셨죠. 재스민 언니가 아주 어렸을 적이었는데, 한번은 언니가 아버지를 아래층으로 밀어버렸지만, 아버지는 단지 자리에서 일어나 절뚝거리며 방을 나가셨어요. 엄마는 글쎄, 조금 놀라셨죠.”
키스민이 말을 이었다.
“당신이 어디서 왔는지를, 그러니까 제 말은, 당신이 어디 출신인지 들으셨을 때 말이에요. 엄마는 자신이 어린 소녀였을 때에는……. 하지만 그때는 아시겠지만 엄마는 스페인 사람에 구식인걸요.”
“이곳에서 많은 시간을 보내시나요?”
그녀의 발언에 약간은 상처를 입었다는 사실을 숨긴 채 그가 물었다. 고향에 대한 그의 자부심은 그런 은근한 말장난을 불쾌하게 느꼈다.
“퍼시 오빠와 재스민 언니, 그리고 저는 매년 여름마다 이곳에 와요. 하지만 내년 여름 재스민 언니는 뉴포트로 갈 예정이에요.

이번 가을서부터 1년 동안 런던 사교계에 나갈 거거든요. 궁전에
도 알현을 할 거예요."

"저기요, 당신은 제가 당신을 처음 본 순간 생각했던 것보다 훨
씬 더 세련되었군요."

존이 주저하며 말했다.

"오, 아니에요. 그렇지는 않아요."

그녀가 서둘러 반박했다.

"저는 그렇게 생각하지 않아요. 저는 세련된 젊은 사람들은 지독
하게도 평범하다고 생각해요. 전 전혀 그렇지 않거든요. 정말로요.
만일 당신이 제가 그렇다고 말한다면, 전 울어버릴 거예요."

너무 낙담한 듯 그녀의 입술이 바들거렸다. 존은 강하게 정정을
할 수 밖에 없었다.

"그런 의미는 아니었습니다. 단지 당신에게 장난을 치려고 했던
거예요."

"만약 제가 그런 사람이라면, 별로 상관하지 않았을 거예요."

그녀가 항의했다.

"하지만 전 그렇지 않아요. 전 아주 순진하고 소녀다워요. 전 결
코 담배를 피우지도 않고, 술도 마시지 않고, 시집 외에는 아무것
도 읽지 않아요. 수학이나 화학 쪽으로는 거의 아는 것이 없어요.
저는 옷도 아주 수수하게 입어요. 사실, 거의 입지 않으니까요. 세
련되었다는 말은 저를 나타내기에는 전혀 어울리지 않는다고 생각
해요. 저는 소녀들은 건전한 방법으로 그녀들의 젊음을 즐겨야 한
다고 믿을 뿐이에요."

"저도 그렇습니다."

존이 따스하게 말했다.

키스민의 기분이 다시 밝아졌다. 그녀는 그를 향해 미소를 지었

고, 그녀의 파란 눈동자의 한쪽 구석에 매달려 있던 눈물 한 방울
이 쪼르르 흘러내렸다.

"당신이 좋아요."

그녀가 친근하게 속삭였다.

"이곳에 있는 동안, 모든 시간을 퍼시 오빠와 함께 보낼 건가요,
아니면 제게도 친절을 베풀어 주시겠어요? 한번 생각해보세요. 전
온전히 청순한 사람이에요. 이제까지 단 한 번도 남자와 사랑에 빠
진 적이 없었거든요. 사실 남자애들과 단둘이 있는 것조차 허락받
은 적이 없었어요. 퍼시 오빠를 빼고는요. 당신에게 달려가겠다는
희망만을 갖고 이 작은 숲을 한 달음에 왔는걸요. 이 주변에는 우
리 가족들이 없을 테니까요."

상당히 우쭐해지는 것을 느끼며, 그는 하데스의 무용 학교에서
배웠던 것처럼 엉덩이서부터 굽혀 인사를 했다.

"이제 돌아가는 것이 좋겠어요."

키스민이 상냥하게 말했다.

"11시부터는 엄마와 함께 있어야 해요. 일단 제게 키스를 요구해
서는 안 돼요. 요즘 남자들은 항상 그런다고 생각하지만요."

존은 자랑스럽게 몸을 일으켰다.

"몇몇 사람들은 그렇죠. 하지만 전 아닙니다. 소녀들은 그런 일
을 하지 않아요, 하데스에서는요."

그가 대답했다.

두 사람은 나란히 집을 향해 걸었다.

6

존은 한껏 내리쬐는 햇살 아래 브래독 워싱턴 씨를 마주 보며 섰다. 그는 자부심과 공허함이 담긴 얼굴에, 지적인 눈동자와 튼튼한 육체를 지닌 40대의 사내였다. 아침마다 그는 말들을—최고의 말들을—직접 조련했다. 그는 평범한 회색 지팡이를 들고 다녔는데, 손잡이에 하나의 거대한 오팔이 박혀 있었다. 그와 퍼시는 존에게 주위를 보여주며 설명했다.

"노예들의 구역은 저쪽이네."

그의 지팡이가 그들의 왼쪽 방향에 있는, 산의 한쪽 면을 따라 우아한 고딕풍으로 서 있는 대리석 회랑을 가리켰다.

"젊었을 적, 나는 막연한 이상주의에 빠져 내 인생의 의무들 사이에서 잠시 방황한 적이 있었지. 그 시절 동안 저들은 사치스럽게 살았네. 예를 들어, 난 모든 노예들의 숙소에 타일을 깐 목욕탕을 설치해 주었지."

"제가 추측해 보자면."

존이 환심을 사려는 듯 미소를 머금으며 불쑥 끼어들었다.

"저들이 그걸 석탄을 저장하는데 사용했겠죠. 슈닐처-머피 씨가 언젠가 제게 해주신 말씀……."

"슈닐처-머피의 의견은 조금도 중요하지 않아, 내게는."

브래독 워싱턴이 차갑게 끼어들었다.

"그리고 내 노예들은 자신들의 욕조에 석탄을 저장하거나 하지 않아. 그들은 날마다 목욕을 하라는 명령을 받았네. 만일 그렇게 하지 않으면, 내가 황산 샴푸를 주문했을지도 몰라. 나는 상당히 다른 이유 때문에 그 명령을 취소했다네. 저들 중 몇 명이 감기에 걸리거나 죽었다네. 특정 인종에게는 물이 좋지 않으니까—마시는 것을 빼고는."

존은 웃음을 터트렸고, 그런 뒤 정중하게 동의한다는 표시로 고개를 끄덕이기로 결심했다. 브래독 워싱턴은 그를 불편하게 만들었다.

"모든 흑인들이 내 아버지가 당신과 함께 북쪽으로 데려온 이들의 자손이네. 지금은 약 250여 명이 있지. 그들은 세상에서 상당히 동떨어진 생활을 하기 때문에, 원래의 사투리가 거의 알아들을 수 없을 만큼의 방언으로 변형되어 버렸음을 자네도 알아차렸을 것이야. 우리는 그들 중 단지 몇 명에게만 영어를 가르쳤지—내 비서와 두세 명의 집안 일꾼들만."

"여긴 골프 코스네."

벨벳 같은 겨울용 잔디를 따라 거닐며 그가 계속했다.

"전부 녹색이지. 자네도 볼 수 있겠지만 페어웨이(티와 퍼팅용 그린 중간의 잔디 구역.)도 러프(페어웨이 밖의 잡초 따위가 우거진 곳.)도 그리고 장애구역도 없네."

그는 존을 향해 유쾌하게 미소를 지었다.

"우리 안에는 사람들이 많이 있나요, 아버지?"

퍼시가 갑자기 물었다.

브래독 워싱턴은 약간 비틀거리더니, 본의 아니게 욕설을 내뱉었다.

"원래 있어야 하는 수보다 한 명이 적다."

그가 불쑥 험악하게 말했다. 그런 뒤 잠시 후 덧붙여 말했다.

"까다로운 일이 있었거든."

"어머니가 말씀해 주셨어요. 이탈리아인 선생이……."

퍼시가 큰 소리로 말했다.

"끔찍한 실수였다."

브래독 워싱턴이 화를 내며 말했다.

"하지만 물론 우리가 그를 사로잡을 가능성도 있었어. 어쩌면 숲 속 어딘가에 쓰러졌거나, 아니면 절벽 아래로 굴러 떨어졌을지도 모르고. 그리고 만약 그가 자신의 이야기를 털어놓는다 해도, 그의 말을 믿어주지 않을 가능성도 얼마든지 있지. 그럼에도 불구하고, 난 이 근처의 여러 다른 도시들에 스물네 명의 사람들을 보내 녀석을 찾고 있는 중이다."

"무슨 소식이라도?"

"조금은. 그들 중 열네 명이 내 중개인에게 그런 인상착의를 한 작자를 죽였다는 답을 보냈다는구나. 하지만 아마도 그들이 쫓는 것은 오직 보상금……."

그는 입을 다물었다. 그들은 이제 대략 회전목마의 원형바닥정도 크기에 강철 격자가 뒤덮여 있는 대지 위의 거대한 공동(空洞)에 다가가고 있었다. 브래독 워싱턴은 존을 향해 손짓을 한 뒤, 자신의 지팡이로 격자 너머를 가리켰다. 존은 그 가장자리로 걸어가 그 안을 바라보았다. 즉시 그 아래에서 들려오는 거친 외침이 그의 귀를 찔렀다.

"어서 지옥으로 오거라."

"이봐, 꼬마. 그쪽은 공기가 어떠냐?"

“이봐, 우리에게 밧줄을 던져.”

“오래된 도넛이라도 있나, 친구. 또는 묵은 샌드위치라도 좋다.”

“이봐, 친구. 만일 네 옆에 있는 녀석을 이쪽으로 밀어버린다면, 네게 결코 쉽게 잊히지 않을 장면을 보여주지.”

“녀석을 한대 갈겨주렴, 그래 주겠지?”

너무 어두워 구덩이 안을 분명하게 볼 수는 없었지만, 그들의 말투와 목소리에서 느껴지는 조악한 낙천주의와 거친 생명력은 그들이 강인한 정신력을 지닌 미국 중산층 출신임을 알 수 있었다. 그때 워싱턴 씨가 지팡이를 뻗어 풀 속에 숨어 있던 단추를 건드리자, 아래의 광경이 갑자기 빛 속에 드러났다.

“이들은 불행하게도 엘도라도(16세기 에스파냐 사람들이 남아메리카 아마존 강가에 있다고 상상한 황금의 나라.)를 발견한 몇몇 모험심이 강한 뱃사람들이라네.”

그가 설명했다.

발아래로 마치 그릇의 내부처럼 만들어진 거대한 공터가 드러났다. 옆면은 깎아지른 듯한 절벽이었고, 한눈에 보아도 광택이 흐르는 유리로 되어 있었다. 그리고 살짝 헝겊이 뒤덮인 바닥 위에는 반쯤은 정장을 한 또는 반쯤은 비행사의 제복을 입은 24명의 남자들이 서 있었다. 똑바로 쳐든, 분노가, 적의가, 절망이 그리고 냉소적인 웃음이 번뜩이는 얼굴에는 길게 자란 수염으로 뒤덮여 있었지만, 예외적으로 눈에 띄게 파리한 몇몇 사람들을 제외하곤, 모두들 잘 먹고 건강한 상태인 것처럼 보였다.

브래독 워싱턴이 구덩이 옆에 있던 정원용 의자를 끌어당겨 그 위에 앉았다.

“이런, 모두들 어떠신가?”

그가 기분 좋게 물었다.

몇몇의 너무 기운이 없는 울부짖음을 제외한, 모든 이들의 하나가 된 저주의 합창이 햇살이 내리쬐는 허공에 울려 퍼졌지만, 브래독 워싱턴은 오만하고 침착하게 그 말을 들을 뿐이었다. 그 마지막 메아리가 잦아들자 그가 다시 말했다.

"어찌 자네들을 곤경에서 구해낼 해결책에 대해 생각해 보았는가?"

여기저기서 온갖 발언들이 떠올랐다.

"사랑을 위해 여기서 살기로 결심했다!"

"우릴 올려 보내주게. 그럼 우리의 방책이 무엇인지 보여주지!"

브래독 워싱턴은 그들이 다시 조용해지길 기다린 뒤 말했다.

"자네들에게 이미 상황을 설명했지. 난 자네들이 이곳에 있는 것을 원하지 않네. 맹세컨대 자네들을 만나고 싶지도 않았어. 자네들의 호기심이 자네들을 이곳으로 끌고 온 것이고, 만약 나와 내가 흥미를 보이는 것들을 보호하면서 자네들이 이곳을 떠날 수 있는 방책을 생각해 낸다면, 내가 얼마든지 강구해 보겠네. 하지만 자네들이 그 노력을 땅굴을 파는데 낭비한다면—그래, 그렇다네. 자네들이 시작한 새 땅굴에 대해 이미 알고 있다네—그게 별로 오래 가지 못할 것임을 알려주지. 집에 남겨놓고 온 사랑하는 이들을 위한 자네들의 외침을 생각하면, 탈출하려는 노력이 그리 어려운 것은 아니겠지. 하지만 만약 자네들이 집에 남겨놓고 온 사랑하는 이들을 진심으로 걱정한다면 처음부터 비행을 하지 말았어야 했네."

키가 큰 남자 하나가 다른 이들에게서 떨어져 나와, 자신을 가두어놓고 있는 이의 주의를 끌기 위해 손을 흔들었다.

"몇 가지 질문을 합시다. 당신은 정정당당한 사람인 척 행동하는군."

그가 소리쳤다.

"어림없는 소리. 어떻게 나 같은 위치에 있는 사람이 자네들을 상대로 정정당당해질 수 있겠나. 그렇다면 스페인 사람이 한 조각의 고깃덩어리를 상대로 정정당당하다고 말하는 것과 같을 거야."

이 가혹한 발언에 24명의 고깃덩어리들이 얼굴을 떨어뜨렸지만, 장신의 사내는 계속 말을 이었다.

"좋소! 이미 이 문제에 대해서는 논쟁을 했었지. 당신은 인도주의자도 아니고, 정정당당한 사람도 아니지. 하지만 당신은 인간이요—적어도 당신이 당신 입으로 그렇게 말했지—그렇다면 당신은 스스로를 지금 우리가 있는 장소에 밀어 넣고 충분히 오래 생각해 봐야 하오. 얼마나…… 얼마나…… 얼마나……."

그가 외쳤다.

"얼마나 뭐요?"

워싱턴이 차갑게 되물었다.

"…… 얼마나 불필요하게도……."

"나로서는 필요한 일이었지."

"그렇다면, 얼마나 잔혹하게……."

"그것도 끝낸 이야기일 텐데. 자기보존본능이 관련된 일에서는 잔혹함이란 존재하지 않는다고. 자네도 군인이었으니 그 사실을 알 거야. 다른 시도를 해보게."

"그렇다면 얼마나 어리석게."

"그렇지."

워싱턴이 인정했다.

"그 사실은 인정하지. 하지만 상대적으로 생각해 보도록 하게나. 만일 당신들이 원한다면, 당신들 모두를 또는 일부를 고통 없이 처형시켜 주겠노라 제안을 했었지. 자네들에게 아내를, 연인을, 아이들을 그리고 부모님을 납치해 이곳으로 데려다 주겠노라는 제안도

했었네. 자네들이 있는 구역을 확장하고, 앞으로 남은 평생 자네들을 먹이고 입혀줄 거라 약속하지. 만약 이 세상에 영원한 기억상실을 만들어낼 수 있는 방법이 있다면, 나는 즉시 자네들에게 그 수술을 해서 내 사유지 밖으로 내보내 주겠네. 하지만 그건 가능하지 않은 생각이고."

"당신에 대한 이야기를 퍼트리지 않겠다는 우리의 약속을 믿어보는 건 어떻소?"

누군가가 소리쳤다.

"진심으로 생각해보고 그런 제의를 하는 건 아니겠지."

험한 인상을 쓰며 워싱턴이 말했다.

"얼마 전 내 딸에게 이탈리아어를 가르치기 위해 한 사람을 여기서 꺼내 주었지. 지난주 그가 도망을 쳤다네."

24명의 목에서 갑자기 거친 환호성이 터져 나왔고 즐거움의 아수라장이 계속되었다. 죄수들은 바닥을 박차며 춤을 추었고, 갑자기 밀려든 동물적인 충동에 서로서로를 끌어안고 뒹굴고 노래를 부르고 환호성을 질렀다. 심지어는 그릇 모양의 바닥을 가능한 한 멀리 뛰어올라가, 매끄러운 벽을 타고 다른 이들의 몸을 쿠션 삼아 바닥으로 미끄러져 내려왔다. 장신의 남자가 노래를 시작하자 모두들 함께 동참했다.

"오! 카이저의 목을 매달자……
시큼한 사과나무에……."

브래독 워싱턴은 불가사의한 침묵을 지키며 노래가 끝나기를 기다리며 앉아 있었다.

"알겠지만."

약간의 주의를 다시 끌 수 있게 되자, 그가 말했다.

"나는 자네들을 나쁜 의도로 잡아두는 것이 아니네. 난 자네들이 자신의 처지를 가능하면 즐기기를 바라고 있어. 그런 이유로 사건의 전말을 한꺼번에 털어놓지 않았지. 그 사람은—이름이 뭐였더라? 크릿치치레오라 했던가—열네 군데의 다른 장소에서 내 요원들에 의해 총격을 당했네."

그 장소들이라는 것이 도시들을 의미한다는 것은 추측할 필요도 없었고, 환희의 소동은 즉시 잠잠해졌다.

"그럼에도 불구하고."

윌리엄이 분노의 기색을 드러내며 소리쳤다.

"놈이 탈출을 시도했어. 그런 경험이 있었는데도 불구하고 내가 자네들에게 또 다른 기회를 줄 거라고 기대하는가?"

또다시 일련의 고함이 터져 나왔다.

"물론이오."

"딸에게 중국어를 가르칠 생각은 없나?"

"이봐! 난 이탈리아어를 할 수 있어. 우리 어머니가 이탈리아인이었거든."

"어쩌면 딸이 뉴욕사람처럼 말하는 법을 배우고 싶어할지도 모르지."

"만약 자네의 딸이 커다란 푸른 눈동자를 가진 어린 아가씨라면 내가 이탈리아어보다 더 많은 것들을 가르쳐 줄 수 있네."

"아일랜드 노래들을 알고 있네. 한때 금관 악기를 연주하기도 했어."

갑자기 워싱턴 씨는 지팡이를 앞으로 뻗어 풀 속의 단추를 눌렀고, 그러자 아래쪽의 풍경이 즉시 사라져 버렸다. 오직 검은 격자 이빨을 드러낸 채, 음울하게 덮여 있는 거대한 어두운 입뿐이었다.

"이봐!"

아래에서 목소리가 들렸다.

"우리에게 자네의 축복도 보내지 않고 그냥 갈 생각인가?"

하지만 두 소년을 대동한 워싱턴 씨는, 마치 구덩이와 그 안의 내용물들이 그의 편리한 강철 격자가 가두어놓고 있는 하나의 위험 분자에 지나지 않다는 듯이, 이미 골프 코스의 아홉 번째 홀을 향해 천천히 걸어가고 있었다.

7

　다이아몬드 산의 산그늘 아래의 7월은 담요가 필요한 밤과 따스하고 찬란한 낮의 연속이었다. 존과 키스민은 사랑에 빠졌다. 그는 자신이 선물해준 작은 황금 축구공〈Pro deo et patria et St, Mida(신과 이 나라 그리고 성 미다스)의 전설이 새겨져 있는〉이 백금 목걸이에 걸려 그녀의 가슴 위에 매달려 있다는 사실을 알지 못했다. 하지만 그건 사실이었다. 그리고 그녀도 마찬가지로 어느 날 그녀의 수수한 머리 장식에서 떨어진 커다란 사파이어가 존의 보석 상자에 안전하게 보관되어 있다는 사실을 알지 못했다.

　어느 늦은 오후 루비와 흰 담비로 꾸민 음악실이 한적할 무렵, 그들은 그곳에서 단둘이서 한 시간을 보냈다. 그는 그녀의 손을 잡았고, 그가 그녀의 이름을 크게 속삭이자 그녀가 묘한 표정을 지었다. 그녀는 그를 향해 몸을 숙인 뒤 잠시 주저했다.

　"저기 '키스민' 이라고 말했나요?"

　그녀가 부드럽게 물었다.

　"아니면 키스를……."

　그녀는 분명히 그것을 하고 싶었다. 그녀는 자신이 어쩌면 오해를 했을지도 모른다고 생각했다.

두 사람 모두 전에는 한 번도 키스를 해본 적이 없었지만, 그 한 시간이 지나자 별 차이가 없는 듯 느껴졌다.

오후가 두둥실 흘러갔다. 가장 높은 탑에서 음악의 마지막 선율이 두둥실 떠내려 올 때쯤, 두 사람은 각자의 침대에 누운 채, 그날의 일 분 일 분을 황홀하게 되새겨보았다. 그들은 가능한 한 빨리 결혼식을 올리기로 결심했다.

8

매일같이 워싱턴 씨와 두 명의 청년은 깊은 숲으로 사냥을 가거나 낚시를 하거나 또는 지루한 코스 주위에서 골프를―존이 교묘히 집주인이 이기게 만든 게임―즐기거나 산속의 차가운 호수에서 수영을 했다. 존은 워싱턴 씨가 어떤 면으로는 흥미로운 성격을 가졌음을 알아냈다―그는 자기 자신을 제외한 다른 사람들의 생각이나 의견에는 철저히 무관심했다.

워싱턴 부인은 매사에 초연하고 내성적이었다. 그녀는 확실히 두 딸에게는 무관심했고, 아들인 퍼시에게는 완전히 목을 매느라 저녁 식사 시간이면 빠른 스페인어로 아들과의 장황한 대화를 주도했다.

큰딸인 재스민은 외면적으로는 키스민과 많이 닮았다―아주 약간 휘어진 다리와, 큼직한 손과 발은 제외하고―하지만 성격적인 면에서는 자매가 완전히 달랐다. 재스민이 선호하는 책들은 혼자가 된 아버지를 위해 집안일을 해야 하는 불쌍한 소녀들이 주인공이 되는 내용이었다. 존은 키스민으로부터 재스민이 식당 책임자로서 유럽으로 가려던 찰나, 2차 세계대전이 종결되는 바람에 받은 실망과 그 엄청난 충격에서 벗어나는 것이 결코 쉽지 않을 것이라는 이야기를 들었다. 심지어는 슬픔으로 그녀가 파리하게 변하자, 브래독 워싱턴은 발칸 반도에서 새로운 전쟁을 일으키기 위해 손을 썼다. 하지만 몇 명의 부상당한 세르비아 병사들이 찍힌 사진을 본 그녀는 모든 진행 과정에 흥미를 잃어버렸다. 하지만 퍼시와 키스민은 그들의 아버지로부터 그 모든 거친 위엄과 오만한 태도를 물려받았다. 순수하고 변함없는 이기심은 마치 일가족의 모든 사고방식 속에 일정한 형태로 나타났다.

존은 샤토와 골짜기의 경이로움에 매료되었다. 브래독 워싱턴은, 퍼시가 말한 바에 의하면, 조경설계사와 건축가 그리고 장치설계사와 지난 세기의 잔재물인 프랑스 데카당파의 시인을 납치하도록 지시했다. 그는 그들의 재량을 발휘하는 일에 자신이 소유한 흑인 노예들의 총력을 기울였고, 세상에서 공수할 수 있는 것이라면 그 어떤 것이라도 공급해 주겠다는 보장과 함께 그들에게 원하는 대로 일을 하도록 맡겨놓았다. 하지만 하나하나씩 자신의 쓸모없음을 드러내기 시작했다. 데카당파의 시인은 즉시 봄의 불바르(넓은 가로수 길을 뜻하는 프랑스어.)와의 이별을 통곡하기 시작했다―그는 향신료와 유인원들 그리고 상아에 대한 애매모호한 언급을 했지만, 그중 실질적인 가치가 있는 것은 아무것도 없었나. 상치설계자 쪽에서는 일련의 속임수들과 간담을 서늘하게 만드는 장치들로 계곡 전체를 꾸미고 싶어 했지만 그런 작업들은 이내 워싱턴 가족을 지치도록 만들었을 것이다. 건축가와 조경설계사의 경우, 그들은 오직 관습에 사로잡혀 생각했다. 그들은 반드시 이건 이렇게 저건 저렇게 만들어야만 한다고 우겼다.

하지만 그들은 최소한, 자신들과 관련된 문제는 제대로 해결했다―어느 날 밤 한 방에 모여 분수를 세울 위치를 놓고 합의점을 찾기 위해 논의를 계속하던 중, 동이 틀 무렵 모두 미쳐버렸고, 지

금은 모두들 코네티컷의 웨스트포트의 정신병원에 편안하게 감금
되어 있었다.

"하지만."

존이 호기심이 생겨 의문을 제기했다.

"그럼 너의 집의 그 놀라운 응접실들과 침실들, 복도들 그리고
입구들과 욕실들은 다 누가 계획한 거야?"

"글쎄."

퍼시가 대답했다.

"이건 말하기 좀 부끄러운 이야기인데, 바로 활동사진이란 녀석
이야. 그가 바로 우리가 발견한, 무제한의 돈으로 움직일 수 있는
유일한 존재였어. 비록 목깃에 냅킨을 밀어 넣거나, 읽고 쓰기는
못했지만."

8월이 점점 지나가자, 존은 이제 곧 학교로 돌아가야 한다는 사실
에 안타까움을 느끼기 시작했다. 그와 키스민은 내년 6월이 오면
함께 도망치기로 결정했다.

"이곳에서 결혼식을 올리면 더 근사할 텐데."

키스민이 고백했다.

"하지만 아버지에게 당신과의 결혼을 허락받는 일은 당연히 불
가능할 거예요. 그다음으로는 도피가 최선이에요. 지금의 미국에
서 부자들에게 있어 결혼이란 정말 끔찍한 일이에요. 그들은 항상
언론에 자신들이 전통에 따라 결혼식을 올릴 예정이라고 말하는
공고문을 보내죠. 그 말의 의미는 한 아름의 물려받은 낡은 진주들
과 한때 유지니〈나폴레옹 3세의 부인이자 프랑스의 황후(1826~1920). 사치스
러움으로 잘 알려져 있다.〉황후가 입었다는 몇몇 낡은 레이스 자락을
걸친다는 의미일 뿐이죠."

"알아요."

존이 열렬히 동의했다.

"제가 슈닐처-머피 가문을 방문했을 때, 큰딸인 그웬들린이 어떤 남자와 결혼을 했는데, 그 남자의 아버지가 서부 버지니아의 반을 소유했다더군요. 그 딸이 은행원인 남편의 월급으로 살아가기 위해 고군분투 한다는 편지를 써 보냈는데, 그녀는 이렇게 편지를 끝냈어요. '그래도 다행인 것은, 어쨌든 제게 4명의 뛰어난 하녀들이 있고, 그들이 조금이나마 도와준다는 거예요.' 라고요."

"그런 엉터리 같은 일이."

키스민이 평했다.

"이 세상에 사는 수백 수천만 명의 사람들을 생각해봐요. 노동자들이나, 겨우 두 명의 하녀만을 부리며 살아야 하는 그런 모든 사람들을요."

늦은 8월의 어느 날 오후, 키스민의 우연한 발언이 완전히 상황의 형세를 바꾸어 놓았고, 존을 엄청난 공포 속으로 밀어 넣었다.

두 사람은 그들이 좋아하는 나무숲 아래 있었고, 키스를 하던 도중 존은 그들의 관계에 애절함을 더하겠다는 환상으로 어떤 낭만적인 불길한 예감을 첨부시켰다.

"가끔씩 저는 우리가 결코 결혼하지 못할 기라고 생각해요."

그가 슬픈 듯이 말했다.

"당신은 너무 부유하고, 너무 격조가 높아요. 당신처럼 부유한 사람이 다른 소녀들과 같을 수는 없을 거예요. 어쩌면 전 어떤 넉넉한 가문의 철물 도매점집 딸과 결혼을 하는 편이 나을지도 몰라요. 오마하나 수 출신의 그리고 그녀의 몇 천 달러의 혼수에 만족해야겠죠."

"예전에 철물 도매점을 하는 어떤 남자의 딸을 만난 적이 있었어요."

키스민이 말했다.

"당신이 그녀에게 만족할 거라고는 생각하지 않아요. 그녀는 언니의 친구였고, 이곳을 방문했었죠."

"오! 그렇다면 다른 손님들도 방문하곤 하는군요."

존이 놀라움에 대답했다.

키스민은 자신의 발언을 후회하는 듯 보였다.

"오, 그럼요. 몇 명의 손님들이 있었어요."

그녀가 서둘러 말했다.

"하지만 그렇다면, 당신의 아버지는 그들이 밖으로 나가 이야기를 퍼트릴까 걱정하시지는 않으시나요?"

"오, 어느 정도는요, 어느 정도는요."

그녀가 대답했다.

"뭔가 더 유쾌한 이야기를 해요."

하지만 존의 호기심은 더 커져만 갔다.

"더 유쾌한 이야기라니!"

그가 되물었다.

"그럼 뭐가 불쾌한 이야기라는 거죠? 그들이 별로 좋은 사람들이 아니었나요?"

너무나 놀랍게도, 키스민이 흐느끼기 시작했다.

"네…… 그, 그래…… 그랬어요…… 모든 게 엉망이었죠. 저, 저는 그들 중 몇 명에게 사…… 상당히 정이 들었어요. 재스민 언니도 그랬죠. 하지만 어쨌든 언니는 계속 그들을 초대했어요. 저는 그걸 이해할 수가 없었어요."

짙은 의혹이 존의 마음속에 자리 잡았다.

"당신의 말은 그들이 이야기를 퍼트렸고, 그래서 당신의 아버지가 그들을…… 제거했다는 건가요?"

"그보다 더 끔찍한 일이에요."

그녀가 띄엄띄엄 중얼거렸다.

"아빠는 그 어떤 요행수도 기대하지 않으셨어요…… 그래도 재스민 언니는 계속 그들에게 초대의 편지를 보냈죠. 그리고 그들은 무척이나 즐거운 시간을 보냈어요."

그녀는 발작적인 슬픔에서 벗어났다.

이 엄청난 폭로의 공포에 압도당한 존은 입을 딱 벌린 채 앉아, 무수한 참새들이 자신의 척추 위에 앉아 있는 것처럼 몸의 신경이 파닥거리는 것을 느꼈다.

"이제 당신에게 다 말을 해 버렸어요, 말해서는 안 되는 것을요."

갑자기 그녀가 냉정을 되찾았고, 그녀의 검푸른 눈동자도 말라가고 있었다.

"당신의 말은, 당신의 아버지가 그 사람들이 이곳을 떠나기도 전에 그 사람들을 살해해 버렸다는 건가요?"

그녀는 고개를 끄덕였다.

"주로 8월이나 또는 9월 초에요. 우리에게는 우선 그들과 함께 가능한 한 많은 즐거움을 누리는 것이 당연한 일이었죠."

"어떻게 그런 혐오스러운 일이! 어떻게, 왜! 내가 미쳐버린 것이 틀림없어. 그 말이 정말……."

"정말이에요."

키스민이 어깨를 으쓱해 보이며 끼어들었다.

"우리는 매일같이 우리들을 끊임없이 비난해대는 비행사들처럼 그렇게 효율적으로 그들을 가두어놓을 수가 없었죠. 그리고 그러는 편이 언제나 재스민 언니와 제게는 더 쉬웠으니까요. 왜냐하면 아버지는 우리가 예상했던 것보다 더 빨리 일을 처리하셨거든요. 그런 식이라면, 그들에게 작별의 인사를 건네는 것을 피할……."

“그래서 당신이 그들을 죽였군! 윽!”

존이 외쳤다.

“아주 자비롭게 처리했어요. 그들은 잠이 들어 있는 동안 중독이 되었고, 가족들에게는 뷰트(butte, 건조지대 고원에서 장갑 모양으로 우뚝 솟은 지형.)에서 성홍열에 걸려 죽었다고 전했어요.”

“하지만 그렇다면 어째서 당신이 그들을 계속 초대하는지 이해가 가지 않아요.”

“전 그러지 않았어요.”

키스민이 버럭 소리를 쳤다.

“전 단 한 명도 초대한 적이 없었어요. 재스민 언니가 그랬죠. 그리고 그들은 항상 즐거운 시간을 보냈어요. 끝이 다가올 때면 언니는 그들에게 근사한 선물을 주었죠. 어쩌면 저도 역시 그런 방문객들을 가질 수도 있었겠죠. 그리고 그 일에 점차 단련이 되겠죠. 우리가 누릴 수 있는 삶의 즐거움을 즐기는데, 죽음과 같은 피할 수 없는 존재가 그것을 방해하는 것을 용납할 수가 없어요. 만일 그 **누구도** 만날 수 없다면 얼마나 외로울지 생각해 보세요. 그렇게, 아버지와 엄마도 우리가 그랬던 것처럼 당신들의 가장 친한 친구들을 희생해야 했죠.”

“그리고 그렇게.”

존이 비난조로 말했다.

“그렇게 당신은 내가 당신을 사랑하게 만들어놓고, 그 사랑을 돌려주는 척하면서, 결혼에 대해 이야기를 나누었다는 건가요? 그러는 동안에도 늘 내가 이곳에서 살아나갈 수 없다는 사실을 너무나 빤히 알면서…….”

“아니에요.”

그녀가 격렬하게 외쳤다.

“더 이상은 아니에요. 처음에는 그랬죠. 당신은 이곳에 있었고, 그건 제가 어쩔 수 없는 일이잖아요. 저는 당신의 마지막 나날들을 생각했고, 우리 두 사람 모두 즐거움을 누릴 수 있다고 생각했어요. 하지만 그런 뒤 당신과의 사랑에 빠졌어요. 그리고…… 정말로 유감이에요, 당신이, 당신이…… 죽임을 당한다는 것이오…… 비록 저는 당신이 또 다른 여자와 키스를 하는 것보다는 죽는 편이 더 좋지만요.”

“오, 정말로…… 정말로 그런 거요?”

존이 잔인하게 외쳤다.

“훨씬 더요. 게다가 전 항상 여자들은 결코 결혼할 수 없는 관계라는 것을 알면 남자와 더 잘 즐긴다고 들었어요. 오, 왜 당신에게 이런 말을 하는 거지? 제가 아마도 당신의 모든 즐거운 시간을 다 망쳐버렸을 거예요. 그 사실에 대해 몰랐을 때는, 정말로 즐거운 시간을 보냈잖아요. 그 일이 당신에게 얼마간 우울한 일이 될 것임을 알아요.”

“오, 그래요, 그래요?”

존의 목소리가 분노로 떨렸다.

“이 일에 대해 충분히 들었어요. 만일 당신이 시체보다 나을 것 없는 남자와의 애정행각을 즐기는 것보다 더 나은 자부심과 품위를 가지고 있지 않다면, 전 더 이상 당신과 아무런 관계도 유지하고 싶지 않습니다!”

“당신은 시체가 아니에요!”

그녀가 경악하여 반박했다.

“당신은 시체가 아니에요! 제가 시체와 키스를 했다고요? 그런 식으로 말을 하게 놔두진 않겠어요.”

“그런 말을 하지는 않았어요!”

“그랬잖아요, 제가 시체에게 키스를 했다고요? 말했잖아요.”

“안 그랬다니까.”

그들의 목소리가 높아져 갔지만, 갑작스러운 방해에 두 사람 모두 갑작스런 침묵에 빠져들었다. 산책길을 따라, 그들을 향해 접근해오는 발걸음 소리가 들렸고 얼마 후 장미 덤불이 반으로 갈라지며 브래독 워싱턴의 잘생기고 공허한 얼굴에 자리 잡은 민첩한 두 눈동자가 그들을 재빨리 훑어보았다.

“누가 시체에 키스를 했다는 거지?”

그가 역력히 못마땅한 기색으로 물었다.

“아무도요.”

키스민이 재빨리 대답했다.

“단지 농담을 하고 있었어요.”

“어쨌든 지금 두 사람이 여기서 뭘 하는 거지?”

그가 거칠게 다그쳤다.

“키스민, 넌 분명 지금쯤 네 언니와 책을 읽거나 골프를 치고 있어야 할 텐데. 책을 읽으러 가거라! 골프를 치러 가든가! 내가 다시 이곳에 왔을 때 널 발견하는 일이 없도록 해라.”

그런 다음 그는 존에게 고개를 숙인 뒤 길을 따라 걸어 올라갔다.

“봤죠!”

그가 아무것도 듣지 못할 만큼 멀어지자, 키스민이 심술궂게 말했다.

“당신이 모든 것을 망쳐버렸어요. 우리는 다시는 못 만날 거예요. 아버지는 제가 당신을 만나도록 허락하지 않으실 거예요. 만일 우리가 사랑에 빠졌다고 생각하면, 아버지는 당신을 감옥에 가두어 버릴 거예요.”

“더 이상은 아니요!”

존이 거칠게 소리쳤다.

"그러니 그도 마음 편하게 그 문제를 결정할 수 있을 거요. 더욱이, 제가 이 주변을 계속 서성거릴 거라고 착각하지 말아요. 필요하다면 저 산을 갉아서 길을 만드는 한이 있더라도 6시간 내에, 저는 저 산맥을 넘어, 동부를 향하고 있을 테니까."

두 사람 모두 일어서 있었고, 그의 발언에 키스민이 그에게로 가까이 다가와 그의 팔에 팔짱을 꼈다.

"저도 같이 가요."

"당신 미친 짓이……."

"당연히 저도 가요."

그녀가 조급하게 끼어들었다.

"분명 진심으로 하는 말은 아닐 거요. 당신은……."

"좋아요."

그녀가 조용히 말했다.

"지금 당장 아버지를 뒤쫓아 가서, 그 문제에 대해 그와 상의하도록 하죠."

체념한 듯, 존은 해쓱한 미소를 지었다.

"아주 좋아, 귀염둥이."

희미하고 납득할 수 없는 애정을 느끼며 그가 동의했다.

"우리는 함께 가는 거요."

그녀에 대한 그의 사랑이 되돌아와 그의 마음속에 평온하게 자리를 잡았다. 그녀는 그의 것이었다. 그녀는 그와 함께 갈 것이고, 그의 위험을 공유할 것이다. 그는 두 팔로 그녀를 감싸 안고, 그녀에게 격렬한 키스를 했다. 무엇보다도 그녀는 그를 사랑했다. 사실상, 그녀는 그를 구해 주었다.

그 문제에 대해 토론하며, 그들은 천천히 샤토를 향해 걸어갔다.

브래독 워싱턴이 그들이 함께 있는 것을 보았으니, 다음 날 밤에 출발하는 것이 최선이라고 두 사람은 결론을 내렸다. 그럼에도 불구하고, 저녁 식사 시간 내내 존의 입술이 이상하게도 바짝 말라왔고, 그는 불안하게 공작 고기 스프를 한 수저 가득 떠서 목구멍 안으로 밀어 넣었다. 그는 터키석과 검은 담비로 꾸민 카드실로 자리를 옮겨야만 했고, 우연히 잠시 부집사들 중 한 명에 의해 뒤쪽으로 가두어졌다. 그걸 퍼시는 엄청난 농담쯤으로 여겼다.

9

자정이 훨씬 지난 뒤 존의 육체가 불안한 듯 경련을 일으켰고, 그는 갑자기 자리에서 일어나 앉아 방 안에 드리워진 나른한 장막을 응시했다. 그의 침실에 있는 네모난 유리창들의 푸른 어둠 너머로, 그는 멀리 희미한 소리를 들었고, 기억을 더듬어 그 소리의 정체를 밝히기도 전에 그것은 머리맡의 바람으로 잦아들면서 불편한 꿈들로 어지러웠다. 하지만 그 꿈과 이어진 점점 더 가까워지는 날카로운 소음은 이제 방 밖에서 들려왔다. 침실 문의 손잡이를 돌리는 딸각거림, 발걸음 소리, 속삭임, 그는 아무런 말도 할 수 없었다. 명치끝에 딱딱한 응어리가 뭉쳐졌고, 이내 온몸이 아파왔다. 그런 뒤 장막들 중 하나가 치워지는 것 같더니, 문 옆에 흐릿한 형체가 서 있는 것이 보였다. 흐릿한 윤곽만 보이는 형체가 밀려드는 어둠을 가로막았고, 더러운 창유리 속에 보이는 그림자처럼, 휘장의 주름진 부분에 녹아든 것처럼 뒤섞여 있었다.

어떤 갑작스러운 두려움의 또는 단호한 결단의 몸짓으로 존은 침대 옆의 단추를 눌렀다. 그러자 다음 순간 그는 바로 옆방의 바닥에 파여진 녹색 욕조 속에 앉아 있었고, 그 안에 반쯤 채워져 있는 차가운 물의 충격으로 경계심을 느끼며 깨어났다.

그는 자리에서 일어났고, 젖은 잠옷에서 뚝뚝 떨어지는 무거운 물방울들을 뒤로 남긴 채, 이층으로 향하는 상아로 만든 계단으로 이어지는 청록색 문을 향해 달려갔다. 아무런 소음도 없이 문이 열렸다. 거대한 원형의 천정 위에 달린 하나의 진홍색 등불이, 날카로운 아름다움이 존재하는 듯 조각이 된 계단의 장엄한 부분을 환하게 비추었다.

잠시 존은 자신을 짓누르는, 침묵 속의 화려함에 오싹함을 느끼며 주저했다. 마치 그 거대한 휘장이 상아 계단 위에 덜덜 떨면서 서 있는 흠뻑 젖은 작은 형체의 윤곽을 그대로 삼켜버릴 것 같았다. 바로 그 순간 동시에 두 가지 일이 일어났다. 응접실 문이 활짝 열리고, 세 명의 흑인이 뛰어나왔다. 심한 두려움에 떨며 존이 계단을 향해 몸을 기울이는 순간, 복도의 반대편에 있는 벽 쪽에서 미끄러지듯 문이 열렸다. 그리고 번쩍이는 장밋빛 잠옷 위로 가죽 코트를 입고, 무릎까지 올라오는 승마용 장화를 신은 브래독 워싱턴이 승강기 안에서 모습을 드러냈다.

그 즉시 세 명의 흑인들이―이전에는 한 번도 본 적이 없는 이들이었고, 그들이 전문적인 암살자임이 분명하다는 생각이 그의 마음속을 스쳐 지나갔다―존을 향한 움직임을 멈추고, 승강기 안에 서 있는 남자의 명령을 기다리며 몸을 돌렸다. 그 남자는 급박하게 명령을 외쳤다.

"이쪽으로, 너희 세 명 다! 서둘러."

그러자 순식간에 세 명의 흑인들이 안으로 쏜살같이 달려 들어갔다. 승강기의 문이 닫히고, 사각형의 불빛이 점점이 사라지면서, 존은 다시 복도에 혼자 남게 되었다. 그는 힘없이 상아계단에 몸을 기대며 무너졌다.

뭔가 엄청난 일이 일어난 것이 분명했다. 뭔가, 최소한 그 순간만큼은, 그 자신의 사소한 재앙을 연기시킬 수 있었던 무언가가 있었다. 그게 뭐지? 흑인들이 폭동이라도 일으켰나? 비행사들이 쇠창살을 밀어내고 탈출했나? 아니면 퍼시의 노예들이 멍하니 비틀거리며 언덕을 통과해 황량하고 쓸쓸한 눈으로 번쩍이는 계곡을 응시하고 있는 걸까? 존은 알 수가 없었다.

승강기가 다시 움직이는 것처럼 공중에서 희미하게 윙하는 소리가 들렸고, 그런 뒤, 그 소리가 내려왔다. 아마도 퍼시가 아버지를 돕기 위해 서두르는 것 같았고, 문득 지금이 키스민을 만나 즉각적인 탈출을 감행하기에 좋은 기회라는 생각이 존의 머릿속에 떠올랐다. 그는 몇 분 후 승강기 소리가 침묵으로 바뀌기를 기다린 뒤, 젖은 잠옷 위로 휘어 감는 차가운 밤공기에 살짝 몸을 떨며, 자신의 방으로 돌아가 재빨리 옷을 갈아입었다. 그는 긴 계단을 날 듯이 달려 올라가 키스민의 숙소로 향하는, 러시아산 담비가 깔려 있는 복도 위로 접어들었다.

그녀의 응접실 문이 열리고 등불에 불이 켜졌다. 앙고라 기모노를 입은 키스민이 귀를 기울이는 듯한 자세로 창문 가까이에 서 있었고, 존이 소리도 없이 들어오자 그녀는 그를 향해 몸을 돌렸다.

"오, 당신이군요!"

그녀가 방을 가로질러 그에게로 다가오며 속삭였다.

"당신도 들었나요?"

"네, 당신 아버지의 노예들이 제 방 안으로 들어오는 소리를……."

"아니에요. 비행기들이오!"

그녀가 흥분하여 말을 가로막았다.

"비행기들? 어쩌면 제가 그 소리에 잠에서 깼는지도 모르겠군요."

"최소한 열두 대는 넘어요. 방금 전 분명 비행기 한 대가 달빛에 번쩍이는 것을 보았어요. 절벽에 자리 잡은 경비병들이 고사포를 쏘기 시작했고, 그 소리가 아버지를 깨웠어요. 이제 곧 그들에게 이곳이 노출되어 버릴 거예요."

"그들이 어떤 목적으로 이곳에 온 건가요?"

"네, 그 도망친 이탈리아인이……."

그녀의 마지막 말과 동시에, 열려 있는 창문 너머로 일련의 날카로운 총소리가 들려왔다. 키스민이 작은 외침을 내뱉었고, 떨리는 손으로 화장대 위의 상자에서 작은 동전을 꺼낸 뒤 전등 중 하나로 달려갔다. 이내 성 전체가 어둠 속에 빠져들었다―그녀가 퓨즈를 끊어 전원을 차단시킨 것이었다.

"이쪽으로 와요. 지붕 정원으로 올라가서, 거기서 보면 돼요."

그녀가 그를 향해 소리쳤다.

자신의 몸에 망토를 두르며, 그녀는 그의 손을 잡았고 두 사람은 문밖으로 달려나갔다. 탑의 승강기까지는 단지 한 걸음 거리였고, 그녀가 승강기의 단추를 누른 뒤 그들의 몸이 위로 올라가는 동안 그는 두 팔로 그녀를 감싸 안으며 어둠 속에서 그녀의 입술에 키스를 했다. 마침내 존 언거에게 사랑이 찾아왔다. 일 분 후, 그들은 별처럼 하얀 승강대 밖으로 나왔다. 머리 위로, 안개가 자욱한 달이 그 아래 흐르는 구름의 모양을 따라 미끄러지듯 들어갔다 나왔고, 계속되는 원형의 그림자 속에 검은 날개를 가진 열두 개의 몸체가 떠다녔다. 계곡 여기저기서 그들을 향한 화염이 번뜩거렸고, 날카로운 폭발음이 뒤따랐다. 키스민이 즐거운 듯 손을 꼭 움켜쥐었지만, 잠시 후, 비행기들이 어떤 예정된 신호에 따라 폭탄들을 투하하기 시작하자 낙담한 듯 고개를 돌렸고, 계곡 전체에 낮게 울려 퍼지는 소음과 진홍색의 불길로 뒤덮인 광경이 펼쳐졌다.

오래 지나지 않아 공격자들의 목표가 고사포가 위치하고 있는 지점으로 집중되었고, 그와 동시에 거대한 포신 하나가 장미 덤불이 우거진 공원 위로 연기를 뿜어내는 잿더미가 되어 쓰러졌다.

"키스민, 이 공격이 제가 살해당하기로 되어진 날 저녁에 일어났다고 말하면 얼마만큼은 위안이 될 거요. 만일 협곡에 있는 경비병이 총을 쏘는 소리를 듣지 못했다면 저는 지금쯤 죽은 목숨이……."

존이 말했다.

"잘 들리지가 않아요."

자신의 눈앞에 펼쳐진 광경에 신경을 집중시킨 채 키스민이 소리쳤다.

"더 크게 말해야 할 거예요."

"간단하게 말할게요. 저들이 샤토를 폭격하기 전에 나가는 것이 좋겠어요!"

존이 소리쳤다.

갑자기 흑인들 숙소의 주랑(柱廊) 현관이 산산조각으로 부서졌고, 기둥 아래서부터 불기둥이 솟아올랐다. 거칠게 갈라진 거대한 대리석 조각들이 멀리 호수의 가장자리에 이르기까지 사방으로 날아갔다.

"5만 달러어치의 노예들이 날아갔어요."

키스민이 외쳤다.

"전쟁 이전의 가격으로요. 미국인들은 다른 사람의 재산을 존중해주지 않는다니까요."

존은 그녀에게 떠나자고 종용하기 위해 다시 설득했다. 시간이 지날수록 비행기들의 목표는 점점 더 정확해졌고, 단지 두 대의 고사포만이 여전히 응수를 하고 있었다. 화염에 둘러싸인 주둔지가 그리 오래 버티지 못할 것은 자명했다.

"갑시다! 지금 떠나야 해요. 비행사들이 당신을 발견한다면, 아무런 질문도 없이 당신을 죽일 거라는 사실을 깨닫지 못했나요?"

존이 키스민의 팔을 잡아당기며 말했다.

그녀는 마지못해 동의했다.

"재스민 언니를 깨워야겠어요."

승강기를 향해 서둘러 달려가며 그녀가 말했다. 그런 뒤, 그녀는 일종의 어린아이와 같이 즐거운 기색으로 덧붙였다.

"우리는 가난뱅이가 되는군요. 안 그래요? 책 속에 나오는 사람들처럼. 그리고 전 고아가 되고, 완전히 자유가 될 거예요. 자유와 가난이라! 근사해요!"

그녀는 걸음을 멈추고 그를 향해 입술을 내밀어 밝은 키스를 퍼부었다.

"그 두 가지가 함께 하는 건 불가능한 일이오."

존이 얼굴을 찡그리며 말했다.

"모두들 그것을 깨닫게 되지요. 하지만 두 가지 중 선택을 하라면, 전 자유를 선택해야겠지요. 특별한 예방의 차원에서, 당신의 보석 상자로 달려가서 그것들을 당신의 주머니에 싹 비워오는 것이 좋겠어요."

10분 후 두 아가씨는 어두운 복도에서 존을 만났고, 그들은 지층으로 달려 내려갔다. 마지막으로 웅장하고 장엄한 복도들을 지나친 뒤, 그들은 잠시 테라스에 서서, 불에 타오르는 흑인 숙소와 황금색 불꽃이 되어 호수 반대쪽으로 추락하는 두 대의 비행기를 바라보았다. 단 하나 남은 고사포가 여전히 완강하게 불을 뿜고 있었고, 공격자들은 고도를 낮추기를 꺼려하는 듯했다. 그러나 적을 쓰러뜨릴 기회를 노리는 듯 여전히 그 주위에 원을 그리며 천둥처럼 총격을 퍼붓고 있었다.

 존과 두 자매는 대리석 계단들을 내려와 거칠게 왼쪽으로 몸을 꺾은 뒤, 다이아몬드 산을 둘러싼 좁은 길을 기어오르기 시작했다. 키스민은 숲이 울창하게 우거진 산 중턱에, 산골짜기의 어두운 밤 길에는 결코 발각되지 않을, 그들이 몸을 뉘어 숨을 만한 곳을 알고 있었다. 만일 필요하다면, 종국에 바위투성이의 작은 협곡을 따라 놓여 있는 비밀 통로를 이용해 탈출을 감행하기로 했다.

10

그들이 목적지에 도착했을 때는 새벽 3시경이었다. 친절하고 냉정하게도 재스민은 그 즉시 커다란 나무 밑동에 몸을 기대고 잠에 빠져들었고, 존과 키스민은 자리에 앉아, 그가 그녀를 감싸 안은 채, 절망적인 몰락과 그날 아침에는 정원이 자리했던, 이제는 폐허로 보이는 곳들에서 계속되는 멸망이 예정된 전투를 지켜보았다. 4시가 막 지났을 무렵, 마지막까지 남아 있던 고사포가 딸각이는 소리와 함께 멈추었고 새빨간 연기를 내뿜는 날쌘 혓바닥에 순식간에 휘말려 들어갔다. 비록 달은 사라져 버렸지만, 날아다니던 물체가 점점 더 지상을 향해 가까이 원을 그리며 내려오는 것을 볼 수 있었다. 경비대에게 더 이상의 공격 수단이 없음을 확인한 뒤 비행기들이 착륙을 시도할 것이고, 어둡고 화려했던 워싱턴의 치세는 끝이 날 것이다.

총격이 멈추자 골짜기는 조용해졌다. 두 대의 비행기의 깜부기불이 마치 잔디 속에 웅크리고 있는 어떤 괴물의 두 눈처럼 반짝였다. 네미시스(그리스신화에 나오는 인과응보와 복수의 여신.)의 껄끄러운 삐걱거림이 커졌다 작아졌다 하는 불평들과 함께 허공 위를 채우는 동안 샤토는 어둠과 침묵 속에 서 있었고, 태양 아래 보여주던 그 아름다움은 빛이 없이도 마찬가지였다. 존은 어느덧 키스민이 그녀의 언니처럼 깊은 잠 속으로 빠져들었음을 깨달았다.

4시가 훨씬 지난 후, 그는 자신들이 따라왔던 길을 따라 발걸음 소리가 들리는 것을 인식하고, 어느 편에 속하는지 모르는, 사람들이 그가 선점한 유리한 고지를 지나기를 기다렸다. 이제 공기 중에는 인간이 만들어낸 것이 아닌 희미한 움직임만 존재했고, 이슬로 차가웠다. 이제 곧 동이 틀 것임을 알고 있었다. 존은 발걸음 소리가 산 위쪽으로 안정된 거리만큼 사라져 들리지 않을 때까지 기다렸다. 그런 뒤 그는 뒤를 따랐다. 다소 가파른, 산 정상으로 가는 길의 중간쯤에 나무들이 쓰러져 있었고 딱딱한 바위 위의 연단 아래 다이아몬드가 놓여 있었다. 그 지점에 도착하기 바로 전, 자신의 앞에 생명체가 존재한다는 동물적인 감각의 경고를 따라 그는 속도를 늦추었다. 커다란 바윗덩어리로 다가간 그는 천천히 그 가장자리 너머로 고개를 들어 올렸다. 그의 호기심은 보답을 받았다. 그가 본 것은 다음과 같았다.

브래독 워싱턴이 그곳에 미동도 없이, 소리도 생명의 흔적도 없이, 회색의 하늘을 등지고 그림자처럼 서 있었다. 동쪽에서 동이 터오자, 땅 위로 차가운 푸른색이 펼쳐졌고, 그것은 외로운 형체와 새로운 날의 무의미한 대조를 보여주었다.

존이 지켜보는 동안, 사내는 어떤 불가사의한 명상에 빠져 있는 것처럼 잠시 자리를 지켰다. 그런 뒤 그는 자신의 발밑에 웅크리고 있는 두 명의 흑인들에게 그들 아래에 놓여 있는 짐을 들라고 손짓했다. 그들이 비틀거리며 몸을 일으키자, 태양의 첫 번째 노란색 빛이 정교하게 세공한 거대한 다이아몬드의 무수한 프리즘을 통과했다. 그리고 하얀 반사광이 한 조각의 샛별처럼 허공에 빛을 뿜었다. 흑인들이 잠시 그 무게를 이기지 못해 비틀거렸고, 그런 뒤 땀으로 반짝이는 피부 아래의 굴곡진 근육들이 다시 긴장과 균형을 되찾았다. 세 형체는 다시 하늘 앞에 그들의 반항적인 나약함 속에 미동도 없이 섰다.

잠시 후 백인이 머리를 들었다. 마치 엄청난 군중들이 들을 수 있도록 외치는 것처럼—그러나 군중은 전혀 없었다. 단지 나무들 사이로 재잘거리는 희미한 새들의 노랫소리가 들려올 뿐 침묵 속에 자리 잡은 것은 하늘과 산뿐이었다—천천히 주위를 끄는 손짓으로 두 팔을 들어 올렸다. 바위 위의 연단에 자리한 형체가 억누를 수 없는 자부심을 갖고 진중하게 말하기 시작했다.

"거기…… 당신……."

그가 떨리는 목소리로 외쳤다.

"거기, 당신……!"

그가 말을 멈추고, 여전히 두 손을 올린 채, 마치 대답을 기대하는 것처럼 주의 깊게 귀를 기울였다. 존은 산 아래쪽에서 사람들이 올라오는지 확인하기 위해 눈에 힘을 주었지만, 산속에는 생명체의 흔적이 거의 느껴지지 않았다. 오직 하늘과 나무 끝을 타고 조롱하듯 플루트를 부는 바람뿐이었다. 지금 워싱턴이 기도를 하는 걸까? 잠시 존은 궁금해했다. 그런 뒤 환상이 스쳐 지나갔다. 저 사내의 태도에는 기도와는 대조되는 뭔가가 있었다.

"거기, 저 위의 당신!"

그의 목소리가 점점 강해지고 자부심이 깃들었다. 그것은 절망 어린 탄원이 아니었다. 굳이 말하자면, 소름끼치도록 생색내는 듯한 속성이 존재했다.

"거기, 당신……."

말들이, 이해하기 어려울 만큼 재빠르게 속사포처럼 쏟아져 나왔다…… 존은 숨조차 멈춘 채 귀를 기울였고, 이것저것 한 구절씩 알아들었다. 그의 목소리가 끊어졌다, 다시 이어졌다, 다시 끊어졌고, 강하고 시비를 거는 듯하기도 하다가, 간혹 불가사의한 조바심이 담겨 있기도 했다. 문득 단 한 명의 청취자에게 어떠한 확신이 생기기 시작했고, 그의 혈관을 타고 빠르게 피가 뿜어져 나오듯이 깨달음이 그를 휩쓸고 지나갔다. 브래독 워싱턴은 지금 신에게 뇌물을 제공하고 있었다.

그런 것이었다. 의심할 여지가 없었다. 노예들의 품에 들린 다이아몬드는 앞으로 더 많은 것들을 바치겠다는 약속이자, 어떤 우선적인 표본이었다.

약간의 시간이 흐른 뒤 존은 인식했다. 모든 것이 딱 맞아떨어졌다. 프로메테우스 엔리치드〈그리스 신화에 나오는 티탄(거인)으로 신으로부터 불을 훔쳐 인간에게 주었다는 죄로 영원히 바위에 사슬로 매달려 있고, 새들에게 그의 내장을 쪼아 먹히는 벌을 받았다.〉는 잊혀진 희생을, 잊혀진 의식을 목격하기 위해 소환되었고, 기도는 예수 그리스도의 탄생 이전에 쇠퇴되었다. 잠시 동안 그의 이야기는 신이 받을 수 있는 선물들을 상기시키고 신성(神性)은 인간으로부터 공물을 받기위해 만들어졌다는 논리를 취했다—만일 재앙으로부터 도시를 구할 수만 있다면 위대한 교회들을, 몰약과 황금을, 인간의 생명과 아름다운 여인들을, 사로잡은 포로들을, 아이들과 여왕들을, 숲 속과 늘판의 야수들을, 양들과 염소들을, 곡물들과 도시들을, 정복한 땅에서 나는 권력과 피를, 그의 환심, 신성의 분노를 경감하기 위해 충분한 값어치의 보상을—그렇게 이제 그, 브래독 워싱턴, 다이아몬드의 황제, 황금의 시대의 왕이자 제사장, 화려함과 사치의 중개자는 그의 앞의 존재하는 1인자에게 결코 꿈조차 꿀 수 없는 보물들을, 탄원이 아닌 자부심으로 바치고 있었다.

그는 신에게, 계속해서 목록을 열거했다. 세상에서 가장 큰 다이아몬드를 주겠다고. 이 다이아몬드를 나무 위의 잎사귀처럼 수천 개의 면들로 깎을 것이고, 수많은 사람들이 수많은 세월 동안 그 작업에 힘을 쏟을 것이다. 그것을 두드려서 편 다음, 황금으로 근사하게 조각하여 거대한 돔 안에 모셔놓고, 오팔과 예스러운 사파이어로 장식한 문을 달 것이다. 하나의 다이아몬드를 파리보다 크지 않은 보석처럼 완벽하게 모양을 다듬을 것이었다. 예배당의 공허한 중앙에는 진주 빛의 제단을 놓아두고, 그곳에는 끊임없이 분해 작용을 하는 엄청난 양의 라듐을 놓아 감히 신 앞에서 머리를 드는 숭배자들의 눈이 타버리게 만들 것이다.

그리고 이 제단 위에서는 신성한 수혜자의 즐거움을 위해 그가 선택한 희생물이라면 그 무엇이라도 도살될 것이다. 심지어는 그것이 세상에서 가장 위대하고 가장 힘 있는 인간이라고 할지라도.

거기에 대한 대가로 그는 오직 단 하나를 요구했다. 신이 우스꽝스러울 만큼 쉽게 처리할 수 있는 단 하나, 그저 모든 것이 어제 이맘때와 똑같게 해달라는, 그리고 그들이 그렇게 내버려달라는 것뿐이었다. 너무나 간단했다. 그러니 지금 하늘의 문을 열고, 저 사람들과 그들의 비행기를 삼켜버리고 그런 뒤 다시 닫아버리라는 것이었다. 다시 한 번 그가 그의 노예들을, 다시 한 번 그의 삶과 부유함을 누릴 수 있도록 해달라는 것이었다.

지금까지 그는 누군가를 대접해 주거나, 흥정을 할 필요가 없었다. 그는 단지 자신의 뇌물이 충분한지만을 걱정했다. 물론, 아무리 신이라 해도 그 가치라는 것이 존재했다. 신은 인간의 상상력이 만들어 낸 것이라고, 그렇게 말을 한다. 그러니 그도 그만의 가치가 있는 것이 분명했다. 그리고 그 가치는 상당하겠지. 많은 세월을 쏟아 부어 건설한 대성당이나 만 명의 일꾼을 동원해서 세운 피라미드 정도가 아니라, 이 정도의 대성당, 이 정도의 피라미드면 되겠지.

그는 거기서 멈추었다. 그것이 그의 제안이었다. 모든 것들이 다 제시되었고, 그의 제안에는 싼 가격에 구입할 수 있는 저속한 것들은 전혀 없었다. 그는 조물주에게 그 제물을 받거나 아니면 떠날 것을 주장했다.

결론으로 접어들자 그의 말이 끊어지고, 짧아지고, 불분명해졌고, 자신을 둘러싼 공간으로부터 생명의 속삭임을 또는 생명의 미묘한 압력을 느끼려는 듯 그의 몸이 긴장하고 경직되었다. 말을 하는 동안 그의 머리카락이 점점 더 하얗게 변하더니, 마치 늙은 예언자처럼, 위대한 미치광이처럼 그는 하늘을 향해 높게 머리를 들어 올렸다.

그렇게, 존이 홀린 것처럼 바라보고 있는 동안, 그를 둘러싼 어딘가에서 마치 어떤 기묘한 현상이 일어난 것 같았다. 잠시 하늘이 어두워진 듯, 한 줄기 바람 속에 어떤 갑작스런 중얼거림이 담겨 있는 듯, 멀리 나팔 소리가, 거대한 비단 가운이 부스럭거리는 듯한 한숨 소리가 들리는 듯, 잠시 주위의 모든 자연이 그 어둠의 일부가 되어버린 것 같았다. 새들의 노랫소리가 멈추었고, 나무들의 움직임이 잦아들고, 흐릿하고 위협적인 천둥의 웅얼거림이 멀리 산 너머에서 들려왔다.

그것이 전부였다. 계곡의 기다란 풀잎을 따라 바람이 잦아들었다. 새벽과 아침이 제시간에 맞추어 자리를 잡았고, 떠오르는 태양이 뜨거운 열기와 노란 아지랑이를 만들어 길을 더 밝게 만들었다. 햇살 아래 나뭇잎들이 웃음을 터트리고, 그들의 웃음소리에 큰 가지들이 요정나라의 여학교인 것처럼 나무를 흔들었다. 신이 그 뇌물을 받아들이길 거부한 것이다.

다음 순간 존은 그날의 승리를 지켜보았다. 그런 뒤, 고개를 돌려, 눈 아래 호수의 가장자리에서 펄럭이는 다갈색의 물체를 보았다.

그리고 또 다른 펄럭임, 또 다른 펄럭임이 마치 구름 속에서 내려오는 황금색 천사들의 춤처럼 보였다. 비행기들이 지상으로 내려오고 있었다.

존은 암반에서 미끄러져 내려와 산모퉁이를 달려, 잠에서 깨어난 두 소녀가 그를 기다리고 있는 나무 수풀로 갔다.

키스민이 자리에서 벌떡 일어나자, 그녀의 주머니 속에 있던 보석이 짤랑거렸고 그녀의 입술이 질문을 던지려는 듯 벌어졌지만, 본능이 존에게 대화를 나눌 시간이 없다고 이야기하고 있었다. 지금 당장 산을 벗어나야만 했다.

그는 두 사람의 손을 하나씩 움켜잡았고, 그들은 빛과 피어나는 아지랑이들로 씻겨가고 있는 나무 등걸들 사이를 헤쳐 나갔다. 그들의 등 뒤에 펼쳐진 골짜기에서는 멀리 공작들의 불평과 아침의 즐거운 속삭임을 제외하고는 아무런 소리도 들리지 않았다.

1km쯤 달린 뒤, 그들은 공원을 피해 다음 구릉으로 이어지는 좁은 산길로 접어들었다. 구릉의 가장 높은 지점에 도착했을 때 그들은 잠시 멈추어 뒤를 돌아보았다. 그들의 시선이 어떤 임박한 재앙의 어두운 예감에 이끌린 듯 방금 자신들이 떠나온 산기슭에 고정되었다.

하늘을 등에 지고 선명하게, 비탄에 잠긴 하얀 머리카락의 남자가 천천히 가파른 산기슭을 따라 내려갔고, 커다란 덩치에 무표정한 얼굴의 두 명의 흑인이 여전히 햇살을 받아 번쩍거리며 빛을 발하는 물건을 운반하며 그의 뒤를 따랐다.

반쯤 내려갔을 무렵 두 개의 다른 형체가 그들에게 합류했다. 존은 그들이 워싱턴 부인과 그녀를 팔로 감싸고 있는 그녀의 아들임을 알아보았다.

비행사들이 샤토의 정면에 자리 잡은 거대한 잔디 위에 자신의 비행기를 간신히 착륙시킨 뒤, 라이플을 손에 쥐고 전투태세로 다이아몬드 산을 향해 달리고 있었다.

하지만 훨씬 위쪽에 자리를 잡은 다섯 명의 작은 일행은 모든 지켜보는 이의 시선을 끌면서 암반 아래에 멈추었다. 흑인들이 몸을 구부려 산모퉁이에 놓인 들창처럼 보이는 어떤 것을 잡아당겼다. 그리고 그 안으로 그들은 차례로 모습을 감추었다.

제일 먼저 백발의 남자가, 그런 뒤 그의 아내와 아들이, 마지막으로 두 명의 흑인이…… 들창이 닫히며 그들을 모두 삼켜버리기 전 잠시 보석으로 장식한 머리 장식의 끝이 햇살에 반짝였다.

키스민이 존의 팔을 움켜쥐었다.

"오! 지금 어디로 가는 걸까요? 뭘 하려는 걸까요?"

그녀가 사납게 외쳤다.

"지하 어딘가에 탈출구가 있는 것이 분명해요……."

두 아가씨의 비명소리가 존의 말을 가로막았다.

"저것 봐요! 산이 전선으로 휘감겨 있어요."

키스민이 신경질적으로 흐느꼈다.

그녀의 말에도 불구하고 존은 시야를 분명히 하기 위해 눈 위로 두 손을 올려놓았다. 그들의 눈앞에서 사람의 손을 통해 불빛이 드러나듯, 덮어놓은 뗏장 너머로 산의 표면이 전부 눈부시게 타오르는 노란색으로 뒤바뀌는 것이 보였다. 계속해서 불길이 타올랐고, 그런 뒤 마치 깨어진 전구의 필라멘트처럼 순식간에 빛이 사라져 버리고, 천천히 피어오르는 푸른 연기 너머로 검은 폐허가 드러났다. 그리고 남아 있는 초목과 인간의 잔재를 계속해서 태워나갔다. 그곳에 남아 있던 비행사들은 뼈도 살도 남아 있지 않았다. 그 안의 다섯 명의 영혼들처럼 그들도 완전히 소멸되어 버렸다.

그와 동시에, 거대한 충격과 함께 샤토가 말 그대로 허공에 날아가고, 장미처럼 새빨간 조각들이 되어 휘날리며, 호수의 물속에 반쯤 몸을 담근 채 연기를 피워 올리는 폐허로 전락해 버렸다. 불길은 없었다. 연기가 햇살과 뒤섞여 떠돌아다녔고, 몇 분 동안 계속해서 한때는 보석으로 뒤덮인 저택이었던 형체도 없는 거대한 덩어리로부터 가루투성이의 대리석 먼지가 날아올랐다. 더 이상 아무런 소리도 없었고, 골짜기에는 단지 세 사람뿐이었다.

11

황혼 무렵 존과 그의 일행은 워싱턴 가(家)의 영토의 경계를 표시해놓은 높은 벼랑 위에 도착했고, 고개를 돌려 석양 속에 고요하고 고혹적인 모습으로 잠들어 있는 계곡을 바라보았다. 그들은 재스민이 바구니에 챙겨온 음식을 먹기 위해 자리를 잡았다.

"이것 봐! 유혹적으로 보이지 않아? 나는 항상 음식은 야외에서 먹을 때 더 맛있다고 생각했어."

식탁보를 펴고 그 위에 샌드위치를 깔끔하게 펼쳐놓으며 그녀가 말했다.

"그 말과 함께…… 재스민 언니는 중산층이 되는 거야."

키스민이 지적했다.

"자, 당신의 수머니를 뒤집어 가져온 보석들을 보여줘요. 만일 제대로만 골라왔다면, 우리는 남은 평생 안락하게 살 수 있을 거예요."

존이 열정적으로 말했다.

순순히 키스민은 주머니에 손을 집어넣어 두 손 가득 반짝이는 돌멩이들을 그의 앞에 쏟아냈다.

"별로 나쁘지는 않군. 아주 크지는 않아, 하지만…… 이런!"

저물어가는 햇살에 보석들 중 하나를 들어서 살피던 그의 표정이 변해버렸다.

“이것 봐, 이건 다이아몬드가 아니잖아! 뭔가가 달라!”

존이 흥분해서 소리쳤다.

“어머나, 맙소사! 내가 이렇게 멍청하다니!”

깜짝 놀란 표정을 지으며 키스민이 소리쳤다.

“이런, 이건 모조 다이아몬드야!”

존이 외쳤다.

“알아요, 서랍을 잘못 열었어요. 그것들은 재스민 언니가 초대했던 어떤 아이의 옷에 달렸던 거예요. 제가 다이아몬드와 그것들을 맞교환했거든요. 그전까지는 값비싼 보석들이 아닌 다른 물건들을 본 적이 없었거든요.”

그녀가 웃음을 터트렸다.

“그런데 왜 이것들을 가져온 거요?”

“아무래도…… 이것들이 더 좋은 거라고 생각했나 봐요. 조금은 다이아몬드에 질려 있었거든요.”

그녀는 씁쓸하게 반짝이는 돌들을 향해 손가락질을 했다.

“아주 잘했소. 우린 하데스에서 살아야만 할 거요. 당신은 엉뚱한 서랍을 들고 나온 믿을 수 없는 여자라는 말을 들으며 늙어가겠지. 안타깝게도 당신 아버지의 은행 장부도 그와 함께 완전히 소멸되었으니까.”

존이 우울하게 말했다.

“이런, 하데스가 어때서요?”

“만약 제가 제 나이 또래의 아내를 데리고 집으로 돌아가면, 잘못하면 뜨거운 석탄처럼 저를 잘라내 버릴지도 몰라요. 사람들이 저 아래서 그런다는 것처럼.”

재스민이 불쑥 말을 꺼냈다.

"전 빨래를 좋아해요. 제 수건은 항상 제가 빨았거든요. 제가 세탁 일을 해서 두 사람을 먹여 살릴게요."

그녀가 조용히 말했다.

"하데스에도 세탁부가 있나요?"

키스민이 순진하게 물었다.

"물론이지요. 다른 곳들처럼 말이오."

존이 대답했다.

"저는, 그곳이 너무나 뜨거워서 아무도 옷을 입지 않을 거라고 생각했어요."

존은 웃음을 터트렸다.

"일단 시도해 봐요! 당신이 시작도 하기 전에 그들이 당신을 내쫓을 거요."

존이 제안했다.

"아버지도 그곳에 계실까요?"

그녀가 물었다.

존은 깜짝 놀라 그녀를 향해 고개를 돌렸다.

"당신 아버지는 돌아가셨어요. 왜 그분이 하데스로 가셔야 한다는 거지요? 당신은 그곳과 아주 오래전에 파괴된 또 다른 장소를 혼동한 것 같아요."

그가 진지하게 대답했다.

간단한 요기 후, 그들은 식탁보를 접고 밤을 보내기 위해 담요를 펼쳤다.

"굉장한 꿈이었어요. 겨우 입고 있는 옷가지에 무일푼의 약혼자와 이렇게 누워 있다니, 너무나 이상해요."

키스민이 별을 올려다보며 한숨을 내쉬었다.

"별빛 아래에. 저는 전에는 별들을 관심 있게 본 적이 없었어요.

항상 저것들이 누군가에게 속해 있는 다이아몬드라고 생각했거든
요. 이제 저것들이 저를 두렵게 만들어요. 저것들을 보고 있자니
그것들이 모두 꿈이었다고 느껴져요. 제 모든 유년기가."

그녀가 되풀이했다.

"그것은 꿈이었어요. 모든 이들의 유년기는 다 어떤 화학적인 광
기라는 형태의 꿈이오."

존이 조용히 말했다.

"그렇다면 광기라는 것은 굉장히 근사한 것이군요!"

"그렇게 말들 하지요."

존이 우울하게 말했다.

"더 이상은 모르겠어요. 어쨌든, 잠시 서로를 사랑하자고요. 1년
이나 2년, 당신과 나 말이오. 그것이 우리가 시도할 수 있는 단 하
나의 성스러운 도취의 형태겠지요. 세상에는 오직 다이아몬드들만
이 있어요. 다이아몬드들과 어쩌면 미몽이라는 초라한 선물만
이……. 글쎄, 마침내 나는 후자를 가졌고, 평소처럼 그것은 아무
것도 아닌 것이 되겠지요."

그는 몸을 떨었다.

"외투의 목깃을 올려요, 꼬마 아가씨, 한기가 가득한 밤이에요.
폐렴에 걸리겠어요. 처음으로 지각이라는 것을 발견한 사람은 엄
청난 죄를 지은 거예요. 몇 시간 동안 그것을 잊어버리도록 합시
다."

존이 우울하게 말하고는 자신의 담요에 몸을 감싼 채 잠 속으로
빠져들었다.

(1922년)

오월제
May Day

〈제목이 언급하는 5월 1일은 노동자의 날로 노동자들이 행진을 하고 전 세계적으로 사회주의자들의 축제가 열린다. 하지만 비평가들은 'May Day' 라는 제목에는 역설적인 의미를 지니고 있다고 말한다. 이는 '오월의 여왕' 을 뽑고, 5월의 기둥(Maypole: 오월제를 축하하기 위해서 꽃이나 리본으로 장식한 기둥) 주변에서 춤을 추는 봄의 축제를 의미하면서 또한 동시에 프랑스어 표현인 'M'aidez(메이데이. 비행기 · 선박의 국제 조난 구조 신호)를 의미한다고 하지만, 명확하게 단정되어진 부분은 없다.〉

전쟁에서 싸워 이기자, 승전국의 위대한 도시에는 개선문이 세워지고, 거리는 길가에 뿌려진 하얀색과 빨간색의 꽃들과 장미들로 생기가 넘쳤다. 기나긴 봄날들 내내, 귀향한 군인들이 즐겁고 낭랑한 관악기 연주자들과 둥둥거리는 북소리를 따라 대로를 행진하면, 상인들과 점원들은 흥정과 셈을 멈추고, 창문 쪽으로 몰려들어, 지나가는 군인들을 향해 진지하게 하얗고 주름진 얼굴을 돌렸다.

위대한 도시에 이제껏 그런 호황이 없었다. 전쟁에서의 승리로 무수한 열차들이 도착하고 남부에서 서부에 이르기까지 여기저기에서 상인들이 자신의 식솔들을 데리고, 온갖 감미로운 축제를 즐기고 풍요로운 오락거리가 준비되어 있는 것을 구경하기 위해, 그리고 여자들은 다가올 겨울을 대비하기 위한 모피들과 금실로 짠 망사가방들과 다양한 색깔의 견사(絹絲)와 은사, 장밋빛 새틴과 황금색 천들로 만든 슬리퍼를 사기 위해 도시로 몰려들었다.

승리한 민족의 작가들과 시인들이 평화와 번영의 임박을 너무나도 유쾌하고 소란스럽게 찬양하자, 각지에서 더 많은 사람들이 기쁨의 포도주를 마시기 위해 몰려들었고, 상인들은 더욱 더 빠른 속도로 자질구레한 장신구와 슬리퍼 등을 진열해 놓았다. 종국에는 더 많은 장신구와 더 많은 슬리퍼를 구하기 위해 절박한 외침을 토해놓고, 그것들을 구하기 위해서라면 원하는 것은 무엇이든 내놓으려 했다. 심지어 몇몇 사람들은 절망스러운 듯 손을 휘저으며 외쳤다.

"맙소사! 더 이상 팔 슬리퍼가 없어! 맙소사! 더 이상 팔 장신구도 없어, 하느님 맙소사, 이제 어떻게 해야 할지를 모르겠어!"

하지만 그 누구도 그들의 울부짖음에 귀를 기울이지 않았다. 군중들은 너무나 바빴다. 매일같이 보병들이 의기양양하게 대로를 행진하고, 모두들 기뻐 날뛰었다. 귀향하는 젊은이들은 순수하고 용감하고, 건강한 치아에 홍조가 깃든 뺨을 지녔고, 이 땅의 젊은 처녀들은 얼굴과 몸매가 모두 아름답고 순결했다.

그렇게 이 무렵의 이 위대한 도시에는 많은 모험들이 벌어졌고, 이것들 중에서, 몇 가지의, 어쩌면 하나의, 이야기를 이곳에 적으려 한다.

1

1919년 5월의 첫날 아침 9시, 한 젊은이가 빌트모어(뉴욕 시 맨해튼에 있는 호텔.)의 객실담당에게 혹시 필립 딘 씨가 그곳에 숙박을 하고 있는지, 만일 그렇다면 자신이 딘 씨의 객실에 연락을 취할 수 있는지 물었다. 질문을 던진 남자는 재단이 잘되었지만 낡은 양복을 입고 있었다. 그는 체구가 작고 가냘팠고 어딘가 잘생긴 부분이 있었다. 두 눈동자 위쪽에는 대단히 긴 속눈썹이 드리워져 있고, 그 아래의 병색이 짙은 푸른 반원형의 그림자가, 특히나 그 때문에, 그의 얼굴 위를 떠날 줄 모르는 옅고 기묘한 홍조가 더 두드러지게 보이는 효과를 냈다.

딘 씨는 그곳에 머물고 있었다. 청년은 옆에 있는 전화기로 안내되었다.

몇 분 후 통화가 이루어졌다. "여보세요!" 하는 졸린 목소리가 위쪽 어딘가에서 들려왔다.

"딘 씨입니까?—아주 간절한 목소리였다—난 고든이야, 필. 고든 스터렛이야. 지금 아래층에 와 있어. 자네가 뉴욕에 있다는 이야기를 듣고, 어쩐지 자네가 이곳에 있을 거라 생각했지."

졸린 목소리가 점점 열기를 띠었다. 이런, 고디, 이 친구야! 이런,

그는 확실히 놀라고 기쁜 듯했다! 고디, 자네가 올라올 수 있나? 부탁이네!

몇 분 후, 푸른 비단 파자마를 입은, 필립 딘이 침실의 문을 열었고, 두 청년은 얼마간의 어색함이 섞인 기쁨 속에 서로를 얼싸안았다. 그들은 둘 다 24살이었고, 전쟁이 시작되기 한 해 전 예일 대를 졸업했다. 하지만 두 사람의 공통점은 거기서 끝이었다. 딘은 금발에 혈색이 좋았고 파자마 아래 건장한 체격을 지녔고, 건강함과 육체적인 편안함이 잔뜩 넘쳐났다. 그는 이따금 커다란 뻐드렁니를 드러내며 미소를 지었다.

"안 그래도 자네를 찾아볼 생각이었지. 2주의 휴가를 받았거든. 만얄 자네가 여기 앉아 조금만 기다려 준다면, 금방 준비하고 나오겠네. 샤워를 하고 나올게."

그가 열정적으로 외쳤다.

그가 목욕탕 안으로 사라지자 방문객의 검은 눈동자가 불안한 듯 방 안을 둘러보았고, 잠시 모서리에 있는 커다란 영국제 여행용 가방과 의자 위에 쌓여 있는 두꺼운 비단 셔츠들, 근사한 넥타이들, 부드러운 모직 양말들에 시선이 고정되었다.

고든은 자리에서 일어나, 셔츠들 중 하나를 집어 잠시 그것을 살펴보았다. 아주 두툼한 견직물에 옅은 푸른색 줄무늬가 있는 노란색 셔츠였다. 그는 무심결에 자신의 와이셔츠 소매를 빤히 바라보았다. 해지고 가장자리가 주름투성이에, 흐릿한 회색으로 얼룩져 있었다. 비단셔츠를 내려놓으며 그는 자신의 양복 소매를 끌어당겨, 해진 셔츠의 소맷자락이 보이지 않도록 위쪽으로 밀어 넣었다. 그런 뒤 그는 거울로 걸어가, 무기력하고 비참한 마음으로 자신의 모습을 바라보았다. 한때 화려했던 넥타이는 이제 색이 바래고 엄지손가락 자국으로 주름이 잡혀 있고, 더 이상 와이셔츠 깃의 들쭉

날쭉한 단추 구멍들조차 숨겨주지 못했다. 그는 상당히 씁쓸하게, 단지 3년 전만 해도 자신이 베스트 드레서를 뽑는 학부의 4학년 선거에서 우연히 한 표를 얻기도 했었다는 생각을 했다.

딘이 자신의 몸을 닦으며 목욕탕에서 나왔다.

"어젯밤에 자네의 예전 친구를 만났지. 로비에서 우연히 지나쳤는데, 그녀의 이름이 목구멍까지 올라오는데 생각이 나지 않더라고. 왜 뉴헤이번(미국 코네티컷의 작은 도시, 예일 대학이 그곳에 위치하고 있다.)의 마지막 해에 자네가 데려왔던 그 여자 말이야."

그가 말했다.

고든은 갑자기 놀라는 표정을 지었다.

"이디스 브래딘? 그녀를 말하는 건가?"

"그래, 그 여자. 빌어먹을 만큼 예쁘더군. 여전히 예쁘장한 인형 같더군. 내가 무슨 말을 하는지 자네도 알 거야. 건드리기만 해도 망가질 것 같은."

그는 거울 속에 비친 자신의 반들거리는 모습이 만족스럽다는 듯 여러 개의 치아를 드러내며 살짝 미소를 지었다.

"어쨌든 분명 23살은 되었을 거야."

그가 계속 말을 이었다.

"지난달에 23살이 되었지."

고든이 넋 나간 사람처럼 말했다.

"뭐? 오, 지난달에. 글쎄, 내 생각에 그녀가 '감마 프사이'에 참석할 것 같아. 오늘 델모니코(뉴욕 시 맨해튼에 있는 호텔.)에서 감마 프사이(미국 대학교의 남학생 사교클럽.) 댄스파티가 있다는 건 자네도 알고 있지? 자네도 와야 해, 고디. 아마도 뉴헤이번 출신의 절반이 거기에 참석할 거야. 내가 자네를 위해 초대장을 얻을 수 있어."

마지못해 새 속옷을 몸에 걸치며, 딘은 시가에 불을 붙이고 열려

있는 창문가에 앉아, 방 안으로 쏟아지는 아침 햇살 속에 자신의
종아리와 무릎을 살펴보았다.

"앉게, 고디. 그리고 자네가 살아온 이야기 좀 해 보게. 그리고
지금 뭘 하고 있는지, 전부 다."

그가 제안했다.

고든은 별안간 침대 위에 털썩 무너졌다. 그리고 생기 없고 정신
나간 사람처럼 그곳에 누웠다. 무방비한 표정을 지을 때면 늘 그렇
듯 습관적으로 입술을 약간 벌린 채, 갑자기 속수무책인 듯 표정이
비참하게 변했다.

"무슨 일이야?"

딘이 재빨리 물었다.

"오, 맙소사."

"무슨 일이냐니까?"

"난 완전히 저주를 받은 것 같아. 난 완전히 풍비박산이 났네,
필. 난 무일푼이야."

그가 절망적으로 말했다.

"엉?"

"난 무일푼이라고."

그의 목소리가 흔들리고 있었다.

딘은 따져보는 듯한 푸른 눈동자로 그를 더욱 더 가까이서 유심
히 바라보았다.

"자네 정말로 굉장히 지쳐 보이는군."

"그래, 모든 것이 완전히 난장판이 되어 버렸어."

그는 잠시 멈추었다.

"처음부터 다시 시작하는 것이 나을 거야. 혹시 내가 자넬 지루
하게 만들었나?"

"전혀 아니야. 계속 말을 하게."

하지만 어쨌든 딘의 목소리에는 주저하는 기색이 있었다. 동부로의 이번 여행은 즐기기 위해 계획된 것이었다. 말썽에 휘말린 고든 스터렛과 마주쳤다는 사실이 그를 다소 짜증나게 했다.

"그러니까."

고든이 불안하게 말을 꺼냈다.

"2월에 프랑스에서 돌아와서, 한 달 정도 해리스버그(미국 펜실베이니아 주의 주도(州都)).에 있는 집에서 지냈어. 그러고 나서 직업을 구하기 위해 뉴욕으로 왔지. 직업을 얻었고—무역회사에 말이야. 하지만 그들이 어제 나를 해고했어."

"자넬 해고해?"

"그것 때문에 온 거야, 필. 자네에게 솔직하게 말하고 털어놓고 싶어. 자네야말로 내가 이 문제에 대해 터놓고 말할 수 있는 유일한 사람이니까. 사실대로 다 털어놓아도 괜찮겠나? 그런가, 필?"

딘이 조금 더 경직되었다. 무릎을 두드리는 그의 손동작이 점점 더 기계적으로 변해갔다. 그는 어렴풋이 자신에게 불공평한 책임감이 지워질 것임을 느끼고 있었다. 심지어 그는 과연 자신이 그의 이야기를 듣고 싶어 하는지조차 알지 못했다. 약간의 어려움에 빠져 있는 고든 스터렛을 발견한 것은 그리 놀라운 일은 아니었다. 현재 그의 불운함 속의 어떤 것이 그를 불쾌하고 경직되게 만들었지만, 한편으로는 그것이 그의 호기심을 자극하기도 했다.

"계속해 보게."

"여자가 있네."

"흠."

딘은 그 무엇도 자신의 여행을 망치지는 못할 것이라고 다짐했다. 만일 고든이 점점 더 비참한 지경이 된다면, 그때는 그를 더 멀리 해야만 했다.

"이름은 주얼 허드슨이야."

침대에서 우울한 말투가 계속 이어졌다.

"처음에는 '순결' 했었겠지, 내 추측일세. 1년 전까지만 해도. 이곳 뉴욕에 살고 있어. 집안은 가난했고. 가족들은 이제 다 죽고, 지금은 늙은 숙모와 살고 있어. 알겠지만 내가 그녀를 만난 바로 그때가 사람들이 전부 프랑스에서 돌아오기 시작했을 무렵이었어. 그리고 내가 한 일이라고는 단지 새로이 도착한 이들을 환영하고, 그들과 파티에 어울려 다닌 것이었어. 그렇게 시작되었다네, 필. 사람들을 만나는 것을 즐기고, 그들이 날 만나서 즐겁게 만드는 것."

"좀 더 분별력이 있었어야 했어."

"알아."

고든이 잠시 말을 멈추더니 이내 얼이 빠진 듯이 말을 이었다.

"지금의 난 집에서 독립한 상태야, 자네도 알겠지만. 그리고 필, 난 가난을 견딜 수가 없어. 그런데 이 저주 같은 여자가 나타난 거야. 그녀는 한동안은 나와 사랑이란 것에 빠졌고, 비록 결코 그렇게까지 빠져들 의도는 없었지만, 어째서인지 항상 그 어지의 손바닥에 있는 듯한 느낌이란 말이야. 내가 무역 회사에서 어떠한 일을 했는지 자네도 상상할 수 있을 거야—물론 난 항상 그림을 그리고 싶은 마음이 있었지. 잡지에 삽화를 그리는 일을 말이야. 꽤 많은 돈이 되거든."

"그럼 왜 그걸 하지 않지? 뭐든지 잘하고 싶으면 노력을 해야 할 것 아닌가."

딘이 차갑게 형식적으로 제안했다.

"노력했지, 조금은. 하지만 내 솜씨가 영 투박해서. 난 재능이 있네, 필. 그림을 그릴 수 있어. 하지만 단지 어떻게 해야 하는지 모르겠네. 학교에 다녀야 하는데, 그럴 여력이 없어. 어쨌든 약 1주일 전 모든 일들이 다 위기에 봉착했네. 내가 마지막 1달러까지 다 써버리고 나자 이 여자가 날 괴롭히기 시작한 거야. 그녀는 목돈을 원해. 만약 그 돈을 갖지 못한다면, 나를 큰 말썽에 휘말리게 만들 수 있다고 우기고 있어.”

“그럴 수 있을까?”

“그럴 것 같아서 걱정이야. 내가 직업을 잃어버리게 된 이유도 그 여자 때문이니까. 그녀가 계속 사무실로 전화를 걸어댔거든. 엎친 데 덮친 격으로 그 여자는 우리 가족에게 보낼 편지까지 써놓았다네. 오, 그 여자가 날 완전히 휘어잡고 있어. 그 여자에게 줄 목돈이 필요해.”

어색한 침묵이 흘렀다. 고든은 아주 조용히 누워 있고, 옆구리에 꼭 움켜쥔 주먹이 놓여 있었다.

“난 완전 무일푼이야.”

그가 계속 말을 이었고, 그의 목소리가 떨려왔다.

“난 반쯤 미칠 지경이네, 필. 만일 자네가 이곳 동부로 온다는 것을 알지 못했다면, 난 죽어버렸을 거야. 자네가 300달러만 빌려줬으면 좋겠네.”

딘의 손가락이, 그의 맨 무릎을 두드리던 손가락이, 갑자기 멈추었다. 그리고 두 사람 사이에 기묘한 불안함이 팽팽한 긴장감으로 맴돌았다.

몇 초 후 고든이 말을 이었다.

“가족들을 워낙 쥐어짜서 또다시 돈을 부탁하기가 부끄러울 지경이야.”

여전히 딘은 아무런 대답도 하지 않았다.

"주얼의 말이 자신이 200달러를 받아야겠대."

"그렇게 협박하면 어떻게 될지 말해주지 그랬나."

"그래, 아주 쉬운 이야기처럼 들리는군. 하지만 그 여자는 내가 취했을 때 적어 준 두 통의 편지를 가지고 있어. 불행히도 그녀는 자네가 예상하는 그런 나약한 여자가 아닐세."

딘은 혐오 어린 표정을 지었다.

"난 그런 종류의 여자는 참아줄 수가 없어. 자네도 그 여자를 멀리 해야 할 거야."

"알아."

고든이 힘없이 인정했다.

"그리고 사실들을 있는 그대로 봐야 할 거야. 만일 자네에게 돈이 없다면, 직장을 구하고 여자들을 멀리 해야지."

"말하기는 쉽지."

고든이 눈을 가늘게 뜨며 말했다.

"자네는 세상의 모든 돈을 다 가지고 있으니까."

"꼭 그렇지는 않아. 내 가족들이 내가 얼마나 쓰는지를 계속 지켜보고 있으니까. 내게는 아주 약간의 여유가 있기 때문에 그것을 망치지 않기 위해 더 노력하고 있어."

그는 블라인드를 올리고 더 많은 햇살을 받아들였다.

"난 잘난 척하는 사람은 아니네, 세상이 다 알겠지만."

그가 교묘하게 말을 이어나갔다.

"난 쾌락을 좋아해. 이런 식의 휴가는 더욱 더 좋아하지. 하지만 자네는…… 자네는 정말 끔찍한 행색이군. 자네가 이런 식으로 말하는 건 한 번도 들어본 적이 없어. 완전히 파산한 것처럼 보여— 재정적뿐만이 아니라 도덕적으로도."

"보통 그 두 가지는 한꺼번에 가는 것이 아닌가?"

딘은 조급하게 고개를 흔들었다.

"자네에겐 내가 이해하지 못하는 어떤 끊임없는 기운이 맴돌고 있어. 일종의 사악한 기운이랄까."

"걱정과 빈곤 그리고 불면의 밤들로 인한 분위기겠지."

고든이 다소 반항적으로 말했다.

"난 모르겠어."

"오, 내가 우울하다는 것은 인정하지. 내가 나 자신을 우울하게 만들고 있어. 하지만 정말로 필, 1주일의 휴식과 새 양복 그리고 여분의 돈만 있으면 이내 괜찮아질 거야, 예전의 나처럼. 필, 난 전광석화처럼 그릴 수 있어, 자네도 알지. 하지만 어떨 때에는 그림 재료를 제대로 살 돈조차 없어. 게다가 피곤하고, 낙담하고 그리고 무일푼인 상태에서는 그림을 그릴 수가 없네. 약간의 여유자금만 있으면 몇 주일 정도 시간을 내서 다시 시작할 수 있을 거야."

"그 돈을 다른 여자에게 쓰지 않을 거라고 내가 어떻게 믿을 수 있나?"

"왜 그 일을 다시 들쑤시는 거지?"

고든이 조용히 말했다.

"다시 들쑤시는 것이 아니야. 자넬 이런 식으로 보게 된 것이 싫은 거지."

"내게 돈을 빌려주겠나, 필?"

"지금 당장 결정을 내릴 수가 없네. 굉장히 액수가 크고, 나로서는 상당한 불편함을 감수해야 할 테니까."

"만일 자네가 그 돈을 빌려주지 않는다면, 내 삶은 지옥이 될 거야. 내가 우는 소리를 하고 있다는 걸 알아, 다 내 잘못이라는 것도. 하지만 그래도 상황은 변하지 않아."

"그럼 언제 갚을 생각인가?"

144

이건 고무적인 일이라고 고든은 생각했다. 아마도 솔직해지는 편이 현명한 일이겠지.

"물론 다음 달 안에 돌려주겠다고 약속할 수는 없네. 하지만 3개월 후라고 말하는 편이 낫겠군. 그림을 팔게 되는 대로 즉시."

"자네가 무슨 그림이든 팔게 될 거라고 내가 어떻게 확신할 수 있지?"

딘의 목소리에 담긴 경직된 기색이 고든에게 흐릿한 의구심의 전율을 불러일으켰다. 돈을 구할 수는 있을까?

"아무래도 자네가 날 별로 믿지 못하는 건 같군."

"예전에는 아니었지. 하지만 이렇게 된 자네를 보니 의혹이 들기 시작했어."

"만일 내가 벼랑 끝에 몰리지 않았더라면, 이런 식으로 자네를 찾아왔을 거라고 생각하나? 자넨 내가 이걸 즐긴다고 생각해?"

목소리가 갈라졌다. 그는 자신의 목소리 속에 드러나는 격앙되는 분노를 숨기는 편이 좋겠다는 생각에 입술을 깨물었다.

"자네는 이걸 상당히 쉽게 생각하는 듯싶군."

딘이 화가 난 듯이 말했다.

"자네가 날 이런 곤경에 밀어 넣었어. 만일 자네에게 돈을 빌려주지 않으면, 나는 소인배가 되는 거지. 오, 그래, 자네가 그렇게 만들었어. 그리고 300달러를 손에 쥐는 것이 내게도 쉬운 일은 아니라는 것도 말해주지. 내 수입이 그리 많은 것도 아니야. 물론 그만큼을 덜어낸다고 해도 망가지지는 않겠지만."

그는 의자에서 일어나 조심스럽게 옷가지를 골라 입기 시작했다. 고든은 두 손을 쫙 펴서 침대의 가장자리를 움켜쥐며, 원망이 터져 나오려는 것을 애써 참았다. 머리가 쪼개지는 듯했고 어디선가 윙윙거리는 소리가 들렸고, 입술이 바싹 마르고 씁쓸했고, 혈관 안의 열기가 지붕에서 천천히 떨어지는 물방울처럼 셀 수 없이 규칙적인 박자로 용해되어 갔다.

딘은 꼼꼼하게 넥타이를 매고, 눈썹을 어루만진 뒤 진지하게 이빨에 낀 담뱃잎 조각을 제거했다.

그런 뒤 그는 자신의 담배 케이스에 담배를 채우고, 무심결에 빈 담뱃갑을 휴지통에 집어넣은 뒤 케이스를 조끼 주머니에 집어넣었다.

"아침 식사는 했나?"

그가 물었다.

"아니, 더 이상 아무것도 먹히지가 않네."

"이런, 나가서 뭔가를 먹도록 하자고. 돈에 대해서는 이따가 결정하지. 그 문제는 지겹군. 나는 즐기기 위해 동부로 온 거야. 예일 클럽(예일 대학교 졸업생들을 위한 사설 클럽으로 클럽에서 소비된 금액은 회원들이 나누어 지불한다. 이곳에서는 식사 및 휴식과 단기간의 호텔 역할도 했다.)으로 가지."

그가 언짢은 듯이 말하더니, 곧 의미심장하게 덧붙였다.

"일을 그만뒀다면서. 그러니 할 일도 없지 않나."

"만일 약간의 돈만 있다면, 할 일은 얼마든지 있지."

고든이 지적했다.

"오, 제발 그 문제는 잠시 잊어버리도록 하게. 내 여행 전체를 우울하게 만들 필요는 없지 않나. 여기, 여기 약간의 돈이 있네."

그는 지갑에서 5달러짜리 지폐를 꺼내 고든에게 던져주었고, 그는 그것을 조심스럽게 접어 주머니에 집어넣었다. 그의 두 뺨에 색조가 번져갔고, 열기가 아닌 홍조가 더해졌다. 몸을 돌려 방을 나가기 전, 잠시 두 사람의 눈이 마주쳤고 그 순간 그들은 서로의 눈에서 재빨리 자신의 시선을 떨어뜨리게 만드는 무언가를 발견했

다. 바로 그 순간 그들은 너무나 갑작스럽게 하지만 너무나 분명하
게 서로를 증오하고 있었다.

2

5번가와 44번 거리가 만나는 곳은 정오의 군중들로 우글거렸다. 풍요롭고 행복한 햇살이 말쑥한 가게의 두꺼운 창문들을 통과해 일시적이나마 황금빛으로 반짝이며—회색 벨벳 케이스 안의 그물 가방들과 지갑들 그리고 진주 목걸이 위로, 갖가지 색깔의 지나치게 화려한 부채 위로, 값비싼 드레스의 비단과 레이스 위로, 실내 디자이너들이 사치스럽게 꾸며놓은 방 안의 별 볼일 없는 그림들과 최고급의 고가구들 위로—빛을 뿌렸다.

삼삼오오 무리를 지은 직장여성들은 이런 유리창 주변에 어슬렁거리며 가정적으로 꾸며놓은, 심지어는 침대 위에 남자용 실크 파자마까지 놓여 있는 몇몇 화려한 진열창들을 들여다보며 앞으로 자신들이 꾸밀 내실(內室)을 상상해 보았다. 그들은 보석가게 앞에 서서 그들이 낄 약혼반지와, 결혼반지 그리고 백금 손목시계를 골랐고, 그런 뒤 깃털 부채들과 오페라용 외투를 살펴보며 서성거렸다. 그러면서 그네들은 점심으로 먹은 샌드위치와 선디〈아이스크림 선디(시럽·과일 등을 얹은 아이스크림.〉 등을 소화시켰다.

거리를 메운 대부분의 군중은 허드슨 강(미국의 뉴욕 주 동부의 강.)에 정박한 함대에서 나온 수병들과 매사추세츠에서 캘리포니아에 이르는 온갖 사단의 기장을 단 군인들로 이들은 사람들의 눈에 띄기를 지독하게도 갈망했다. 그러나 종국에는 이 위대한 도시 사람들 모두 힘들고 무거운 짐과 소총을 둘러매고 근사하게 대열을 이루고 행진하는 군인이 아니라면 완전히 신물을 내고 있음을 발견했다.

이런 혼잡함 속에 딘과 고든이 배회했고, 딘이 흥분을 느끼고 가장 천박하고 가장 번지르르한 인간의 군상들의 무리에 경계심을 느꼈다면, 고든은 얼마나 빈번히 자신이 저런 부정기적인 식습관과 과로와 유흥에 빠진 지친 군중들의 한 사람이었던가를 새삼 되새기게 되었다. 딘에게는 그 고군분투가 젊음과 쾌적함의 상징이었다면, 고든에게는 음울하고 무의미하며 끝이 없는 싸움이었다.

예일 클럽에서 그들은 예전의 동기생들을 만났는데 이들은 소란스럽게 딘을 환영했다. 반원형의 긴 의자와 거대한 의자에 앉아 다 같이 하이볼(위스키나 브랜디에 소다수나 물을 타고 얼음을 넣은 음료.)을 마셨다.

고든은 그들의 대화가 지루하고 따분하다는 것을 깨달았다. 그들은 무리를 지어 함께 점심을 먹고, 오후가 시작되자 독한 술로 몸을 덥혔다. 모두들 그날 밤의 감마 프시이 댄스 파티에 갈 예정이었다. 전쟁 발발 후 가장 근사한 파티가 될 거라고 모두들 자부했다.

"이디스 브래딘이 온대."

누군가가 고든에게 말했다.

"예전에 네 여자친구였지? 둘 다 해리스버그 출신이 아닌가?"

"맞아, 그녀의 오빠를 가끔 만나곤 해. 일종의 사회주의 광신도이지. 신문인가 뭔가를 한다더라, 여기 뉴욕에서."

그는 주제를 바꾸려 했다.

"화려한 여동생과는 달리 말이지, 응?"

그 자발적인 정보 제공자가 말을 이었다.

"그러니까 그녀가 오늘 밤 피터 히멜이라는 학부생과 함께 온대."

고든은 8시에 주얼 허드슨을 만나기로 되어 있었다. 그때 그녀에게 얼마간의 돈을 주겠다고 약속해 놓았다. 몇 차례 그는 불안한 듯 자신의 손목시계를 훔쳐보았다. 4시가 되자, 다행스럽게도, 딘이 자리에서 일어나 칼라(양복이나 와이셔츠의 깃에 안으로 덧대는 일종의 장식품.)와 넥타이를 사기 위해 리버스 브라더스(작가의 가상의 상점.)로 가겠다고 선언했다. 하지만 두 사람이 클럽을 나서자마자, 또 다른 일행이 그들에게 합류했고, 이 때문에 고든은 무척이나 실망했다.

딘은 이제 기분이 유쾌해졌고, 저녁에 있을 파티에 대한 기대감과 행복감에 조금은 들떠 있었다. 리버스에서 그는 12장의 넥타이를 샀는데, 다른 동행과의 긴 논의를 통해 하나하나 골라 나갔다. 좁은 넥타이가 다시 유행을 타게 될까? 리버스가 더는 웰치 마기츤 칼라(북아일랜드 런던데리의 웰치 마기츤 의류 회사로 '코빙턴' 이라는 갈아 끼울 수 있는 와이셔츠 칼라를 제조하여 인기를 끌었다.)를 취급하지 않는다니 안타까운 일이 아닌가? 이 세상에 '코빙턴' 과 같은 칼라는 없어.

고든은 일종의 두려움에 빠져들었다. 그는 지금 당장 돈이 급했다. 그리고 이제 감마 프사이 댄스파티에 참석하는 건 어떨까 하고 막연히 생각하기 시작했다. 이디스를 만나고 싶었다. 프랑스로 떠나기 전 해리스버그의 컨트리클럽에서의 그 낭만적인 밤 이후로 이디스를 만나지 못했다. 연애감정이 시들고, 전쟁의 소동 속에 짓눌리고, 지난 3개월간의 혼란 속에서 완전히 잊고 있었지만, 그녀의 영상, 그녀만의 중요할 것도 없는 재잘거림 속에 담긴 매서움, 상냥하고, 사람을 도취시키는 매력이 예상치 못하게 되살아났고

수백 가지의 기억들을 불러일으켰다. 대학시절 그는 그녀의 얼굴에 대한 일종의 초연함과 애정이 어린 찬사를 가슴에 품었었다. 그는 그녀를 그리는 것을 좋아했었다. 그의 방에 그녀를 그린 그림이 여남은 점이 남아 있었다. 골프를 치는 모습, 수영하는 모습……. 눈을 감고도 그녀의 활발하고 매력적인 눈을 끄는 용모를 그릴 수 있었다.

5시 30분, 그들은 리버스를 떠나 잠시 인도에 멈추었다.

"자, 나는 이제 준비가 다 되었네. 이제 호텔로 돌아가 면도를 하고, 머리를 자르고, 마사지를 받아야겠어."

딘이 쾌활하게 말했다.

"그게 좋겠어, 나도 자네랑 함께 가지."

또 다른 사내가 말했다.

고든은 혹시 자신이 농락을 당하고 있는지 궁금했다. 힘겹게 그는 그 사내에게로 몸을 돌려 '썩 꺼져버려, 빌어먹을 녀석!' 이라고 소리치고 싶은 것을 참았다. 좌절감에 그는 어쩌면 딘이 돈에 대한 논쟁을 피하기 위해 그 사내에게 자신을 꼭 붙어 다니라고 말해놓은 것은 아닌가 하는 의심까지 들었다.

그들은 빌트모어 호텔로 들어갔다. 빌트모어는 아가씨들로 활기가 넘쳐났다. 대부분은 명문대학의 명망 있는 남학생 사교클럽의 댄스파티에 참석하기 위해 서부와 남부에서 몰려든, 화려한 사교계의 아가씨들이었다. 하지만 고든에게 그들은 꿈속에서나 볼 얼굴들이었다. 그는 마지막으로 애걸을 해보기 위해 혼신의 힘을 다해, 무슨 말을 해야 할지도 모르면서 무작정 입을 열려는 찰나, 딘이 갑자기 다른 사내에게 양해를 구한 뒤 고든의 팔을 잡고 옆으로 끌고 갔다.

"고디."

그가 재빨리 말했다.

"모든 상황을 아주 신중하게 생각해 보았는데, 자네에게 돈을 빌려줄 수가 없다는 결론을 내렸네. 자네의 부탁을 들어주면 좋겠지만, 그렇게 해야 하는 이유를 모르겠어. 그렇게 하면 내가 한 달은 허리띠를 졸라매고 살아야 하거든."

멍하니 그를 바라보던 고든은, 어째서 그의 윗니가 툭 튀어나왔다는 사실을 이전에는 깨닫지 못했는지 궁금하게 여겼다.

"정말로 미안하네, 고든."

딘이 말을 계속했다.

"하지만 그렇게 됐어."

그는 자신의 지갑을 꺼내, 조심스럽게 75달러의 지폐를 세어 꺼냈다.

"여기."

그것을 내밀며 그가 말했다.

"여기 75달러야. 그럼 도합 80달러가 되겠지. 그게 이번 여행에서 쓸 경비를 제외한 내가 가진 현금의 전부일세."

고든은 자동적으로 움켜쥔 손을 치켜 올렸지만, 마치 가시라도 쥐었던 것처럼 손을 폈고, 다시 돈과 함께 움켜쥐었다.

"그럼 파티에서 보지. 이제 이발소에 가봐야겠어."

딘이 말했다.

"그럼 이따 보지."

고든이 긴장감 어린 거친 목소리로 말했다.

"그럼 이따 봐."

딘이 미소를 짓기 시작했지만, 문득 마음이 바뀐 것처럼, 간단히 고개를 끄떡이고 자리를 떠났다.

하지만 고든은, 잘생긴 얼굴에 수심을 가득 띠우고, 한 뭉치의 지

폐를 단단히 움켜쥔 채, 그렇게 서 있었다. 그런 뒤, 갑작스런 눈물
이 앞을 가린 듯, 그는 비틀거리며 빌트모어의 계단을 내려왔다.

3

같은 날 밤 약 9시경, 두 사내가 6번가에 있는 싸구려 식당에서 걸어나왔다. 두 사람 모두 추한 외모에 좋지 않은 영양상태, 그리고 가장 낮은 형태의 지능을 지녔다는 사실 외에도 심지어 삶에 활기를 불어넣는 동물적인 충만감조차 없어 보였다. 그들은 최근까지 낯선 땅의 더러운 도시에서 추위와 굶주림 그리고 이(蝨)로부터 고통을 받았다. 그들은 가난하며, 친구도 없었다. 그리고 그들은 태어나면서부터 세상에 부목(浮木)처럼 내던져졌고, 죽을 때까지 부목처럼 떠돌 운명이었다. 하지만 그들은 미합중국 군대의 제복을 입고, 어깨 위에는, 3일 전 상륙한, 뉴저지에서 징집된 보병사단의 기장을 달고 있었다.

두 사람 중, 키가 큰 사내의 이름은 캐럴 키이며 그 이름이 암시하듯, 그의 혈관에는, 어쨌든 몇 대에 걸쳐 묽게 희석되었겠지만, 어떤 잠재력이 있는 가문의 피가 흐르고 있었다. 하지만 길고, 턱이 좁은 얼굴에 멍하니 물기 어린 눈동자 그리고 툭 튀어나온 광대뼈는 아무리 오래 응시해 보아도 조상으로부터 물려받은 가치나 타고난 재능의 흔적은 찾아볼 수 없었다.

그의 동료는 햇볕에 그을린 검은 피부와 밭장다리, 쥐 눈과 여러

154

차례 부러진 흔적이 있는 매부리코를 갖고 있었다. 그의 반항적인 분위기는 분명 허풍이었고, 그가 평생을 살아온, 욕설과 퉁명스러움의 세계, 신체적인 허세와 신체적인 악의의 세계에서 빌려온 보호 수단일 뿐이었다.

카페를 떠난 두 사람은 무척이나 즐거운 듯 이쑤시개를 사용하며, 완전히 초연한 태도로 6번가를 따라 어슬렁거리며 내려갔다.

"어디로 가지?"

만약 캐럴 키가 남태평양의 섬으로 가자고 제안한들 놀라지 않을 거라는 듯한 말투로 로즈가 물었다.

"만일 우리가 술을 좀 구할 수 있을 거라면 뭐라 할 거야?"

금주법은〈술의 판매를 금지하는 수정헌법 18조, 금주법(禁酒法)은 1919년 수정헌법 21조가 통과되기 전까지 실행되지 않았지만, 본문에 암시하는 것처럼 1차 세계대전 동안 군인들에게 술을 판매하는 것은 불법으로 적용되었다.〉 아직 시작되지 않았지만, 그 제안 속에 부추기는 듯한 기색이 담긴 것은 군인에게 술을 파는 것이 법으로 금지되어 있기 때문이었다.

로즈가 열정적으로 동의했다.

"그럼 내게 방법이 있어."

잠시 생각에 잠긴 후 캐럴이 말을 이었다.

"어딘가에 내 형제가 살고 있거든."

"뉴욕에?"

"그래, 나보다 나이가 좀 많지."

그 말은 그가 형이라는 의미였다.

"음식점에서 웨이터로 일하고 있어."

"어쩌면 그가 우리에게 술을 줄 수도 있겠군."

"그럴 거라고 내가 장담하지!"

"날 믿게. 난 내일 이 빌어먹을 제복을 벗어버릴 거야. 그리고 다시는 이걸 입지 않겠어, 절대로. 당장 평상복을 사야겠어.”

“글쎄, 어쩌면 난 아니야.”

그들이 가진 돈을 통틀어봤자 5달러도 되지 않기에, 그러한 말들을 해봤자 그저 아무런 해가 되지 않고 위로만 주는, 즐거운 말장난에 불과했다. 껄껄 웃음을 터트리고 성경 속에 나오는 인물들을 언급하면서, 더 강조하려는 듯 “오, 이런!”, “설마!” 그리고 “내가 그렇게 말했지!” 등등의 말들을 몇 번이나 되풀이하는 폼이 어쨌든 두 사람 모두 즐거운 듯했다.

이 두 사람에게 전적으로 정신적인 양식이 되어준 것은 그들을 수년간 살아 있게 만든 군대, 회사 또는 구빈원과 같은 체제에 대한 그리고 그 체제 안에서의 그들의 직속상관이었던 이들에 대한 공격적인 코웃음과 비난을 퍼붓는 행위였다. 바로 그날 아침까지 그 체제는 ‘정부’라는, 직속상관은 ‘대위’라는 형태로 존재했지만, 이제 그들은 그 두 가지에서부터 잠시 벗어나 다음 체제에 구속되기 전까지의 희미하고 불안정한 상태에 놓여 있었다.

그들은 불안정하고 분개하고 쉽게 불쾌해졌다. 이렇게 그들은 허세와 군에서 나왔다는 공들인 안도감 속에 숨어, 군대의 규율이 다시는 그들의 고집스럽고, 자유를 사랑하는 의지를 꺾지 못할 거라며 서로를 다독였다. 하지만 사실, 그들은 새롭게 발견한, 나무랄 데 없는 자유보다 감옥에서 더 집과 같은 편안함을 느꼈을 것이다.

갑자기 캐럴이 발걸음을 빨리 했다. 그의 시선을 따라 눈을 옮긴 로즈는 50m 정도 아래쪽에 사람들이 몰려드는 것을 발견했다. 캐럴이 크게 웃음을 터트리며 사람들을 향해 달리기 시작했다. 로즈도 그 즉시 마찬가지로 웃음을 터트리며 동료의 길고 어색한 보폭을 따라 자신의 밭장다리를 경쾌하게 움직였다.

무리의 외곽에 도착한 그들은 어느새 그 무리와 분간할 수 없을 만큼 하나가 되었다. 어쩐 일인지, 술로 엉망이 된 지친 일반인들과 여러 사단을 대표하고 취한 정도도 각양각색인 군인들이, 손짓으로 말을 하려는 듯 연신 손을 흔들면서 흥분된, 하지만 간결한 연설을 토하고 있는, 길고 검은 구레나룻을 기른 작은 유태인의 주변에 잔뜩 몰려들고 있었다. 얼떨결에 앞쪽으로 헤집고 들어간 로즈와 캐럴은 그의 말이 자신들의 평범한 의식을 꿰뚫고 들어오자 날카로운 의혹이 섞인 시선으로 그를 살펴보았다.

"…… 전쟁으로 무엇을 얻었습니까?"

그가 매섭게 외쳤다.

"주위를 둘러봐요, 주위를 둘러보라고요! 여러분들이 부자입니까? 여러분들에게 많은 돈이 주어졌습니까? 아닙니다. 여러분들은 살아 있는 것만으로, 두 다리가 멀쩡한 것만으로도 운이 좋은 겁니다. 집으로 돌아와 자신의 부인이 돈을 지불하고 전쟁에 참전하지 않는 어떤 놈팡이랑 눈이 맞아 도망치지 않은 것을 발견한 것만으로도 운이 좋은 거예요. 바로 그런 때 여러분들이 운이 좋다고 하는 겁니다! J. P. 모건과〈J. P. Morgan(1837~1913) 미국의 공업, 철도 자금 조달, 프로이센 프랑스 전쟁 당시 프랑스 정부를 원조했다.〉 존 D. 록펠러를〈John D Rockerfeller(1839~1937) 석유 사업가이자 자선사업가. 서유의 독점 경영으로 큰 재산을 벌어들였다.〉 제외하고 전쟁에서 이득을 얻은 사람이 누가 있습니까?"

바로 그 순간 키 작은 유태인의 연설은 수염으로 덮여 있는 그의 턱을 후려갈기는 어떤 적의 어린 주먹으로 인해 끊어졌고, 그는 비틀거리며 뒤로 물러나 보도에 큰 대자로 뻗었다.

"빌어먹을 볼셰비키(프롤레타리아 볼셰비키 당이 권력을 잡고 황제 니콜라스 2세를 폐위시킨 1917년의 러시아 혁명에 대한 언급으로 "볼셰비키", "볼셰비키" 또는 "적색당"이라는 표현이 결과적으로 미국에서는 노동자들, 노동당의 당원들 그리고 정치적으로 진보적이거나 온갖 종류의 급진적인 인물을 격하시켜 가리킬 때 사용하게 되었다.) 녀석!"

덩치 큰 대장장이가 주먹을 날리며 고함을 질렀다. 근처에 몰려 있던 사람들에서 찬성의 웅얼거림이 들려왔다.

유태인은 비틀거리며 일어났지만, 근처에 있는 대여섯 개의 주먹에 맞아 다시 쓰러졌다. 이번에는 완전히 쓰러진 채, 힘겹게 숨을 내쉬었고, 입술 안팎 어딘가 찢어진 곳에서 피가 흘러나왔다.

시끄러운 소리가 들려왔고, 로즈와 캐럴은 얼떨결에 뒤범벅인 군중을 따라 6번가를 걸어 내려갔다. 지저분한 모자를 쓴 깡마른 시민과 단숨에 연설을 끝내버린 건장한 군인이 일행을 이끌었다. 군중은 경이로울 만큼 빠른 속도로 만만치 않은 숫자로 불어났고, 애매한 위치를 고수하는 시민들은 인도 위로 그들을 따라 걸으며 이따금씩 간헐적인 환호성을 내질러 그들을 정신적으로 지지해 주었다.

"지금 어디로 가는 겁니까?"
캐럴이 근처에 있는 남자에게 물었다.
그 남자는 챙이 넓은 모자를 쓰고 있는 사내를 가리켰다.
"저 사람은 저런 놈들이 엄청나게 몰려 있는 곳을 안답니다. 본때를 보여주러 가는 거요."
"놈들에게 본때를 보여주러 가는 거래."
캐럴이 흥분한 듯 로즈에게 속삭였고, 로즈는 신이 난 듯 자신의 옆에 있는 사람에게 그 말을 되풀이했다.

6번가 아래로 행렬이 휩쓸고 지나갔고, 여기저기서 군인들과 해병대원들까지 무리에 합류했는데, 더러는 일반인들도 섞여 있었다. 그들은 마치 새롭게 문을 여는 스포츠나 오락 클럽의 입장권이라도 된다는 듯이 줄기차게 외쳐댔다.

158

그런 뒤 행렬은 사거리에서 꺾어져 5번가로 들어섰고, 톨리버 홀 (뉴욕 시 맨해튼에 있는 건물.)에서 열리는 빨갱이들의 모임을 부수러 간다는 대답이 사방에서 되돌아왔다.

"그게 어디인데?"

앞쪽에서 질문이 나왔고, 잠시 후 뒤에서 대답이 들려왔다. 톨리버 홀은 아래쪽 10번가에 위치해 있었다. 그곳을 부수려는 또 다른 무리가 있고, 그들이 이미 지금 저 아래쪽으로 가고 있다고 했다!

하지만 10번가는 너무 거리가 먼 것처럼 들렸고, 막연한 투덜거림이 터져 나오면서 스무 명 정도의 일행이 떨어져 나왔다. 그중에는 로즈와 캐럴도 있었다. 그들은 어슬렁거리며 천천히 속도를 늦추어 더 열광적인 이들이 그들을 지나쳐가게 했다.

"차라리 술을 구하는 것이 좋겠어."

캐럴이 말했다. 그리고 그들은 "껍질 게(겁쟁이라는 의미로 당시 벙커나 갑각류의 껍질 속에 숨어 싸움을 피하는 이들을 칭하는 은어였다.) 같은 놈!"이니 "낙오자!"니 하는 말을 들으며 보도로 올라갔다.

"네 형이 이 근처에서 일하는 거야?"

피상적인 이야기를 끝내고 영원한 진리를 말하듯이 로즈가 물었다.

"분명 그럴 거야. 한 2년 정도 만나지 못했어. 계속 펜실베이니아를 떠나 있었거든. 어쩌면 밤에는 일을 하지 않을지도 모르지. 이쪽으로 쭉 따라가면 돼. 만약 딴 곳으로 옮기지 않았다면, 우리에게 술을 좀 구해줄 거야."

캐럴이 대답했다.

몇 분 동안 거리를 배회한 후 그들은 그 장소를 발견했다. 5번가와 브로드웨이 사이에 위치한 싸구려 식당이었다. 그곳에서 캐럴이 조지 형을 찾아 안으로 들어간 사이 로즈는 인도에서 기다렸다.

"더 이상 이곳에 없대. 그는 이제 델모니코 호텔에서 웨이터로 일한대."

캐럴이 모습을 드러내며 말했다.

마치 그럴 것을 예상했다는 듯 로즈는 고개를 끄덕였다. 능력 있는 사람이 종종 직업을 바꾸는 것은 놀랄 일이 아니었다. 그도 한 때 어떤 웨이터를 알고 지냈으니까. 그리하여 그들은 과연 웨이터들이 실제 봉급보다 팁을 더 많이 받는지의 여부에 대해 긴 대화를 나누었다. 델모니코 호텔에서 식사를 하고 첫 번째 샴페인을 터트린 뒤 50달러짜리 지폐를 팁으로 던지는 백만장자에 대해 한 마디씩 던지는, 생생한 그림을 그린 뒤, 두 사람은 남몰래 웨이터가 되는 것을 생각해 보았다. 사실 캐럴의 좁은 이마에는 형에게 직업을 구해달라고 부탁을 해야겠다는 비밀스러운 결심이 서려 있었다.

"웨이터는 그런 사람들이 병에 남겨놓은 샴페인을 다 마실 수 있어."

로즈가 입맛을 다시며 제안하고 나서, 되새겨 생각한 듯 덧붙였다.

"오, 그래."

그들이 델모니코 호텔에 도착했을 때가 10시 30분이었고, 그들은 택시들이 줄을 지어 강물처럼 밀려오고, 야회복을 차려입은 뻣뻣한 젊은 신사들을 대동한, 모자를 쓰지 않은 근사한 젊은 아가씨들이 차에서 모습을 드러내는 광경을 구경했다.

"파티가 있군. 어쩌면 가면 안 될 것 같아. 자네 형이 무척 바쁠 거야."

로즈가 어떤 경외감을 느끼며 말했다.

"아니, 안 그럴 거야. 괜찮을 거야."

잠시 주저한 뒤, 두 사람은 눈에 보이는 가장 초라하게 보이는 문으로 들어갔고, 그 즉시 주저함이 밀려 들어왔다. 그들은 자신들이 찾아낸 작은 식당 안의 눈에 띄지 않는 구석 자리에 불안하게 자리를 잡았다. 그리고 모자를 벗어 손에 쥐었다. 암울한 기분이 그들을 감쌌고, 두 사람은 방의 한쪽 문이 거칠게 열리고, 혜성처럼 나타난 웨이터들이 바닥을 가로질러 다른 쪽에 있는 또 다른 문을 통해 사라질 때마다 깜짝깜짝 놀랐다.

웨이터가 번개같이 빨리 스쳐 지나가기를 세 번, 탐색꾼들은 마침내 간신히 용기를 내어 한 웨이터를 찍었다. 그는 의심스러운 눈으로 그들을 바라본 뒤, 마치 당장이라도 몸을 돌려 도망칠 준비를 하는 것처럼 살금살금 고양이 걸음으로 그들에게 다가왔다.

"이봐요, 이봐요! 혹시 제 형을 알고 있나요? 이곳에서 웨이터로 일한다고 들었어요."

캐럴이 입을 열었다.

"이름이 키입니다."

로즈가 덧붙여 말했다.

그랬다. 웨이터는 조지 키를 알고 있었다. 그는 조지가 위층에 있을 거라고 생각했다. 대무도실에서 큰 연회가 열리고 있다고 그가 말했다.

10분 뒤 조지 키가 나타나 다소 의심스러운 태도로 동생을 반겼다. 그의 머릿속에 제일 먼저 떠오른 생각은, 가장 자연스러운 일이었지만, 동생이 돈을 요구하러 왔을 거란 것이었다.

조지는 키가 크고 턱이 좁았지만 동생과의 유사점은 거기서 끝이었다. 웨이터의 눈동자는 흐릿하지 않았다. 오히려 예민하게 반짝거렸고, 유순한 태도와 사무적인 몸짓에는 흐릿한 우월함까지 드러났다. 두 사람은 어색하게 인사를 나누었다. 조지는 결혼을 했고, 세 아이의 아버지가 되었다. 그는 캐럴이 군대에 들어가 해외에 있었다는 사실에 다소 흥미를 보였지만 그리 감명을 받은 것 같지 않았고, 그것이 캐럴을 실망시켰다.

"조지 형, 우리가 술을 좀 구하고 싶은데, 사람들이 우리에게는 술을 팔지 않아. 혹시 형이 우리에게 좀 구해다 줄 수 없을까?"

유순한 태도로 동생이 말했다.

조지가 고민을 했다.

"그래, 어쩌면 그렇게 할 수 있을 거야. 어쩌면 반 시간 정도 걸릴지도 모르지만."

"좋아, 우리가 기다릴게."

캐럴이 동의했다.

그 말에 로즈가 편안해 보이는 의자에 앉으려 몸을 움직였지만, 분개한 조지에 의해 제지당하고 말았다.

"이봐! 조심해. 자네! 여기에 앉으면 안 돼! 이 방은 12시에 시작되는 무도회를 위해 준비된 곳이야."

"망가트릴 생각은 없었어요. 전 구충제(驅蟲劑)도 뿌렸단 말입니다."

로즈가 화가 난 듯이 말했다.

"그게 문제가 아니야. 만일 수석 웨이터가 내가 여기서 잡담을 하고 있는 것을 발견한다면, 날 잡아먹으려고 할 거야."

조지가 엄하게 말했다.

"오."

수석 웨이터라는 말이 다른 두 사람에게는 충분한 설명이 되었다. 두 사람은 해외에서부터 써온 모자를 불안한 듯 손가락으로 만지작거리며 어떤 제안을 기다렸다.

"내 말은."

잠시 침묵이 흐른 후, 조지가 말했다.

"자네들 두 사람이 기다릴 만한 장소가 있어. 나를 따라와."

그들은 그를 따라 반대쪽 문을 나와, 아무도 없는 식기실을 통과해, 두 쌍의 나선식 계단을 따라 올라가, 마침내 대걸레와 들통들이 쌓여 있고 단 하나의 침침한 전기만이 불을 밝히는 작은 방 안으로 들어갔다. 그는 2달러를 받고 약 1쿼트의(1/4 갤런 또는 약 1.14 l .) 위스키를 가져다주기로 약속한 뒤 그들을 그곳에 남겨놓고 자리를 떴다.

"조지 형은 분명 돈을 엄청나게 벌 거야, 내가 장담해."

캐럴은 거꾸로 쌓아놓은 들통 위에 앉으며 우울하게 말했다.

"분명 1주일에 50달러는 벌 수 있을걸."

로즈는 고개를 끄덕이며 침을 뱉었다.

"나도 그럴 거라고 생각해."

"아까 형이 말한 무도회가 뭘까?"

"대학물 먹은 친구들의 파티겠지. 예일 대학교."

두 사람은 서로를 향해 진지하게 고개를 끄덕였다.

"아까 그 무리를 이루던 아가씨들은 지금쯤 어디에 있을까?"

"나도 몰라. 하지만 내게는 빌어먹을 만큼 먼 곳에 있는 여자들이라는 건 알지."

10분 정도 지나자 무료함이 밀려들었다.

"저쪽에 뭐가 있는지 봐야겠어."

조심스럽게 반대쪽 문을 향해 걸어가며 로즈가 말했다.

"뭐가 보여?"

대답 대신 로즈는 날카롭게 숨을 들이켰다.

"빌어먹을, 여기 술이 잔뜩 있어."

"술이라고?"

키가 문 앞에 있는 로즈에게 다가와 흥분한 듯 바라보았다.

“장담하건데 저건 진짜 술이야.”

잠시 노려보더니 그가 말했다.

그들이 있는 곳보다 대략 2배는 더 큰 방이었다. 그리고 그곳은 근사한 술 파티가 준비되어 있었다. 긴 벽을 따라 놓여진, 하얀색 테이블보를 덮은 두 개의 탁자 위에는 병들이 나란히 자리를 잡고 있었다. 위스키, 진, 브랜디, 프랑스산과 그리고 이탈리아산 베르무트(백포도주에 향초 등으로 가미한 술.), 오렌지 주스와 잔뜩 늘어놓은 소다수 그리고 비어 있는 두 개의 커다란 펀치볼을 굳이 언급할 필요도 없었다. 방에는 아직 아무도 들어오지 않았다.

“그 댄스파티라는 걸 이제 막 시작하려나 봐.”

캐럴이 속삭였다.

“바이올린 소리가 들려? 이봐, 친구! 춤 한번 추는 것도 나쁘지 않을 것 같은데.”

그들은 조심스럽게 문을 닫은 뒤, 서로를 이해하는 눈빛을 교환했다. 굳이 감정을 표현할 필요는 없었다.

“저기 몇 병의 술들이 내 손에 있으면 좋겠군.”

로즈가 단호하게 말했다.

“나도.”

“들키지 않을까?”

캐럴이 고민을 했다.

“어쩌면 사람들이 술이 취하기를 기다리는 것이 나을 것 같아. 지금은 모두 다 진열해 놓았으니, 저기에 몇 병이나 있는지 알 거 아냐.”

그들은 잠시 그 문제에 대해 논쟁을 벌였다. 로즈는 그저 누가 방 안으로 들어오기 전에 병을 하나 슬쩍 빼내 외투 속에 감추자고 주장했다. 반면 캐럴은 신중하게 생각했다. 그는 형이 말썽에 휘말리게 될까 두려웠다. 차라리 몇몇 술병들이 열리기를 기다려 한 병을 슬쩍하는 것이 좋을 것 같았고, 그럼 모두들 대학 놈팡이들 중 하나가 그랬다고 생각할 것 같았다.

그들이 여전히 논쟁을 거듭하고 있는 사이, 조지 키가 서둘러 방 안으로 들어와, 그들을 향해 불만 어린 표정을 지은 뒤, 녹색 베이즈(당구대·탁자·커튼 따위에 쓰는 초록색의 설핀 나사 형겊.) 형겊을 씌운 문을 통해 모습을 감추었다. 몇 분 후 팡하며 코르크를 따는 소리들이 들려왔고, 그런 뒤 얼음이 짤랑거리는 소리와 술이 찰랑거리는 소리가 들렸다. 조지가 펀치를 만들고 있었다.

두 사람은 미소를 교환했다.

"오, 이런."

로즈가 속삭였다.

조지가 다시 모습을 드러냈다.

"얌전히 있으라고. 5분 안에 자네들에게 물건을 갖다 줄 테니까."

그가 재빨리 말했다.

그는 자신이 들어온 문을 통해 모습을 감추었다.

계단을 따라 그의 발자국 소리가 잦아들자, 로스는 조심스럽게 살핀 뒤, 쏜살같이 환한 방 안으로 들어갔다가 한 손에 병 하나를 들고 다시 나타났다.

"자, 내가 말한 대로지."

자신들의 첫술을 의기양양하게 들이키면서 그가 말했다.

"자네 형이 올 때까지 기다렸다가, 그가 우리에게 가져다줄 술을 여기서 마시면 안 되는지 물어보자고, 알았지. 술을 마실 장소가 없다고 말하는 거야. 알았지. 그런 다음 저 방에 아무도 없을 때를 기다렸다가 저기 숨어들어 가서 외투 안에 술을 한 병 훔쳐올 수 있을 거야. 그럼 이틀은 더 마시기에 충분하겠지, 알았지?"

"그럼. 오, 이런! 어쩌면 우리가 원한다면 언제든지 그걸 군인들에게 팔 수도 있을 거야."

로즈가 열정적으로 동의했다.

그들은 침묵을 지키며 잠시 장밋빛 상상 속에 빠져들었다. 그러고 나서 캐럴이 손을 올려 외투의 목깃을 풀기 시작했다.

"여기는 덥군, 안 그래?"

로즈가 열렬하게 동의했다.

"지옥처럼 덥군."

4

의상실을 나와 큰 홀로 이어진 휴게실을 가로지르는 동안에도 그녀는 여전히 상당히 분개해 있었다—실제로 일어난 사건 자체에 대해 화가 난 것은 아니었다. 무엇보다도 그런 일은 그녀의 사교적 위치에서는 흔하게 일어날 수 있는 일이니까, 하지만 그것이 오늘 밤이라는 특정한 날에 일어났다는 것이 문제였다. 그녀는 스스로를 비난할 일은 하지 않았다. 늘 하던 대로 위엄과 과묵함이 적절하게 뒤섞인 태도로 움직였다. 그녀는 담백하고 능숙하게 그를 뿌리쳤다.

그것은 그들이 탄 택시가 빌트모어를 떠닐 때 벌어섰다—반 블록도 채 지나지 않아, 그는 어색하게 자신의 오른팔을 들어 올려 (그녀는 그의 오른쪽에 앉아 있었다.) 그녀가 입고 있는 진홍색 털이 달린 야회용 외투 위에 은밀히 팔을 올려놓으려 했다. 그것 자체로도 실수였다. 젊은 청년이 확신이 없는 상태에서 동행한 젊은 여성을 품 안으로 끌어안으려고 시도할 때에는 우선 반대쪽 팔로 그녀를 감싸 안는 것이 확실히 더 품위 있는 행동이었다. 그렇게 하면 가까운 쪽 팔을 들어 올리는 어색한 동작 따위는 할 필요가 없을 테니까.

그의 두 번째 실수는 무의식적인 것이었다. 그녀는 오후 내내 미용실에서 시간을 보냈다. 그러니 그녀의 머리카락에 어떤 재앙이 생긴다면 그건 끔찍하게도 불쾌한 일이었다. 하지만 피터가 그 불운한 시도를 하는 순간 그의 팔꿈치가 아주 약간 그녀의 머리모양을 짓눌렀다. 그것이 그의 두 번째 실수였다. 두 번이면 충분했다.

그가 웅얼거리기 시작했다. 첫 번째 웅얼거림을 들으며 그녀는 그가 한낱 풋내기 대학생에 불과하다고 단정 지었다―이디스는 22살이었다. 이번 댄스파티는 전쟁 직후 처음으로 열리는 파티인 만큼, 그녀에게 옛일을 떠올리게 했고, 그 연상 작용이 다른 것들까지 가속적인 흐름을 보이며, 또 다른 댄스파티를, 또 다른 남자를, 그녀의 마음속에 있는 슬픈 눈에 어딘가 멍한 분위기의 청년을 상기시켰다. 이디스 브래딘은 고든 스터렛에 대한 추억들과 사랑에 빠져 있었다.

그녀는 델모니코 호텔의 의상실을 나와, 잠시 문간에 서서, 자신의 앞쪽의, 계단 위쪽 주변에 마치 위엄을 갖춘 검은 나방들처럼 검게 정장을 차려입은 한 무리 예일 대학교 학생들의 어깨 너머로 주변을 둘러보았다. 방금 그녀가 떠난 방에서 진한 향기가, 진한 향수와 추억을 불러일으키는 흐릿한 분가루 냄새가 이리저리 움직이는 많은 아가씨들을 따라 통로로 흘러나왔다. 이렇게 흘러나온 향기는 홀 안의 알싸한 담배 연기와 뒤섞여 감각적으로 계단 위에 내려앉고, 감마 프사이 댄스파티가 열리기로 되어 있는 무도회장으로 스며들어갔다. 그것은 그녀가 잘 알고 있는, 흥분되고, 자극적이고, 마음을 들뜨게 만드는 달짝지근한, 사교계의 춤의 향기였다.

그녀는 자신의 외모를 점검했다. 맨 팔과 어깨에는 크림처럼 하얀 분가루를 발라 놓았다. 그렇게 하면 피부가 아주 부드럽게 보이고, 오늘처럼 검은색 실루엣 일색인 무도회장에서는 우유처럼 뽀얗게 반짝일 것임을 알고 있었다. 머리모양도 성공적이었다. 잔뜩 부풀린 붉은 기가 도는 머리카락을 거만하고 우아하고 부드러운 곡선으로 틀어 올려 고정시켰다. 진한 선홍색 립스틱으로 입술을 정교하게 그렸고, 두 눈의 홍채는 마치 도자기 인형의 눈처럼 섬세하고 연약한 푸른빛을 띠었다. 그녀는 정교한 화장에서부터 작고 마른 두 다리까지, 심지어는 곡선 하나까지 완전하고, 무한한 섬세함과, 꽤 완벽한 아름다움을 지녔다.

그녀는 높고 낮은 웃음소리와 여성화의 발자국소리들 그리고 층계를 오르내리는 연인들의 움직임들로 인해 이미 한껏 물이 오르고, 부산스러워진 이곳에서 오늘 밤 어떤 말을 해야 할지 생각해보았다. 지난 몇 년간 이야기해 온 말장난을 할 수도 있겠지—그녀의 장기였다. 최근에 유행되는 말들, 약간의 신문용어, 대학 내의 은어를 실질적이면서도 완전하고, 어색하면서도 약간은 도발적이고 미묘하고 감상적으로 배열한 것이었다. "자기는 그것을 반도 알지 못할 거야!"라는, 근처 계단 위에 앉아 있던 어떤 소녀의 말에 그녀는 희미하게 미소를 지었다.

미소를 짓자, 한순간에 화가 녹아버렸고, 눈을 감으며 그녀는 즐거움의 한숨을 크게 들이마셨다. 옆으로 손을 떨어뜨리자 손끝에 몸매를 한껏 드러내며 매끄럽게 덮은 옷감이 느껴졌다. 그녀는 한 번도 자신의 부드러움을 그런 식으로 느껴본 적이 없었고, 또한 자신의 뽀얀 살결을 그런 식으로 즐겨본 적은 없었다.

"달콤한 냄새가 나."

짧게 혼잣말을 하는 그녀에게 문득 어떤 생각이 떠올랐다. '난 사랑을 위해 만들어졌어.'

그녀는 그 말이 마음에 들었고, 그 말을 다시 생각해보았다. 그러자 부득이하게 새롭게 생겨난 고든을 향한 온갖 꿈들이 밀려들었다. 두 달 전, 그녀의 왜곡된 상상력이 그를 다시 만나고 싶다는 은밀한 희망을 드러냈고, 그것이 지금 이 시간, 이 댄스파티로 그녀를 끌어낸 것이었다.

외면적인, 매혹적인 아름다움과는 달리, 이디스는 진중하고 생각이 느린 여성이었다. 그녀의 오빠를 사회주의자이자 반전주의자로 만든 미숙한 이상주의적인 기질이, 그와 똑같은 희망에 대한 진지한 명상의 기질이 그녀에게도 존재했다. 그녀의 오빠인 헨리 브래딘은 경제학 강사로 있던 코넬 대학을 떠나 이곳 뉴욕으로 자리를 옮겨, 급진적인 주간신문의 특별기고란에 치유 불가능한 사악함에 대한 최신 구제책을 쏟아내고 있었다.

이디스는, 그보다는 덜 어리석게, 고든 스터렛을 치료하는 것으로 만족할 수 있었다. 고든에게는 보살핌을 주고 싶게 만드는 어떤 나약한 기질이 있었다. 그에게는 보호해주고 싶어지게 만드는 무력함이 있었다. 그리고 그녀는 자신이 오랫동안 알고 지냈던 누군가를, 오랫동안 그녀를 사랑해온 누군가를 원했다. 그녀는 조금 지쳐 있었고 결혼을 하고 싶었다. 한 뭉치의 편지, 대여섯 장의 그림들 그리고 수많은 추억들, 그리고 나약함, 다음에 고든을 만나면 그들의 관계가 변하도록 만들겠노라 마음먹었다. 그들을 변화시킬 만한 어떤 말을 할 생각이었다. 그것이 그날 밤이었다. 그녀의 밤이었다. 모든 밤이 그녀의 밤이었다.

그러다가 상처를 입은 표정에 긴장한 듯한 진지함이 담긴 태도로 그녀의 앞에 나타나 너무나 어색한 모습으로 깊숙이 인사를 하는 엄숙한 표정의 대학생에 의해 그녀의 상념들이 방해받았다. 바로 그녀가 파트너로 동행한 피터 히멜이었다. 그는 키가 크고 뿔테 안경을 쓰고 있었는데, 유머감각과 매력적인 변덕스러움의 기질이 있었다. 그녀는 갑자기 다소 그가 싫어졌다. 아마도 그가 그녀에게 키스를 하려다 성공하지 못했기 때문일지 몰랐다.

"이런, 여전히 내게 화가 나 있나요?"

그녀가 입을 열었다.

"전혀요."

그녀는 앞으로 걸어나와 그의 팔을 잡았다.

"미안해요. 내가 왜 그런 식으로 뿌리쳤는지 모르겠어요. 오늘 밤은 어떤 이유에서인지 영 기분이 안 좋아요. 미안해요."

그녀가 부드럽게 말했다.

"그건 괜찮아요. 더 이상 언급하지 말아요."

그가 중얼거렸다.

그는 멋쩍기도 하고 창피하기도 했다. 지금 그녀가 자신의 실수를 괜스레 끄집어내고 있는 걸까?

"그건 실수였어요."

그녀가 똑같이 의식적으로 만들어낸 부드러운 어조로 말을 이었다.

"우리 둘 다 잊도록 해요."

이 말 때문에 그는 그녀가 싫어졌다.

몇 분 후, 특별히 고용한 재즈 오케스트라의 열두 명의 연주자들이 몸을 흔들며 탄식을 내쉬듯 혼잡한 무도회장 안에 '만일 색소폰과 내가 홀로 남았다면, 어찌 우리가 친구가 아니리' 라는 노래로 채우는 동안 두 사람은 무대로 나가 몸을 맡겼다.

수염을 기른 남자가 그들 사이에 끼어들었다.

"안녕하세요. 나를 기억하지 못하겠죠."

그가 비난하듯이 말을 꺼냈다.

"당신의 이름은 생각나지 않아요. 하지만 당신을 잘 알고 있어요."

그녀가 가볍게 말했다.

"당신을 만난 건……."

금발의 남자가 끼어들자 피터 히멜의 목소리가 애처로이 잦아들었다. 이디스는 상투적인 어조로 그에게 웅얼거렸다.

"대단히 고마워요, 나중에 다시 이야기하죠."

금발의 남자는 그녀의 손을 잡고 열정적으로 악수를 나누었다. 그녀는 그가 자신이 전에 만난 적이 있는 무수한 사람들 중 한 사람임은 알았지만 그의 성이 영 기억나지 않았다. 그러나 그가 춤을 출 때 특별한 리듬을 탄다는 것까지 기억이 났고, 춤을 추기 시작하자 자신이 맞았음을 확인했다.

"여기 오래 있을 건가요?"

그가 은밀하게 속삭였다.

그녀는 몸을 뒤로 젖히며 그를 올려다보았다.

"2주 정도요."

"지금 어디에 머물고 있어요?"

"빌트모어요. 언제 한번 들러주세요."

"그럼요, 그럴 겁니다. 차를 함께 마시죠."

그가 장담했다.

"그래요, 그럼……."

어두운 피부의 남자가 다소 심각하게 끼어들었다.

"날 기억하지 못하죠, 안 그래요?"

그가 진지하게 말했다.

"분명 기억하고 있어요. 이름이 할런이었죠?"

"아뇨, 발로입니다."

"이런, 어쨌든 두 음절의 이름이란 건 알고 있었어요. 하워드 마셜의 집에서 열린 파티에서 우크렐레(하와이의 작은 4현 기타.)를 멋지게 연주하셨던 분이잖아요."

"내가 음악을 연주한 건 맞아요. 하지만 그게 아니라……."

앞니가 툭 튀어나온 남자가 끼어들었다. 이디스는 그에게서 위스키 냄새를 맡을 수 있었다. 그녀는 술을 마신 남자들이 좋았다. 그런 이들이 훨씬 유쾌하고, 관심도 더 잘 드러내고, 입바른 소리도 잘했다. 이야기를 나누기도 훨씬 더 쉬웠다.

"내 이름은 딘입니다. 필립 딘. 나를 기억하지 못할 겁니다. 하지만 내가 4학년일 때 나랑 방을 함께 사용하던 친구랑 뉴헤이번에 오시곤 했었죠."

그가 유쾌하게 말했다.

이디스는 재빨리 고개를 들어 올렸다.

"그래요, 그 사람이랑 두 번 참석했어요—펌프와 슬리퍼(pump and slipper: 예일 대학교의 학부 학생들을 위한 연례 댄스파티.) 파티와 3학년 무도회에요."

"물론 이미 그 친구를 만나보셨겠죠. 그 친구도 오늘 여기에 왔거든요. 바로 방금 전에 봤는데."

딘이 무심결에 말했다.

이디스는 깜짝 놀랐다. 하지만 그녀는 그가 이곳에 있을 거라고 확신하고 있었다.

"이런, 아뇨, 아직……."

붉은 머리의 뚱뚱한 남자가 끼어들었다.

"안녕, 이디스."

그가 입을 열었다

"네, 안녕하세요……."

그녀는 발을 헛디디며 가볍게 비틀거렸다.

"미안해요."

그녀가 기계적으로 웅얼거렸다.

그녀의 눈에 고든이 들어왔다. 아주 창백하고 약간 멍해 보이는 고든이 문간에 몸을 기대고 서서, 담배를 피우며 무도회장을 둘러보고 있었다. 그의 얼굴이 야위고 병약해 보였다. 입술을 향해 들어 올리는 손에 든 담배가 떨려왔다. 그들은 이제 그와 상당히 가까운 거리에서 춤을 추고 있었다.

"…… 주최 측이 이렇게 어중이떠중이까지 다 초대를 했으니……."

키가 작은 사내가 말을 하고 있었다.

"고든, 안녕하세요."

이디스는 상대편 남자의 어깨 너머로 소리쳤다. 그녀의 심장이 거칠게 뛰고 있었다.

그의 커다란 검은 눈동자가 그녀에게 고정되었다. 그가 그녀가 있는 쪽으로 걸음을 내디뎠다. 그녀의 춤 상대가 그녀의 몸을 돌렸다. 그녀의 귀에 그가 푸념을 늘어놓는 소리가 들렸다.

"하지만 혼자 온 남자들의 절반은 이내 정신을 잃고 오래잖아 자리를 뜨겠지, 그러니……."

그런 뒤 그의 옆자리에서 낮은 목소리가 들려왔다.

"이번에는 제가 춤을 출 수 있을까요?"

어느새 그녀는 고든과 춤을 추고 있었다. 그의 한쪽 팔이 그녀를 감싸고 있었다. 자신의 등 위에 올려진 쫙 펴진 손바닥이 느껴졌다. 작은 레이스 손수건을 쥐고 있는 그녀의 손이 그의 손안에 붙잡혀 있었다.

"고든."

그녀가 가쁜 숨소리로 입을 열었다.

"안녕, 이디스."

그녀가 다시 발을 헛디뎠다. 균형을 잡느라 몸을 앞으로 숙이자
그녀의 얼굴이 그의 검은 야회복 상의에 닿았다. 그녀는 그를 사랑
했다─그녀는 자신이 그를 사랑한다는 것을 알았다─그런 뒤 잠시
침묵이 흐르고 야릇하고 불편한 감정이 스멀스멀 기어올라 왔다.
뭔가 잘못되었다.

갑자기 그녀의 심장이 욱죄어오고, 무엇이 잘못되었는지 깨닫는
순간, 심장이 뒤집히는 것 같았다. 그는 추레하고 비참하고, 약간
은 술에 취하고 불쌍하리만큼 지쳐 보였다.

"어머나……."

그녀가 부지불식간에 소리를 쳤다.

그의 두 눈이 그녀를 향해 내려왔다. 불현듯 그녀는 그의 충혈된
두 눈동자가 제멋대로 움직이는 것을 보았다.

"고든, 어디 가서 앉도록 해요. 난 자리에 앉고 싶어요."

그녀가 나직하게 속삭였다.

그들은 거의 무대 정중앙에 있었다. 그녀는 방 반대쪽에서 두 명
의 남자가 자신을 향해 다가오기 시작한 것을 보았고, 그러자 그녀
는 춤을 멈추고 힘없이 선 고든의 손을 잡은 뒤 사람들의 틈을 뚫
고 앞으로 나갔다. 그녀의 입술은 굳게 다물어져 있고, 창백한 얼
굴에 립스틱을 바른 입술만이 도드라져 보였다. 두 눈에는 눈물이
그렁거렸다.

그녀가 부드러운 카펫이 깔려 있는 계단 위쪽에 빈 자리를 발견
하자, 그가 힘없이 그녀의 옆에 주저앉았다.

"어쨌든."

그녀를 불안하게 응시하며 그가 입을 열었다.

"당신을 만나서 정말로 기뻐, 이디스."

그녀는 아무런 대답 없이 그를 바라보았다. 그 충격은 이루 말할 수가 없었다. 지난 몇 년 동안 삼촌에서부터 운전기사들까지 온갖 단계의 주정꾼들을 보아왔고, 그에 대한 반응도 즐거움부터 혐오 감까지 다양했지만, 그녀는 생전 처음 색다른 감정에 사로잡혀 있었다―말도 안 되는 공포였다.

"고든."

그녀가 비난하듯, 거의 울먹이듯 말했다.

"당신 정말로 끔찍해 보여요."

그가 고개를 끄덕였다.

"내게 문제가 생겼어, 이디스."

"문제라뇨?"

"온갖 종류의 문제가. 내 가족에게는 아무런 말도 하지 마. 하지 만 난 산산이 망가져 버렸어. 영망진창이야, 이디스."

그의 아랫입술이 축 늘어졌다. 그는 차마 그녀를 바라보지 못하 는 것 같았다.

"나한테…… 나한테……."

그녀는 잠시 주저했다.

"나한테 그 일을 이야기해 주겠어요, 고든? 내가 항상 당신을 걱 정하고 있다는 거 알잖아요."

그녀는 입술을 깨물었다. 이보다 더 강렬하게 말할 생각이었는 데, 결국은 그 말을 입 밖으로 낼 수가 없었다.

고든이 힘없이 고개를 흔들었다.

"당신에게 말할 수가 없어. 당신은 진짜 숙녀야. 당신 같은 숙녀 에게는 말할 수 없는 이야기야."

"당치도 않은 소리! 그런 식으로 숙녀라고 말하면 그건 누구에게 든 완벽한 모욕일 거예요. 쓸데없는 소리를, 술을 많이 했나 봐요,

고든."

그녀가 반발했다.

"고마워. 그 말 정말 고마워."

그는 진지하게 고개를 숙였다.

"왜 술을 마셨어요?"

"왜냐하면 내가 진짜로 비참하거든."

"그럼 술을 마시면 좀 나아질 거라고 생각했나요?"

"지금 날, 날 바꾸려는 거야?"

"아니요, 단지 당신을 도우려는 거예요, 고든. 무슨 일인지 말해 주겠어요?"

"난 완전히 엉망진창이야. 그냥 날 모르는 척하는 것이 당신에게는 최선일 거야."

"어째서요, 고든?"

"당신에게 춤을 신청해서 미안해. 정말 당신에게 불공정한 일이었어. 당신은 순수한 여성이야. 그리고 그런 세계의 사람이지. 이제 당신과 춤을 추기에 적당한 사람을 찾아보도록 해."

그가 어색하게 자리에서 일어났지만, 그녀가 손을 뻗어 그를 다시 계단 위, 자신의 옆으로 잡아끌었다.

"이봐요, 고든. 정말로 왜 그래요? 지금 내게 상처를 주고 있어요. 당신은 마치…… 마치…… 미친 사람……."

"맞아, 나는 약간 미쳤어. 내 안의 뭔가가 잘못된 거야, 이디스. 내 안의 무언가가 날 떠나버렸어. 뭐, 상관없어."

"상관이 있어요, 내게 말을 해줘요."

"당신이 그렇다면…… 나는 항상 색달랐어, 다른 친구들과는 조금 달랐지. 대학에서는 괜찮았어. 하지만 이제는 완전히 잘못되어버렸어. 지난 네 달간 내 안의 어떤 것들이 마치 치마에 달린 단추처럼 딱 달라붙어 있었어. 그런데 단추를 몇 개 더 채우려고 하자, 모든 단추가 다 떨어져 나오려 하고 있어. 난 아주 천천히 미쳐가고 있는 중이야.”

그가 그녀를 똑바로 바라보며 웃기 시작하자 그녀는 그를 살짝 피해 몸을 웅크렸다.

“그게 무슨 일인데요.”

“내가 문제야. 내가 미쳐가는 중이야. 이 모든 장소가 내게는 꿈처럼 느껴져…… 이 델모니코가…….”

그가 되풀이했다.

그가 말을 하는 동안 그녀는 그가 완전히 변해버렸음을 알았다. 명랑하고, 유쾌하고 낙천적인 모습의 그가 아니었다―엄청난 무기력함과 좌절감이 그를 잔뜩 짓눌렀다. 극도의 혐오감이 그녀를 사로잡고, 흐릿하지만 놀랍게도 지루함이 따라왔다. 그의 목소리가 무척이나 공허하게 들려왔다.

“이디스, 난 내가 상당히 영리하다고, 재능 있는 예술가라고 생각했었어. 이제야 난 내가 아무것도 아니라는 것을 알아. 그림을 그릴 수가 없어, 이디스. 내가 왜 당신에게 이런 말을 하는지 모르겠군.”

그녀가 멍하니 고개를 끄덕였다.

“그림을 그릴 수가 없어, 아무것도 할 수가 없어. 나는 교회 쥐처럼 가난해.”

그는 쓸쓸하게, 그리고 다소 크게 웃음을 터트렸다.

“점점 거지가 되어가고 있어, 친구들에게는 빈대와 같은 존재지. 난 실패자야, 난 지독하게 가난해.”

그녀의 혐오감이 점점 커져만 갔다. 이제 그녀는 그저 고개를 끄덕이며, 어떻게든 자리에서 일어날 기회를 노리고 있었다.

갑자기 고든의 두 눈에 눈물이 고였다.

"이디스."

스스로를 제어하려는 강한 노력을 노골적으로 드러내며 그가 그녀에게로 몸을 돌렸다.

"아직도 나를 걱정해주는 사람이 한 사람이라도 남아 있다는 것이 내게 어떤 의미인지 정말 말로 다 설명할 수 없어."

그가 손을 뻗어 그녀의 손을 다독거리자, 그녀는 무의식적으로 손을 뒤로 뺐다.

"정말 너무나 고마워."

그가 반복해서 말했다.

"글쎄요."

그녀가 천천히, 그의 눈을 똑바로 바라보며 말했다.

"누구든 옛 친구를 만나면 반가워하는 법이 아닌가요. 하지만 이런 당신을 만나서 정말 유감이에요, 고든."

그들이 서로를 바라보는 순간 잠시 정적이 흘렀고 한순간 그의 두 눈에 갈망이 서렸다. 그녀는 몸을 일으켜, 자리에서 일어나 그를 내려보았고, 그녀의 얼굴은 상당히 무표정했다.

"우리 춤을 출까요?"

그녀가 냉정하게 제안했다.

'사랑은 연약한 것이야.'

그녀는 생각했다. 어쩌면 부서진 파편들을 간직할 수는 있겠지. 입술 위에 맴돌던 것들을 어쩌면 말로 할 수 있겠지. 하지만 새로운 사랑의 언어들, 새롭게 배운 달콤함을 다음 연인을 위해 소중히 간직해야지.

5

피터 히멜, 사랑스러운 이디스의 동반자이자, 냉대받는 일에 익숙하지 않은 그가 냉대를 받았고, 그로 인해 그는 상처입고 당혹스러웠고 스스로가 수치스러웠다. 문제는 지난 두 달 동안 그는 이디스 브래딘과 속달 편지로 연락을 주고받았고, 속달편지라는 방법이 감정적인 상호작용의 가치를 설명하고 있음을 알고 있었다. 그리하여 그는 자신의 입지가 상당히 굳건하다고 믿어왔다. 그는 왜 그녀가 단순한 키스 따위에 그런 태도를 취하는지 이유를 찾아보려 했지만 허사였다.

그렇기 때문에 수염을 기른 사내에게 차례를 빼앗겼을 때는 홀 밖으로 걸어나오며, 머릿속으로 하나의 문장을 만들었고, 그것을 몇 번이나 혼자서 되풀이했다. 상당한 부분을 수정 삭제한 뒤, 남은 부분이었다.

"그래, 만일 어떤 여자가 남자를 유혹한 뒤 갑자기 그에 대한 태도를 바꾸면—그녀가 선택한 것이니만큼—만약 내가 밖으로 나가 만취한다 해도 그 여자는 별로 관심도 없을 거야."

그리하여 그는 식당을 지나쳐 그곳에서 연결된 작은 방으로 갔다. 그곳은 그가 초저녁에 미리 보아두었던 곳이었다. 그곳에는 몇 개의 커다란 펀치볼과 무수한 병들이 나란히 늘어서 있었다. 그는 탁자 옆에 앉아 병들을 집어들었다.

두 잔의 하이볼을 비우자, 권태로움, 혐오감, 시간의 단조로움이 반짝이는 거미줄을 치기 전에 흐릿한 뒤쪽으로 물러났다. 사물들이 저절로 조화를 이루면서 조용히 각자의 자리로 되돌아갔다. 그날 있었던 문제들이 깔끔한 대형으로 정리되었고 그의 퉁명한 해산 명령에 행진하듯 사라져버렸다. 그리고 걱정이 사라짐과 동시에 찬란하게 빛을 발하며 주변을 사로잡은 상징물들이 눈에 보였다. 이디스는 변덕스럽고 무가치한 여자가 되었다. 걱정해줄 필요도 없었다. 차라리 비웃어주는 것이 나았다. 그의 꿈속의 형태처럼, 그녀는 그를 둘러싸고 만들어지는 외형적인 세상에나 적합한 여자였다. 그 자신은 금욕적인 애주가이자, 찬란한 몽상가 형태의, 어떤 상징적인 척도가 되어 있었다.

그런 뒤 그런 상징적인 분위기가 사라져가고, 세 번째 하이볼을 들이키자 그의 상상력이 따뜻한 불빛에 굴복하고, 어느새 유쾌한 물속에 누워 둥둥 떠다니는 것과 비슷한 상태로 빠져들었다. 바로 그 순간 그는 자신의 곁에 있는 녹색 문이 대략 60cm 정도 열려 있고, 그 틈 사이로 한 쌍의 눈동자가 자신을 유심히 살펴보고 있음을 알았다.

"흠."

피터가 나지막하게 웅얼거렸다.

녹색 문이 닫혔다, 그러고 나서 다시 열렸다. 이번에는 겨우 15cm 정도였다.

"까 - 아 - 꿍."

피터가 다시 웅얼거렸다.

문은 열린 그대로 정지된 상태였고, 이번에는 긴장감 어린 간헐적인 속삭임이 들려왔다.

"한 사람뿐이야."

"뭐 하고 있어?"

"앉아서 마시고 있어."

"술에 취해야 할 텐데. 그래야 나가서 한 병 더 가져오지."

귀를 기울이자, 그의 의식 속에 그 말들이 깊숙이 침투했다.

'이거 말이야, 별 희한한 일이 다 있군.'

그가 생각했다.

너무 흥분되었다. 가슴이 두근거렸다. 신비한 수수께끼를 우연찮게 만난 기분이었다. 그는 짐짓 무관심을 가장하며 탁자를 한 바퀴 빙 돌아 걸은 뒤 재빨리 몸을 돌려, 녹색 문을 확 잡아당겨 열었고, 로즈가 방 안으로 곤두박질쳤다.

피터가 고개를 숙였다.

"안녕하십니까?"

로즈는 한 발을 다른 발보다 조금 앞으로 빼면서, 싸울 자세를― 싸움 또는 합의라도 볼 준비를―취했다.

"안녕하십니까?"

피터가 정중하게 되풀이했다.

"네, 안녕하세요."

"제가 술 한잔 대접해도 될까요?"

로즈는 그가 비꼬는 것은 아닌지 의심스러운 눈초리로 탐색하듯 그를 바라보았다.

"그럼요."

마침내 그가 말했다.

피터는 의자를 가리켰다.

"앉아요."

"친구가 있어요, 저기에 친구가 있어요."

로즈가 말하자 그가 녹색 문을 가리켰다.

"어서, 그를 안으로 들어오게 해요."

피터는 방을 가로질러가 문을 열고, 대단히 의심이 섞인 얼굴에 불안함과 죄책감이 가득한 캐럴을 환영했다. 의자를 찾아낸 뒤 세 사람은 펀치볼을 둘러싸고 앉았다. 피터는 두 사람에게 각각 펀치볼을 권하고, 담배 케이스를 꺼내며 담배를 제안했다. 두 사람 모두 어렵게 그 담배를 건네받았다.

"자."

피터가 편안하게 말을 이었다.

"왜 두 신사 분이, 제가 보기에는 대걸레자루들밖에 없는 볼품없이 꾸며진 방에서 이 즐거운 시간을 소일하고 계셨는지 물어봐도 될까요? 게다가 인류가 날마다 1만 7천 개의 의자를 생산해내는 단계로 진보했는데, 물론 일요일은 빼고요……."

그가 말을 멈추었다. 로즈와 캐럴은 멍하니 그를 살폈다.

"말씀해 보십시오."

피터가 말을 이었다.

"왜 두 분은 이쪽에서 저쪽으로 물을 옮기는 데 사용하게 되어 있는 물건 위에 앉아 있는 겁니까?"

그러자 로즈도 나지막한 투덜거림으로 대화에 공헌했다.

"그리고 마지막으로."

피터가 말을 계속했다.

"말해주시겠어요, 두 분은 거대한 샹들리에가 아름답게 매달려 있는 건물 안에 계시면서, 왜 고작 희미한 전구 불빛 아래 이 밤을 보내려 하는 겁니까?"

로즈는 캐럴을 바라보았다. 캐럴도 로즈를 바라보았다. 그들은 웃음을 터트렸다. 그들은 박장대소를 터트렸다. 웃지 않고서는 도저히 배길 수가 없었다. 그 남자와 같이 웃는 것이 아니라, 그 남자를 비웃고 있었다. 그들에게는 그렇게 멋들어지게 말을 하는 남자는 완전히 만취했거나 또는 완전히 미쳐버린 거라고 생각할 수밖에 없었다.

"제 생각에, 두 분은 예일 출신이지요."

자신의 하이볼을 비우고 또다시 채우며 피터가 말했다.

그들은 다시 웃음을 터트렸다.

"아-뇨."

"그래요? 난 어쩌면 당신들이 세필드 이공학교라고 알려진 예일 대학의 단과학부 학생들일지도 모른다고 생각했거든요."

"아-뇨.

"흠, 그렇다면 안타까운 일이군요. 그럼 두 분은 신분을 숨기고…… 신문지상에서 일컬어지는 이 바이올렛 빛 청색의 천국에 잠입해 들어온 하버드 학생들이 분명하군요."

"아-뇨."

캐럴이 한껏 인상을 썼다.

"우리는 단지 여기서 누구를 기다리는 중입니다."

"아하."

큰 소리로 외친 피터는 자리에서 일어나 두 사람의 잔을 채웠다.

"아주 흥미로운 일이군요. 청소부 아줌마랑 데이트를 하는 겁니까, 네?"

그들은 화를 내며 그 말을 부인했다.

"아니, 괜찮아요."

피터가 그들을 다독이며 말했다.

"청소부 아줌마라 해도 세상의 다른 숙녀들만큼 훌륭한 여자들이니까요. 키플링은 '어떤 숙녀든 주디 오그레이디든 피부 아래는 다 똑같다.' 라고 말했잖아요."〈J. R. Kipling (1865~1936)을 비롯한 많은 단편 소설을 쓴 영국 소설가이자 시인. 1907년 노벨문학상을 수상했다. 그의 단편집인 "인도 이야기" 중 '귀부인들' 에 나온 '대령의 여자든, 주디 오그레이디든 피부 아래는 똑같다.' 는 표현을 축약해 쓴 것이다.〉

"그럼요."

로즈를 향해 대담하게 윙크를 보내며 캐럴이 대답했다.

"내 경우를 예로 들자면."

자신의 잔을 비우며 피터가 말을 이었다.

"나는 어떤 버릇없는 여자랑 이곳에 왔어요. 지금까지 만나본 여자 중에서 제일 버릇이 없더라고요. 내 키스를 거부했어요. 아무런 이유도 없이요. 자신이 내 키스를 원하는 것처럼 교묘히 상황을 끌고 나가더니 느닷없이 밀쳐내는 겁니다! 글쎄 날 차버렸던 말입니다! 요즘 젊은 세대들이란 도대체 어떻게……."

"그거 아주 끔찍한 일이군요. 지독하게 재수가 없었다고요."

캐럴이 말했다

"오, 이런!"

로즈도 맞장구를 쳤다.

"한 잔씩 더 하시렵니까?"

피터가 말했다.

"우리는 일종의 전투에 참가했었죠."

잠시 후 캐럴이 말했다.

"하지만 그건 아주 먼 곳의 일이었어요."

"전투요? 아, 그 일이오!"

불안하게 몸을 가누며 피터가 말했다.

"다 해치우자! 나도 군대에 있었죠."

“이건 볼셰비키 녀석들과의 전투예요.”

“아, 그 일이오!”

피터가 열정적으로 외쳤다.

“내 말이 바로 그겁니다. 볼셰비키들을 죽이자! 그들을 처단하라!”

“우린 미국인이야.”

로즈가 완강하고 반항적인 애국심을 드러내며 말했다.

“그럼요. 세상에서 가장 위대한 민족이죠! 우리는 모두 미국인들이죠! 한 잔씩 더 합시다.”

피터가 말했다.

그들은 새로 술잔을 비웠다.

6

　1시가 되자 심지어는 특급 오케스트라 중에서도 특급인, 특급 오케스트라가 델모니코 호텔에 도착했고, 연주자들이 거만하게 피아노 주변에 앉아 감마 프사이 사교클럽을 위해 음악을 제공하는 임무를 넘겨받았다. 유명한 플루트 연주자가 그 그룹을 이끄는데, 그는 물구나무를 서서 어깨로 시미(몸을 떨며 추는 재즈 춤의 일종.) 춤을 추면서 자신의 플루트로 최신 유행의 재즈를 연주하는 묘기로 뉴욕 전역에 알려져 있었다. 그의 연주가 진행되는 동안 플루트 연주자를 비추는 스포트라이트 외의 모든 불이 꺼지고, 또 한 줄기의 빛이 번쩍거리는 그림자를 던지며 잔뜩 몰려 있는 무용수들 위로 만화경처럼 색색으로 변화했다.

　이디스는 단지 처음 데뷔한 아가씨들에게나 상습적으로 나타나는 피곤하고 몽롱한 상태가, 남자들로 치면 몇 잔의 하이볼을 마신 뒤 고귀한 영혼이 불을 밝히는 것과 비슷한 상태가 될 때까지 춤을 추었다. 그녀의 마음은 멍하니 음악에 실려 떠다녔다. 춤 상대가 색색으로 변화하는 황혼 아래 실체가 없는 환영처럼 바뀌어갔고, 몽롱해진 상태에서 댄스파티가 시작된 뒤 며칠 지난 것같이 느껴졌다. 그녀는 많은 남자들과 많은 단편적인 이야기를 나누었다. 한 번의 키스를 나누고, 여섯 차례의 사랑 고백을 받았다. 초저녁에는 여러 대학 재학생들과 춤을 추었지만, 지금은 그곳의 다른 인기 있는 아가씨들처럼, 추종자들에게 둘러싸여 있었다. 다시 말해, 대여섯 명 정도의 멋쟁이들이 그녀를 선택하거나 또는 몇몇 다른 선택받은 미녀들과 그녀의 매력을 번갈아 음미하고 있었다. 이들은 부득이한 순서에 따라, 규칙적으로 춤을 추려고 끼어들었다.

몇 차례 그녀는 고든을 보았다―그는 한참 동안 머리에 손바닥을 올려놓은 채 층계참에 앉아, 멍한 눈으로 자신의 눈앞에 펼쳐진 바닥 위의 무수한 점을 응시하고 있었다. 그는 아주 우울해 보였고, 상당히 취한 듯 보였다―하지만 매번 이디스는 황급히 그에게서 시선을 돌렸다. 모든 것이 오래전 일처럼 느껴졌다. 그녀의 마음은 이제 더 이상 반응을 보이지 않았고, 그녀의 감각은 마치 몽환의 상태에 빠져든 것 같았다. 단지 두 발이 춤을 추고 그녀의 목소리만 애매하고 다정한 농담조로 말을 하고 있었다.

하지만 이디스는 술에 취해 거만하고 행복해진 피터 히멜이 자신과 춤을 추려고 끼어들었을 때, 단정한 품행과 위엄을 유지하지 못할 만큼 그렇게 지쳐 있는 것은 아니었다. 그녀는 숨을 내뱉으며 그를 올려다보았다.

"어머나, 피터."

"조금 취했어요, 이디스."

"어머나, 피터! 정말 어쩔 수 없는 사람이군요. 당신은! 이게 부당한 행동이란 생각이 안 들던가요? 제 파트너로 왔잖아요."

그가 올빼미처럼 감상적인 표정으로, 이따금 멍청한 미소를 지으며 그녀를 바라보았다. 그 모습에 이디스도 어쩔 수 없이 미소를 지었다.

"사랑스러운 이디스, 내가 당신을 사랑하는 걸 알고 있어요?"

그가 열정적으로 말했다.

"당신이 말하고 있잖아요."

"당신을 사랑해요. 그리고 난 단지 당신에게 키스를 하고 싶었던 거예요."

그가 슬픈 듯이 덧붙였다. 그의 부끄러움, 그의 수치심이 사라져 버렸다. 그녀는 세상에서 가장 아름다운 여자였다―너무나 아름다운 눈동자―마치 저 위의 별들처럼. 그는 그녀에게 사과하고 싶었다―우선, 그녀에게 키스하려 했던 것을. 두 번째로 술에 취한 것을―하지만 그녀가 그에게 화가 나 있다고 생각했기 때문에 그는 몹시 낙담해 버렸다.

얼굴이 붉고 살찐 남자가 끼어들어 환한 미소를 지으며 이디스를 올려다보았다.

"파트너랑 같이 오셨나요?"

그녀가 물었다.

"아니요."

붉고 살찐 남자는 혼자 왔다고 했다.

"그렇다면, 괜찮으시면―어쩌면 무척 귀찮은 일일 수도 있겠지만―오늘 밤 저를 숙소에까지 데려다 주시겠어요?"(이디스는 짐짓 극도로 수줍어하는 모습을 보였다. 그렇게 하면 그녀는 붉고, 살찐 남자가 즉시 기쁨의 전율로 녹아내려 버릴 것을 알고 있었다.)

"귀찮아요? 이런, 맙소사. 오히려 영광입니다. 제가 얼마나 기쁜지 아셔야 합니다."

"저엉말 고마워요. 정말로 다정하신 분이군요."

그녀는 자신의 손목시계를 흘끗 바라보았다. 1시 30분이었다. 그녀는 스스로에게 "1시 반이야."라고 말했다. 문득 언젠가 점심을 함께 들면서 오빠가 기사를 쓰기 위해 매일 밤 1시 30분까지 사무실에서 일한다고 말한 것이 어렴풋이 떠올랐다.

이디스는 갑자기 지금의 파트너에게 몸을 돌렸다.

"혹시 델모니코 호텔이 어디쯤 있는지 아세요?"

"거리 이름이요? 아, 물론 5번에 있죠."

"제 말은, 교차되는 거리가 어디인지 묻는 거예요?"

"이런, 그러니까 44번 거리군요."

자신의 생각이 옳았음이 증명되었다. 분명 헨리의 사무실은 길을 건너 모퉁이만 돌면 있었다. 즉시 그녀는 잠시 이곳을 빠져나가 오빠를 놀라게 하고, 새로 산 진홍색 야회용 외투를 입고 반짝거리는 근사한 모습으로 '오빠를 격려하자' 는 생각이 떠올랐다. 이디스는 바로 그런 종류의 일을 좋아했다—인습에 얽매이지 않는, 유쾌한 일과 사건들을. 그런 생각이 떠올라 그녀의 상상력을 사로잡았다. 찰나의 주저 끝에 그녀는 결심을 내렸다.

"제 머리가 완전히 망가지려 하고 있어요."

그녀는 활기찬 어조로 상대편에게 말했다.

"잠시 자리를 떠나 머리를 만지고 와도 될까요?"

"그럼요."

"정말 멋진 분이시군요."

몇 분 후, 진홍색 야회용 외투로 몸을 감싼 채, 그녀는 건물 옆 계단을 타고 빠져나왔다. 그녀의 두 뺨이 작은 모험을 직면한 흥분으로 반짝거렸다. 그녀는 문간에 서 있는 한 쌍의 연인들을 지나—턱이 좁은 웨이터와 립스틱을 너무 진하게 바른 젊은 여자가 격하게 말다툼을 벌이고 있었다—바깥 쪽 문을 열고 따뜻한 오월의 밤 속으로 걸어 들어갔다.

7

아주 진하게 립스틱을 바른 여자가 잠시, 매서운 시선으로 그녀를 바라보았다. 그런 뒤 그녀는 턱이 좁은 웨이터에게로 다시 몸을 돌려 언쟁을 계속했다.

"가서 내가 여기에 왔다고 말하는 것이 좋을 거예요."

그녀가 단호하게 말했다.

"아니면 내가 직접 들어가겠어요."

"아니, 안 된다니까요!"

조지 키가 근엄하게 말했다.

여자는 냉소적인 미소를 지었다.

"오, 안 된다고? 안 된다고 했어요? 글쎄, 내가 대학생들을 많이 알고 있다고, 많은 사람들이 나를 알고 있다고 말했잖아요. 모두들 나를 파티에 데려가려고 안달을 했어요. 당신이 생전 보지고 못한 무수한 파티에요."

"그랬을지도 모르지……."

"그랬을지도 모른다니."

그녀가 말을 잘랐다.

"방금 달려나간 그런 여자라면 아무나 괜찮고…… 그 여자가 어디로 달려나갔는지는 하느님만 아시겠지—초대받은 사람들은 자기들 마음대로 오가도 괜찮으면서—내가 안에 있는 친구를 좀 만나자니까, 싸구려 햄이나 도넛 따위를 날라대는 웨이터가 이렇게 떡 가로막고 날 방해한다는 거지."

"이것 봐요."

조지 키가 위엄조로 말했다.

"내 직업을 잃을 수는 없어요. 어쩌면 당신이 만나고 싶어하는 그 신사가 당신을 만나기를 원하지 않을 수도 있잖아요."

"오, 그는 반드시 날 만나려 할 거예요."

"그렇다 해도, 이 무수한 사람들 속에서 그를 어떻게 찾아내겠다는 거죠?"

"오, 그이는 저기 있어요. 누구에게든 고든 스터렛이 누구냐고 물어본다면, 사람들이 그이가 누군지 알려줄 거예요. 모두들 서로를 잘 알고 있으니까, 이쪽 사람들은."

그녀가 자신 있게 단언했다.

그녀는 난장판인 가방을 열어 1달러짜리 지폐를 조지의 손에 올려놓았다.

"여기, 이거 뇌물이에요. 그를 찾아서 내 말을 전해줘요. 만약 5분 안에 이쪽으로 나오지 않으면 내가 올라가겠다고요."

그녀가 말했다.

조지는 비관적으로 고개를 흔들고, 잠시 그 제안을 생각해보고 심하게 고개를 흔들더니 자리를 떴다.

경고했던 것보다 더 빨리 고든이 아래층으로 내려왔다. 그는 초저녁보다 훨씬 더 취해 있었고, 취한 모습도 남달랐다. 독한 술이 마치 상처의 딱지처럼 그를 굳어져 버리도록 만든 것 같았다. 굼뜬 동작에 비틀거렸고, 그가 하는 말은 좀처럼 사리에 맞지 않았다.

"여, 주얼."

그가 힘없이 말했다.

"곧장 왔어, 주얼. 돈을 구하지 못했어. 최선을 다했다고."

"돈은 중요하지 않아요!"

그녀가 말을 잘랐다.

"당신은 지난 열흘 동안 내 근처에는 얼씬도 하지 않았잖아요. 뭐가 문제죠?"

그는 천천히 고개를 흔들었다.

"아주 몸이 안 좋았어, 주얼. 많이 아팠거든."

"아팠다면, 왜 나한테 말하지 않았어요? 난 그렇게 정말 돈을 탐내는 건 아니라고요. 당신이 나와 거리를 두기 전까지 그런 문제로 당신을 괴롭히지 않았다고요."

다시 그는 머리를 흔들었다.

"당신과 거리를 두다니, 전혀 아니야."

"아니라고요? 거의 3주 동안 이렇게 술에 취해 자신이 무엇을 하고 있는지 알지도 못할 때가 아니면, 내 근처에는 얼씬도 하지 않았잖아요."

"아팠다니까, 주얼."

그가 되풀이해 말하며 힘없이 그녀를 향해 눈을 돌렸다.

"이렇게 와서 여기 사교계의 친구들과 어울릴 만큼은 충분히 건강하잖아요. 나와 저녁에 만나겠다고 말했죠. 그리고 나에게 줄 돈이 조금 있다고 했어요. 그래놓곤 심지어는 내게 전화를 해줄 생각조차 안 했잖아요."

"돈을 구할 수가 없었어."

"그게 문제가 아니라고 말하지 않았어요? 당신을 보고 싶었어요, 고든. 하지만 당신은 다른 누군가를 더 원하는 것 같았어요."

그는 씁쓸하게 그것을 부인했다.

"그렇다면 어서 모자를 챙겨서 나가요."

그녀가 제안했다.

고든은 주저했다. 그녀가 갑자기 그에게로 다가서며 그의 목에 두 팔을 둘렀다.

"나랑 같이 나가요, 고든."

반쯤 속삭이듯 그녀가 발했다.

"데비너리스로 가서 술을 마셔요. 그러고 나서 내 아파트로 가요."

"그럴 수는 없어, 주얼……."

"그렇게 해요."

그녀가 강하게 말했다.

"난 몸이 몹시 아파."

"이런, 그렇다면 여기에 머물면서 춤을 춰서는 더욱 더 안 되죠."

안도감과 낙담이 뒤섞인 마음으로 주위를 둘러보며, 고든은 주저했다. 그때 그녀가 갑자기 그를 잡아당겨 부드럽고 축축한 입술로 그에게 키스했다.

"좋아."

그가 침울하게 말했다.

"모자를 가져오지."

8

맑고 푸른 5월의 밤 속으로 걸어나온 이디스는 거리가 온통 텅 비어 있는 것을 발견했다. 커다란 상점들의 유리창들이 검게 보였으며, 문 너머로 거대한 철가면이 드리워진 것이 오후의 화창함을 묻어놓은 어두컴컴한 무덤들처럼 보였다.

42번가를 향해 눈길을 돌린 그녀는 24시간 문을 연 음식점에서 새어나온 흐릿한 불빛들이 뒤섞여 있는 것을 보았다. 6번가 위의 고가철도에서는, 불꽃같은 섬광이, 기차역과 서늘한 어둠 사이에 놓여진 궤도 위에 가물거리는 불빛들 사이와 거리를 가로지르며 포효했다. 하지만 44번가는 훨씬 더 조용했다.

외투 자락을 단단히 여미며 그녀는 쏜살같이 거리를 가로질렀다. 혼자 걷고 있던 한 사내가 그녀의 옆을 지나치며 거친 목소리로 물었다.

"어이, 어디 가는 길이지?"

그녀는 불안한 듯 몸을 떨었다. 문득 어렸을 적 어느 날 밤 파자마 바람으로 집 근처를 걷고 있을 때, 불가사의하게 넓게 느껴지던 뒤뜰에서 개가 그녀를 향해 짖어댔던 기억이 떠올랐다.

이내 그녀는 자신의 목적지인, 44번가에서는 상대적으로 낡은 편인 2층 건물에 도착했고, 위층 창문에는 고맙게도 흐릿한 불길이 반짝이고 있었다. 바깥에 서 있는 그녀에게는 그 불빛이 창문 사이에 있는 간판을 읽기에 충분할 만큼 밝았다. '뉴욕 트럼펫'(뉴욕에서 발행하는 사회주의 신문을 염두에 둔 듯한 작가의 가상 신문사.)의 간판이 걸려 있었다.

그녀는 어두운 현관 안으로 들어갔고, 몇 초 후 모퉁이에 있는 계단이 눈에 들어왔다.

그런 뒤 그녀는 아주 많은 책상들이 자리를 메우고, 사방 벽에는 신문이 잔뜩 쌓여 있는, 천정이 낮은 긴 방으로 들어갔다. 사무실에는 단지 두 사람뿐이었다. 그들은 사무실의 서로 반대쪽 끝에 앉아 녹색 챙이 달린 모자를 쓴 채 달랑 전구 하나에 의존해 글을 쓰고 있었다.

잠시 그녀가 머뭇거리며 문간에 서 있자, 두 남자가 동시에 몸을 돌렸고, 그녀는 오빠를 알아보았다.

"이런, 이디스!"

그가 재빨리 일어나 놀란 듯이 그녀에게로 다가오며, 모자를 벗었다. 그는 키가 크고, 마르고, 피부가 검었고, 아주 두꺼운 안경 아래 검고 매서운 눈을 가지고 있었다. 꿈꾸는 듯한 눈동자는 언제나 이야기를 나누는 상대방의 머리 위쪽에 고정되어 있었다.

그는 그녀의 팔에 두 손을 얹어놓으며 그녀의 뺨에 키스를 했다.

"이게 무슨 일이야?"

그가 놀라움에 되풀이해서 말했다.

"길 건너 델모니코 호텔의 댄스파티에 참석했었어요, 헨리 오빠."

그녀가 흥분해서 말했다.

"그러자 오빠를 보러오고 싶은 충동을 견딜 수가 없잖아요."

“널 보니 좋구나.”

그의 경계심이 재빨리 평소와 같이 애매모호함으로 바뀌었다.

방 반대쪽 끝에 앉아 있던 남자가 아까부터 호기심 어린 시선으로 그들을 바라보고 있다가 헨리의 손짓에 가까이 다가왔다. 다소 살집이 있는 체구에 살짝 반짝이는 두 눈동자, 칼라와 넥타이를 풀어버린 모습이 마치 일요일 중서부 지방의 어느 농장주 같다는 인상을 주었다.

“이쪽은 내 여동생이야. 날 만나러 잠깐 들렀어.”

헨리가 말했다.

“안녕하세요. 내 이름은 바솔로뮤라고 합니다, 브래딘 양. 아마도 오빠 분께서는 제 이름을 오래전에 잊어버렸을 겁니다.”

살찐 남자가 미소를 지으며 말했다.

이디스는 상냥하게 웃었다.

“보세요, 별로 그렇게 근사한 장소는 아니죠, 그렇죠?”

그가 계속 말했다.

이디스는 사무실 안을 둘러보았다.

“아주 멋있어 보여요. 폭탄(이 무렵 급진주의자들을 ‘폭탄 투척자’ 라고 불렀던 데서 비유.)들은 어디에 보관해 놓았어요?”

그녀가 대답했다.

“폭탄이요?”

바솔로뮤가 웃음을 터트리며 되풀이했다.

“그거 괜찮겠군…… 폭탄이라. 그 말 들었나, 헨리? 동생 분이 우리가 폭탄을 어디에 숨겼는지 알고 싶어 하네. 이봐, 그거 상당히 괜찮겠어.”

비어 있는 책상 위에 걸터앉은 이디스는 두 다리를 흔들거리며 고쳐 앉았다. 그녀의 오빠가 바로 옆에 자리를 잡았다.

"자, 이번 뉴욕 여행은 어때?"

그가 멍하니 물었다.

"나쁘지 않아요. 일요일까지 호이트 자매와 함께 빌트모어에 머물 거예요. 내일 점심을 같이 하러 오지 않을래요?"

그는 잠시 생각해 보았다.

"특별히 더 바쁠 거야. 그리고 난 떼를 지어있는 여자들을 싫어해."

그가 거절했다.

"좋아요, 그럼 우리 둘이서만 점심을 먹는 거예요."

그녀가 시원스럽게 말했다.

"그래, 좋아. 12시쯤 널 찾아갈게."

바솔로뮤는 자신의 자리로 돌아가고 싶어 안달이 났지만, 분명 잠시나마 유쾌한 대화를 나누지 않고 그냥 자리를 뜬다는 것을 무례라고 느끼는 것 같았다.

"있잖아요……."

그가 어색하게 입을 열었다.

두 사람은 그를 바라보았다.

"그러니까 우리는 오늘 초저녁에 꽤나 흥분되는 시간을 보냈답니다."

두 남자가 서로 시선을 교환했다.

"조금 일찍 오셨으면 좋았을걸."

어찌 된 일인지 약간 용기를 얻은 듯한 태도로 바솔로뮤가 말을 이었다.

"저희 사무실에서는 정기적으로 보드빌〈노래 · 춤 · 만담 · 곡예 등을 섞은 쇼 또는 노래와 춤을 섞은 경(經)희가극.〉 쇼가 열린답니다."

"정말요?"

"세레나데였어. 상당히 많은 군인들이 거리 아래쪽에부터 몰려
들어, 간판을 보며 소리치기 시작했지."
헨리가 말했다.
"왜요?"
그녀가 되물었다.
"그냥 군중들일 뿐이야. 군중들이란 울부짖기 마련이지. 앞에서
선동하는 사람이 없었기에 망정이지, 안 그랬다면 어쩌면 여기까
지 밀고 들어와 물건들을 깨부쉈을 거야."
헨리가 멍하게 말했다.
"그래요."
바솔로뮤가 동의한 뒤 다시 이디스를 향해 몸을 돌렸다.
"이곳에 계셨어야 해요."
그것으로 자리를 뜨기 위한 충분한 역할을 다했다고 생각했는지
그는 갑자기 몸을 돌려 자신의 책상으로 돌아갔다.
"모든 군인들이 다 사회주의자들에게 적개심을 가졌어요?"
이디스가 오빠에게 물었다.
"내 말은 그 사람들이 오빠를 난폭하게 공격하고 그랬냐고요?"
헨리는 다시 모자를 쓰며 한숨을 지었다.
"인류가 상당히 먼 길을 오기는 했지만 대부분의 인간은 퇴보되
고 있어. 군인들은 자신들이 무엇을 원하는지 모르고 있어. 무엇을
미워하는지도, 무엇이 좋은지도. 그들은 집단으로 행동하는데 익
숙해져서 무슨 일에나 단체시위를 해야 하는 것처럼 느끼지. 그래
서 우리를 반박하는 그런 일을 벌이는 거야. 오늘 밤 도시 곳곳에
서 소요가 잇따랐어. 너도 알겠지만, 오늘은 노동절이잖아."
그가 무덤덤하게 말했다.
"여기서 상당히 심하게 소란을 피웠어요?"

“아니, 조금.”

그가 얼굴을 찌푸렸다.

“대략 스물다섯 명 정도의 사람들이 9시경쯤 거리에 몰려들어서, 달을 향해 짖어대기 시작했어.”

“오……”

그녀가 주제를 바꾸었다.

“나를 만나서 기뻐요, 헨리 오빠?”

“그럼, 왜.”

“그렇게 안 보여서요.”

“기뻐.”

“아마도 오빠는 내가 낭비벽이 심하다고 생각하죠. 그리고 아마 세상에서 가장 허황된 바람둥이라고요.”

헨리는 웃음을 터트렸다.

“전혀 아니야. 아직 젊은 동안 좋은 시간을 보내도록 해. 왜? 내가 깐깐하니 착실한 청춘을 더 좋아하는 것처럼 보여?”

“아뇨…… 하지만 어쩐 일인지 내가 즐기고 있는 파티가 오빠와, 오빠의 모든 목표와 너무나 다르다는 생각이 들기 시작했어요. 그것이 뭐랄까? 왠지 부적절한 것 같아서, 안 그래요? 난 그런 식의 파티를 좋아하고, 오빠는 여기서 그런 파티가 더 이상 불가능한 세상을 만들려고 일하고 있잖아요. 만일 오빠의 이상이 실현된다면.”

그녀가 한숨을 돌렸다.

“나는 그런 식으로는 생각하지 않는걸. 너는 젊어, 그리고 너는 네가 자란 대로 행동하는 거잖아. 계속 즐기며 살아. 그래서 넌, 근사한 시간을 보내고 있니?”

느긋하게 흔들거리고 있던 그녀의 두 발이 움직임을 멈추더니 목소리가 한 옥타브 낮아졌다.

"내가 바라는 것은 오빠가…… 오빠가 고향인 해리스버그로 돌아와 근사한 시간을 보내는 거예요. 오빠는 정말로 자신이 옳은 길을 택했다고 생각……."

"정말 멋진 스타킹을 신고 있구나. 도대체 그건 뭐냐?"

그가 말을 잘랐다.

"수를 놓은 거예요."

그녀가 흘끗 아래를 내려다보며 대답했다.

"근사하지 않아요?"

그녀는 자신의 치맛자락을 들어 올려, 매끄러운 비단에 감싸인 종아리를 드러냈다.

"아니면, 오빠는 실크 스타킹도 반대하는 거예요?"

그는 다소 약이 오른 표정으로, 검은 눈을 숙여 그녀를 날카롭게 바라보았다.

"지금 넌 어떻게든 내가 널 비판하게 만들려는 거니, 이디스?"

"전혀 아니에요."

그녀는 잠시 말을 멈추었다. 바솔로뮤가 툴툴거리는 소리가 들렸다. 고개를 들자 그가 자신의 책상을 떠나 유리창 앞에 서 있는 것이 보였다.

"무슨 일이야?"

헨리가 물었다.

"사람들."

바솔로뮤가 대답한 뒤, 잠시 후 말했다.

"잔뜩 밀려오는걸, 6번가 쪽에서 걸어오고 있어."

"사람들?"

살찐 사내는 창유리에 자신의 코를 박았다.

“군인들, 맙소사! 아까 그 사람들이 다시 몰려오고 있어.”

그가 과장되게 말했다.

이디스는 자리에서 벌떡 일어나, 창가에 있는 바솔로뮤의 옆으로 갔다.

“굉장히 많아요. 이쪽으로 와요, 헨리 오빠.”

그녀가 흥분해서 소리쳤다.

헨리는 불빛을 조정한 뒤 자기 자리에 앉았다.

“불을 끄는 편이 낫지 않을까?”

바솔로뮤가 제안했다.

“아니, 몇 분만 있으면 다 가버릴 거야.”

“그렇지 않아요.”

창밖을 훔쳐보며 이디스가 말했다.

“멀리 갈 생각은 애초부터 없어 보여요. 더 많이 오고 있어요. 봐요, 엄청난 무리의 사람들이 6번가 모퉁이를 돌아 나오고 있어요.”

노란색 불빛과 가로수 전등의 푸른 그림자 속에 사람들로 혼잡한 도로가 보였다. 모두들 제복을 입고 있었고, 몇 명은 멀쩡하고, 몇 명은 꽤나 술에 취해 있었다. 그 모든 이들이 부조리한 불평과 외침에 휩쓸려 있었다.

헨리가 자리에서 일어나, 창가로 걸어가 사무실의 불빛을 등에 지고 기다란 그림자를 드리웠다. 아우성은 그 즉시 지속적인 구호로 바뀌었고, 담배꽁초며, 담뱃값이며, 심지어는 1센트짜리 동전까지, 작은 포탄을 퍼붓듯이 일제히 날아와 유리창에 부딪쳤다. 멈춰져 있던 회전문이 돌아가며 이제 시끄러운 소리가 계단을 타고 올라오기 시작했다.

“그들이 와요!”

바솔로뮤가 소리쳤다.

이디스는 걱정스럽게 헨리를 바라보았다.

"저들이 올라오고 있어요, 헨리 오빠."

아래층의 낮은 홀에서 들리는 사람들의 외침이 이제는 꽤 선명하게 들려왔다.

"빌어먹을 사회주의자 녀석들!"

"친독일주의자들! 독일을 좋아하는 놈들!"

"2층이야, 앞쪽으로! 서둘러!"

"녀석들을 잡아다……."

다음 5분은 마치 꿈처럼 지나갔고, 이디스는 마치 비구름처럼 와자지껄한 소음이 그들 세 사람을 둘러싸고, 계단 위로 천둥과 같은 발걸음 소리가 들리는 것을 인식했고, 헨리가 그녀의 팔을 잡고 그녀를 사무실의 뒤쪽을 향해 끌고 갔다는 것을 알 수 있었다. 그런 뒤 문이 열리고 한 무리의 사내들이 방 안으로 쏟아져 들어왔다. 하지만 그들은 지도자들이 아니라 우연히 선두에 선 사람들이었다.

"이봐! 이놈들!"

"늦게까지 일하는군, 안 그래?"

"네 녀석, 그리고 네놈의 계집도 저주나 받아라!"

그녀는 바로 두 명의 술에 취한 군인들이 앞으로 떠밀려 나와 바보처럼 비틀거리고 있는 것을 보았다. 한 명은 키가 작고 거무스름했고, 다른 한 명은 키가 크고 턱이 좁았다.

헨리는 앞으로 걸어나와 손을 들어 올렸다.

"친구들!"

그가 말했다.

소동이 한순간의 고요함에 묻히고, 웅얼거림이 잦아들었다.

"친구들!"

그가 다시 고함을 쳤고, 꿈을 꾸는 듯한 두 눈동자가 무리의 머리 위쪽을 응시했다.

"오늘 이곳을 침입함으로 인해 상처를 받는 것은 결국 다른 사람들이 아닌 바로 당신들입니다. 우리가 부유한 사람처럼 보입니까! 우리가 독일인처럼 보여요? 제 가슴에 손을 얹고 묻겠습니다. 여러분께 공정한 마음으로……."

"입 다물어!"

"너나 그래라!"

"이봐, 저 여자는 누구야, 친구!"

평상복을 입은 한 남자가 책상 위로 달려들어 갑자기 신문을 한 장 들어 올렸다.

"여기 있다! 이것 봐! 이놈들은 독일이 전쟁에서 승리하기를 원해!"

그가 소리쳤다.

계단을 통해 새롭게 밀려든 사람이 빼곡하게 방을 메웠고, 그들은 모두 사무실 뒤쪽에 서 있는 창백한 작은 무리를 겹겹이 둘러쌌다.

이디스는 좁은 턱의 키 큰 사람이 여전히 앞에 서 있는 것을 보았다. 작고 가무잡잡했던 사람은 어딘가로 사라지고 없었다.

그녀가 약간 뒤쪽에 물러서서, 열려 있는 창문에 바싹 붙어 서자, 차가운 밤공기가 그 열려진 창문 너머로 맑은 숨을 불어넣었다.

그런 뒤 방 안은 난장판이 되었다. 그녀는 군인들이 앞으로 밀려들고 있음을 깨달았고, 얼핏 뚱뚱한 남자가 자신의 머리 위로 의자를 흔들어대는 것을 보았다. 즉시 불이 꺼졌다 그리고 거친 옷감 아래로 따뜻한 몸이 밀어붙여지는가 싶더니, 그녀의 귓속으로 고함 소리와 짓밟는 발소리, 그리고 거친 숨소리가 들려왔다.

형체 하나가 그녀의 옆을 휙 스쳐 어디론가 날아가다 비틀거리며 앞으로 쓰러졌고, 갑자기 열려진 창문 밖으로 속수무책으로 떨어지며 겁에 질린, 단발마의 비명과 함께 사라졌다. 뒤쪽에 있는 건물의 흐릿한 빛줄기를 통해 이디스는 그것이 키가 크고 턱이 좁은 군인이라는 인상을 받았다.

놀랍게도 그녀의 마음속에 분노가 일어났다. 그녀는 거칠게 두 팔을 휘두르며, 격투가 일어나고 있는 중심부를 향해 맹목적으로 파고들었다. 주먹질에 짓눌린 웅얼거리는 목소리, 욕설, 투덜거림 이 들려왔다.

"헨리 오빠!"

그녀가 미친 듯이 외쳤다.

"헨리 오빠"

그런 몇 분 후, 그녀는 불현듯 방 안에 다른 형체들이 있음을 느꼈다. 그녀의 귀에 하나의 목소리가, 깊고 으스대는 듯 권위에 가득한 목소리가 들렸고 싸움판 여기저기에 노란색 불빛이 훑고 지나가는 것을 보았다. 비명 소리가 점점 잦아들었다. 난투가 줄어들다가, 이내 멈추었다.

갑자기 방 안에 불이 들어오고, 왼손과 오른손에 곤봉을 든 경찰들이 방을 가득 메웠다. 굵은 목소리가 외쳤다.

"주목! 그만둬! 그만들 하란 말이야!"

이어서 또 다른 경관이 소리쳤다.

"조용히 하고 나가! 이제 그만들 해!"

마치 세면기에서 물이 빠지듯 방 안이 텅 비었다. 구석에서 갑자기 한 경관이 움켜쥐었던 상대방 군인의 손을 놓으며, 문 쪽을 향해 그를 밀어붙였다. 굵은 목소리가 계속 이어졌다.

이디스는 그것이 짧고 굵은 목덜미를 가진 경찰 우두머리가 문가에 서서 외치는 소리임을 알았다.

"그만두란 말이야. 그만 하라고! 너희 동료 중 하나가 뒷문으로 밀려 떨어져 죽었다!"

"헨리 오빠!"

이디스가 소리쳤다.

"헨리 오빠!"

그녀는 주먹으로 자신의 눈앞에 있는 사내의 등을 거칠게 때렸다. 그녀는 두 사내 사이에 끼어 있었다. 비명을 지르고 주먹을 휘둘러대며 그녀는 책상 근처의 바닥 위에 앉아 있는 창백한 형체를 향해 다가갔다.

"헨리 오빠."

그녀가 격렬하게 외쳤다.

"무슨 일이야! 무슨 일이냐고! 다쳤어?"

그의 두 눈이 감겨 있었다. 그는 신음을 하더니, 혐오감이 담긴 표정으로 고개를 들었다.

"놈들이 내 다리를 부러뜨렸어. 오, 맙소사! 멍청이들!"

"그만들 둬!"

경찰 우두머리가 외쳤다.

"멈춰! 이제 제발 그만 하라니까!"

9

'59번가, 차일즈(뉴욕 시 맨해튼에 있는 레스토랑 체인점.)'

대리석 식탁의 너비나 프라이팬의 청결 여부는 어느 아침 8시의 다른 체인점과 비교해 별로 다를 바 없었다. 그곳에서는 가난한 사람들이 잠으로 가득 찬 눈동자로 눈앞에 놓인 자신의 음식을 똑바로 쳐다보며, 다른 가난한 이들을 외면하려 노력하는 것을 볼 수 있었다. 하지만 4시간 전, 59번가의 차일즈는 오리건 주의 포틀랜드(지명)에서부터 메인 주의 포틀랜드(이 지명은 미국의 여러 주 곳곳에 있다.)에 이르는 여느 다른 차일즈와는 사뭇 달랐다. 어슴푸레하지만 깨끗한 건물 안에는 코러스 걸들, 대학교 학생들, 새로이 사교계에 데뷔한 처녀들, 난봉꾼들, 밤거리의 아가씨들이 뒤섞여 북새통을 이루었다. 이들은 브로드웨이 그리고 심지어는 5번가에서 가장 유쾌한 존재들의 전형적인 혼합체였다.

5월 둘째 날의 이른 아침, 그곳은 이상하게도 더 붐볐다. 대리석으로 상판을 붙인 탁자에는 자신들의 아버지가 마을을 하나씩 통째로 소유하고 있다는 왈가닥 아가씨들이 흥분된 얼굴로 고개를 숙인 모습을 볼 수 있었다. 그들은 조미료와 양념을 잔뜩 친 메밀 케이크와 스크램블드에그를 먹고 있었는데, 그것은 그들이 4시간

후라면 절대로 되풀이하지 않을 만한 짓이었다.

레뷰(노래·춤·시국 풍자 따위를 호화찬란하게 섞은 것.)를 마치고 구석진 자리에 앉아, 쇼를 끝낸 뒤 화장을 조금 더 지웠어야 했다고 후회하고 있는 몇몇 코러스 걸들을 제외하고는 대부분의 패거리가 델모니코 호텔의 감마 프사이 댄스파티에서 온 이들이었다. 여기저기에 생기가 빠져나간, 해쓱한 사내들이, 그 자리와는 너무나도 어울리지 않는, 지치고 당혹한 표정으로 화려한 아가씨들을 바라보고 있었다. 하지만 그 생기 없는 형체는 예외일 뿐이었다. 그날은 노동절 다음 날 아침이었고, 축제의 분위기가 여전히 감돌고 있었다.

거스 로즈, 술은 깨었지만 약간은 몽롱한 상태인 그도 그런 생기 없는 형체들 중 하나로 분류해야만 했다. 폭동이 일어난 후, 어떻게 44번가에서 59번가까지 오게 되었는지는 반쯤밖에 기억나지 않았다. 그는 캐럴 키의 시체가 구급차에 실려지고, 자동차가 달려가는 것을 본 뒤 두세 명의 다른 사람들과 함께 도시를 따라 달렸다. 그들은 44번가와 59번가 사이의 어디에선가 여자들을 만나 사라져버렸다. 로즈는 콜럼버스 광장을 배회하다 커피와 도넛에 대한 갈망을 충족시키기 위해 반짝이는 차일즈의 불빛을 선택했다. 그는 안으로 들어와 자리에 앉았다.

그의 주변에는 온통 경쾌하고 말도 되지 않는 수다와 높은 웃음소리로 가득했다. 처음 그는 아무것도 이해하지 못했지만, 5분여의 당혹스러운 시간이 흐른 뒤, 이 모든 광경이 다 어떤 즐거운 파티의 여파임을 깨달았다. 여기저기 들떠 있고 생기 넘치는 젊은 청년들이 미친 듯이 그리고 익숙한 듯 탁자들 사이를 돌아다니며 닥치는 대로 악수를 하고, 종종 익살맞은 수다를 떨기 위해 멈추었고, 그러는 동안 흥분한 웨이터들은 케이크니 계란 등을 나르는 손을 높이 들어 올리며, 속으로 욕설을 퍼붓고, 일부러 그들을 밀치고 지나갔다. 가장 눈에 띄지 않고, 덜 붐비는 곳에 앉아 있던 로즈에게는 모든 광경이 아름답고 시끌벅적한 즐거움이 흐르는 화려한 서커스처럼 보였다.

그는 점차적으로, 조금의 시간이 흐르자, 자신의 대각선 맞은편에, 사람들에게 등을 보이고 앉아 있는 연인이 그리 평범하지는 않다는 사실을 깨달았다.

남자는 취해 있었다. 그는 야회복 외투를 입고 있었는데, 넥타이는 느슨해지고 셔츠는 흘린 물과 와인으로 젖어 있었다. 흐릿하고 충혈된 눈동자는 이상하게 이쪽저쪽을 두리번거리고 있었다. 그의 입술 사이로 짧은 숨소리가 새어나왔다.

'고주망태가 되었군.'

로즈는 생각했다.

여자 쪽은 술을 거의 마시지 않은 것 같았다. 검은 눈동자와 홍조를 띤 높은 광대뼈를 가진 꽤나 예쁜 여자로, 생기가 넘치는 두 눈에 매처럼 경계심을 드러내며 상대방을 응시하고 있었다. 종종 그녀는 몸을 숙여 그를 향해 강렬하게 속삭였고, 그는 힘겹게 고개를 숙이거나 또는 특히나 유령 같은 그리고 혐오스러운 윙크로 답을 했다.

로즈는, 여자가 자신에게 날카롭고 표독한 시선을 던질 때까지 몇 분 동안 멍청히 그들을 바라보았다. 그런 뒤 그는 탁자들 사이를 계속해서 헤집고 다니는 남자들 중에서 가장 눈에 띄고 유쾌한 두 사람에게로 시선을 돌렸다. 그리고 그 두 사람 중 한 명이 놀랍게도 델모니코 호텔에서 꽤나 멍청한 짓으로 재미를 주었던 젊은 청년임을 알아차렸다. 이로 인해 그는 희미한 연민과 두려움이 뒤섞인 마음으로 캐럴을 떠올리기 시작했다. 캐럴은 죽었다. 그는 10m 높이에서 떨어져 마치 부서진 코코넛처럼 두개골이 갈라졌다.

"꽤나 괜찮은 녀석이었는데."

로즈가 애석한 듯 생각했다.

"꽤나 괜찮은 녀석이었어. 그래, 정말로 지독하게 운이 나빴어."

여전히 떠들썩한 두 남자가 다가와 로즈의 식탁과 그다음 식탁 사이에 나타나 유쾌하고 스스럼없는 태도로 친구들과 이방인들에게 말을 걸었다. 갑자기 로즈는 금발에 이빨이 튀어나온 남자가 걸음을 멈추고 휘청거리며 반대쪽 탁자의 사내와 여자를 바라보고 있음을 깨달았다. 그런 뒤 그는 못마땅하다는 듯 고개를 양 옆으로 휘휘 저었다.

충혈된 눈동자의 남자가 고개를 들었다.

"고디."

앞니가 튀어나온 사내가 말했다.

"고디."

"안녕."

셔츠에 잔뜩 얼룩이 진 사내가 대답했다.

튀어나온 이가 그 연인을 향해 비관적으로 손가락을 흔들며, 여자 쪽을 향해 애매하게 비난 어린 눈총을 보냈다.

"내가 뭐라고 했나, 고디?"

고든은 자신의 자리에서 몸을 뒤척거렸다.

"지옥으로나 가!"

그가 말했다.

딘은 손가락을 흔들며 계속 그곳에 서 있었다. 여인이 화를 내기 시작했다.

"저리 가요! 술에 취했잖아요, 이 술주정뱅이!"

그녀가 매섭게 소리쳤다.

“그건 그도 마찬가지지.”

딘이 흔들어대던 손가락으로 고든을 가리키며 말했다.

피터 히멜이 이제는 올빼미처럼, 점잔을 빼는 듯 천천히 걸어왔다.

“여기 좀 봐.”

마치 어린아이들 사이의 작은 분쟁을 해결하려는 듯 그가 입을
열었다.

“이게 다 무슨 일인가?”

“당신 친구를 좀 데려가세요.”

주얼이 신랄하게 말했다.

“이 사람이 우리를 괴롭히고 있어요.”

“뭐라고요?”

“내 말 못 들었어요! 술에 취한 당신 친구를 데리고 가라고요.”

그녀가 비명을 질렀다.

그녀의 날카로운 목소리가 시끌벅적한 음식점 안을 가득 메우자,
웨이터가 서둘러 달려왔다.

“좀 조용히 해주세요!”

“이 사람이 술에 취했어요. 그리고 우리를 모욕했다고요.”

그녀가 외쳤다

“아-하, 고디.”

그 사람이 반박했다.

“내가 뭐라고 말했지.”

그는 웨이터를 향해 몸을 돌렸다.

“고디와 나는 친구일세. 이 친구를 도우려는 중이었어, 안 그런
가, 고디?”

고디가 머리를 들어 올렸다.

“도와? 빌어먹을, 아냐!”

주얼이 갑자기 자리에서 일어나, 고든의 팔을 움켜쥐고 그가 자리에서 일어나게 도와주었다.

"가요, 고디!"

그녀는 그를 향해 몸을 기울인 뒤, 반쯤 속삭이듯 말했다.

"이곳에서 나가요. 저 남자, 정말로 더럽게 취했어요."

고든은 주얼의 도움을 받아 발을 떼며 문을 향해 걸어갔다. 곧 주얼이 몸을 돌려 싸움을 일으킨 장본인을 바라보았다.

"당신에 대해 다 알고 있어요!"

그녀가 매섭게 말했다.

"정말로 좋은 친구더군요, 당신이란 사람. 이이가 당신에 대해 모두 말했다구요."

그러고 나서 그녀는 고든의 팔을 움켜잡았고, 두 사람은 호기심 어린 군중들을 헤치고 나가, 돈을 지불한 뒤 밖으로 나갔다.

"자리에 앉으셔도 됩니다."

그들이 떠나자 웨이터가 피터에게 말했다.

"뭐? 앉으라니?"

"네, 아니면 나가시든가요."

피터가 딘에게 몸을 돌렸다.

"이보게, 이 웨이터를 흠씬 때려주자."

그가 제안했다.

"좋아."

그들은 점점 얼굴을 굳히며 웨이터를 향해 다가갔다. 웨이터가 뒷걸음질을 쳤다.

피터가 갑자기 자신의 옆에 있는 식탁 위에 있는 접시로 손을 뻗어 한 주먹의 해시를(잘게 썬 고기 요리.) 움켜쥐곤 허공에 흩뿌렸다. 그것은 마치 눈송이처럼 힘없는 포물선을 그리며 내려와 주변 사람들의 머리 위로 떨어졌다.

"이봐! 조심해!"

"놈을 내쫓아!"

"자리에 앉아, 피터."

피터는 웃음을 터트리며 몸을 숙였다.

"신사 숙녀 여러분, 친절한 환호에 감사를 드립니다. 만일 어느 분이든 해시와 실크 모자를 빌려주신다면, 제가 쇼를 계속 보여드리겠습니다."

경비원이 부산스럽게 다가왔다.

"이곳에서 나가 주십시오!"

그가 피터에게 말했다.

"젠장할, 싫어."

"그는 내 친구요!"

딘이 분개하여 끼어들었다.

한 무리의 웨이터들이 몰려들었다.

"그를 끌어내!"

"가는 것이 좋겠어, 피터."

한 차례의 짧은 실랑이 끝에 두 사람은 힘에 밀려 문밖으로 내동댕이쳐졌다.

"이곳에 내 모자랑 외투가 있단 말이야!"

피터가 소리쳤다.

"이런, 그렇다면 어서 가서 재빨리 가져와요!"

경비병이 피터를 움켜쥔 손을 풀자, 그는 자신의 교활한 행동을 드러내며 고소하다는 듯한 태도를 풍겼다. 그는 즉시 다른 탁자를 돌아 달려가며, 화가 난 웨이터들을 향해 엄지손가락으로 코를 눌러 보이며, 의기양양한 웃음을 터트렸다.

"아무래도 난 여기에 좀 더 있어야겠어."

그가 선언했다.

그를 사로잡기 위해 각각 네 명의 웨이터가 양쪽 방향에서 접근했다. 딘이 그들 중 두 사람의 외투를 잡아당겨, 피터를 사로잡기 위한 작전이 시작되기도 전에 또 다른 싸움을 일으켰다. 결국 피터는 한 개의 설탕 그릇과 여러 잔의 커피를 뒤엎은 뒤에야 사로잡혔다. 피터가 경찰들에게 던져주기 위해 해시를 한 그릇 사야겠다고 우기는 바람에 카운터 앞에서 또 다른 실랑이가 벌어졌다.

하지만 식당 안에 있는 모든 사람들에게서 "오-오-오!"라는 자발적인 탄성과 찬탄 어린 시선을 이끌어낸 또 다른 현상으로 인해 피터가 나가면서 일으킨 소동은 식당에 큰 여파를 남기지 않았다.

가게 앞쪽의 커다란 판유리가 짙은 유청색(乳靑色)의, 마치 맥스필드 패리시〈맥스필드 패리시(Maxfield Parrish)(1870~1966)는 관능적이고, 화려하고, 흐릿하게 초현실적인 작품 세계로 쉽게 세간의 눈에 구분이 되는 유명한 미국 화가이다.〉의 그림 속의 달빛을 보는 듯한, 푸른빛이 유리창을 밀고 식당 안으로 밀려 들어오는 듯한 느낌으로 변했다. 콜럼버스 광장에 새벽이, 신비스럽고 숨이 막힐 듯한 새벽이 찾아와 불멸의 크리스토퍼〈신대륙을 발견한 탐험가 크리스토퍼 콜럼버스(1446~1506).〉의 위대한 동상에 그림자를 드리우고, 식당 내부의 흐릿한 노란색 전기불과 기묘하고 신비스러운 느낌으로 뒤섞여 들었다.

10

  ‘미스터 인’ 과 ‘미스터 아웃’ 은 인구 조사국의 명단에는 올려져 있지 않았다. 사교계 명사록이나 출생, 혼인, 사망기록 또는 식료품가게의 외상장부에서도 그들의 이름을 찾는 것은 힘든 일이었다. 망각이 이들을 삼켜버렸고, 이들이 존재했었다는 증거는 너무나 애매하고 막연해서 법정에서는 채택이 불가능했다. 하지만 나는 ‘미스터 인’ 과 ‘미스터 아웃’ 이 짧은 순간이나마 살아서, 숨을 쉬고, 서로를 부르는 이름에 대답하고 그들 나름의 생생한 개성을 발산했다는 사실에 대한 확실한 근거를 가지고 있다.

  그 짧은 생애 동안, 그들은 자신들을 위해 만들어진 민속 의상을 입고 위대한 나라의 위대한 큰 거리를 활보했다. 거기서 뭇사람들한테 비웃음을 당하고, 욕설을 듣고, 쫓김을 당하며 살다가 달아났다. 그리고 그들은 그렇게 사라져 완전히 잊혀진 존재가 되었다.

  흐릿한 5월의 새벽빛 속에 지붕이 없는 택시 한 대가 브로드웨이 거리를 따라 달릴 즈음, 그들은 이미 흐릿하게 그 모습을 갖추고 있었다. 이 자동차 안에는 ‘미스터 인’ 과 ‘미스터 아웃’ 의 영혼이 앉아 크리스토퍼 콜럼버스 동상의 뒤쪽 하늘을 너무나 갑자기 물들여버린 푸른빛에 대해 놀라워하며 이야기를 나누었고, 회색빛 호수 위에 나부끼는 갈색 종이조각처럼 거리를 따라 힘없이 걸어가는 일찍 일어난 사람들의 늙고, 창백한 얼굴들에 대해 당혹스러움을 털어놓았다.

그들은 차일즈 레스토랑 경비원의 어리석음에서부터 삶의 불합리함까지 모든 것에 대해 의견의 일치를 보았다. 아침이 그들의 눈부신 영혼 속에 불러일으킨 극도의 감상적인 행복으로 정신이 혼미해졌다. 실제로 살아 있다는 즐거움이 너무나 생생하고 강력해서 크게 소리쳐 표현해야만 할 것 같은 기분이었다.

"야-호-오!"

피터가 두 손으로 나팔을 만들어, 고함을 질렀다. 그러자 딘이 똑같이 의미심장하고 상징적인, 하지만 그 불분명하지 않은 발음으로 인해 더 낭랑하게 퍼지는 목소리로 그에 화답했다.

"요-호! 예! 요호! 야-호호!"

53번가에서는 진한 단발머리의 아름다운 아가씨가 탄 버스와 나란히 달렸고, 52번가에서는 거리 청소부가 간신히 자동차를 피해 도망치며 "야, 운전 똑바로 해!"라고 고통과 서글픔이 뒤섞인 목소리로 욕을 퍼부었다. 50번가에서는 아주 하얀 건물 앞의 아주 하얀 보도 위에 서 있던 한 무리의 사람들이 몸을 돌려 그들을 바라보며 소리를 질렀다.

"파티라도 여시나! 친구들!"

49번가에서 피터는 딘을 향해 몸을 돌렸다.

"아름다운 아침이야."

그는 자신의 올빼미 같은 눈동자를 가늘게 뜨며 진지하게 말했다.

"아마도 그럴지도."

"이봐, 아침 식사를 하자고."

딘이 동의하고 나서 덧붙여 말했다.

“아침 식사와 술.”

“아침 식사와 술이라.”

피터가 말을 따라한 뒤, 그들은 서로를 바라보며 고개를 끄덕였다.

“그거 논리적이군.”

그런 뒤 두 사람은 박장대소를 터트렸다.

“아침 식사와 술이라! 오, 맙소사.”

“그런 건 안 팔걸.”

피터가 단언했다.

“식당에 없다고? 신경 쓰지 마. 팔도록 하면 되지. 협박을 해서라도 내놓게 만들 거야.”

“논리적으로 협박하자.”

택시는 갑자기 브로드웨이를 떠나 반대쪽 거리를 따라 달려가, 5번가의 무덤처럼 어둑한 건물 앞에 멈추었다.

“무슨 일이야?”

택시기사는 그곳이 델모니코 호텔이라고 알려줬다.

조금은 당황스러웠다. 두 사람은 왜 여기에 오자고 했는지 그 이유를 알아내려 몇 분 동안 정신을 집중하기 위해 안간힘을 썼다.

“무슨 외투 얘기가 나왔었는데.”

택시기사가 힌트를 주었다.

그랬다, 피터의 외투와 모자. 그는 그것을 델모니코 호텔에 맡겨두고 나왔었다. 그렇게 결론짓자, 그들은 택시에서 내려 서로 팔짱을 끼고 현관을 향해 걸어갔다.

“여보슈!”

택시기사가 말했다.

“응?”

“돈을 내야지.”

그들은 충격과 반발로 고개를 휘저었다.

"나중에, 지금은 말고…… 명령은 우리가 하는 거요, 댁은 기다
리라고."

택시기사는 완고했다. 그는 그 자리에서 당장 요금을 받고 싶어
했다. 엄청난 자제심을 발휘하는 듯 험악하고 생색내는 듯한 태도
로 그들은 돈을 지불했다.

안으로 들어간 피터는 외투와 모자를 찾기 위해 아무도 없는 어
두운 소지품 보관실 안을 더듬거렸지만, 헛된 일이었다.

"없어졌어, 내 생각에. 누군가가 훔쳐갔어."

"셰필드 놈(예일 대학교 셰필드 이공 대학생.)들이 한 짓이겠지."

"충분히 가능한 일이야."

"신경 쓰지 마."

딘이 고결하게 말했다.

"내 옷가지들도 여기에 남겨두겠네. 그럼 우리 둘의 옷차림이 똑
같아지는 거야."

자신의 외투와 모자를 벗어 벽에 걸려고 주위를 둘러보던 그의
시선이 소지품 보관실 문에 붙은 두 개의 커다란 마분지에 자석처
럼 꽂혔다. 왼쪽 문에는 검은색으로 '인(In)'이라고 쓰여 있었고,
오른쪽 문에는 똑같이 뚜렷한 글자로 '아웃(out)'이라고 쓰여 있
었다.

"이것 봐!"

그가 행복한 듯 소리쳤다.

피터의 두 눈이 그의 손가락 끝을 향했다.

"뭔데?"

"이 표시판을 좀 봐, 이것들을 가져가자!"

"근사한 생각이야."

"아마도 한 쌍의 아주 희귀하고 중요한 표지판일 거야. 어쩌면 상당히 편리한 물건일지도 몰라."

피터는 왼쪽 문에 붙은 종이를 떼어내어 자신의 옷 속에 숨기려 했다. 하지만 워낙 큰 편이어서, 그 일이 쉽지가 않았다. 문득 한 가지 생각이 떠올랐고, 장난스럽게 점잔을 빼며 그는 자신의 몸을 돌렸다. 잠시 후 그는 극적인 동작으로 돌아서며, 감탄 어린 표정을 짓고 있는 딘을 향해 두 팔을 펼쳐보였다. 그는 자신의 조끼 사이에 표지를 밀어 넣어 셔츠 앞쪽을 완전히 가렸고, 그 결과, '인' 이라는 커다란 글자를 셔츠에 검고 뚜렷하게 새겨놓은 셈이 된 것이었다.

"요호!"

딘이 환호성을 질렀다.

"'미스터 인.'"

그는 똑같은 방법으로 자신의 것도 가슴으로 밀어 넣었다.

"'미스터 아웃!'"

그가 의기양양하게 말했다.

"'미스터 인' 이 '미스터 아웃' 을 만났군."

그들은 서로에게 다가서서 악수를 나누고, 또다시 박장대소를 터트리며 발작적으로 몸을 흔들어대기 시작했다.

"요호!"

"이것으로 아침 식사를 위한 모든 준비를 마친 셈이군."

"가세나―코모도어(뉴욕 맨해튼 그랜드 센트럴 역 앞에 있는 호텔.)로 가자고."

팔짱을 낀 채 그들은 당당하게 문밖으로 나가 코모도어 호텔로 가기 위해 동쪽으로 몸을 틀어 44번가로 접어들었다.

그들이 나오자, 아주 창백하고 피곤해 보이는, 하염없이 인도를 따라 서성거리고 있던, 키가 작고 거무스름한 사람 하나가 몸을 돌려 그들을 바라보았다.

그는 마치 그들에게 무언가 말을 하려는 듯 다가섰지만, 그 즉시 그들은 그를 알아보지 못하는 듯 경멸 어린 시선을 던졌다. 그는 두 사람이 휘청거리는 발걸음으로 거리를 따라 내려가기를 기다렸다가 40보쯤 떨어진 곳에서 그들을 따라 걸으며, 기쁜 듯 기대가 가득한 어조로 "오, 이런." 하고 되풀이해서 혼잣말을 했다.

그러는 동안 '미스터 인'과 '미스터 아웃'은 앞으로의 계획에 대해 유쾌하게 의논했다.

"우리는 술이 필요해. 우리는 아침 식사를 원해. 두 가지 중 하나라도 없어서는 안 돼. 둘은 하나고, 불가분의 것이니까."

"우리는 둘 다를 원해."

"둘 다를 원해!"

이제 상당히 날이 밝아, 지나가는 행인들이 호기심 어린 시선으로 이 한 쌍을 바라보기 시작했다. 확실히 이 두 사람은 강렬한 즐거움을 선사하는 어떤 토론에 열중한 듯, 이따금씩 웃음이 너무나 격하게 두 사람을 사로잡을 때면, 여전히 팔짱을 꼭 낀 채 동시에 몸을 거의 반으로 접곤 했다.

코모도어 호텔에 도착하자, 두 사람은 졸린 눈의 도어맨과 몇 마디의 음담패설을 주고받은 뒤, 어렵사리 회전문을 통과해, 손님들이 띄엄띄엄 앉아 놀란 표정을 짓고 있는 로비를 지나쳐 식당을 향해 걸어갔고, 당황한 웨이터는 어두침침한 구석에 있는 탁자로 그들을 안내했다. 그들은 난감한 표정으로 당혹스럽게 웅얼거리듯 메뉴판에 있는 이름들을 서로에게 읽어주었다.

"술 이름은 하나도 보이지 않아."

피터가 비난하듯 말했다.

웨이터도 그 말을 들었지만, 아는 척을 하지 않았다.

"다시 말해서."

피터가 차분하게 인내심을 보이며 말했다.

"이 메뉴판에는 아무런 설명도 없고, 상당히 혐오스럽게도 술 이름이 전혀 없다는 말이지."

"이봐!"

딘이 당당하게 말했다.

"내가 저 녀석을 처리하겠어."

그는 웨이터를 향해 몸을 돌렸다.

"여기에…… 여기에……."

그는 걱정스럽게 메뉴판을 훑어보았다.

"샴페인 한 병하고…… 음……음…… 햄 샌드위치를 가져오게."

웨이터가 의혹 어린 시선을 던졌다.

"가져오라니까!"

'미스터 인'과 '미스터 아웃'이 합창을 하듯 외쳤다.

웨이터는 기침을 하고 모습을 감추었다. 기다리는 동안 두 사람은 미처 깨닫지 못했지만 수석 웨이터가 이들을 조심스럽게 살피고 있었다. 그런 뒤 샴페인이 도착하고, 그 광경에 '미스터 인'과 '미스터 아웃'은 의기양양해졌다.

"저들이 우리가 아침 식사로 샴페인을 마시겠다는데 반대하는 것을 상상해 봐. 단지 상상해 보라고."

두 사람은 그런 끔찍한 가능성을 떠올리려고 정신을 집중했지만, 그들에게는 너무 벅찬 일이었다. 두 사람이 아무리 상상력을 총동원한다 해도 아침 식사로 샴페인을 마시겠다는데 누군가가 반대한다는 것은 상상이 불가능한 일이었다. 웨이터가 '펑' 하는 큰 소리와 함께 코르크를 땄고, 즉시 두 사람의 잔에는 노란색의 옅은 거품이 일었다.

"건강을 기원하네, '미스터 인.'"

"자네도 마찬가지야, '미스터 아웃.'"

웨이터가 자리를 비웠다. 몇 분이 지났다. 병 안의 샴페인이 점점 줄어들었다.

"그거…… 그거 굴욕적이군."

갑자기 딘이 말했다.

"뭐가 그렇게 굴욕적인데?"

"우리가 아침부터 샴페인을 마시겠다는데 저들이 반대한다는 생각 말이야."

"굴욕적이다?"

피터가 되새겨보았다.

"그래, 그 말…… 굴욕적이야."

다시 그들은 웃음을 터트렸고, 고함을 지르고, 몸을 기울이고, 의자를 앞뒤로 흔들면서, 상대를 향해 '굴욕적이다' 라는 말을 계속해서 뒤풀이했다. 매번 되풀이할 때마다 그 말이 더 화려하고 우스꽝스러워지는 것 같았다.

몇 분의 근사한 시간이 흐른 뒤 그들은 한 병을 더 마시기로 결심했다. 걱정스러워진 담당 웨이터는 즉시 윗사람에게 의논했고, 이 신중한 지배인은 더 이상 샴페인을 내놓아서는 안 된다는 암묵의 지시를 내렸다. 그들의 계산서가 나왔다.

5분 후, 팔짱을 낀 채, 그들은 코모도어 호텔을 떠나 호기심 어린 눈으로 빤히 쳐다보는 군중들을 뚫고 43번가를 지나 밴더빌트가의 빌트모어 호텔로 향했다. 그곳에 들어서자, 꾀가 난 그들은 수완을 발휘하여 어색할 정도로 몸을 꼿꼿이 세운 채 빠른 걸음걸이로 로비를 가로질렀다.

일단 레스토랑에 들어서자 그들은 이전의 묘기를 똑같이 되풀이했다. 때때로 발작적인 웃음을 터트리는 한편, 갑자기 정치나 대학 시절 그리고 자신들의 기질의 밝은 면들에 대해 격한 논쟁을 벌였다. 손목에 매달린 시계가 이제 9시가 되었음을 알렸고, 자신들이 어떤 기억할 만한 파티에, 항상 기억하게 될 중요한 일에 참여하고 있다는 생각이 흐릿하게 의식 속으로 파고들었다. 두 번째 샴페인에 대한 미련이 남아 있었다. 두 사람 모두 상대가 '굴욕적이다' 라는 말을 꺼낼 때마다 거칠게 숨을 헐떡이며 웃음을 터트렸다. 레스토랑은 이제 웅웅거리며 빙글빙글 돌고 있었다. 기묘한 가벼움이 무겁게 드리운 공기에 스며들어 공기를 희박하게 만들었다.

그들은 계산을 마치고 로비로 걸어 나갔다.

바로 그 순간, 그날 아침만 해도 수천 번은 더 회전했을 회전문을 통과해 아주 창백한 젊은 미인이 로비 안으로 들어왔다. 눈 밑에는 검은 그림자가 드리워져 있고, 엉망으로 구겨진 이브닝드레스 차림이었다. 평범하고 뚱뚱한 남자와 동행하고 있었는데, 분명 너무나 어울리지 않는 한 쌍으로 보였다.

계단 위에서 이 한 쌍은 '미스터 인' 과 '미스터 아웃' 과 마주쳤다.

"이디스."

'미스터 인' 이 기쁜 듯이 그녀를 향해 걸어가 공손하게 인사를 하며 말했다.

"사랑스런 아가씨, 좋은 아침이죠."

뚱뚱한 남자가 의문 섞인 표정으로, 마치 당장 그 자리에서 그를 집어던져 버려도 되는지 허락을 구하는 듯한 표정으로, 이디스를 바라보았다.

"무례함을 용서하세요."

잠시 생각한 뒤 피터가 덧붙였다.

"이디스, 좋은 아침입니다."

그는 딘의 팔꿈치를 움켜쥐고 앞으로 나오라고 재촉했다.

"이디스, 내 가장 친한 친구인 '미스터 인'을 소개하죠. 우리 둘은 절대 떨어질 수 없는 콤비랍니다. '미스터 인' 그리고 '미스터 아웃' 말입니다."

'미스터 아웃'이 앞으로 나와 꾸벅 절을 했다. 사실, 그가 지나치게 앞으로 나와 너무 낮게 고개를 숙이는 바람에 살짝 앞으로 비틀거렸고, 덕분에 그는 이디스의 어깨에 가볍게 손을 올리며 간신히 균형을 잡을 수 있었다.

"소생은 '미스터 아웃'입니다, 이디스."

그가 쾌활하게 웅얼거렸다.

"우린 '미스터인'과 '미스터아웃'이지요."

"우린 미스터인 앤 아웃."

피터가 자랑스럽게 말했다.

하지만 이디스의 시선은 그들의 옆을 똑바로 지나쳐 그녀의 머리 위쪽에 있는 화랑의 어느 한 점에 고정되어 있었다. 그녀가 뚱뚱한 남자에게 살짝 고개를 끄덕이자, 그는 황소처럼 앞으로 나서 완강하고 강단 있는 몸짓으로 '미스터 인'과 '미스터 아웃'을 옆으로 밀쳐냈다. 그리고 그 사이로 그와 이디스가 지나갔다.

하지만 열 걸음 정도 더 나가다 말고 이디스가 다시 멈추어 섰다. 걸음을 멈춘 그녀는 대부분의 군중을 특히 '미스터 인'과 '미스터 아웃'을 다소 당황스럽고 마법에 홀린 듯한 눈으로 쳐다보고 있는 키가 작고 거무스름한 군인을 가리켰다.

"저기, 저기를 봐요!"

이디스가 소리쳤다.

그녀의 목소리가 높아지고, 다소 째지듯이 날카로워졌다. 손가락질을 하는 그녀의 손이 살짝 떨리고 있었다.

"저 사람이 오빠의 다리를 분지른 군인이에요."

여남은 명이 비명을 질렀고, 모닝코트를 입은 남자가 데스크 근처 자리에서 일어나 민첩하게 앞으로 나갔다. 뚱뚱한 남자가 번개처럼 키가 작고 얼굴이 거무스름한 사람을 향해 달려들었고, 로비에 있던 사람들이 작은 그룹 주변으로 몰려들어 혼잡을 이루는 바람에 그들은 완전히 '미스터 인'과 '미스터 아웃'의 시야에서 사라졌다.

하지만 '미스터 인'과 '미스터 아웃'에게 이런 사건은 단지 웅웅거리며 돌아가는 무지갯빛 세상의 다채롭고 찬란한 일부일 뿐이었다.

그들은 커다란 목소리들을 들었다. 그들은 땅딸막한 남자가 튀어오르는 것을 보았다. 세상이 갑자기 흐릿해졌다.

그런 뒤 그들은 하늘로 향하는 엘리베이터 안에 있었다.

"몇 층으로 가십니까?"

엘리베이터맨이 물었다.

"어느 층이든."

'미스터 인'이 말했다.

"최상층으로."

'미스터 아웃'이 말했다.

"여기가 최상층입니다."

엘리베이터맨이 말했다.

"다른 층으로 가게."

'미스터 아웃'이 말했다.

"더 높이."

'미스터 인'이 말했다.

“천국으로.”
미스터 아웃’ 이 말했다.

11

6번가에서 살짝 떨어진 어느 작은 호텔의 침실에서 고든 스터렛이 머리 뒤쪽에서 느껴지는 고통과 온몸의 혈관을 두드리는 듯한 통증을 느끼며 잠에서 깨어났다. 그는 방구석의 먼지가 자욱한 회색 그림자를 바라보았다. 누추한 방 안의 한쪽 구석에는 사용한 지 오래되어 보이는 커다란 가죽 의자가 놓여 있었다. 방 안에 너저분하게 늘어져 있는 구겨진 옷가지들이 보였고, 퀴퀴한 담배 연기와 역한 술 냄새가 코끝을 찔러왔다. 창문은 단단히 닫혀 있었다. 밖에서는 한 줄기의 환한 햇살이 먼지 자욱한 빛을 창틀을 통해 비추었다. 그러나 그 빛은 그가 잠이 들었던 넓은 나무 침대의 머리판에 의해 가로막혔다. 그는 아주 조용히 누워 있었다. 혼수상태처럼, 약에 취한 듯, 눈을 크게 뜬 채. 그의 머릿속은 마치 기름을 치지 않은 기계처럼 거칠게 삐걱거리고 있었다.

먼지 낀 햇살과 커다란 가죽 의자의 찢어진 부분을 인식한 뒤 30초 정도 더 지난 후에야 그는 자신의 옆에 붙어 있는 생명의 기척을 감지했고, 또 30초 정도 지난 후에야 그는 자신이 주얼 허드슨과의 결혼이라는 돌이킬 수 없는 일을 저질렀음을 깨달았다.

30분 후 그는 밖으로 나와 스포츠용품점에서 리볼버 권총을 샀다. 그런 뒤 그는 택시를 타고 자신이 살던 동부 27번 거리로 가서, 자신의 화구들이 놓여 있는 탁자에 몸을 기댄 채 바로 관자놀이 위에 총구를 겨누고 방아쇠를 당겼다.

  (1920년)

면죄(免罪)
Absolution

1

고요한 밤이면 차가운 눈물을 흘리는 신부가 있었다. 그는 오후가 너무나 길고 따스해서, 그리고 주님과의 완전하고 영적인 일체를 이루지 못함을 탄식하며 흐느꼈다. 가끔 4시경이면, 창문 옆 오솔길을 따라 스웨덴 아가씨들의 옷자락이 바스락거리는 소리가 들렸고, 그들의 새된 웃음소리에서 그는 땅거미가 질 때까지 큰 소리로 기도를 올리게 만드는 어떤 끔찍한 불쾌함을 느꼈다. 땅거미가 지면서 웃음소리와 목소리들이 잦아들었지만, 가끔씩 어스름 속에 롬버그의 잡화점을 지나칠 때면 노란빛이 가게 안을 비추어 탄산수 저장용기의 니켈 꼭지가 반짝이는 것이 보였고, 허공중에 달콤하게 진동하는 화장실용 싸구려 비누 냄새를 맡을 수 있었다. 토요일 밤마다 고해성사를 들은 뒤 돌아올 때면 늘 그 길을 지나쳤는데, 그는 여름 달을 향해 높이 퍼져가는 향내처럼 비누 냄새가 자신의 코끝에 닿기 전에 날아갈 수 있도록 길의 반대쪽으로 걷기 위해 늘 주의를 기울였다.

하지만 4시의 광기를 피할 길은 없었다. 창문 너머로, 멀리 보이는 것이라고는, 붉은 강의 계곡으로 밀려드는 다코타의 밀밭뿐이었다. 카펫처럼 펼쳐져 있는, 밀밭을 바라보기가 너무 두려워서 그는 고통에 눈을 감고 피할 수 없는 태양을 향해 늘 열려 있는, 기괴한 미궁 속으로 자신의 생각들을 이어나갔다.

어느 오후, 그의 마음이 낡은 시계가 멈추듯 그 한계에 다다르려는 순간 가정부가 11살 된 루돌프 밀러라는 격양된 모습의 작고 예쁘장한 소년을 그의 서재로 안내했다. 어린 소년은 밀려드는 햇살 아래 자리를 잡고, 신부는 호두나무 책상에 앉아, 아주 바쁜 척 행동했다. 그것은 고뇌로 가득 찬 자신의 방 안으로 누군가가 들어왔다는 안도감을 숨기기 위한 것이었다.

몸을 돌리자마자 그는 자신을 응시하며 눈을 깜박거리는, 코발트색으로 번뜩이며 빛을 발하는 커다란 두 개의 눈동자를 발견했다. 잠시 그는 그 속에 담긴 감정들을 읽고는 놀라움을 감출 수 없었다. 그리고 그는 자신의 방문객이 절망적인 두려움에 사로잡혔다는 것을 알 수 있었다.

"네 입술이 떨리고 있구나."

슈와르츠 신부가 까칠한 목소리로 말했다.

소년은 자신의 손으로 떨리는 입술을 가렸다.

"문제가 생긴 거냐?"

슈와르츠 신부가 날카롭게 말했다.

"입에서 손을 떼고, 무엇이 문제인지 내게 말하여라."

소년은—이제 슈와르츠 신부는 그 소년이 자신의 교구민이자 화물중개업자인 밀러 씨의 아들임을 알아차렸다—마지못해 입에서 손을 떼고 자포자기한 듯 작지만 또렷하게 말을 시작했다.

"슈와르츠 신부님, 제가 끔찍한 죄를 지었어요."

"순결을 거스른 죄인가?"

"아뇨, 신부님…… 더 끔찍해요."

슈와르츠 신부의 몸이 거칠게 돌아갔다.

"누군가를 죽인 거냐?"

"아뇨, 하지만 제가 두려워하는 건……."

아이의 목소리가 격해지며 훌쩍거림으로 바뀌었다.

"고해소로 가고 싶으냐?"

아이는 절망적으로 고개를 흔들었다. 슈와르츠 신부는 목청을 가다듬은 뒤 부드러운 목소리로 조용하고 친절하게 말했다. 바로 그 순간 그는 자신의 고통을 잊어버리고, 신처럼 행동하려 노력했다. 그는 경건한 기도를 되뇌며, 지금 이 순간 하느님께서 기도에 응답하시어 올바르게 행동하도록 도와주시기를 희망했다.

"네가 무슨 일을 했는지 말을 해 보렴."

그는 새롭게 가다듬은 목소리로 말했다.

어린 소년은 눈물이 홍건하게 고인 눈으로 그를 살피며, 지친 신부가 창조해내는 영적인 힘을 느낀 듯 용기를 북돋웠다. 눈앞의 신부처럼 가능한 한 스스로를 버리려고 노력하며 루돌프 밀러는 자신의 이야기를 하기 시작했다.

"토요일 날, 3일 전에요. 아빠는 저더러 고해성사를 하러 가야 한다고 말씀하셨어요. 왜냐하면 저는 지난 한 달 동안 고해성사를 하지 않았거든요. 우리 가족들은 모두 매주 했는데, 저는 계속 빠졌어요. 그날도 그냥 미적거렸고, 신경도 쓰지 않았죠. 그렇게 친구들과 노느라 저녁때까지 고해성사를 미뤄두었어요. 아빠가 고해성사를 갔었느냐고 묻기에 저는 '아니요.' 라고 대답했어요. 아빠는 제 목덜미를 잡으면서 '지금 당장 가거라.' 하고 말씀하시기에 저는 하는 수 없이 '알았어요.' 라고 대답한 뒤 집을 나섰어요. 아빠는 제 뒤에서 고함을 치셨죠. '교회에 가기 전까지 집에 올 생각은 하지 마라.' 라고요……."

2
토요일, 3일 전

고해실의 견면(絹綿: 비단과 무명으로 짠 헝겊.) 커튼의 주름이 차분히 내려오면서, 단지 노인의 낡은 구두만이 밖으로 드러났다. 불멸의 영혼은 커튼 뒤에서 하느님과 그리고 교구의 신부인 아돌프 슈와르츠 신부와 단둘이 되었다. 부자연스러운 속삭임, 숨을 죽인 진지한 목소리가 들려오기 시작했고 간간히 질문을 던지는 신부의 목소리가 또렷하게 이어졌다.

루돌프 밀러는 고해실 옆에 놓인 신도석에 무릎을 꿇은 채, 불안함과 긴장감을 느끼며 안에서 이루어지는 대화를 들으며—하지만 듣지 않으려 노력했다—기다렸다. 신부의 목소리가 들린다는 사실이 그를 경직시켰다. 바로 다음이 그의 차례였고, 뒤에 기다리고 있는 서너 명의 사람들이 루돌프 밀러가 6번째와 9번째의 계명을 어겼다는 사실을 인정하는 동안 그것을(십계명 중 6계명과 9계명으로 간음을 하지 말 것, 네 이웃의 여자를 탐하지 말 것.) 엉겁결에 듣게 될 수도 있었다.

루돌프는 절대로 간통죄를 범하지 않았고, 이웃의 여자를 탐한 적은 더더욱 없었다. 하지만 음심과 관련된 죄악의 고백으로 깊이 생각하기가 힘들었다. 그나마 상대적으로 덜 수치스러운 타락이라는 사실을 다행스럽게 여겼다—게다가 애매한 상태여서 그의 영혼에 성적 죄악이라는, 칠흑처럼 검은 딱지가 붙을 일은 없었다.

그는 자신의 두 귀를 두 손으로 막으며, 엿듣기를 거부하는 자신의 노력이 확연히 눈에 보이기를, 자신의 순서가 되었을 때 똑같은 배려가 주어지기를 빌었다. 고해실에서의 고해자의 급작스러운 움직임에 그는 구부린 팔꿈치 사이에 황급히 얼굴을 묻었다. 아무래도 두려움은 딱딱한 형태의 것인지, 심장과 허파 사이의 공간에서 밖으로 밀고 나오려 했다. 그는 이제 자신의 죄를 용서받기 위해 모든 힘을 모아 노력해야 했다. 두려움을 느껴서가 아니라 그의 행동이 하느님의 기분을 상하게 했기 때문이었다.

하느님께 자신이 그것을 죄스럽게 여긴다는 사실을 확신시켜야 했고, 그렇게 하기 위해 우선 그 자신을 납득시켜야 했다. 팽팽한 감정적인 싸움 후 그는 마지못해 자기연민을 인정하고, 자신이 준비가 되었다고 결심했다. 만약 다른 생각이 머릿속에 들어오기를 허락하지 않는다면, 정면에 준비된 커다란 관으로 들어갈 때까지 지금의 감정적인 상태가 작아지지 않게 유지할 수 있고, 그럼 그의 신앙생활이 또 다른 위기에서 살아남을 수도 있었다.

하여간에 어느 순간, 사악한 생각이 부분적으로 그를 사로잡았다. 지금이라도 집으로 돌아갈 수 있었다. 그의 차례가 오기 전에, 그리고 엄마에게는 교회에 너무 늦게 도착해 신부님이 이미 자리를 비운 뒤라고 말할 수 있었다. 안타깝게도 그건 들통 날 위험이 다분한 거짓말이었다. 또 다른 방편으로, 고해성사를 받았다고 말할 수 있었다. 하지만 그 말은 일요일의 성찬을 피해야만 한다는 의미였다. 깨끗하지 못한 영혼이 성찬을 받아먹으면 그것이 그의 입안에서 독으로 변할 수도 있고, 절름발이가 되거나 제단 난간에서 저주를 받을 수도 있었다.

다시 슈와르츠 신부의 목소리가 들려왔다.

"그리고 당신의……."

신부의 말들이 나지막한 중얼거림으로 사그라지자, 루돌프는 흥분해서 자리에서 벌떡 일어났다. 그날 오후 고해성사를 한다는 것이 불가능한 일처럼 느껴졌다. 그는 긴장감을 느끼며 주저했다. 고해실 안에서 딱 하는 소리와 삐걱거림 그리고 부스럭거리는 소리가 계속적으로 들려왔다. 슬라이드가 내려가고 견면 커튼이 흔들렸다. 너무 늦게 유혹이 밀려들었다…….

"제게 축복을 주십시오, 신부님, 제가 지은 죄를 위해…… 전지전능하신 하느님과 신부님께 저의 죄를 고백합니다. 아버지, 저는 죄를 지었습니다…… 마지막 고해 이후 한 달하고 3일이 지났습니다…… 저는 헛되이 주의 이름을 이용한 저 자신을 비난합니다…….."

그건 가벼운 죄였다. 그런 죄는 단지 허세일 뿐, 그런 것들을 고백하는 건 일종의 가벼운 자랑이었다.

"…… 노부인에게 야비한 짓을 했습니다."

격자무늬 창 너머로 희미한 그림자가 약간 움직였다.

"무엇을 했느냐, 아이야?"

"스웬슨 노부인이오."

루돌프의 중얼거림이 의기양양하게 커져갔다.

"그 할머니는 자신의 집 유리창에 부딪친 우리 야구공을 가져갔어요. 할머니가 돌려주지 않으려고 해서, 우리는 오후 내내 '지옥으로 가라!'라고 외쳤어요. 그랬더니 약 5시경, 할머니가 발작을 일으켰고 사람들이 의사를 불러들여야 했어요."

"계속 말하거라, 아이야."

“저, 저는 제가 우리 부모님의 자식이 아니라고 믿어요.”

“뭐라고?”

그 질문에는 분명한 놀라움이 담겨 있었다.

“제가 부모님의 친자식이 아니라고 믿는다고요.”

“왜 아니라는 거지?”

“오, 단지 제 자만심 때문이죠.”

고해자가 젠 체하며 대답했다.

“그 말은 네가 너무 뛰어나서 네 부모의 아들이 아니라고 생각한다는 의미냐?”

“네, 신부님.”

다소 기쁨이 가라앉은 어조였다.

“계속하거라.”

“부모님께 순종하지 않고, 어머니를 이름으로 불렀습니다. 다른 사람들을 등 뒤에서 헐뜯었습니다. 담배를 피우고…….”

루돌프는 이제 사소한 죄들을 늘어놓는 데 지쳤고, 말하기 고통스러운 죄들을 고백할 시간이 다가오고 있었다. 마치 자신의 심장과 죄악들 사이를 가로막듯 그는 손가락들을 벌려 철창처럼 얼굴을 덮었다.

“더러운 말들과 음란한 생각들과 욕구를 품었습니다.”

그는 아주 낮게 속삭였다.

“얼마나 자주?”

“모르겠습니다.”

“일주일에 한 번? 일주일에 두 번?”

“일주일에 두 번이오.”

“그 욕구에 굴복했느냐?”

“아니요, 신부님.”

“그런 욕구를 느꼈을 때 혼자 있었느냐?”

“아니요, 신부님. 다른 두 명의 사내애들과 여자애 한 명과 있었어요.”

“죄, 그 자체뿐만이 아니라 그 죄를 불러일으키는 원인까지도 회피해야 한다는 것을 모르느냐, 아이야? 사악한 친구 관계는 사악한 욕구를 이끌어내고, 사악한 욕구는 사악한 행동을 이끌어낸다. 그 일이 생겼을 때 넌 어디에 있었느냐?”

“헛간이오, 누구의 헛간이냐 하면……”

“이름 따위는 듣고 싶지 않다.”

신부가 날카롭게 말을 잘랐다.

“그 헛간의 다락에 올라가 있었어요, 그리고 여자애와, 한 친구가, 그들이 여러 가지 이야기들을 나누었어요—음란한 이야기들을요, 그리고 저는 그곳에 있었어요.”

“자리를 떠났어야지. 그리고 그 여자애에게 당장 집으로 가라고 말을 했어야지.”

그는 자리를 떠났어야 했다! 그런 기묘한 일들이 언급되었을 때 자신의 맥박이 얼마나 세게 뛰었는지, 얼마나 이상하고 낭만적인 흥분이 그를 사로잡았는지 슈와르츠 신부님에게는 절대로 말할 수 없었다. 어쩌면 죄악의 소굴 속의 둔하고 냉혹한 눈을 가진, 구제할 수 없는 아가씨들 속에서 몇몇이 새하얀 불길 속에 타오르는 것을 발견하겠지.

“또 다른 할 말은 없느냐?”

“없습니다, 신부님.”

루돌프는 깊은 안도감을 느꼈다. 꽉 움켜쥔 손가락 아래에서 진땀이 나기 시작했다.

“내게 거짓말을 하지는 않았느냐?”

그 질문이 그를 깜짝 놀라게 했다. 습관적으로 그리고 본능적으로 거짓말을 하는 모든 이들처럼, 그는 진실에 대해 커다란 존중과 두려움을 지니고 있었다. 뭔가 그가 의도하지 않았던 어떤 것에 의해 순간적으로 가슴 저리는 대답을 하고 말았다.

"오, 아니요, 신부님. 저는 절대 거짓말을 하지 않습니다."

잠시 동안, 마치 왕의 의자에 앉은 평민처럼, 그는 그 상황에 자부심을 만끽했다. 그런 뒤 신부가 상투적인 훈계를 늘어놓기 시작하자마자, 그는 자신이 대담하게도 거짓말을 했다는 사실을 부인했음을 깨달았다. 그는 끔찍한 죄를 저질렀다—고해실에서 거짓말을 한 것이었다.

슈와르츠 신부가 '사죄경'을 읊조리기 시작하자 그의 말에 자동적으로 반응을 보이며 그는 의미 없이 큰 소리로 그의 말을 따라하기 시작했다.

"오, 하느님. 저는 진심으로 제가 범한 죄를 회개합니다……."

지금 당장 그 사실을 정정해야만 했다. 그건 끔찍한 실수였다. 하지만 마지막 기도문을 읽은 뒤 그의 입술이 닫히자, 날카로운 소리와 함께 격자문이 닫혔다.

잠시 후 황혼 속으로 모습을 드러낸 그는 자신이 한 짓을 완전하게 깨달음으로 인해, 답답한 교회에서 밀밭과 하늘이 넓게 펼쳐진 세상으로 나올 때의 안도감을 만끽할 수가 없었다. 대신 걱정스러움에 그는 서늘한 공기를 깊게 들이마시고 "블래치포드 샤네밍턴, 블래치포드 샤네밍턴."이라고 스스로를 향해 되풀이해서 되뇌었다.

블래치포드 샤네밍턴은 바로 그였고, 그 이름 속에는 음악적인 어감이 있었다. 블래치포드 샤네밍턴이 되었을 때는, 온화한 고결함이 그의 몸속으로 흘러 들어왔다. 블래치포드 샤네밍턴은 위대하고 엄청난 위업을 이루는 존재였다. 루돌프가 반쯤 눈을 감았을 때는, 블래치포드가 그를 억누르고 그의 마음속에 자리를 잡았다는 의미이고, 그가 사라질 때에는, 허공 속에 시기 어린 중얼거림이 울려 퍼졌다.

"블래치포드 샤네밍턴! 블래치포드 샤네밍턴이 떠난다."

이제, 잠시 동안, 그는 블래치포드가 되어 갈지자 모양의 도로를 따라 집을 향해 점잔을 빼며 걸어갔지만, 루드웍의 주도로를 만들기 위해 머캐덤(롤러로 굳히는 도로용의 밤자갈을 아스팔트 또는 피치로 굳힌 것.) 작업 중인 도로에 가까워지자 루돌프의 흥분은 사라지고 기분은 가라앉았으며, 다시금 자신의 거짓말에 대한 공포를 느꼈다. 하느님은 당연히 그것을 알고 계시리라. 하지만 루돌프는 그의 마음 한쪽 구석 하느님으로부터 안전한 곳에, 가끔 하느님께 속임수를 썼을 때를 위한 핑계거리를 준비해놓은 장소가 있었다. 이제 그는 그 구석에 숨어 어떻게 하면 자신의 허위진술의 결과를 피할 수 있을지 고민했다.

무슨 수를 쓰더라도, 반드시 내일 있을 성찬식을 피해야 했다. 그 정도까지 신을 노엽게 만드는 것은 너무 큰 위험이었다. 아침에 '아주 우연히' 물을 마시면 어떨까. 그럼 교회법에 따라 그날의 성찬을 받기에는 부적절한 상태가 될 것이다. 아주 빈약한 구실임에도 불구하고, 그 핑계가 가장 그럴듯하다는 생각이 들었다. 그 위험성을 받아들이고, 어떻게 하면 최고의 결과를 끌어낼지에 생각을 집중하는 사이, 그는 롬버그의 잡화점 모서리를 돌아 아버지의 집이 보이는 곳으로 들어서 있었다.

3

그 지역의 화물 중개인인 루돌프의 아버지는 독일과 아일랜드 혈통의 두 번째 이주의 물결을 따라 미네소타 다코타 지역에 흘러 들어왔다. 이론적으로 그 시대 그 장소는 열정이 넘치는 젊은 남자 앞에 엄청난 기회를 제공했지만, 칼 밀러는 계급사회인 윗사람과 아랫사람들 틈바구니에서 성공하기 위한 필수적인 요소인 명성을 쌓지는 못했다. 그는 약간은 천박하고, 그럼에도 불구하고 터무니없이 완고하며, 기본적인 관계를 당연하게 받아들이지 않았고, 그런 무능력함이 그를 의심 많고, 시끄럽고, 끊임없이 당혹스러운 인물로 만들었다.

그에게 있어 다채로운 삶과의 연결된 두 개의 끈은 로마 가톨릭교회에 대한 믿음과 제국의 건설자인 제임스 J. 힐〈James J. Hill(1838~1916) 미국의 저명한 자본가이자 대륙횡단 철도를 부설한 철도사업가.〉에 대한 은밀한 숭배였다. 힐은 밀러 자신에게 부족한—사물에 대한 감각, 사물에 대한 느낌, 뺨에 느껴지는 바람에서 비의 징후를 감지하는 등의— 자질을 소유한 신적인 존재였다.

밀러의 생각은 다른 사람들이 오래전에 내린 결정에 따라 더디게 움직였고, 그는 단 한 번도 자신의 손에 있던 어떤 것 하나라도 마음 편안하게 느껴본 적이 없었다. 그의 젊고, 따분하고, 남들보다 작은 몸은 힐의 거대한 그림자 속에서 점점 늙어갔다. 20년 동안 그는 힐의 이름과 하느님을 신봉하며 외로이 살아갔다.

일요일 아침 칼 밀러는 6시의 먼지 한 점 없는 고요 속에 잠에서 깨어났다. 침대 옆에 무릎을 꿇고 회갈색의 머리를 숙이고 얼룩덜룩한 콧수염을 침대 위에 올려놓은 채 몇 분 동안 기도를 드렸다. 그런 뒤 그는 잠옷 대용 셔츠를 벗어던진 뒤—동년배의 사람들이 모두 그렇듯 그는 파자마를 배겨내지 못했다—하얗고 털 하나 없는 여윈 몸에 모직 내의를 걸쳤다.

면도를 하는 동안 아내가 불안하게 잠들어 있는 옆방에서는 아무런 소리도 들리지 않았다. 아들의 간이침대가 놓여 있는 마루 구석의 칸막이 안에서도 침묵이 흘렀다. 그의 아들은 그의 책들 틈에서, 그가 모은 수집품들인 시가 껍질들과, "코넬", "함린", "환영! 뉴멕시코, 푸에블로"와 같은 좀이 먹은 현수막들, 그리고 다른 그의 사적인 물건들 틈에서 잠을 잤다. 밀러는 집 밖에서 새된 새소리와 가금류들의 활개 치는 움직임, 그리고 초록색 해안선 너머 몬태나로 향하는 6시 15분 직행열차의 저음이 낮게 퍼져가는 칙칙폭폭 소리를 들을 수 있었다. 들고 있던 세면용 수건에서 차가운 물을 똑똑 떨어뜨리며, 그는 갑자기 머리를 들어 올렸다. 아래층 부엌에서 수상쩍은 소리가 들려왔기 때문이다.

그는 서둘러 면도를 마치고 어깨 위에 덜렁거리던 멜빵에 팔을 끼며 귀를 기울였다. 누군가가 부엌 안으로 걸어 들어가고 있었고, 가벼운 발자국 소리를 통해 그 주인이 아내가 아님을 알았다. 그는 입술을 살짝 깨물며 재빨리 계단으로 달려 내려가 부엌문을 열었다.

싱크대 옆에, 한 손은 여전히 물이 똑똑 떨어지는 수도꼭지 위에 올려놓고, 다른 한 손에는 물이 잔뜩 담긴 물잔을 꽉 움켜쥔 채 서 있는 이는 바로 그의 아들이었다. 여전히 잠으로 무겁게 내려앉은 아이의 두 눈이 두려움과 극도의 책망이 담긴 아버지의 두 눈과 마주쳤다. 아이는 맨발에 잠옷의 무릎과 팔꿈치 부분이 잔뜩 밀려 올라가 있었다.

잠시 동안 두 사람 모두 미동도 없이 서 있었다. 마치 잔뜩 차오르는 극한 감정의 균형을 잡으려는 듯 칼 밀러의 눈썹이 내려갔고, 그의 아들의 눈썹은 치커 올라갔다. 그런 뒤 잘 다듬어진 칼 밀러의 콧수염이 불길하게도 입술을 뒤덮을 정도로 내려갔고, 혹시 다른 장소가 어지럽혀지지는 않았는지 그의 두 눈이 짧게 주위를 확인했다.

부엌 안은 접시들 위로 흩뿌려져 반짝이고, 매끄러운 마룻바닥과 탁자를 밀처럼 깨끗하고 노랗게 물들이는 햇살로 잔뜩 치장을 하고 있었다. 그곳은 집안의 중심이 되는 곳으로 불길이 활활 타오르고, 깡통들이 장난감처럼 쌓여 있고 종일 수증기가 가냘프고 섬세한 음조로 휘파람을 불었다. 움직이는 건 아무것도 없었다. 손 닿은 흔적도 없었다. 물방울이 계속해서 만들어져 싱크대 아래로 하얀 섬광과 함께 똑똑 떨어지는 수도꼭지를 제외하고는.

"뭐 하는 거냐?"

"너무나 목이 말라서요, 그래서 단지 아래로 내려와……."

"오늘 네가 성찬식을 하는 걸로 알고 있는데."

격한 당혹감이 아들의 얼굴 위로 퍼져 나갔다.

"완전히 잊어버리고 있었어요."

"물을 마신 거냐?"

"아뇨……."

그 말이 입을 떠난 순간 루돌프는 그것이 잘못된 대답임을 알았다. 하지만 그를 마주 보는, 다소 분노가 사라진 두 눈은 소년의 뜻이 이루어지기 전에 진실을 감지했음을 알렸다. 그는 또한 자신이 절대로 아래층으로 내려오지 말았어야 했음을 깨달았다. 진실임을 증명하고자 하는 어떤 막연한 욕구에, 그는 그 증거로 젖은 유리잔을 싱크대 옆에 내려놓았다. 그의 상상력의 정직함이 그를 배신했다.

"쏟아버려라. 그 물 말이야."

아버지가 명령했다.

루돌프는 자포자기의 심정으로 물잔을 거꾸로 뒤집었다.

"도대체 뭐가 문제인 거냐?"

밀러는 화가 나서 물었다.

"아무것도요."

"어제 고해성사는 갔던 거냐?"

"네."

"그럼 왜 물을 마시려고 한 거냐?"

"모르겠어요, 잊어버렸었어요."

"아마도 네가 너의 믿음보다 약간의 갈증에 더 신경을 쓰는 것이겠지."

"잊어버렸어요."

루돌프는 두 눈에서 눈물이 흘러내리는 것을 느낄 수 있었다.

"그것은 대답이 되지 않아."

"하지만 그런걸요."

"더 조심하는 편이 나을 거다."

그의 아버지가 완고하게, 성이 차지 않는 큰 목소리로 말을 이었다.

"만일 네가 성찬식마저 기억하지 못할 만큼 그렇게 건망증이 심하다면, 그에 상응하는 뭔가를 해야겠구나."

루돌프는 날카롭게 숨을 들이켰다.

"확실히 기억하고 있어요."

"우선 너는 네 믿음을 게을리하기 시작했어."

그가 자신의 성마름을 부추기며 소리를 질렀다.

"다음에는 거짓말을 하고 물건을 훔치겠지. 그 뒤에는 소년원에 가게 될 거야."

심지어는 이런 낯익은 위협조차도 루돌프의 눈앞에 보이는 심연을 더 깊게 할 수는 없었다. 그는 이제 모든 것을 다 털어놓고, 앞으로 주어질 가차 없는 매질 앞에 자신의 몸을 내맡기거나, 혹은 신을 모욕한 더러운 영혼으로 그리스도의 육신과 피를 받음으로써 번개를 맞거나 둘 중의 하나를 선택해야 했다. 그리고 둘 중 앞의 것이 훨씬 더 끔찍하게 느껴졌다. 그가 두려워하는 매질은 잔혹한 만행의 정도가 아니었다. 그 뒤에는 무능한 남자의 화풀이가 숨겨져 있었다.

"그 잔을 내려놓고, 위층으로 올라가 옷을 입거라."

아버지가 명령했다.

"그리고 교회에 도착하면, 성찬식에 가기 전에, 무릎을 꿇고 하느님께 너의 부주의함에 대해 용서를 구하거라."

아버지의 명령 속에 담긴 어떤 뜻밖의 압력이 루돌프의 마음속에 공포와 혼란을 야기하는 촉매제가 되었다. 거칠고 당당한 분노가 솟아나, 그는 격하게 컵을 싱크대 안으로 집어던졌다.

그의 아버지가 긴장감이 담긴, 거친 목소리를 내지르며 그를 향해 뛰어올랐다. 루돌프는 옆으로 살짝 몸을 비킨 다음, 의자를 쓰러뜨리며, 부엌 탁자를 넘어가려고 애썼다.

그는 커다란 손이 자신의 파자마 어깨를 움켜쥐자, 날카롭게 소리를 질렀다. 그런 뒤 머리 한쪽을 내리치는 주먹의 타격을 멍하니 느끼고, 몸 아래쪽에 주먹이 날아드는 것을 바라보았다. 그가 아버지의 손아귀 안에서 이리저리 몸을 빼려 하자, 몸이 끌리며 들어올려졌고, 날카로운 통증과 압박을 느꼈지만, 그는 몇 차례의 날카로운 웃음소리를 제외하고는 아무런 소리도 내지 않았다. 그런 뒤, 1분도 채 지나지 않아 갑자기 주먹질이 멈추었다. 루돌프가 바짝 긴장해 있던, 두 사람 모두 격하게 몸을 떨고, 기묘하고 끊어지는 말들이 새어나오던 애매한 순간이 지나간 뒤, 칼 밀러는 반쯤 협박하듯, 반쯤 끌고 가듯 아들을 위층으로 보냈다.

"옷을 입거라."

루돌프는 이제 병적으로 분노와 한기를 느꼈다. 머리가 욱신욱신 쑤셔왔고, 목 위에는 아버지의 손톱으로 인한 길고 얕은 생채기가 났다. 그는 옷을 입으면서도 몸을 떨며 흐느꼈다. 어머니가 실내복을 두른 채 문가에 서 있는 것을 의식했고, 그녀의 주름진 얼굴 위에 새로운 주름들이 목에서 이마까지 자글자글하게 일그러지고 퍼져 나갔다. 그녀의 불안정한 무능력함을 경멸하며, 조롱나무(나무나 잎사귀에서 추출한 약물을 외상 치료용으로 쓴다.) 액으로 목을 쓸어주려는 엄마의 손길을 거칠게 피한 뒤 그는 숨을 멈춘 채 서둘러 화장실로 달려갔다. 그리고 나서 그는 아버지를 따라 밖으로 나와 성당으로 향하는 길을 걸어갔다.

4

칼 밀러가 무의식적으로 행인들의 존재를 인식하는 순간들을 제외하고 두 사람은 말 한마디 없이 걸음을 옮겼다. 루돌프의 불규칙적인 숨소리가 뜨거운 일요일의 침묵을 휘저어놓았다.

그의 아버지가 성당의 문 앞에서 단호하게 걸음을 멈추었다.

"넌 고해성사를 다시 하는 것이 좋겠다는 결론을 내렸다. 안으로 들어가서 슈와르츠 신부님에게 네가 한 짓을 고해하고 죄를 용서받거라."

"아빠도 이성을 잃었잖아요."

루돌프가 재빨리 말했다.

칼 밀러가 아들을 향해 한 걸음 다가서자 그의 아들은 조심스럽게 뒤로 물러섰다.

"알았어요, 가겠어요."

"내가 말한 대로 할 거지?"

그의 아버지가 거친 목소리로 속삭였다.

"알았어요."

루돌프는 성당 안으로 들어가, 이틀 만에 두 번째로 고해실에 들어가 무릎을 꿇었다. 그와 거의 동시에 나무판이 위로 올라갔다.

246

“오늘 아침 예배를 빼먹으려 했던 저를 용서해 주십시오.”
“그것이 전부인가?”
“네, 전부입니다.”

눈물겨운 기쁨이 그를 채웠다. 자신의 편의와 자존심을 위해 또 다시 속임수를 쓴다는 것은 쉽지 않은 일이었다. 보이지 않는 선이 그어졌고, 그는 자신의 고립을 인식했다. 그 고립이 그가 블래치포드 샤네밍턴이 되는 그런 순간들만이 아니라 이제 그의 모든 내적인 삶에까지 적용됨을 인식했다. 지금까지처럼 ‘광적인’ 야망과 상당한 수치심과 두려움과 같은 현상들을 남몰래 은폐하는 것이 아니라, 영혼의 권좌 앞에서 공식적으로 부인해 버린 것이었다. 이제 그는 자신의 개인적인 비밀이 바로 그 자신임을 무의식적으로 깨달았다. 표면적인 겉치레와 인습적인 상징까지를 포함한 모든 것들이, 특히 환경적인 압력이 그를 사춘기의 비밀스러운 길로 혼자 걸어가게 만들었다.

그는 아버지 옆의 신도석으로 가 무릎을 꿇었다. 미사가 시작되었다. 루돌프는 무릎을 짚고 일어나—혼자가 되자 그는 의기소침하게 좌석에 등을 기댔다—날카롭고 미묘한 복수의 느낌을 음미했다. 그의 옆에서는 아버지가 루돌프를 용서해 주십사 하고 기도를 드렸고, 또한 화를 내버린 자신에 대해 용서를 구했다. 그는 아들이 있는 옆쪽으로 흘끗 눈길을 보냈고, 아들의 얼굴 위에서 긴장되고 거친 표정이 사라지고, 이제 더 이상 흐느끼지 않는 것을 보고 안도감을 느꼈다. 성체 속에 담긴 주님의 은총이 다 마무리를 지어 주시겠지. 미사 후에는 모든 것이 다 좋아질 거야. 그는 루돌프를 마음속 깊은 곳에서부터 자랑스럽게 여겼고, 자신이 한 짓에 대해 진심으로 미안하게 생각하기 시작했다.

보통은, 헌금함이 지나가는 순간이 루돌프에게는 예배 중 가장 중요한 순간이었다. 종종 있는 일이지만, 상자 안으로 떨어뜨릴 돈이 없다면 그는 엄청난 수치심에 고개를 숙인 채, 바로 뒷자리에 앉아 있는 제니 브래디가 그 사실을 눈치 채고 자기 가족의 가난함을 예리하게 감지하지 못하도록, 상자를 보지 못한 척 행동했었다. 하지만 오늘만은 그는 차갑게 자신의 눈 아래를 스쳐 지나가는 상자를 내려다보며 태연하게 그 안에 담겨 있는 엄청난 수의 동전들을 훑어보았다.

어쨌든 성찬식을 위한 종이 울리자, 그는 몸을 떨었다. 하느님이 그의 심장을 멈추지 않게 할 이유가 전혀 없었다. 지난 12시간 동안 그는 점점 더 치명적인 일련의 죄를 범했고, 이제 그 위에 신성모독이라는 죄까지 더했다.

"Domine, non sum dignes. ut intres sub tectum meum. sed tantum dic verbo, et sanabirut anima mea……."

(주여, 저는 당신을 영접할 가치가 없는 사람입니다. 하지만 오직 말씀으로, 당신의 종의 영혼은 치유받을 수 있을 것입니다—미사용 라틴어.)

신도석에서 부스럭거리는 소리가 났고, 성체를 맞이할 자격이 있는 이들이 눈을 아래로 내리깔고 두 손을 맞잡은 채 통로를 따라 움직였다. 더 큰 신앙심에 그들은 손가락 끝을 모아 뾰족탑처럼 세웠다. 이런 사람들의 맨 끝에 칼 밀러가 있었다. 루돌프는 그의 뒤를 따라 제단으로 향했고, 무릎을 꿇고, 자동적으로 자신의 턱 아래 냅킨을 댔다. 종소리가 날카롭게 울리고, 신부가 성배와 그 위에 하얀 성체를 들고 제단에서 몸을 돌렸다.

"Corpus Domini nostri jesu Christi custodiat animan tuam in vitam aternam."

(우리 주 예수 그리스도의 육신으로 인해 너의 영혼이 너의 삶 속

에 계속 (간직)되기를.)

성찬식이 시작되자 루돌프의 이마에 차가운 땀방울이 흘러내렸다. 줄을 따라 슈와르츠 신부가 움직이자, 메스꺼움이 밀려들면서 루돌프는 하느님의 뜻에 따라 심장판막이 약해지는 것을 느꼈다. 갑자기 성당 내부가 더 어두워지고, 엄청난 고요가 내려앉고 오직 창조주의 접근을 알리는 불분명한 웅얼거림만이 그 고요를 깨고 있는 것 같았다. 그는 어깨 사이로 머리를 수그리며 천벌을 기다렸다.

그때 옆구리를 날카롭게 찌르는 감각이 느껴졌다. 축 처져 난간에 기대 있지 말고 몸을 일으키라는 표시로 아버지가 그를 찌르고 있었다. 신부님은 바로 두 걸음 떨어진 곳에 있었다.

"Corpus Domini nostri jesu Christi custodiat animan tuam in vitam aternam."

(우리 주 예수 그리스도의 육신으로 너의 영혼이 너의 삶 속에 계속 (간직)되기를.)

루돌프는 입을 벌렸다. 성체용 빵의 끈적끈적한 밀랍 같은 맛이 혀 위에 느껴졌다. 그는 영겁처럼 느껴지는 시간이 흐르는 동안 미동도 없이 서 있었다. 머리는 여전히 올린 상태였고, 빵은 그의 입속에 녹지 않은 채 남아 있었다. 그런 뒤, 그는 다시 아버지의 팔꿈치 힘에 눌려 움직이기 시작했고, 사람들이 낙엽처럼 제단에서 떨어져, 무덤덤하게 눈을 아래로 내리깐 채, 오직 하느님만을 상대하며 신도석으로 되돌아가는 것을 보았다.

루돌프는 식은땀에 흠뻑 젖고 치명적인 죄에 흠뻑 젖어든 채 세상에 혼자가 되었다. 신도석으로 다시 걸어가자, 날카롭게 또각거리는 신발의 갈라진 굽 소리가 바닥 위에 크게 울려 퍼졌고, 그는 자신의 심장 속에 진한 독이 자리 잡고 있음을 알았다.

5

Sagitta Volante in Dei
화살처럼 나는 듯이 가볍게

파란색 보석과 같은 두 눈동자와 그곳에서 꽃잎처럼 펼쳐져 올라온 속눈썹을 가진 아름다운 소년은 슈와르츠 신부에게 자신의 죄를 고백하는 것을 마쳤다. 그가 앉아 있던 곳에 내리쬐던 격자무늬의 햇살은 어느새 반 시간 정도 더 깊숙이 방 안으로 들어와 있었다. 이제 두려움이 약간은 가셔진 듯한 느낌이었다. 일단 이야기를 풀어나가자 그에 대한 반작용도 일어났다. 최소한 신부님과 함께 이 방 안에 있는 동안에는 하느님이 자신의 심장을 멈추게 하는 일이 없을 것임을 알았고, 그렇기에 그는 한숨을 내쉬고 조용히 앉아 신부님이 입을 열기를 기다렸다.

슈와르츠 신부의 차갑고 물기 어린 눈동자는 만(卍)자 모양과, 꽃이 없는 평범한 잎사귀들과, 창백한 모양의 꽃송이들이 반복되는 카펫 위로 비추는 햇살의 문양에 고정되어 있었다. 복도의 시계는 황혼을 향해 끊임없이 똑딱거리고 있었고, 그리고 오후의 창밖에서 일어나는 뻣뻣한 단음은 메마른 허공의 멀리까지 울려 퍼지는 가벼운 망치질 소리로 인해 이따금씩 부서지고 있었다.

이 스웨덴 마을의 모든 것들 중에서, 신부는 이 어린 소년의 눈동자를 가장 잘 의식하고 있었다. 아름다운 눈동자와 속눈썹이 마지못해 떨어졌다가 마치 다시 한 번 만나려는 듯 곡선을 그렸다.

루돌프가 기다리는 동안 침묵이 조금 더 지속되었고, 신부는 자신의 머릿속에서 멀리 멀리 빠져나가려는 무언가를 기억하려 애를 썼다. 시계가 똑딱거리는 소리가 들렸다. 그런 뒤 슈와르츠 신부는 어린 소년을 단호하게 응시하며 특유의 목소리로 말을 꺼냈다.

"아주 근사한 장소들에 많은 사람들이 몰려들 때면, 모든 것들이 다 애매해지기 마련이란다."

루돌프는 움찔 몸을 떨며 재빨리 슈와르츠 신부를 바라보았다.

"내 말은……."

입을 뗀 신부는, 잠시 말을 멈추고 귀를 기울였다.

"망치질 소리와 시계의 똑딱거리는 소리, 벌들의 날갯짓 소리가 들리느냐? 글쎄, 별로 좋은 예가 아니구나. 내 말은 많은 사람들이 한 곳에 모여들면, 그곳이 어디든 간에 그렇게 되면……."

지혜가 담긴 물기 어린 눈동자가 커졌다.

"일들이 애매해지기 마련이지."

"네, 신부님."

다소 당혹스러움을 느끼며, 루돌프는 동의했다.

"커서 뭐가 되고 싶으냐?"

"글쎄요, 잠시 동안은 야구선수가 될래요."

루돌프가 불안한 듯 대답했다.

"하지만 그것이 아주 좋은 야망은 아니라고 생각해요, 그래서 배우나 해군 장교가 될까도 생각해 보았어요."

다시 신부는 그를 빤히 바라보았다.

"네가 무슨 말을 하는지 *정확히 알겠다.*"

다소 성난 목소리로 그가 말했다.

루돌프는 딱히 무슨 의미를 두고 한 말은 아니지만, 자신이 얽혀 있는 상황 때문에, 더욱 불편해졌다.

'이분은 미쳤어.'

그는 생각했다.

'그리고 난 이분이 너무 무서워. 이분은 내 도움으로 어디론가 벗어나길 바라시지만, 난 그걸 바라지 않아.'

"네 경우는 마치 모든 것이 다 애매해진 것처럼 보이는구나."

슈와르츠 신부가 거칠게 말했다.

"파티에 가본 적이 있느냐?"

"네, 신부님."

"그럼 다른 사람들이 근사하게 옷을 차려입은 것을 보았느냐? 내 말이 그것이다. 네가 파티장에 들어선 순간, 모든 사람들이 근사하게 차려입고 있는 거야. 어쩌면 두 명의 작은 소녀들이 문가에 서 있고, 몇몇 소년들이 난간에 몸을 기대고 있으며, 꽃들이 가득 담긴 유리병들도 있고."

"파티에 많이 다녀봤어요."

대화가 이런 방향으로 바뀌었다는 사실에 다소 안도감을 느끼며 루돌프가 말했다.

"물론 그랬겠지."

슈와르츠 신부가 의기양양하게 말을 이었다.

"네가 내 말에 동의할 것이라고 생각한다. 하지만 내 말은 그 엄청나게 많은 사람들이 그런 근사한 장소에 모두 모여들면, 상황은 늘 애매해진다는 거야."

루돌프는 자신이 블래치포드 샤네밍턴을 생각하고 있음을 깨달았다.

"제발, 내 말에 귀를 기울이거라."

신부가 거칠게 다그쳤다.

"지난 토요일에 대한 걱정은 그만하도록 해라. 배교(背敎)란 오로지 이전에 완벽한 신앙심을 지녔다는 가정 하에 절대적인 천벌을 내리게 된다는 것을 의미하는 거니까. 알겠느냐?"

루돌프는 슈와르츠 신부가 하는 말을 조금도 이해하지 못했지만, 그냥 고개를 끄덕였고, 신부는 그를 향해 고개를 끄덕여 보인 뒤, 자신의 신비스러운 관심사로 되돌아갔다.

"왜 그런 걸까?"

그가 외쳤다.

"이걸 알고 있느냐? 사람들은 이제 별처럼 커다란 불빛을 가졌단다. 나는 파리인지 어디인지에는 별처럼 큰 불빛이 있다고 들었다. 많은 사람들이 그걸 가지고 있지―즐겁게 살고 있는 수많은 사람들이―그들은 네가 꿈에도 꾸지 못할 온갖 것들을 가지고 있단다."

"여기를 봐라……."

그는 루돌프를 향해 가까이 다가갔지만, 아이는 몸을 뒤로 뺐다. 그래서 슈와르츠 신부 뒤로 물러나 자신의 의자에 앉았지만 눈동자는 뜨겁고 메말라 있었다.

"놀이공원을 본 적이 있느냐?"

"아뇨, 신부님."

"이런, 놀이공원에 가 보거라."

신부가 애매하게 손을 휘저었다.

"마치 시장과 같은 거란다. 단지 훨씬 더 반짝거릴 뿐이지. 밤에 그곳에 가서, 약간 떨어진 어두운 곳에서 그곳을 바라보도록 해라―나무 아래와 같은 곳에서. 불빛으로 장식한 거대한 수레가 허공을 뱅글뱅글 도는 것이 보이고, 긴 미끄럼틀이 물속을 향해 쏜살같이 배를 쏘아 보내는 것도 보일 거야. 어디선가 악단이 음악을 연주하고, 땅콩 볶는 냄새가 날 거야―모든 것들이 번쩍거릴 거야. 하지만 그것들이 네게는 아무것도 의미하지 않을 거야, 알겠지만. 마치 색을 입힌 풍선처럼 그저 멀리 밤 속에 떠돌고 있지. 마치 장대 끝에 달린 커다란 노란색 등불처럼."

슈와르츠 신부는 갑자기 어떤 생각에 얼굴을 찌푸렸다.

"하지만 가까이 가지는 말거라."

그가 루돌프에게 경고했다.

"왜냐하면 만일 그렇게 하면 오직 그 열기와 땀 냄새와 사람들을 느낄 뿐이니까."

상대가 바로 신부님이었기 때문에 루돌프에게는 대화의 내용이 특히 더 이상하고 두렵게 느껴졌다. 그는 반쯤 겁에 질린 채 그곳에 앉아 있었고, 그 아름다운 눈동자는 크게 열린 채 슈와르츠 신부를 응시하고 있었다.

하지만 그 공포심의 이면에는, 자신의 은밀한 추측이 옳다는 확신이 있었다. 신과 상관없는 어떤 것이, 무언가 입에 올리기에도 황송하게 찬란한 어떤 것이 있었다. 그는 더 이상 하느님이 자신의 원래의 거짓말에 대해 화를 내고 계신다고는 생각하지 않았다. 왜냐하면 그분은 루돌프가 고해실에서 상황을 좀 더 좋게 보이려고, 일을 자신감 있고 화려하게 말함으로써 자신의 추악한 고백을 그럴듯하게 만들려 했던 것임을 분명 이해하셨을 것이다. 그가 자신의 순결한 신앙을 단언했던 그 순간 어딘가에서 은색의 삼각 깃발이 산들바람에 펄럭이고, 우두둑 가죽이 당겨지는 소리를 내고 은색 박차(拍車: 말을 탈 때 신는 구두 뒤축에 달려 있는 물건.)를 반짝이며 한 무리의 기마병들이 낮은 녹색 언덕 위에서 황혼을 기다렸을 것이다. 그리고 햇살은 마치 시단〈시단 전투(Battle of Sedan). 1870년 북 프랑스의 시단 마을에서 일어난 전투로 프러시아(독일 북부의 옛 왕국)의 군대가 나폴레옹 3세의 지휘 하에 있던 소규모의 프랑스군을 무찔렀고 덕분에 프러시아 군대가 파리로 들어가 프랑스의 제2제정시대의 막을 내리게 만들었다.〉의 집집마다 걸려 있는 갑옷의 가슴받이 위에 그려진 별빛처럼 반짝이고 있었을 것이다.

하지만 이제 신부는 불분명하고 안타까운 말들을 웅얼거리고 있었고, 소년은 심하게 겁을 먹었다. 열려 있는 창문 너머로 갑자기 두려움이 밀려 들어왔고, 방 안의 공기가 바뀌었다. 슈와르츠 신부가 황급히 무릎을 꿇고 쓰러져 의자에 몸을 의지했다.

"오, 하느님 맙소사!"

기이한 목소리로 그렇게 외치며, 그는 마룻바닥 위로 무너져 내렸다.

그런 뒤 신부의 낡은 옷가지들로부터 인간의 무력감이 짙게 배어났고, 방구석의 오래된 음식의 희미한 냄새와 뒤섞였다. 루돌프는 두려움에 사로잡혀 날카로운 외마디 비명을 지르며 신부의 방에서 뛰쳐나갔다. 반면 쓰러진 사내는 그곳에서, 그의 방 안이 반사된 언어들과 크게 울리는, 끊임없이 이어지는 날카로운 어조의 웃음소리로 가득 채워질 때까지 누워 있었다.

창밖으로 열풍이 푸른 밀밭 위로 흔들리고, 노란색 머리의 아가씨들이 들판의 경계에 있는 길을 따라 관능적으로 걸음을 옮기며, 경작물 사이에 줄을 서서 일하고 있는 청년들을 향해 순진하고 자극적인 말들을 외쳤다. 풀을 먹이지 않은 깅엄(줄무늬 또는 바둑판 모양의 무명.) 천 아래로 다리들이 멋있게 뻗어 있고, 드레스 목덜미의 가장자리는 따스하고 축축했다. 이제 5시간째 뜨겁고 비옥한 생명이 오후의 햇살 속에 타들어가고 있었다. 3시간이 지나면 밤이 되고 그 땅을 따라 금발의 북부 아가씨들과 농장의 키 큰 청년들이 달 아래, 밀밭 옆에 나란히 누울 것이다.
  (1924년)

부잣집 아이
The Rich Boy

1

우리는 특정한 개인으로 시작해서, 미처 깨닫기도 전에, 어떤 유형(類形)을 만들어내고 있음을 알게 된다. 한편 어떤 특정한 유형을 먼저 생각하면, 아무것도 만들어내지 못한다는 것을 알게 된다. 그것은 우리 모두가 기묘한 괴짜이기 때문이다. 누군가가 알아주기를 바라는 것보다 또는 우리가 우리에 대해 아는 것보다 우리의 외모나 목소리의 배경은 더 기묘하다. 어떤 남자든 스스로를 '평범하고, 정직하고, 개방적인 사람'이라고 설명하는 것을 들을 때마다 나는 그 사람에게, 뭔가 명확한 그리고 어쩌면 그 자신조차도 숨기는 것에 동의할 정도의 끔찍하게도 비정상적인 면이 있을 것이라는 확신이 든다. 그러니까 평범하다, 정직하다, 개방적이다 하는 정의들은 곧 자기 자신의 범죄 은닉을 생각하게 해주는 그만의 방식인 셈이다.

인간에게 유형이나 유사함은 존재하지 않는다. 여기 한 부잣집 소년이 있는데, 이는 그의 이야기이지 그의 형제들의 이야기가 아니다. 나는 평생 그의 형제들 틈에서 살아왔지만, 이 이야기는 내 친구의 이야기일 뿐이다. 게다가, 만약 내가 그의 형제들에 대한 글을 쓴다면, 나는 분명 가난한 사람들이 부자들에 대해 이야기하

는, 그리고 부자들이 자신들에 대해 이야기하는 모든 거짓과 오해
들을 비판하는 일부터 시작해야 할 것이다.

이미 알려진 그런 조잡한 구성으로 인해 우리는 부자들에 대한
책을 집어들 때마다 본능적으로 비현실적인 세상을 접할 마음의
준비를 한다. 심지어는 인생을 지적이고 감동적으로 써내려간 이
들마저도 부자들의 나라를 요정의 나라처럼 비현실적인 것으로 묘
사하고 있었다.

이제 아주 돈이 많은 사람들에 대해 이야기하려 한다. 이들은 나
나 여러분과는 다르다. 그들은 일찍부터 많은 것들을 소유하고 즐
겼으며 그것이 그들에게는 중요한 것이었다. 그것들로 인해 우리
가 까다롭게 보는 부분들을, 그들은 부드럽게 대처하는 것이다. 그
리고 우리가 신뢰를 보이는 부분들을, 그들은 냉소적으로 반응하
는, 그런 식인 것이다. 부자로 태어난 것이 아니라면, 그들을 이해
하는 것은 아주 어려운 일이다. 그들은, 마음속 깊은 곳에서부터
진심으로, 자신들이 우리보다 나은 존재라고 믿는데, 그 이유는 우
리는 우리 자신을 위한 인생의 보금자리와 피난처를 스스로 찾아
야 하기 때문인 것이다.

심지어는 우리들의 세계 깊숙한 곳으로 들어오게 될 때나, 혹은
우리보다 더 낮은 곳으로 가라앉을 때에도, 그들은 여전히 자신들
이 우리들보다 낫다고 생각한다. 그들은 다르다. 그렇기 때문에 내
가 앤슨 헌터를 묘사할 수 있는 유일한 방법은 그가 마치 외국인인
것처럼 접근하는 것이고, 그것이 그런 내 관점을 고집스럽게 고수
해야 하는 이유이다.

만일 내가 잠시라도 그의 관점을 받아들이면 그것으로 끝이다.
결국 터무니없는 영화 같은 것 말고는 아무것도 보여줄 것이 없을
것이다.

2

앤슨은 언젠가 1천5백만 달러라는 재산을 분할 상속받게 될 여섯 남매의 맏이로, 새로운 세기(世紀)가 시작될 무렵, 즉 사랑스러운 젊은 아가씨들이 이미 전기로 '움직이는' 물체를 타고 5번가를 따라 달리던 시절, 그는 철이 들 나이가—그것이 7살 때인가?—되었다. 그 당시, 그와 그의 남동생은 아주 또렷하고 간결하면서도 유창하게 말을 하는 영국인 가정교사를 두었고, 그 덕분에 두 소년은 그녀와 같은 말씨를 쓰며 성장했다. 그들의 단어와 문장은 모두 간결하고 또렷했고 우리들처럼 이것저것 뒤섞어 쓰지도 않았다. 그들이 영국 사람들과 똑같은 방식으로 말했다는 것이 아니라, 그들이 특히 뉴욕 사교계층의 사람들에게 나타나는 억양을 익혔다는 것이다.

여름이면 여섯 아이들은 71번가의 저택에서 북 코네티컷에 있는 커다란 별장으로 보내졌다. 그곳은 사교계의 사람들이 흔히 머무는 화려한 지역은 아니었다. 앤슨의 부친은 자신의 아이들에게 인생의 단면을 가능한 늦게 알려주기를 원했던 것이다. 그는 어떤 면에서 자신의 계층, 즉 뉴욕 사교계를 구성하는 이들보다 자신의 시대, 즉 속물적이고 허울만 좋은 비속함이 존재하는 도금(鍍金) 시대

(미국의 작가 M. 트웨인이 C.D. 워너와 합작하여 1873년에 발표한 풍자소설. 남북전쟁 후의 미국이 농업국에서 공업국으로 탈피하는 과정에서 악몽과 같은 물욕에 사로잡혀 각종 사회적 부정이 속출하는 시대를 통렬한 필치로 비판한 작품이다. 미국에서 1865~1890년경에 이르는 시대를 '도금 시대' 라고 부르는 것은 이 작품에서 유래한 것.)에 더 우월함을 보였고, 자신의 자식들이 집중하는 습관, 건전한 육체 그리고 올바른 품행을 두루 갖춘 성공적인 사람으로 성장해주길 바랐다. 그와 그의 아내는 위의 두 아이가 학교로 갈 때까지 가능한 한 아이들에게 많은 관심을 기울였지만, 그런 거대한 저택 안에서는 그것도 어려운 일이었다—내가 유년 시절을 보냈던 집처럼 작거나 중간 크기의 집이었다면 훨씬 더 쉬웠을 것이다—나는 단 한 번도 어머니의 목소리가 들리지 않을 만큼 멀리 떨어져본 적이, 당신의 존재감과 당신의 찬성이나 꾸짖음을 느끼지 못할 만큼 멀리 나가본 적이 없었다.

앤슨이 처음 자신의 우월성을 느낀 것은, 코네티컷의 마을 사람들이 자신에게 던지는 반쯤 시기 어린 경외심을 깨달았을 때였다. 같이 놀던 아이들의 부모님들은 항상 그의 아버지와 어머니의 안부를 물었고, 자신의 아이들이 헌터의 저택으로 초대를 받았을 때에는 희미하게 홍분된 기색을 보였다.

점점 그는 그것을 자연스러운 상황으로 받아들였고, 자신이 중심인물이 될 수 없는—돈으로나, 지위로나, 권위에서나—그런 집단에 대해서는 일종의 조바심 같은 것을 느꼈고, 그러한 느낌은 그의 남은 평생 지속되었다. 그는 우월성을 두고 다른 아이들과 싸워야 한다는 사실에 혐오감을 느꼈다—그는 그것이 자신에게 무조건 저절로 주어진 것으로 받아들였다—그렇지 않은 경우 그는 가족들 틈으로 물러났다. 그의 가족들은 부족함이 없었다. 왜냐하면 동부에서는 여전히 재력이 얼마쯤은 봉건적인 성격을 지니고 있었고,

가문을 형성하는 것이었다. 반대로 속물적인 서부에서라면, 재력이 가족을 분리시켜 여러 '패거리'를 만들어냈을 것이다.

18살이 되어, 뉴헤이번에 들어갔을 때의 앤슨은 키가 크고 건장한 체격에 학교에서의 규칙적인 생활로 인해 혈색이 좋고 건강했다. 노란색 머리카락은 다소 우스운 방향으로 자랐고, 코는 매부리코였다―이러한 두 가지 요건으로 인해 그는 잘생긴 축에 속하지는 않았다―하지만 그에게는 자신만만한 매력과 일종의 무뚝뚝한 태도가 풍기고 있었고, 길에서 그를 지나치는 상류계급의 남자들은 그가 부잣집 아들이며 최고의 학교 중 한 곳에 다니고 있음을 묻지 않고도 한눈에 알아보았다. 그럼에도 불구하고, 바로 그 우월감 때문에 그는 대학에서 성공하지 못했다. 독립적이라는 점이 이기적이라는 오해를 받았고, 적절한 경외심을 갖고 예일 대학교의 규칙을 받아들이기를 거부한 것이 그것을 지키는 모든 이들을 얕잡아보는 행동인 것처럼 받아들여졌다. 그래서 이미 졸업하기 훨씬 전에, 그는 자신의 생활의 중심지를 뉴욕으로 옮겨가기 시작했다.

뉴욕에서 그는 집에 있는 것 같은 편안함을 느꼈다. 그곳에는 '요즘에는 더 이상 구할 수조차 없는 그런 하인들'이 존재하는 그의 명의로 된 집이 있고, 그의 가족들이 있었는데, 뛰어난 재치와 교묘하게 일을 처리하는 수단으로 거래를 성사시키는 능력 덕분에 신속하게 그곳의 중심에 서게 되었다. 그리고 아가씨들이 사교계에 처음으로 데뷔하는 파티들과, 엄밀히 남자들의 세계인 클럽들, 그리고 가끔씩 뉴헤이번 출신의 학생들은 겨우 대여섯 발자국 떨어진 곳에서만 쳐다볼 수 있는 화려한 아가씨들과 열광적인 파티들에 참석하기도 했다.

그의 포부는―심지어는 언젠가는 결혼을 하리라는 나무랄 데 없는 희망까지 포함해서—무척이나 평범하기 그지없었다. 하지만 대부분의 젊은 청년들을 안개처럼 막연히 덮고 있는, "이상"이나 "환상" 등 다양한 이름으로 알려져 있는, 그런 면들이 없다는 점에서, 그는 그들과는 사뭇 달랐다.

앤슨은 막대한 재력, 엄청난 사치, 이혼, 방탕, 교만함, 특권의 세계를 아무런 조건 없이 받아들였다. 우리의 삶 대부분이 타협과 함께 끝난다면, 그의 삶은 타협과 함께 시작되었다.

그와 나는 1917년의 늦여름에 처음 만났고, 그때 그는 막 예일 대학을 졸업하고, 대부분의 우리네와 마찬가지로, 전쟁(제1차 세계대전)이란 조직화된 광기에 휘말려 있었다. 해군항공대의 청록색 군복을 입은 그가 펜사콜라〈(Pensacola)미국 플로리다 주의 북서부에 있는 도시. 펜사콜라 만에 위치한 군사적으로 중요한 심해 항구도시이다. 1914년 공군기지가 해군비행장으로 바뀌고 대규모의 항공훈련소가 생기며 큰 전성기를 맞이했었다.〉로 내려왔다. 호텔에서는 '미안해요, 내 사랑'을 연주했고, 나와 같은 젊은 장교들은 아가씨들과 춤을 추었다. 모두들 그를 좋아했다. 비록 그가 술꾼들과 어울려 다녔고, 특별히 능력이 뛰어난 비행사도 아니었지만 교관들마저도 어느 정도 예의를 갖춰 그를 대하였다.

그는 항상 당당한 태도와 논리적인 어조로 그들과 긴 대화를 나누었고, 대화는 주로 자신의 이득을 위한 것이거나, 더 가끔씩, 또 다른 장교들이 직면한 어떤 위기에서 그들을 빼내어 주는 그런 내용으로 끝나곤 했다. 그는 유쾌하고, 음탕하고, 즐거운 일이라면 꽤나 시끌벅적하고 열심이었기에 때문에, 그가 보수적이고 다소 모범적인 아가씨와 사랑에 빠졌을 때 우리 모두 놀라고 말았다.

상대는 폴라 르잰더라는 피부가 가무잡잡하고 차분한 느낌을 주는 미모의 아가씨로, 캘리포니아 주 어느 도시에서 왔다고 했다.

그녀의 가족은 바로 도시 교외에 겨울별장을 가지고 있었고, 새침한 편임에도 불구하고 그녀는 남자들 사이에서 상당히 인기가 있었다.

꽤나 많은 자기본위적인 남자들이 재치가 있는 여자들을 견딜 수 없어했다. 하지만 앤슨은 그런 부류는 아니었고, 나는 그와 같이 예민하고 다소 냉소적인 마음의 소유자가 어떻게 그녀의 '진지함'―사람들은 그녀에 대해 그렇게 말했다―에 끌렸는지 이해할 수가 없었다.

그럼에도 불구하고, 그들은 사랑에 빠졌다. 그것도 그녀가 원하는 대로 말이다. 그는 '드 소토' 바에서의 저녁 모임에 더 이상 참석하지 않았고, 두 사람이 함께 있는 장면이 목격될 때에는 언제나 그들이 마치 몇 주라도 계속해서 이어질 것이 분명한 듯한, 길고 심각한 대화에 몰두해 있는 것을 볼 수 있었다. 한참 뒤 그는 내게 어떤 특별한 주제에 대해 토론한 것이 아니라 다소 유치하고 심지어는 별 의미 없는 대화였을 뿐이라고 말했다. 그 대화를 가득 채운 감정적인 내용들은 언어에서 비롯된 것이 아니라 그 대단한 진지함에서 비롯된 것이라고 했다. 이를테면 일종의 최면술에 걸린 것 같다고나 해야 할까. 때로 그들의 대화는 가끔씩 방해도 받고, 우리가 농담이라고 부르는 김빠진 해학에 자리를 양보하기도 했지만, 단둘이 되면 이내 서로의 감정과 생각이 일치한다는 느낌을 주는 진지하고 나지막한 어조로 다시 돌아왔다. 그들은 대화가 방해받는 것을 안타깝게 여겼고, 삶에 대한 익살맞은 농담이나, 심지어는 동료들이 가볍게 비꼬는 말에도 반응을 보이지 않았다. 그들은 오직 대화가 계속 이어질 때만 행복을 느꼈고, 그 진지함이 모닥불의 호박색 불꽃처럼 이글거리며 타올랐다. 종국으로 다가갈수록, 대화가 방해를 받아도 별로 안타까워하지 않게 되었다. 그들의 열정이 대화를 방해하기 시작한 것이다.

너무 기묘하게도, 그녀처럼 앤슨도 그 대화에 몰두해 있었고 그로 인해 깊은 영향을 받았다. 하지만 그와 동시에 그의 입장에서는 많은 면에서 언행의 불일치를 보였고, 그녀의 입장에서는 많은 것이 너무 단순하고 간단했다. 처음에는, 그는 그녀의 감정적인 단순함 또한 경멸했지만, 그의 사랑으로 그녀의 천성이 더 깊어지고 풍요로워지자 더 이상 그런 점을 경멸할 수가 없게 되었다. 그는 자신이 폴라의 따스하고 안전한 세상으로 들어간다면, 자신도 행복해질 거라고 생각했다. 대화라는 오랜 사전 준비가 모든 어색함을 제거했다. 그는 그녀에게 좀 더 대담한 여성들로부터 배운 것들을 가르쳐주었고, 그녀는 그 모든 것에 열정적이면서 강렬한 반응을 보였다. 어느 날 밤 춤을 추고난 뒤 그들은 결혼식을 올리기로 결정을 내렸고, 그는 어머니에게 그녀를 소개하는 장문의 편지를 썼다. 다음 날 폴라는 그에게 자신이 부자라는 사실을 고백했다. 그녀는 거의 백만 달러에 달하는 개인 재산을 가지고 있었던 것이다.

3

그것은 분명 그들에게는 '우리 둘 다 아무것도 가진 것이 없어. 우리는 둘이서 가난뱅이로 살 거야.' 라고 말하는 것과 마찬가지였다. 대신 그들은 둘 다 부자라는 사실에 기뻐했을 뿐이었다. 그 사실은 마치 그들이 손을 잡고 모험을 떠나는 것 같은 느낌을 주었다. 하지만 4월이 되어 앤슨이 떠나야 할 때가 되자, 폴라와 그녀의 모친은 그를 따라 북쪽으로 왔고, 그녀는 그의 가족이 뉴욕에서 차지하고 있는 입지와 그들의 생활 규모에 깊은 인상을 받았다.

앤슨이 유년시절에 놀던 방에서 처음으로 그와 단둘이 되었을 때, 그녀는 특별히 더 안전하고 보살핌을 받는 듯, 온몸에 편안함이 가득 밀려드는 것을 느꼈다. 처음 들어간 학교에서 둥근 모자를 쓰고 있는 앤슨의 사진이며, 언젠지도 모를 어느 여름날 여자친구와 말 위에 앉아 있는 앤슨의 사진, 결혼식장에서 기쁨에 들뜬 신부 들러리들과 회색으로 차려입고 결혼식의 진행을 맡은 친구들과 나란히 서 있는 앤슨의 사진들을 보자 그녀는 자신과는 전혀 상관없는 그의 과거에 질투심을 느꼈고, 그의 이러한 소유물들이 완전히 권위적인 태도의 그를 상징하고 요약해주는 것 같았기 때문에,

당장 결혼식을 올리고 그의 아내가 되어 펜사콜라로 돌아가야 한다는 생각에 사로잡혔다.

하지만 즉각적인 결혼은 논의의 대상이 아니었다. 심지어는 약혼도 전쟁이 끝날 때까지는 비밀로 지켜져야 했다. 그가 떠나기까지 단지 이틀이 남았다는 것을 깨달았을 때, 그녀의 불만은 자신과 마찬가지로, 그도 더 이상 기다릴 수 없다는 생각을 품게 만들겠다는 의도로 구체화되었다. 그들은 교외에서 열리는 만찬회에 가기로 되어 있었고, 그녀는 그날 밤 그 문제에 대해 압력을 넣기로 마음을 먹었다.

당시 폴라의 사촌이 그들과 함께 리츠에 머물고 있었는데, 엄격하고 모진 여자로, 폴라를 사랑하긴 했지만 어떤 면으로는 그녀의 인상적인 약혼에 약간의 질투심을 느끼고 있었다. 폴라가 옷을 갈아입느라 시간이 지체되자, 파티에 참석할 예정이 아니었던 그녀의 사촌이 앤슨을 스위트룸의 응접실로 안내했다.

앤슨은 5시에 친구들을 만나 한 시간 정도 마음껏 분별없이 술을 마셨다. 그는 제시간에 예일 클럽을 떠났고, 그의 어머니의 운전기사가 그를 리츠까지 태워다 주었다. 하지만 평상시의 주량이 충분히 드러나지 않았고 스팀이 잘 들어와 더운 응접실에 들어섰을 때 갑자기 그는 취기를 느꼈다. 자신이 취했음을 깨달은 그는 재미있다는 생각과 동시에 미안함을 느꼈다.

나이는 스물다섯 살이나 되었지만 너무 순진했던 폴라의 사촌은 처음에는 무슨 일이 일어난 것인지 미처 깨닫지를 못했다. 한 번도 앤슨을 만난 적이 없었던 그녀는 그가 이상한 말을 중얼거리며 의자에서 굴러 떨어질 뻔하자 깜짝 놀라고 말았고, 폴라가 나타나기 전까지는, 드라이클리닝을 한 깨끗한 제복에서 풍기는 냄새가 진짜 위스키 냄새라고는 생각조차 하지 못했다. 하지만 폴라는 그 사실을 즉시 알아차렸다. 바로 그 순간 그녀의 머릿속에는 어머니가 앤슨을 보기 전에 그를 그 자리에서 데리고 나가야 한다는 생각뿐이었고, 한눈에 사촌도 그 사실을 이해했음을 알았다.

리무진을 향해 내려간 폴라와 앤슨은, 자동차 안에 또 다른 두 사람이 잠을 자고 있음을 발견했다. 앤슨이 예일 클럽에서 함께 술을 마신 친구들이었고, 그들 또한 파티에 참석할 예정이었다. 그는 차 안에 있던 그들의 존재를 완전히 잊어버리고 있었다. 헴스테드(뉴욕 주 롱아일랜드 한중간에 있는 마을.)로 가는 길에 깨어난 그들은 노래를 부르기 시작했다. 어떤 노래는 상스러웠고, 폴라는 앤슨에게 몇 가지 다소 상반되는 언행의 불일치를 느끼고 있었기 때문에 감수하려고 애썼지만, 그녀의 입술은 수치심과 혐오감으로 꽉 다물어졌다.

호텔에서는, 당황하고 흥분한 사촌이 그 사건을 곰곰이 생각해 본 뒤, 르잰더 부인의 방으로 걸어 들어가서 말했다.

"그 사람 좀 이상하지 않아요?"

"이상하다니, 누구 말이냐?"

"왜, 있잖아요…… 헌터 씨요. 그가 좀 이상해 보였어요."

르잰더 부인은 날카롭게 그녀를 바라보았다.

"그가 어떻게 이상하다는 거지?"

"글쎄, 그 사람 말이 자기가 프랑스 사람이라는 거예요. 전 그가 프랑스 사람인지는 몰랐거든요."

"말도 안 되는 소리. 잘못 들은 거겠지."

그녀가 미소를 지었다.

"그건 농담이야."

사촌은 고집스럽게 고개를 흔들었다.

"아뇨, 그는 자신이 프랑스에서 자랐다고 말했어요. 그래서 자신이 영어를 한 마디도 못하기 때문에 나와 대화를 할 수가 없다고 말했다구요. 그리고 실제로도 영어를 못 했어요.”

르잰더 부인이 짜증스러운 듯 고개를 돌리려는 찰나, 사촌이 생각에 잠긴 듯이 말을 덧붙였다.

“어쩌면 그가 너무 취해서 그랬는지 몰라요.”

그 이상한 대화는 사실이었다. 자신의 목소리가 텁텁하고 똑바로 발음을 할 수가 없다는 사실을 발견한 앤슨은 자신이 영어를 할 수 없다는 기묘한 방법으로 탈출을 꾀한 것이었다. 몇 년 후, 그는 그때의 일을 종종 이야기했고 언제나 그 상황을 떠올리며 커다란 웃음을 터트리곤 했다.

그 직후 한 시간여 동안 르잰더 부인은 헴스테드로 다섯 차례나 전화를 걸었고, 마침내 통화가 가능해지자, 10분이나 더 기다린 끝에 전화선을 통해 폴라와 이야기를 나눌 수 있게 되었다.

“네 사촌인 조의 말로는 앤슨이 술에 취했다더구나.”

“어머, 아니에요……”

“오, 그래. 조가 그가 술에 취했다고 말하던데. 그가 자신에게 프랑스인이라고 말했고, 의자에서 굴러 떨어졌고, 술에 굉장히 취한 것처럼 행동했다고 하더라. 난 네가 그 사람과 같이 집으로 돌아오는 것을 원하지 않는다.”

“어머니, 그이는 괜찮아요. 제발 걱정하지 말아요…….”

“난 걱정이 된다. 너무나 끔찍한 일이야. 그와 같이 돌아오지 않겠다고 내게 약속하렴.”

“제가 알아서 할게요, 어머니…….”

“네가 그와 같이 돌아오는 것을 원하지 않아.”

“알았어요, 어머니. 그럼 끊어요.”

“지금 분명히 하렴, 폴라. 다른 누군가에게 널 이곳까지 바래다

달라고 부탁해."

일부러 폴라는 수화기에서 귀를 떼고, 전화를 끊었다. 그녀의 얼굴은 어쩔 수 없는 곤혹스러움으로 상기되었다. 앤슨은 위층에 있는 침실들 중 한곳에서 대자로 뻗어 자고 있었고, 아래층의 만찬 파티는 재미없이 거의 끝나가고 있었다.

차를 타고 헴스테드로 오는 동안 그가 얼마간은 정신을 차렸다―그의 도착은 진짜로 유쾌했다―그리고 폴라는, 무엇보다도, 그날 저녁이 엉망이 되지 않기를 빌었다. 하지만 저녁 식사 전에 무분별하게 들이킨 두 잔의 칵테일이 재앙을 일으켰다. 그는 약 15분여 동안 파티에 참석한 사람들에게 다소 시끄럽고 무례하게 떠들어댔고, 그러고 나서는 조용히 식탁 아래로 미끄러져 들어갔다. 마치 오래된 그림 속의 인물과 같은 행동이었지만―오래된 그림과는 달리, 색다르고 기발하기보다는 다소 끔찍한 짓이었다. 그곳에 참석한 젊은 아가씨들 중 어느 누구도 그 사건을 언급하지 않았다―침묵을 지키는 편이 더 나아 보였던 것이다. 그의 숙부와 다른 두 남자가 그를 위층으로 옮겼고, 바로 그 직후 폴라는 어머니로부터 전화를 받은 것이었다.

한 시간 후 앤슨은 안개처럼 불안한 고통 속에서 깨어났고, 잠시 시간이 흐른 뒤에야 문가에 서 있는 로버트 삼촌의 존재를 인식할 수 있었다.

"…… 괜찮은 거냐?"

"네?"

"기분이 괜찮냐고, 녀석아?"

"끔찍해요."

앤슨이 대답했다.

"브로모-셀처(제산제)를 조금 더 주겠다. 억지로라도 그걸 삼킬 수 있으면, 제대로 잠을 잘 수 있을 거야."

앤슨은 안간힘을 써서 간신히 두 다리를 침대에서 내려놓고, 자리에서 일어났다.

"괜찮아요."

그가 쥐어짜는 듯한 목소리로 말했다.

"무리하지 마라."

"브랜디를 한 잔만 마시면, 다시 아래층으로 내려갈 수 있을 것 같아요."

"오, 안 돼……."

"전 괜찮아요. 그것밖에 없어요. 이제 좀 나아졌거든요…… 단지 아래층에 있는 사람들에게 면목이 없네요."

"네가 좀 취했다는 것은 다들 알고 있다."

그의 삼촌이 비난하듯 말했다.

"하지만 그건 걱정하지 마라. 스카일러는 아예 오지도 않았으니까. 링크스 클럽의 라커룸에서 뻗어버렸다고 한다."

폴라가 아닌 다른 이들의 의견에는 무관심한 앤슨이지만, 그럼에도 불구하고, 그날 저녁에는 사태를 조금이라도 수습해보려 했다. 하지만 차가운 샤워를 마치고 내려갔을 때에는 대부분의 참석자들이 이미 자리를 떠난 뒤였다. 폴라는 즉시 집으로 돌아가기 위해 자리에서 일어났다.

리무진 안에서 늘 익숙한, 심각한 대화가 시작되었다. 그녀는 그가 술을 좋아한다는 것을 알고 있었지만 설마 이 정도일 것이라고는 전혀 예상하지 못했다. 그녀는 어쩌면 두 사람이 서로 어울리지 않는다는 생각이 들었다. 그녀는 인생에 대한 그들의 생각이 너무나도 다르다고 생각했다. 그녀가 말을 마치자, 이번에는 앤슨이, 아주 말짱한 정신으로 말했다. 그리고 나서 폴라는 그들의 관계를 다시 생각해 보아야겠다고 말했다. 그녀는 그날 밤 결정을 내리고 싶지 않았다. 화가 난 것은 아니지만 너무나 끔찍한 유감을 느꼈다. 그가 그녀와 함께 호텔 안으로 들어가는 것은 허락지 않았지만, 차에서 내리기 전에 그녀는 몸을 기울여 비참한 표정으로 그의 뺨에 키스를 했다.

다음 날 아침 앤슨은 폴라가 아무런 말도 없이 앉아 있는 가운데 르잰더 부인과 긴 이야기를 나누었다. 그리고 그들은 폴라가 그 사건에 대해 적절한 기간 동안 곰곰이 생각해 보고, 그런 뒤 만약 모녀가 그것을 최선이라고 생각하면, 그들이 앤슨의 뒤를 따라 펜사콜라로 돌아가기로 합의를 보았다. 앤슨은 할 수 있는 한 가장 진지하고 위엄 있는 태도로 사과를 했다. 그것이 전부였다.

르잰더 부인은 유리한 조건을 손에 쥐고도 그에게서 어떤 유리한 고지를 점령할 수가 없었다. 그는 어떤 약속도 하지 않았고, 겸손함을 보이지 않았다. 결국에는 오직 다소 도덕적인 우월감을 드러내며 자신이 성취한 삶에 대한 몇 가지를 진지하게 언급했을 뿐이었다. 3주 후 그들이 남부로 돌아왔을 때, 만족스러움을 느끼던 앤슨이나 다시 만나서 안도감을 느끼던 폴라 두 사람 모두 그들의 정신적인 교감의 순간들이 영원히 사라져 버렸음을 깨닫지 못했다.

4

　그는 그녀를 지배하고 사로잡았지만, 동시에 그녀의 마음속을 불안함으로 채웠다. 폴라는 견실함과 방종함, 감상주의와 냉소가 뒤섞인, 그녀의 온화한 마음으로는 해결하기가 불가능한 그의 부조화에 혼란을 느꼈고, 그가 두 개의 서로 다른 인격을 가진 사람이라는 생각이 점점 커져갔다. 단둘이 있을 때나, 또는 공적인 파티에 참가했을 때 그리고 허물없이 아랫사람들과 있을 때의 그를 보면, 그의 강하고 매력적인 존재감과 가부장적이고 이해심이 많은 고매한 마음씀씀이에 가슴이 떨리는 자부심을 느꼈다. 그 밖의 다른 이들과 함께 있을 때나, 그의 순수한 고상함에서 나온 구사한 무관심이 또 다른 얼굴을 보여줄 때면 그녀는 불안함을 느꼈다. 그 다른 얼굴이란 상스러운 말투에, 익살스러우며, 쾌락이 아닌 모든 것에 무관심한 태도를 말했다. 너무나 당혹스러워서 그녀의 마음이 잠시 그에게서 멀어졌고, 심지어는 그로 인해 실험 삼아 이전의 구혼자를 은밀히 만나 보기도 했지만 소용없었다. 4개월 동안 앤슨의 넉넉한 활기 속에 감싸여 있다 보니 다른 모든 남자들이 빈혈기가 있는 것처럼 창백해 보였다.

　7월, 그는 해외 근무를 명령받았고 그들의 긴장감과 욕망은 막바지로 다다랐다. 폴라는 막판 결혼을 고려해보았다. 그 생각을 뿌리친 것은 당시 그가 항상 술 냄새를 풍기고 다녔기 때문이지만, 이별 그 자체만으로 그녀의 온몸이 슬픔으로 아파져 왔다. 그가 떠난 뒤 그녀는 기다림 때문에 그들이 놓쳐버린 사랑의 나날들을 후회하는 내용의 장문의 편지를 썼다. 8월, 앤슨의 비행기가 북해에 불시착을 했다. 그는 바다 위에서 하루를 보낸 뒤 구축함에 의해 구출되었고, 폐렴에 걸려 병원으로 호송되었다. 마침내 그가 다시 전방으로 보내지기 전에 휴전이 성립되었다.

그러고 나서, 다시 그들에게 모든 기회가 주어졌고 이제는 뛰어넘어야 할 어떤 물질적인 장벽은 없었지만, 두 사람의 은밀한 성격적인 차이들이 그들 사이에 자리를 잡고 키스와 눈물을 말려버렸다. 서로를 향한 목소리도 작아져가고, 그들의 마음을 주고받던 친밀한 재잘거림도 잦아들자 예전과 같던 교류는 오직, 멀리 떨어진 곳에서, 편지로만 가능하게 되었다. 어느 날 오후 사교란 담당기자가 두 사람의 약혼사실을 확인하기 위해 헌터의 저택에서 2시간을 기다렸다.

앤슨은 그 사실을 부인했다. 그럼에도 불구하고, 조간신문에는 주요 뉴스로 그들의 기사가 실렸다 —그들이 '사우스햄튼(뉴욕 롱아일랜드 동쪽에 있는 상류층이 사는 지역.), 핫스프링스(미국 아칸소 주에 있는 휴양지.) 그리고 턱시도 파크(뉴욕 주 오렌지 군에 있는 휴양지.)에서 함께 있는 것이 자주 목격되었다.' 는 것이었다. 하지만 그들의 심각한 대화는 어느덧 지루한 말다툼으로 바뀌었고, 연애는 거의 끝나가고 있었다. 앤슨은 지나치게 술에 취해 그녀와의 약속을 어겼고, 그 결과 폴라는 분명한 행동적 결단을 요구했다. 자존심이 강하고 자신을 잘 알고 있다고 생각한 그는 어쩔 수 없는 좌절감에 빠져들었다. 약혼은 확실히 깨어졌다.

"가장 친애하는."

이제 그들의 편지는 이렇게 시작했다.

"친애하고, 친애하는 당신, 한밤중에 잠에서 깨어나, 무엇보다도, 상황이 이렇게 어긋나버렸다는 사실을 깨닫자 나는 죽어버리고 싶은 마음이 들었습니다. 더 이상 삶을 계속할 수가 없어요. 혹시 우리가 이번 여름에 만나서, 다시 이 문제에 대해 이야기를 해보면, 다른 결론을 내릴 수도 있지 않을까요. 그 당시 우리는 너무 흥분했고 비탄에 잠겨 있었어요. 당신 없이 내가 남은 인생을 살아갈 수 있을 것 같지 않아요. 당신은 다른 사람을 만나라고 말하죠. 내게 다른 사람이 없다는 것을 당신은 모르고 있어요. 오직 당신만이……."

폴라는 동부 이곳저곳을 떠돌아다니면서, 가끔 그에게 경각심을 느끼게 하려고 자신의 즐거운 삶에 대해 언급하곤 했다. 앤슨은 그런 것으로 경각심을 느끼기에는 너무 명민했다. 그녀의 편지에서 남자의 이름을 볼 때면, 그는 그녀에 대해 더 확신했고 조금은 경멸하게 되었다. 그런 일에 있어서는 그가 항상 우위에 있었던 것이다. 하지만 여전히 그는 언젠가 그들이 결혼하게 될 거라는 희망을 갖고 있었다.

그러는 동안 그는 전후(戰後) 뉴욕의 화려함과 활기 속으로 힘차게 뛰어들었다. 증권회사에 입사하고, 대여섯 개의 클럽에 가입하고, 늦도록 춤을 추며 세 개의 세계를—그 자신의 세계, 젊은 예일대 졸업생들의 세계 그리고 브로드웨이 가의 한쪽 끝에 위치한 환락가의 세계를—살아갔다. 하지만 그는 늘 하루에 8시간은 어김없이 월 스트리트에서의 자신의 업무에 철저히 헌신했고, 영향력 있는 가문의 인맥과 자신의 날카로운 지성 그리고 넘치는 육체적인 에너지가 결합함으로써 즉시 두각을 나타낼 수 있었다. 그는 동시에 여러 가지 일들을 척척 해내는, 값으로 따질 수 없는 정신력을 지니고 있었다. 아주 드문 일이지만, 가끔 그는 한 시간도 눈을 붙이지 못한 상태에서도 활기찬 모습으로 출근을 했다. 그래서 1920년대 초 그의 급료와 여타 수입금을 합한 금액이 1만 2천 달러를 넘어섰다.

예일 대의 전통이 과거 속으로 사라지면서, 그는 뉴욕에 있는 동기생들 사이에 더욱 더 인기 있는 존재가 되어갔고, 오히려 대학 시절보다 더한 인기를 누리게 되었다.

그는 근사한 저택에서 살았고 젊은 청년들을 다른 호화로운 저택에 소개해줄 수 있는 수단을 지니고 있었다. 더욱이, 그의 삶은 이미 안정되어 보이는 반면, 대부분의 동기생은 다시 불안전한 출발점으로 돌아온 셈이었다. 그들은 즐거움이나 도피처를 찾아 앤슨에게 도움을 청했고, 그는 흔쾌히 응하여 그들을 돕거나 골치 아픈 문제들을 해결해 주었다.

폴라의 편지에서는 더 이상 남자의 이름이 언급되지 않았고, 대신 전에는 존재하지 않았던 다정한 어조가 문장 구석구석에 담겼다. 여러 소식통을 통해 그녀에게 보스턴 출신의 부유하고 직업도 좋은 로웰 세이어라는 '진지한 친구'가 있다는 이야기가 들려왔고, 비록 그는 여전히 그녀가 자신을 사랑하고 있다고 확신했지만, 어쩌면 그녀를 놓칠 수도 있다는 생각이 들면서 점점 불안해지기 시작했다. 딱 하루 불만스러웠던 방문을 제외하고 그녀는 거의 5개월 동안 뉴욕을 방문하지 않았고, 그런 여러 소문들이 계속해서 들려오자 그녀를 보고 싶다는 그의 열망도 점점 더해갔다.

2월, 그는 휴가를 내서 플로리다로 내려갔다.

여기저기 주거용 선박들이 닻을 내리고 있는 반짝이는 사파이어 빛의 워스 호수와 거대한 청록색의 대서양의 모래톱 사이에는 팜

비치(플로리다 주 동남 해안의 관광지.)가 풍만한 자태를 뽐내며 뻗어 있었다. 눈부신 모래 위에는 브레이커스 호텔과 로열 포인시아나 호텔이 쌍둥이 혹처럼 거대한 몸집을 드러내고 있었고, 그 주위에는 댄싱 글래이드와 같은 댄스 클럽과, 브래들리의 하우스 어브 챈스와 같은 도박장과 여남은 개의 여성용 의상실과 모자 가게가 들어서 있었는데, 이곳의 상품들은 뉴욕보다 3배는 더 비싼 값을 불렀다. 브레이커스 호텔의 격자 울타리를 한 베란다 위에는 200여 명의 여성들이 왼쪽, 오른쪽으로 스텝을 밟고, 몸을 돌리고 미끄러지듯 움직이며 더블-셔플이라고 알려진 당시 유행하는 미용체조에 여념이 없었다. 그리고 음악보다 반 박자 느리게 아래위로 움직이는 200여 쌍의 팔 위에서 2천여 개의 팔찌가 짤랑거렸다.

어두워진 뒤 에버글레이즈 클럽에서는 폴라와 로웰 세이어 그리고 앤슨과 우연히 만난 네 번째 인물이 방금 뜬 카드로 브리지 게임(서양 카드놀이.)을 했다. 앤슨의 눈에는 폴라의 다정하고 차분한 얼굴이 병약하고 지쳐 보였다. 그녀는 지금까지 4년 아니 5년 동안 이리저리 사교계를 찾아 돌아다니고 있었다. 그가 그녀를 알게 된 지도 벌써 3년이 흘렀다.

"스페이드 두 장."

"딤배?…… 오, 미안. 잠깐만. 나는 패스야."

"나도 패스."

"난 스페이드 세 장을 더블로 걸겠네."

열두어 개의 브리지 테이블이 놓여 있는 방 안에는 담배 연기가 자욱했다. 앤슨의 눈동자가 폴라의 눈과 마주쳤고, 그들은 서로를 하염없이 바라보았다. 심지어는 세이어의 시선이 그들에게 떨어졌을 때조차도…….

"비드(으뜸 패와 자기편이 얼마만큼의 카드를 가져올 수 있는지 패수의 선언하는 것.)가 어떻게 되지?"

그가 넋이 나간 듯이 말했다.

"워싱턴 광장의 장미"

한쪽 구석에서는 젊은 청년들이 노래를 했다.

"나는 시들어가고 있어요.
지하실의 공기 속에서……."

담배 연기가 안개처럼 자욱했고, 문이 열릴 때면 연기가 심령(心靈)의 소용돌이처럼 방 안을 가득 채웠다. 리틀 브라이트 아이즈가 로비 이곳저곳에 영국인처럼 가장하고 앉아 있는 사람들 중에서 코넌 도일(명탐정 셜록 홈즈를 창조한 영국의 추리 소설가, 아서 코넌 도일. 1856~1930.) 씨를 찾아내려고 탁자를 누비고 다녔다.

"칼로 자를 수도 있잖아."

"…… 칼로 자를 수도."

"…… 칼로 말이죠."

세 판의 승부가 끝난 뒤, 폴라가 갑자기 자리에서 일어나 앤슨을 향해 긴장이 섞인 낮은 목소리로 말을 건넸다. 로웰 세이어에게는 거의 눈길조차 주지 않은 채, 그들은 문밖으로 나갔고 긴 돌계단을 따라 날 듯이 내려갔다. 이내 그들은 달빛이 비추는 해변을 따라 손에 손을 잡고 걸어가고 있었다.

"내 사랑, 내 사랑……."

그들은 어둠 속에서 열정적으로, 무모하게 서로를 끌어안았다. 그런 뒤 폴라는 그의 입술에서 자신이 원하는 말을 듣기 위해 머리를 뒤로 젖혔다. 그들이 다시 키스를 했을 때 그녀는 그의 입술에서 그 말이 곧 나오려 한다는 것을 느꼈다……. 다시 몸을 떼고, 귀를 기울였지만, 그가 그녀를 다시 한 번 가까이 끌어당겨 포옹했을 때 그녀는 그가 결국 아무 말도 하지 않았음을 깨달았다. 그저 항상 그녀를 눈물짓게 만들었던, 깊고 슬픈 목소리로 "내 사랑, 내 사랑!" 하고 속삭였을 뿐이었다. 겸손하고 순종적으로, 그녀의 감정은 그에게 굴복했고 그녀의 얼굴에는 눈물이 홍건하게 흘러내렸다. 하지만 그녀의 심장은 계속 울부짖고 있었다.

'내게 청혼해요. 오, 앤슨, 내 사랑, 내게 청혼을 해줘요!'

"폴라…… 폴라!"

그 말이 그녀의 심장을 쥐어짰고, 그녀의 몸이 떨리는 것을 느끼고 있던 그는, 그것으로 충분하다고 생각했다. 그는 더 이상 말할 필요를 느끼지 않았다. 그들의 운명을 현실적인 수수께끼 속에 내맡겨 둘 필요도 없었다. 왜 그가 그 자신의 인생을 동여매어야 하는지, 한 해 동안 그녀를 이렇게 잡아둘 수 있는데—어쩌면 그것이 영겁의 시간이 될지도 모르지만—자신은 그저 때가 되기를 기다리기만 하면 되는데, 왜 꼭 말을 해야만 하는지 그 이유를 찾을 수 없었다.

그는 두 사람 모두를—아니 자신보다도 그녀를 생각하고 있었다. 그러다 갑자기 그녀가 호텔로 돌아가야 한다고 말하자, 그는 잠시 주저하며 처음에는, '바로 지금이 그때야.' 하고 생각하다가 '아니, 조금 더 기다리게 놔두자. 어차피 그녀는 내 것이야…….' 하고 생각을 바꾸었다.

그는 폴라 역시 지난 3년 동안 긴장으로 인해 마음이 만신창이가 되어 있음을 잊어버렸다. 그녀의 감정은 그날 밤 영원히 그의 곁을 떠나버렸다.

다음 날 아침 그는 어떤 막연한 불안감과 불만스러움을 느끼며 뉴욕으로 돌아왔다.

4월 말, 아무런 경고도 없이, 그는 폴라가 바 하버(메인 주 마운트 데 저트 섬에 있는 휴양지.)에서 보낸 한 장의 전보를 받았고 그 안에는 그녀가 로렐 세이어와 약혼을 했으며 그들은 즉시 보스턴에서 결혼식을 올릴 것이라는 내용이 담겨 있었다. 그가 절대로 일어날 수 없을 거라고 믿었던 일이 마침내 일어나고 말았다.

그날 아침 앤슨은 위스키를 잔뜩 마시고, 사무실로 출근해, 쉬지 않고 일에 몰두했다. 혹시 일을 멈추면 무슨 큰일이 일어날 것 같은 두려움을 느꼈다. 저녁이 되자 그는 평상시처럼, 무슨 일이 있었는지 말하지 않은 채, 외출을 했다. 그는 다정하고 재치가 있고 빈틈없이 행동했다. 하지만 한 가지 그가 어찌할 수 없는 것이 있었는데 사흘 동안, 그 어느 곳을 가든, 누구를 만나든, 갑자기 두 손으로 머리를 감싸 쥐고 어린아이처럼 울고는 했던 것이다.

5

1922년, 앤슨은 런던의 어떤 융자 문제에 대해 알아보기 위해 상관과 함께 해외로 출장을 갔고, 그 출장은 그가 경영진에 참여하게 될 것이라는 추측을 낳았다. 그는 이제 27살이었다. 완전히 뚱뚱한 것은 아니지만 다소 몸집이 나갔고, 나이보다는 성숙한 몸가짐을 지녔다. 나이 많은 사람이나 젊은 사람이나 그를 좋아했고 신뢰했으며, 어머니들은 자신의 딸이 그의 보호 아래 있을 때는 안도감을 느꼈다. 왜냐하면 그에게는 하나의 습관이 있었는데, 방으로 들어오면 그는 항상 그곳에서 가장 보수적이고 나이가 많은 이들을 향해 발걸음을 옮겼던 것이다.

'당신과 저는 말입니다.'

그가 이렇게 말하는 듯했다.

'우리는 동류(同類)입니다. 서로를 이해하고 있기 때문이죠.'

그는 상대가 남자든 여자든 본능적으로 그러나 동정적으로 상대의 약점을 알아내는 능력이 있었고, 마치 사제라도 되는 듯이 겉으로 드러나는 체면을 유지하는데 꽤나 신경을 썼다. 매주 일요일 아침이면 상류층이 모이는 에피스코펄〈Episcopal: 감독 또는 주교를 두어 교회의 통치를 맡게 하는 조직의 교회. 감리 교회, 성공회 등이 이에 속함. 감독

(監督)교회라고도 함.〉 교회의 성경학교에서 아이들을 가르치는 식의
전형적인 그다운 태도였다―비록 차가운 샤워를 하고 재빨리 모닝
코트로 갈아입음으로써 전날 밤의 방탕한 파티의 흔적들을 떨쳐내
는 것이 전부였지만.

 부친의 죽음 이후 그는 실질적으로 가문의 우두머리가 되었고 그
결과, 어린 동생들의 운명을 이끌게 되었다. 어떤 복잡한 사정으로
그의 권한이 아버지의 부동산에까지 미치지는 못했고, 그 영토를
관리하게 된 로버트 숙부는 가문의 한 사람으로 말 타기를 좋아하
고, 정직하고 착한 성품을 지녔지만, 위틀리 힐스(뉴욕 시 맨해튼에 있
는 사교클럽.) 주변을 맴도는 패거리 중 하나로 몹시 술을 즐기는 편
이었다.

 로버트 숙부와 그의 아내 에드너 숙모는 앤슨이 어렸을 적부터
좋은 친구가 되어 주었지만, 숙부는 조카의 뛰어남이 경마에 관해
서는 적용되지 않는다는 사실을 알고 실망했다. 또한 그는 앤슨이
미국에서 가입하기가 가장 어렵다는 한 사교클럽에 들어갈 수 있
도록 힘을 썼다―오직 '뉴욕을 건설하는 데 공헌을 한' (혹은 다시
말해, 1880년 이전부터 부유했던) 가문의 일원만이 들어갈 수 있는
클럽이었다―앤슨이 어렵게 회원으로 가입했음에도 예일 클럽 때
문에 그 클럽을 경시하자, 로버트 숙부는 그 문제에 대해 약간의
잔소리를 하기도 했다. 하지만 거기에 더하여 앤슨이 보수적 성향
의 로버트 숙부가 경영하는, 조금은 고리타분한 증권회사에서 일
하는 것을 거부하자, 그의 태도는 더욱 차가워졌다. 마치 자신이
아는 것을 모두 가르친 초등학교 선생님처럼 그렇게 그는 앤슨의
삶에서 슬며시 빠져나갔다.

 앤슨의 삶에는 너무나 많은 친구들이 있었다. 그들 중 그의 특별
한 친절을 받아보지 않은 사람이 없었고, 종종 갑자기 튀어나오는

그의 거친 말버릇이나 자신이 원하면 언제든 어떻게든 취하고 보
는 그의 습관에 당혹스러움을 느끼지 않은 사람도 거의 없었다. 그
는 다른 사람이 그런 실수를 저지르면 그것을 불쾌하게 여겼지만,
그 자신의 실책에 대해서는 항상 웃음으로 넘겼다. 자신에게 우스
꽝스러운 일들이 생기면 그는 전염성이 강한 웃음 속에 풀어놓았
다. 그러면 그들도 그저 따라 웃었다.

그해 봄 나는 뉴욕에서 직장을 다니고 있었고, 나의 모교의 클럽
이 완성되기까지 예일 클럽을 함께 공유하고 있었기 때문에, 그곳
에서 그와 점심을 같이하곤 했다. 나는 폴라의 결혼 기사를 읽었
고, 어느 날 오후 내가 그녀에 대해 묻자, 무슨 연유인지 그는 그 이
야기를 들려주었다. 그런 뒤 그는 종종 자신의 집에서 열리는 가족
만찬에 나를 초대했고, 우리 사이에 특별한 관계가 있는 것처럼,
마치 그 약간의 통절한 추억과 함께 자신의 속내가 나에게 전해진
것처럼 행동했다.

나는 어머니들의 충만한 믿음과는 달리 아가씨들에 대한 그의 태
도가 무조건적으로 보호해주겠다는 것이 아님을 발견했다. 그것은
어디까지나 아가씨들에게 달려 있었다. 만일 어떤 여자든 몸가짐
이 허술한 경향을 보이면, 그녀는 스스로를 돌봐야만 했다. 심지어
는 그로부터도.

"삶은."

그가 때때로 나에게 설명해주었다.

"나를 냉소주의자로 만들었지."

그에게 삶이란 폴라를 의미했다. 때때로, 특히 술에 만취했을 때,
마음이 약간 뒤틀린 그는 그녀가 모질게도 자신을 버렸다고 생각
했다.

이런 '냉소주의' 또는 천성적으로 몸가짐이 헤픈 여자는 소중하

게 지켜 줄 가치가 없다는 깨달음이 돌리 카거와의 연애 행각으로
드러났다. 그것이 지난 몇 년 동안 그의 유일한 연애 사건은 아니
었지만, 그 관계가 그의 마음속 아주 깊은 곳까지 건드렸고 그의
인생관에도 지대한 영향을 미쳤다.

돌리는 결혼을 통해 상류사회에 들어온 어떤 악명 높은 '정치 평
론가'의 딸이었다. 그녀 자신은 성인이 되면서 주니어 리그(여자 청
년 연맹. 상류사회의 여성들로 조직된 사회봉사 단체.)에 들어갔고, 플라자
호텔에서 사교계에 진출했으며 어셈블리(집회)에도 참석했다. 그녀
의 사진이 종종 신문지상에 올랐고, 실제로 모두 부러워할 정도로
다른 아가씨들보다 큰 관심을 받았기에, 오직 헌터 가문과 같은 유
서 깊은 몇 가문만이 과연 그녀가 이런 상류층에 '속하는' 사람인
지 아닌지에 대한 의문을 제기할 수 있었다.

그녀는 검은색 머리카락과 선홍색의 입술, 혈색이 좋은 예쁘고
사랑스러운 아가씨였다. 이 무렵은 짙은 혈색이 유행이 아니었기
때문에 사교계에 첫발을 들여 놓았던 해에는 회색이 섞인 분홍색
분가루를 얼굴에 덧발랐다. 왜냐하면 당시는 빅토리아풍의 창백한
피부색이 유행이었다. 그녀는 검은색의, 수수한 정장을 입고 주머
니에 손을 넣고 약간 앞으로 숙인 채 서 있었는데 그녀의 얼굴에는
유머감각을 자제하는 듯한 표정이 담겨 있었다. 그녀는 썩 근사하
게 춤을 추었는데—그녀는 그 무엇보다 춤추는 것을 좋아했다—사
랑에 빠지는 것을 제외하고는 제일 잘하는 것이었다. 10살 이후로
그녀는 늘 사랑에 빠져 있었고, 대부분의 경우, 그녀가 사랑에 빠
진 상대는 그녀에게 반응을 보이지 않았다. 반응을 보인 이들은—
그런 이들도 꽤 있었다—몇 번 만나본 후에 곧 싫증을 느꼈다. 하
지만 그녀는 실패한 사랑을 위해 자신 가슴속의 가장 따스한 곳을
남겨놓았다. 그런 남자를 사귈 때에는 언제나 또다시 시도해보곤

했다. 가끔은 성공하기도 했지만, 대부분 실패로 끝났다.

이렇게 사랑을 찾아 헤매는 집시 아가씨에게는 자신을 사랑하길 거부한 남자들에게 어떤 유사성이 있다는 사실을 결코 인식하지 못했다. 그들은 날카로운 통찰력으로 그녀의 약점을 꿰뚫어보았다—그녀의 감정적인 약점이 아니라 인생 지침에 있어서의 약점을.

앤슨도 그녀를 처음 만나자마자 그 사실을 인식했지만, 그때가 폴라가 결혼을 한 지 채 한 달도 되지 않아서였다. 그는 다소 심하게 술을 마셨고, 약 1주일 정도 그녀와 사랑에 빠진 척 행동했다. 그러고 나서 갑자기 연락을 끊고 잊어버렸다. 그가 그녀의 마음속에 지배적인 위치를 차지하게 된 이유였다.

그 당시의 많은 아가씨들이 그런 것처럼 돌리도 부주의하고 무분별할 정도로 방종했다. 약간 앞선 세대의 인습에 얽매이지 않으려는 태도는 단순히 시대에 뒤떨어진 태도를 비판하려는 전쟁 직후의 한 측면에 불과했다. 그러나 돌리는 앞선 세대보다 좀 더 오래되면서도 초라한 것이었다. 그녀는 앤슨에게서 감정적으로 나약한 여성들이 추구하는 두 가지의 것, 즉 극단적인 보호본능과 반복되는 방탕과 탐닉이 서로 교차하는 것을 발견했다. 그의 성격에서 그녀는 사치와 방탕을 일삼는 태도와 견고한 바위와 같은 견실함을 동시에 느꼈고, 그 두 가지는 그녀의 본성이 필요로 하는 모든 것을 만족시켰다.

그를 공략하는 것이 어려운 일이 될 것이라고는 느꼈지만 그 이유에 대해서는 잘못 생각하고 있었다. 그녀는 앤슨과 그의 가족이 더 특별한 결혼을 기대하고 있을 것이라 생각했고 이내 술을 들이키는 그의 습관이 자신에게는 유리한 이점이 될 것임을 깨달았다.

그들은 성대한 사교계 데뷔 파티에서 만났지만 그녀가 점점 몸이 달아오르자, 그들의 만남은 더욱 빈번해질 수밖에 없었다. 다른 대부분의 어머니들처럼, 카거 부인은 앤슨이 그 누구보다 믿을 만한 사람이라고 신뢰했고, 그래서 돌리가 그와 함께 멀리 떨어진 곳에 위치한 컨트리클럽이나 시골 별장에 가는 것을 허락해 주었을 뿐만 아니라, 그들이 밤늦게 돌아왔을 때도 딸이 늘어놓는 변명을 까다롭게 추궁하거나 꼬치꼬치 캐묻지 않았다. 처음 몇 번은 변명이 사실이었겠지만, 앤슨을 차지하려는 돌리의 약삭빠른 생각이 점차 부풀어 오르며 스스로 감정의 소용돌이 속에 휘말려들고 말았다. 두 사람은 택시나 자동차 뒷자리에서 나누는 키스만으로는 더 이상 충분치가 않았다. 그래서 그들은 유별난 행동을 저질렀다.

그들은 한동안 그들의 세상에서 벗어나 바로 그 아래에, 앤슨의 음주 습관과 돌리의 단정치 못한 행동이 별로 눈에 거슬리지 않고 구설수에 오르지 않는, 또 다른 세상을 만들었다. 그 세상은 다양한 요건들로 구성되었는데, 앤슨의 몇몇 예일 대학 친구들과 그들의 부인들, 두세 명의 젊은 증권 중개인들과 주식판매원들, 그리고 막 대학을 나와 아직 하는 일은 없지만, 재력도 있고 방탕한 기질도 있는 몇몇 젊은이들이 속해 있었다. 공간도 부족하고 규모도 크지 않은 그 세상에서 그들에게 좀처럼 허락되지 않는 자유가 허락되었다. 더욱이, 그곳은 그들이 중심이 되는 세상이었고 돌리에게 약간이나마 우월감을 맛보는 쾌감이 주어졌다. 그 쾌감은 유년기부터 평생을 늘 세상의 중심으로 우월감을 느끼며 살아온 앤슨으로서는 공유하기 불가능한 감정이었다.

그는 그녀와 사랑에 빠진 것이 아니었고, 그들의 연애가 계속되었던 길고 열렬했던 겨울 내내 종종 그는 그녀에게 그녀를 사랑하지 않는다고 자주 말했었다. 봄이 되자 그는 서서히 싫증이 났다. 그는 또 다른 세상에서 자신의 삶을 새롭게 시작하기를 원했다. 게다가 이제 그녀와의 관계를 청산하거나 아니면 자신의 명백한 유혹에 대한 책임을 받아들여야 할 때가 되었음을 알고 있었다. 그녀 가족들의 적극적인 태도가 그의 결심을 더욱 더 재촉했다. 어느 날 밤 카거 씨가 신중하게 서재의 문을 두드리더니 식당에 오래된 브랜디를 한 병 남겨놓았다고 알렸고, 앤슨은 삶이 자신을 조여 오고 있음을 느꼈다. 그날 밤 그는 자신이 짧은 휴가를 떠날 것이며, 모든 상황을 고려해 본 결과 그들이 더 이상 만나지 않는 것이 낫겠다는 내용의 짤막한 편지를 썼다.

그때가 6월이었다. 그의 가족들은 뉴욕 저택을 떠나 시골 별장으로 내려가 있었고, 덕분에 그는 잠시 예일 클럽에 머물고 있었다. 그간 나는 그와 돌리의 관계와 그 진행 상황에 대해 다소 냉담한 유머가 뒤섞인 이야기들을 들어왔고—그는 변하기 쉬운 여자들을 경멸했고, 사교계의 전당에 그런 여자들을 위한 자리는 없다고 믿고 있었다—그날 밤 그가 그녀와 완전히 헤어질 거라고 말했을 때 나는 무척이나 기뻤다. 나는 여기저기서 돌리와 여러 번 마주쳤다. 그때마다 그녀의 가망 없는 투쟁에 대한 안타까움과 아무 권리도 없는 내가 그녀에 대해 너무 많은 것을 알고 있다는 사실에 대한 부끄러움을 느끼고 있었다. 그녀는 소위 말하는 '작고 예쁘장한 아가씨'였지만, 그녀에게서 풍기는 어떤 무모함이 나를 약간은 매료시켰었다. 만약 그녀가 덜 무모했다면 방탕의 여신을 향한 그녀의 헌신도 덜 눈에 띄었을 것이다. 그녀라면 확실히 자신을 모두 내던졌겠지만, 나는 그 희생이 내 눈앞에서 완성되지 않을 것이란 사실을 듣고 기뻐했던 것이다.

앤슨은 다음 날 아침 그 편지를 그녀의 집에 놓고 올 예정이었다. 그녀의 집은 5번가에서는 드물게 아직까지 휴가를 떠나지 않은 몇 안 되는 집이었고, 그는 카거 가족이, 돌리가 전해 준 잘못된 정보에 따라, 딸에게 기회를 주기 위해 해외여행을 포기했음을 알고 있었다. 그가 예일 클럽에서 나와 매디슨 거리로 들어서려는데, 우체부가 그를 지나쳐갔고 그는 몸을 돌려 그의 뒤를 따라 다시 안으로 들어갔다. 그의 시선을 끈 첫 번째 편지는 돌리의 필체였다.

그는 그 편지가 어떤 내용일지 알 것 같았다. 한 세대 전처럼 느껴지는 아득한 옛날, 자신이 폴라 르쟁더와 주고받았던 모든 친밀한 서신들처럼 외롭고 비극적인 독백과, 그가 알고 있는 온갖 비난, '만약 이랬다면' 하는 마음 저린 추억들이 담겨 있을 것이 분명했다. 몇 통의 청구서를 훑어본 뒤 그는 그녀의 편지를 맨 먼저 들추어내 봉투를 뜯었다. 놀랍게도, 짧고 다소 격식을 차린 쪽지로, 시카고에서 페리 헐이 갑자기 찾아오는 바람에 주말에 앤슨과 함께 교외로 나갈 수 없을 것 같다는 내용이었다. 그리고 덧붙여서 앤슨이 모두 자초한 일이라 했다. "…… 만약 내가 당신을 사랑하는 것만큼 당신도 나를 사랑한다는 것을 느낄 수가 있다면, 언제 어느 곳에서든 당신과 함께 했을 거예요. 하지만 페리는 너무나 멋지고, 또한 그는 나와 결혼하기를 너무나 원하고 있어요……."

앤슨은 경멸하듯 미소를 지었다. 그도 이런 미끼용 편지를 써본 경험이 있었다. 더구나 그는 충실한 추종자인 페리를 불러내고, 그가 도착하는 시간을 맞춘 것까지 돌리가 얼마나 애를 써서 이 계획을 꾸며냈는지 잘 알 것 같았다. 심지어는 쪽지에조차 그의 질투심을 유발하지만 그가 분개해서 그녀의 곁을 떠날 정도는 아니게 고심한 흔적이 보였다. 대부분의 타협들처럼 활기나 박력은 없이 그저 소심한 좌절감뿐이었다.

갑자기 그는 화가 났다. 그는 로비에 앉아 그 쪽지를 다시 읽어보았다. 그런 뒤 그는 돌리에게 전화를 걸어, 분명하고 강압적인 말투로, 그녀의 편지를 잘 받았지만 자신은 예정대로 5시에 그녀를 찾아가겠노라고 전했다. 확신이 없는 듯 "어쩌면 한 시간 정도는 당신을 만날 수 있을 거예요."라고 말하는 것을 거의 듣지도 않은 채, 그는 수화기를 내려놓고 자신의 사무실로 갔다. 가는 길에 그는 자기가 썼던 편지를 북북 찢어 거리에 흩뿌렸다.

그는 질투를 하는 것이 아니었다—그녀는 그에게는 아무런 의미도 없었다—하지만 그녀의 애처로운 책략으로 인해 그의 모든 고집스러움과 방종한 성격이 표면으로 떠오른 것이었다. 그는 그녀의 정신적인 열등함에서 오는 뻔뻔스러움을 간과할 수가 없었다. 만일 그녀가 자신이 속하는 곳이 어디인지 알기를 원한다면 알려 주리라.

5시 15분, 앤슨은 그녀의 집 현관 앞에 도착했다. 돌리는 외출할 준비를 마치고 있었고, 그는 그녀가 전화상으로 말을 꺼냈던 "단지 1시간밖에 당신을 만날 시간이 없어요."라는 말을 되풀이하는 걸 아무런 말없이 들어주었다.

"모자를 써, 돌리. 산책을 나갈 거니까."

그가 말했다.

매디슨 거리를 걸어 올라가 5번가로 접어드는 동안 뜨거운 열기로 풍채 좋은 앤슨의 육체를 덮은 셔츠가 축축하게 젖어들었다. 그는 질책하듯, 거의 아무런 말도 하지 않고, 사랑을 속삭이지도 않았지만, 여섯 블록의 거리를 걷는 동안 그녀는 다시 그의 것이 되었고, 쪽지에 대해 사과를 하고 보상의 뜻으로 페리를 절대로 만나지 않을 것을 제안하고 무엇이든 하겠노라 약속했다. 그녀는 그가 그녀를 사랑하기 시작했기 때문에 자신을 찾아온 것이라고 생각했다.

"덥군."

그들이 71번지에 도착하자 그가 입을 열었다.

"이건 겨울용 양복이야. 집에 잠깐 들러서 옷을 갈아입고 싶은데,

아래층에서 날 기다려줄 수 있겠어? 단지 몇 분이면 돼."

그녀는 행복했다. 덥다는 둥 어떤 육체적인 사실에 대한 그의 친밀한 언급이 그녀를 흥분시켰다. 격자 모양으로 장식한 철문 앞에 이르러 앤슨이 주머니에서 열쇠를 꺼내자 그녀는 일종의 환희를 경험했다.

아래층은 어두웠고, 그가 승강기에 오른 뒤, 돌리는 커튼을 젖히고 불투명한 레이스 천 너머로 길 건너편의 집들을 바라보았다. 그녀는 승강기의 기계음이 멈추는 소리를 듣고는 그를 놀려줄 생각으로 단추를 눌러 승강기를 아래로 내려오게 만들었다. 그런 뒤 어떤 충동에 휩싸여, 그녀는 승강기를 타고 그가 머무는 층이라고 추측되는 곳으로 올라갔다.

"앤슨."

다소 웃음기가 담긴 어조로 그녀는 그를 불렀다.

"잠깐만."

침실 쪽에서 그의 목소리가 들려왔다. 잠깐의 시간이 흐른 뒤 그가 말했다.

"이제 들어와도 돼."

그는 어느새 옷을 갈아입고 조끼의 단추를 채우고 있었다.

"여기가 내 방이야. 마음에 들어?"

그가 가볍게 말했다.

그녀는 벽에 걸려 있는 폴라의 사진을 발견하고 매료된 듯이 빤히 바라보았다. 마치 5년 전 폴라가 앤슨의 어린 시절 여자친구들의 사진들을 빤히 응시했던 것처럼. 그녀도 폴라에 대해 약간은 알고 있었고, 때때로 그녀에 대한 단편적인 이야기들로 자신을 괴롭히곤 했었다.

그녀는 별안간 앤슨에게 다가가며 두 팔을 들어 올렸다. 그들은 서로를 끌어안았다. 비록 햇살이 아직 길 건너 지붕 뒤쪽을 밝게 비추고 있었지만, 창밖의 거리에는 이미 부드러운 인공의 불빛이 맴돌고 있었다. 반 시간이면 방 안은 꽤 어두워지리라. 계산하지 못했던 기회가 그들을 사로잡았다. 그들은 더욱 더 세차게 서로를 끌어안았다. 절박하고 피할 수 없는 것이었다. 여전히 서로의 손을 맞잡은 채, 그들은 머리를 들었고, 그들의 눈동자가 동시에 벽에 걸린 채, 그들을 바라보고 있는 폴라의 사진을 올려다보았다. 갑자기 앤슨이 두 팔을 내려뜨리고, 의자에 앉아 서랍에서 한 뭉치의 열쇠더미를 찾아들었다.

"한잔 하겠어?"

그가 잠긴 목소리로 물었다.

"아뇨, 앤슨."

그는 컵에 위스키를 반쯤 채워 한 번에 들이켰고, 그런 뒤 복도로 향하는 문을 열었다.

"나가지."

그가 말했다.

돌리는 주저했다.

"앤슨—무엇보다도, 저는 오늘밤 당신과 교외로 나갈 예정이에요. 알고 있지요, 네?"

"그럼."

그가 짧게 대답했다.

돌리의 차를 타고 그들은 롱아일랜드를 달렸고, 그들의 감정은 그 어느 때보다 더 가까워졌다. 그들은 어떤 일이 일어날지 알고 있었다. 그들 사이에 무언가가 부족하다는 사실을 상기시키는 폴라의 얼굴이 함께 있지 않아서가 아니라, 조용하고 더운 롱아일랜드의 밤에 단둘이 있기 때문에, 그들은 개의치 않았다.

그들이 주말을 보내기로 약속한 포트 워싱턴(뉴욕 주 롱아일랜드 북쪽에 있는 휴양지.)의 저택은 몬태나의 구리 광산업자와 결혼한 앤슨의 사촌누이의 것이었다. 경비실에서 시작되는 끝없는 진입로는 수입산 포플러 나무 묘목을 따라 거대한 분홍색 스페인식 저택을 향해 굽이굽이 이어져 있었다. 앤슨은 전에도 종종 그곳을 방문한 적이 있었다.

저녁 식사 후 그들은 링크스 클럽에서 춤을 추었다. 자정쯤이 되어서 사촌들이 2시 이전에는 자리를 떠나지 않을 것이라는 확신이 들자 앤슨은 돌리가 피곤해 한다고 설명하고, 그녀를 집으로 데려다주고 다시 돌아오겠다고 말했다. 흥분으로 약간 몸을 떨면서, 그들은 대여한 차에 올라 포트 워싱턴으로 달려갔다. 경비실에 도착하자 그는 차를 세우고 경비에게 말했다.

"순찰은 몇 시에 도는가, 칼?"

"지금이오."

"그럼 모두들 돌아올 때까지는 여기에 있을 예정인가?"

"네, 그렇습니다."

"좋아, 잘 듣게. 만약 자동차가, 누구의 것이든 상관없네. 이 문 안으로 들어선다면, 자네가 즉각 안채로 전화를 해주길 바라네."

그는 5달러짜리 지폐를 칼의 손에 쥐여주었다.

"잘 알아들었지?"

"네, 앤슨 씨."

구대륙 출신의 경비는 윙크를 하지도 미소를 짓지도 않았다. 반면 돌리는 고개를 살짝 옆으로 돌리고 앉아 있었다.

앤슨에게 열쇠가 있었다. 일단 안으로 들어가자 그는 두 사람을 위해 술을 따랐다―하지만 돌리는 자신의 잔에 손도 대지 않았다―그런 뒤 그는 전화기의 위치를 분명히 확인하고 자신들의 방에서도 쉽게 전화벨 소리를 들을 수 있음을 알아차렸다. 두 사람의 방이 모두 1층에 위치해 있었다.

5분 후 그는 돌리의 방문을 두드렸다.

"앤슨?"

그는 방 안으로 들어가 등 뒤로 문을 닫았다. 그녀는 베개에 팔꿈치를 기댄 채, 침대에 앉아 있었고 그녀의 옆에 앉으며 그는 두 팔로 그녀를 끌어안았다.

"앤슨, 내 사랑."

그는 아무런 대답도 하지 않았다.

"앤슨…… 앤슨! 당신을 사랑해요……. 날 사랑한다고 말해줘요. 지금 당장, 그 말을 해줄 수는 없나요? 비록 그렇지 않다고 해도요?"

그는 듣고 있지 않았다. 그는 그녀의 머리 위에, 그곳의 벽에 폴라의 사진이 걸려 있음을 인식하고 있었다.

세 차례에 걸려 반사되는 달빛에 액자가 흐릿하게 빛을 발했다. 그 속에는 어렴풋하게 그림자가 드리워진, 그가 알지 못하는 이의 얼굴이 담겨 있었다. 거의 흐느끼듯 울고 싶은 심정으로, 그는 몸을 돌려 침대 위에 있는 작은 형체를 혐오스러운 듯 응시했다.

"이건 전부 어리석은 짓이야."

그가 탁한 목소리로 말했다.

"내가 무슨 생각을 하고 있었는지 모르겠어. 난 당신을 사랑하지 않고, 당신도 당신을 사랑해 주는 누군가를 기다리는 편이 더 나을 거야. 당신을 조금도 사랑하지 않아, 알겠어?"

목소리가 갈라졌고, 그는 서둘러 방 밖으로 나갔다. 응접실로 돌아온 그가 떨리는 손가락으로 자신을 위해 술을 따르는 순간, 갑자기 현관문이 열리고 사촌누이가 집안으로 들어왔다.

“이런, 앤슨. 돌리가 아프다는 말을 들었다.”

그녀가 걱정스러운 듯 입을 열었다.

“그녀가 아프다는 말을 듣고⋯⋯.”

“괜찮아요.”

그는 그녀의 말을 자르며, 자신의 목소리가 돌리의 방까지 들릴 수 있도록 목청을 높였다.

“그녀는 조금 피곤한 것뿐이에요. 지금 침대에 들었어요.”

그 후로 오랫동안 앤슨은 보호심이 많은 신이 때때로 인간의 연애사에 끼어들기도 한다고 믿었다. 하지만 잠을 이루지 못한 채 누워 천정을 응시하고 있던 돌리 카거는, 다시는 그 무엇도 믿을 수가 없게 되었다.

6

그해 가을 돌리가 결혼식을 올렸을 때, 앤슨은 사업상 런던에 있었다. 폴라의 결혼처럼, 너무나 갑작스러웠지만, 그 소식은 그에게 다른 식으로 영향을 미쳤다. 처음 그는 그 일을 너무 재미있다고 생각했고, 그 소식을 생각할 때마다 웃음을 터트리고 싶은 충동을 느꼈다. 나중에는 그 소식이 그를 우울하게 만들었다. 자신이 부쩍 나이를 먹었다는 느낌이 든 것이다.

뭔가 반복되는 듯한 느낌이었다. 까닭인즉슨, 폴라와 돌리는 서로 다른 세대에 속해 있었다. 덕분에 그는 오랜 연인의 딸이 결혼한다는 소식을 접한 40대 남자의 감정을 미리 맛볼 수 있었다. 그는 결혼 축전을 보냈다. 그리고 폴라의 경우와는 달리, 그 축전은 진심이었다.

뉴욕으로 돌아왔을 때, 그는 회사의 동업자가 되었고, 책임감이 증가하면서 개인적인 시간은 점점 줄어들었다. 생명보험회사가 회사약관에 따라 그의 가입을 거부하자, 그 사실이 그에게 큰 충격을 주었고, 그는 1년 동안 금주를 했고 육체적으로 훨씬 좋아졌다고 주장했다. 물론 나는 그가 자신의 인생 일부분을 차지했던, 20대에 경험했던 그런 첼리니(이탈리아의 조각가이자 금속 세공가. 여기서는 첼리니의 성품에 대해 이야기를 하고 있는데 첼리니는 버릇없이 자랐으며, 오만함과 광폭함을 타고났다. 술과 여자 그리고 결투와 같은 악덕을 거듭하다 결국 교황청의 보물을 훔친 죄목으로 투옥까지 당했었다고 한다.)적인 모험을 유쾌하게 늘어놓던 시절을 그리워한다고 생각했다. 하지만 그는 예일 클럽만은 결코 포기하지 않았다. 그는 그곳의 터줏대감이자, 명사로서, 학교를 졸업한 지 7년이나 지난 지금, 그곳을 떠나 조금 더 건전한 장소로 옮기려는 경향을 보이는 동기들이 그의 존재로 인해 저지되었다.

그는 어떤 도움이든, 누가 도움을 청하든, 바쁘다거나 피곤하다는 핑계로 그 부탁을 마다한 적이 없었다. 처음에는 자부심과 우월감 때문에 그런 일을 했지만 이제는 그것은 습관이자 열정이 되어 있었다. 그리고 매번 중대한 일이 생겼다. 뉴헤이번에 재학 중인 동생이 문제에 휘말렸다든가, 친구와 그의 아내 사이의 싸움을 중재한다든가, 이 친구에게 직장을 구해주고 저 친구를 위해서는 투자의 자문 역할을 해주었다. 하지만 그의 특기는 막 결혼한 젊은 부부들의 갈등 문제 해결이었다. 그는 젊고 결혼한 부부에게 매료되었고, 그들의 보금자리는 그에게는 성스러운 곳이었다. 그는 그들의 연애사를 속속들이 알고 있었고, 그들에게 어디서, 어떻게 살아야 하는지 충고를 해주었으며, 아이들의 이름을 기억했다.

젊은 부인들을 향한 그의 태도는 아주 신중했다. 그는 절대로 그녀들의 남편이 변함없이 보여주는 자신에 대한 신뢰를—그의 공공연하고 파격적인 행동을 고려해보면 정말 이상한 일이지만—남용하지 않았다.

그는 그들의 행복한 결혼생활에서 대리만족을 느꼈고, 그러한 결혼이 잘못될 때에는 마찬가지로 가벼운 우울함을 느꼈다. 계절이 바뀔 때마다 자신이 맺어준 관계들이 하나씩 무너지는 것을 보았

다. 폴라가 이혼을 하고, 거의 곧바로 또 다른 보스턴 출신의 남자
와 결혼했을 무렵, 어느 날 오후 그는 내게 그녀에 대한 모든 것을
털어놓았다. 폴라를 사랑했던 것처럼 누군가를 사랑하는 일은 결
코 일어나지는 않겠지만, 그래도 더 이상 그녀에 대한 관심은 남아
있지 않다고 그는 단언했다.

"난 결코 결혼하지 못할 거야. 결혼에 대해 너무 많은 것을 보았
고, 행복한 결혼이 얼마나 드문 일인지 알고 있어. 게다가, 난 이제
너무 늙었어."

그는 그렇게까지 말했다.

하지만 그는 진심으로 결혼을 믿었다. 행복하고 성공적인 결혼
생활 속에서 자라난 사람들이 그렇듯, 그는 결혼을 열렬하게 신봉
했다. 그 무엇도 그의 믿음을 바꾸어놓을 수는 없었고, 그의 냉소
주의도 그 앞에서는 마치 공기처럼 흩어졌다. 하지만 그는 진심으
로 자신이 너무 늙었다고 믿었다. 28살에 이미 자신이 낭만적인 사
랑이 없는 결혼을 하게 될 것이라는 예상을 체념하듯 받아들였고,
자신과 같은 계층의, 예쁘고, 지적이고, 비슷한 취미를 가진, 나무
랄 데가 없는 뉴욕 아가씨를 선택하겠다고 고집스럽게 말했다. 폴
라에게 진심을 담아 속삭였던 이야기들을, 다른 아가씨들에게 멋
스럽게 했던 말들을, 더 이상 진지하게 또는 상대에게 확신을 줄만
큼 힘을 실어 말할 수가 없었다.

"나는 마흔이 되어야 철이 들 거야. 다른 친구들처럼 어떤 코러
스 걸에게 반하게 될지도 몰라."

그는 자신의 친구에게 말했다.

그럼에도 불구하고, 그는 노력을 포기하지 않았다. 그의 모친이
그가 결혼하는 것을 보고 싶어했고, 이제 그는 그럴 여유가 있었
다. 증권거래소의 회원이었고 연수입이 2만5천 달러가 넘었다. 결

혼한다는 생각은 썩 바람직한 일이었다. 친구들은—그는 대부분의 시간을 돌리와 함께 사귄 패거리들과 보냈다—밤이 되면 가정으로 되돌아가 문을 닫아버렸고, 그는 더 이상 자신의 자유를 만끽할 수 없었다. 심지어는 혹시 돌리와 결혼을 했었어야만 했던 것인지 고민했다. 심지어는 폴라도 그녀만큼 그를 사랑하지 않았고, 독신생활을 하는 동안, 진심을 마주하는 것이 얼마나 드문 일인지 배워가고 있었다.

막 그런 기분이 스멀스멀 기어 올라올 무렵, 불안한 이야기가 그의 귀속으로 들어왔다. 이제 곧 40줄에 접어드는 에드너 숙모가 캐리 슬론이라는 방탕하고 술을 좋아하는 젊은 청년과 공공연한 관계를 즐기고 있다는 내용이었다. 오직 앤슨의 숙부 로버트를—지난 15년 동안 클럽에서 대부분의 시간을 보내며 아내를 당연한 존재로 여기던 그를—제외한 모든 사람들이 그 사실을 알고 있었다.

앤슨의 귀에 그 이야기가 되풀이해서 들려왔고, 점점 더 불쾌감을 느꼈다. 숙부에 대한 해묵은 감정들이, 개인적이라기보다는 그의 자부심의 원천인 가족의 결속을 추구하는 감정들이 되살아났다. 그의 직관은 그 사건의 근본적인 요점을 꿰뚫어보았다. 다시 말해 숙부에게 상처가 되는 일은 절대로 없어야 한다는 것이었다. 그것은 그가 처음으로 부탁받지 않은 사건에 간섭하는 것이었지만 에드너 숙모의 성격을 잘 알고 있는 그는 자신이 지방 판사나 숙부보다 더 그 일을 잘 처리할 수 있을 거라 느꼈다.

그의 숙부는 핫스프링스에 있었다. 앤슨은 소문의 근원지를 추적해, 행여 실수가 전혀 없음을 확인한 뒤, 에드너 숙모에게 전화를 걸어 다음 날 플라자에서 점심을 먹자고 요청했다. 그의 어조에 담긴 무언가가 경각심을 일으켰는지, 그녀는 만남을 꺼려했지만, 그녀가 거절할 핑계를 대지 못하도록 날짜를 연기해 주면서까지 그는 만남을 강요했다.

여전히 아름다웠지만 젊음이 시들어가는 회색 눈동자에, 금발 머리의 숙모는 러시아산 담비 코트에 온몸을 감싼 채 약속된 시간에 플라자 호텔의 로비에 나타났다. 그녀의 가냘픈 다섯 손가락에는 싸늘한 느낌을 주는 커다란 다이아몬드와 에메랄드 반지들이 반짝이며 빛을 발하고 있었다. 그녀의 시들어가는 아름다움을 지탱해주는 풍요로운 부와 보석들과 모피를 벌어들인 것이 그의 숙부가 아니라 아버지의 지력이라는 사실이 문득 앤슨의 마음속을 스쳐 지나갔다.

물론 에드너는 그의 적대감을 느끼고는 있었지만, 그가 이렇게 드러내놓고 접근할 것이라고는 예상치를 못했다.

"숙모님, 요즘 숙모님의 처신이 저를 상당히 당혹스럽게 합니다. 처음에는 도저히 믿을 수가 없었죠."

그는 강한 목소리로 솔직하게 심정을 털어놓았다.

"뭘 믿을 수가 없다는 거지?"

그녀가 날카롭게 되물었다.

"나에게까지 거짓말을 하실 필요는 없어요, 숙모님. 캐리 슬론에 대해 말하고 있는 겁니다. 다른 생각들은 다 접어두고라도, 어떻게 숙모님이 로버트 숙부님을 속이고……."

"이봐, 이것 봐, 앤슨……."

그녀가 화가 나서 입을 열었지만, 그의 단호한 목소리가 그녀의 말을 가로막았다.

"게다가 아이들까지 두고 말입니다. 결혼하신 지 18년이나 되었으니, 나이가 드신 만큼 분별력 있게 처신을 하셨어야죠."

"내게 감히 그런 식으로 말할 수가 있는 거냐? 넌……."

"네, 얼마든지요. 로버트 숙부님은 항상 제 가장 친한 친구셨어요”

그는 잠시 감정이 격렬해졌다. 그는 숙부와 세 명의 어린 사촌에 대한 생각으로 진짜 마음이 괴로웠다.

에드너는 자신이 주문한 크랩-플레이크 칵테일⟨crab-flake cocktail: 게살 등에 소를 친 전채(前菜) 요리.⟩에는 손도 대지 않은 채 자리에서 일어났다.

“이런 어처구니없는 일을……”

“좋아요, 만일 내게서 아무런 말도 듣고 싶지 않으시다면, 저는 로버트 숙부님께 모든 이야기를 다 털어놓아야겠군요. 어차피 빠르든 늦든 숙부님도 알게 될 일이니까요. 그리고 그런 후 모지스 슬론 영감을 찾아갈 예정입니다.”

에드너는 자신의 의자에 털썩 주저앉았다.

“그렇게 큰 소리로 말하지 말거라.”

그녀가 그에게 애걸하다시피 말했다. 그녀의 두 눈에는 눈물이 가득 고여 있었다.

“지금 네 목소리가 얼마나 큰지 모르겠니. 이렇게 무리하게 날 비난할 생각이었다면 좀 더 조용한 곳을 택했어야지.”

그는 대답하지 않았다.

“오, 넌 날 한 번도 좋아한 적이 없었어. 나도 알아.”

그녀가 계속 말했다.

“넌 그저 어디서 기묘한 소문을 듣고 그것을 빌미 삼아 내가 유일하게 낙으로 삼고 있는 우정을 망치려는 거잖아. 내가 네게 무엇을 어떻게 했다고, 날 그렇게 미워하는 거니?”

여전히 앤슨은 기다렸다. 이제 그의 기사도 정신에 애원을 하고, 그런 뒤 그의 동정심과 마침내는 그의 뛰어난 지적 교양에 매달리겠지. 그가 그 모든 것들을 다 떨쳐내고 나면 곧 사실을 인정할 것이고, 그러고 나면 그는 그녀를 손아귀에 사로잡을 수 있을 것이다. 침묵을 지키고, 자신의 중요한 무기인 순수한 감정에 끊임없이 되돌아감으로써 점심 식사 시간이 다 지나도록 그녀를 미칠 듯한 절망 속으로 밀어 넣었다. 2시가 되자 그녀는 거울과 손수건을 꺼내, 눈물 자국을 닦아내고 화장이 지워진 곳에 살짝 분가루를 다시 발랐다. 그녀는 5시에 자신의 집에서 그를 다시 만나는 것에 동의했다.

그가 도착했을 때, 그녀는 여름용 크레톤 사라사를 씌운, 장의자 위에 늘어져 있었고 그녀의 눈가에는 점심 식사 때 앤슨으로 인해 흘린 눈물자국이 여전히 남아 있는 것 같았다. 그때 그는 차가운 벽난로 옆에 험악하고 걱정스러운 표정으로 서 있는 캐리 슬론의 존재를 자각했다.

"이게 도대체 무슨 짓이지? 자네가 에드너에게 점심 식사를 하자고 부탁한 뒤, 말도 안 되는 사소한 소문을 들먹여 그녀를 위협했다고 들었네."

슬론이 다짜고짜 물었다.

앤슨이 자리에 앉았다.

"나는 그것이 단지 소문이라고 생각하지 않습니다."

"자네가 로버트 헌터 씨와 내 아버지를 찾아갈 예정이라고 말했다면서."

"두 사람이 관계를 정리하지 않으면 그렇게 할 생각입니다."

그가 말했다.

"도대체 이게 자네랑 무슨 상관이 있다고 이러는 거야, 헌터!"

"진정해요, 캐리. 단지 조카에게 그것이 얼마나 터무니없는 소문인지만 알려주면……."

에드너가 불안한 듯이 말했다.

“다른 무엇보다도, 구설수에 오르는 것이 바로 헌터라는 내 이름
이기 때문이죠. 그건 누구에게나 아주 중요한 일입니다.”
앤슨이 그녀의 말을 가로막았다.
“에드너는 자네 집안사람이 아니잖아.”
“분명 우리 집안사람이지요.”
그의 분노가 폭발하기 직전이었다.
“이유를 대 볼까요? 우선…… 이 집에 살고 있고, 손가락에 끼고
있는 저 반지들, 다 머리 좋은 우리 아버지의 재력에서 나온 것이
니까요. 로버트 숙부님과 결혼할 때, 숙모님 수중에는 땡전 한 푼
도 없었거든요.”
마치 그 반지들이 상황을 설명하는 상징이라고 되는 듯 모두들
그것을 바라보았다. 에드너는 그것들을 자신의 손에서 빼내려는
듯한 몸짓을 보였다.
“저것들이 세상에 존재하는 유일한 반지들은 아닐 텐데.”
슬론이 말했다.
“오, 이건 너무 어처구니없는 일이야.”
에드너가 소리쳤다.
“앤슨, 내 말을 좀 들어보렴. 이 엉터리 같은 이야기가 어떻게 시
작되었는지 알아냈단다. 내가 해고한 하녀가 곧장 칠리체프의 집
에 고용이 되었단다. 너도 알지만 러시아인들은 전부 자신의 고용
인들을 꼬드겨 온갖 이야기를 알아낸 뒤, 거기에 말도 안 되는 의
미를 덧붙이잖아.”
그녀는 화가 난 듯 주먹으로 탁자를 내리쳤다.
“게다가 우리가 지난겨울 남부로 가 있는 동안, 로버트가 그들에
게 한 달 내내 리무진까지 빌려주었는데…….”
“이제 무슨 말인지 알겠지?”

302

슬론이 다그치듯 물었다.

"그 하녀가 사건을 이상한 쪽으로 몰고 간 거야. 그 여자는 나와 에드너가 친구라는 것을 알고 있었고, 그 이야기를 칠리체프네 식구들에게 옮긴 거지. 러시아에서는 만약 남자와 여자가……."

그는 주제를 코카서스 지방의 사교적 관계에 대한 논쟁으로 확대시켰다.

"만약 사건이 그렇게 된 것이라면, 로버트 숙부님께 미리 설명을 해드리는 편이 더 낫겠군요."

앤슨이 담담하게 말했다.

"그래야 그 소문이 숙부님의 귀에 들어갔을 때, 그것이 사실이 아니라는 것을 숙부님도 아실 것이 아닙니까."

점심 식사 때 에드너를 대했던 방식을 적용해서, 그는 두 사람이 모든 것을 다시 설명하도록 내버려두었다. 그는 그들이 유죄라는 것을 알고 있었고, 이제 그들은 변명에서 정당화의 단계를 거쳐 그가 할 수 있는 것보다 더 분명하게 자신의 죄를 입증하게 될 것이다. 7시가 되자 그들은 체념의 단계로 접어들어 진실을 털어놓았다―로버트 헌터의 무관심, 에드너의 공허한 삶, 일상적인 희롱에 불이 붙어 열정으로 변하게 된 과정 하지만 상투적이고 불행힌 많은 진실들이 그렇듯, 그 나약한 실체는 갑옷처럼 단단한 앤슨의 의지를 꺾어놓기에는 부질없었다. 그리고 슬론의 아버지를 찾아가겠다는 협박이 그들을 힘없이 무너뜨렸다. 앨라배마 주의 은퇴한 목화 중개업자인 그의 부친은 악명 높은 원리원칙주의자로서, 아들에게 일정한 돈을 주고, 만약 그의 기행이 또다시 반복된다면 경제적 지원을 영원히 끊어버리겠다고 매섭게 경고했다. 그는 아들에게도 엄격한 방식으로 통제했던 것이다.

그들은 조그마한 프랑스 식당에서 함께 저녁을 먹으며 언쟁을 계속했다. 한 차례 슬론이 폭력적인 위협을 행사했지만, 잠시 뒤 두 사람은 앤슨에게 시간을 좀 더 달라고 애걸했다. 하지만 앤슨은 완고했다. 그는 에드너가 이제 포기하려 한다는 걸 알았고, 두 사람의 열정이 다시 되살아난다 해도 그녀의 정신이 예전만큼 활력을 얻지 못할 것임을 알았다.

2시경 53번가의 조그마한 나이트클럽에서 갑자기 에드너의 자제력이 무너져 내렸고, 그녀는 집으로 가겠다고 비명을 질렀다. 저녁 내내 심하게 술을 마신 슬론은 완전히 취해 있었고, 다소 감상적이 되어 탁자에 몸을 기대고 두 손으로 얼굴을 감싼 채 흐느껴 울고 있었다. 앤슨은 재빨리 그들에게 자신의 조건을 내걸었다. 슬론은 앞으로 6개월간 이 도시를 떠나 있어야 하고, 48시간 내에 떠나야만 한다. 뉴욕에 돌아와서도 그들의 관계가 계속 이어져서는 안 되지만, 1년 후 에드너가, 만약 그녀가 원한다면, 로버트 헌터 숙부에게 이혼의 뜻을 분명히 밝힌 뒤 정상적인 절차를 밟을 수 있도록 했다.

그는 잠시 말을 멈추고 자신의 마지막 말을 들은 그들의 얼굴에서 자신감을 얻었다.

"또는, 다른 해결방법이 있습니다."

그가 천천히 말했다.

"만약 에드너 숙모님이 아이들을 남겨놓기를 원하신다면, 두 사람이 함께 도망을 친다고 해도 나로서는 어쩔 도리가 없겠죠."

"집으로 돌아가고 싶어요!"

에드너가 다시 소리를 질렀다.

"오, 오늘 하루 우리에게 할 만큼 다했다고 생각지 않니?"

아래쪽 6번가에서 비추는 흐릿한 불빛을 제외하고 밖은 어두웠다. 그 불빛 아래, 연인이었던 두 사람은 마지막으로 서로의 비극적인 얼굴을 들여다보았고, 자신들에게는 그 영원한 이별을 막기에 충분한 힘과 젊음이 없음을 깨달았다. 슬론이 갑자기 거리 아래쪽으로 걷기 시작했고, 앤슨은 팔을 건드려 꾸벅꾸벅 졸고 있는 택시기사를 깨웠다.

거의 새벽 4시가 다 되어 있었다. 희뿌연 5번가의 포장도로 위로 청소하는 물이 끊임없이 흐르고 밤거리의 여자 두 사람이 성 토마스 교회의 어두운 건물 앞을 스쳐 지나갔다. 그런 뒤 자동차는 어렸을 적 앤슨이 자주 뛰어놀던 센트럴 파크의 황량한 관목 숲을 지나 쭉 뻗은 거리의, 그 의미 있는 이름처럼 점점 커져가는 번지수를 따라 달렸다. 이것이 그의 도시라고, 그의 가문이 5대에 걸쳐 번성해 온 곳이라고 그는 생각했다. 그 어떤 변화도 이곳, 이 장소의 영구성을 바꾸지는 못해, 왜냐하면 변화 그 자체도 그 자신과 그의 이름을 가진 가문이 뉴욕의, 영혼과 하나가 될 수 있는 근본적인 토대이니까.

풍요로움과 강인한 의지로—나약한 자가, 그가 했던 협박을 했다면 안 하느니 못 했겠지만—숙부의 이름에, 가문의 이름에, 심지어는 지금 그의 옆 좌석에 앉아 몸을 가늘게 떠는 이 여자의 이름으로부터 달라붙는 먼지를 방지할 수 있었다.

다음 날 아침 퀸즈보르 다리 교각의 낮은 여울목에서 슬론의 시체가 발견되었다. 어둠 속에서, 그리고 흥분한 상태로 그는 발밑에 물이 검게 흐르고 있다고 생각했지만 눈 깜짝할 사이에 별반 상관없는 일이 되어 버렸다. 마지막 순간에 에드너를 한 번 더 생각하며 힘없이 허우적거리며 물속으로 빠져들기 전에 그녀의 이름을 불러볼 계획이 아니었다면 말이다 앤슨은 단 한 번도 그 사건에 연관지어 스스로를 비난한 적이 없었다. 그 사건을 야기한 상황을 만들어낸 것이 그가 아니었으니까. 하지만 옳거나 그르거나 모두 고통을 받는 법이어서, 그는 자신의 가장 오래되고 가장 중요한 우정이 끝났음을 발견했다. 에드너 숙모가 어떤 식으로 왜곡된 이야기를 전했는지는 결코 알아낼 수 없지만, 그는 더 이상 숙부의 집에서 환영받는 존재가 아니었다.

크리스마스 전, 헌터 부인은 상류층이 다니는 감독 교회의 천국으로 불려갔고, 앤슨은 집안을 책임져야 하는 수장이 되었다. 몇 년 동안 그들과 함께 살아온 미혼의 고모가 집안일을 맡으며, 젊은 처녀들의 보호자가 되기 위해 무능하게나마 노력했다. 그의 동생들은 앤슨만큼 독립적이지를 못했고, 장점인지 단점인지 양쪽으로 너무 보수적이었다. 헌터 부인의 죽음으로 한 여동생의 사교계 데뷔와 또 다른 여동생의 결혼이 연기되었다. 또한 헌터 부인의 죽음이 모두에게 어떤 물질적인 박탈을 가져온 듯, 단아하면서도 사치스러운 헌터 가문의 우월함도 막을 내리게 되었다.

한 가지 예로, 부동산만 해도 두 번에 걸친 상속세로 많이 줄어든 데다 여섯 남매에게 분할해야 하기 때문에 더 이상 엄청난 재산이 아니었다. 앤슨은 여동생들이 20년 전에는 '존재조차' 하지도 않았던 신흥 가문에 대해 다소 존경 어린 어조로 이야기하는 경향이 있음을 깨달았다. 그 자신의 우월감을 그들에게서 찾아볼 수 없었다. 그저 가끔씩 그들은 습관에 따라 상류여성답게 행동하는 것뿐이었다. 또 다른 사건으로, 그해가 그들이 코네티컷의 별장에서 보내는 마지막 피서였다. 거기에 대해서 불평하는 목소리가 아주 컸다.

 "누가 1년 중 가장 좋은 계절을 이런 죽은 듯한 오래된 도시에서 보낸다는 거야?"

 마지못해 그가 양보했다. 그리하여 별장을 가을에 부동산 시장에 내놓기로 하고, 다음 여름부터는 웨스트체스터(뉴욕 주 맨해튼 북쪽에 있는 군.) 교외에 있는 작은 집을 빌리기로 했다. 그것은 사치스럽지만 단아하게 산다는 아버지의 원칙에서 한 단계 하락하는 것이었고, 그 반란에 공감은 하면서도 한편으로는 그 일이 그를 심란하게 만들었다. 어머니가 살아계시는 동안에는 적어도 2주일에 한 번은 주말마다 그곳을 방문했었다. 심지어 가장 즐거웠던 해의 여름철에도 말이다.

 그러나 앤슨 자신도 여전히 그 변화의 일부였고 삶에 대한 강한 본능이 20대의 그를 타락한 유한계급의 공허한 죽음으로부터 등을 돌리게 했다. 그가 그것들을 분명하게 인지한 것은 아니었다. 그는 여전히 사회의 규범과 기준이 존재한다고 느꼈다. 하지만 규범은 존재하지 않았고, 과연 뉴욕에 참다운 규범이 존재한 적이 있었는지조차 의심스러웠다. 여전히 특정한 집단에 들어가기 위해 돈을 지불하고 투쟁해 성공한 소수의 사람들도 겨우 제 기능을 유지하고 있는 사교계를 발견하게 될 뿐이었다. 또는 더욱 놀라운 것은, 그들이 피해왔던 보헤미안(집시 또는 사회의 규범이나 습속을 무시하고 자유롭게 살아가는 사람들을 이르는 말.)이 그들보다 더 상석에 앉아 있다는 것이었다.

29살인 된 앤슨의 주된 관심사는 자기 자신의 깊어져 가는 고독이었다. 그는 이제 자신이 결코 결혼하지 못할 것이라 확신했다. 그가 신랑 들러리나 사회를 맡았던 결혼식만 해도 셀 수 없을 지경이었다. 집에 있는 서랍장 하나에는 이런저런 결혼 파티의 기념 넥타이들과, 1년도 못 견딘 사랑과, 그의 삶에서 완전히 사라져버린 연인들을 상징하는 넥타이들로 넘쳐났다. 스카프 핀, 금장 연필들, 커프스단추 등등 한 세대 신랑들의 선물들이 그의 보석 상자에 잠시 머물렀다 사라졌다. 그리고 매번 예식이 거듭될 때마다 점점 더 자신이 신랑이 되어 있는 모습을 상상하는 것이 어려워졌다. 모든 결혼식을 향한 그의 따뜻하고 진정 어린 축복 아래에는 그 자신의 좌절감이 담겨 있었다.

서른이 가까워지자 그는 결혼이, 특히나 최근 들어, 그의 우정을 천천히 잠식해 들어가고 있다는 사실에 적잖이 실망했다. 일단의 사람들이 해체되어 사라져버리는 안타까운 현상이 보였다. 대학 동창들이—그가 대부분의 시간과 애정을 쏟아 부었던 이들이었다—가장 많이 빠져나갔다. 그들의 대부분이 너무나 깊이 가정에 빠져들었고, 둘은 죽고, 한 명은 해외로 나갔으며, 한 명은 할리우드에서 활동사진을 위한 글을 꾸준히 쓰고 있었는데, 앤슨은 규칙적으로 그를 만나러 갔다.

그들의 대부분이, 어쨌든 간에, 규칙적으로 회사와 집을 왕복하며 몇몇 교외 컨트리클럽 주변을 중심으로 단란한 가정생활을 꾸려나가고 있었는데, 그는 이런 이들로부터 가장 낯선 소외감을 느꼈다.

결혼 초기에는 모두들 그를 필요로 했다. 그는 그들의 빈약한 재정에 대해 충고를 해주고 방 두 칸에 욕실 하나짜리의 건물에서 아기를 낳아도 되는지에 대한 그들의 불안함을 물리쳐주고, 특히 그들을 위해 외부의 거대한 세상에 맞서 싸웠다. 하지만 이제 재정적인 곤란은 과거의 일이 되었고 두려움에 떨며 기다리던 아이는 충실한 가족의 구성원으로 녹아들었다. 그들은 늘 오랜 친구인 앤슨을 반가워했지만, 자신들이 잘살고 있다는 것을 보여주기 위해 정장으로 차려입었고, 현재는 자신도 중요한 직책에 있다는 인상을 주려 노력하였으며, 고민거리 역시 스스로 해결하려 노력했다. 이제 그들은 더 이상 그를 필요로 하지 않았다.

서른 살의 생일이 되기 몇 주 전, 가장 오래되고 친한 친구 중 마지막 남은 한 사람이 결혼식을 올렸다. 앤슨은 평상시처럼 신랑의 들러리가 되어주고, 평상시처럼 은 티세트를 선물하고, 평상시처럼 '호메릭' 호까지 두 사람을 배웅해 주었다. 그날은 어느 5월의 무더운 금요일로, 부두에서 걸어 나오던 그는 문득 토요일의 휴무가 시작되어 월요일 아침까지 할 일이 없음을 깨달았다.

"어디로 갈까?"

그는 스스로에게 물었다.

물론 예일 클럽이 있었다. 저녁때까지 브리지를 하고, 그런 뒤 누군가의 방에서 네다섯 잔의 칵테일을 마시는 등 유쾌하고 혼란스러운 밤이 되겠지. 오늘 오후의 그 신랑이 함께 있지 못하는 것이 그는 못내 아쉬웠다. 그들은 이런 밤들이면 언제나 함께 많은 재미있는 일들을 너무나 많이 즐기고는 했었다. 그들은 어떻게 여자들을 유혹하고, 어떻게 그녀들을 떨쳐내는지, 지적 쾌락주의에 의거해 어떤 여자에게 얼마만큼 대접해줄 가치가 있는지 알고 있었다. 파티란 상황을 조종하여 만드는 것이었다. 어떤 부류의 여자를 어떤 장소에 데려가야 하는지 그리고 그녀들을 즐겁게 해주기 위해 어느 정도까지 돈을 써야 하는지 고려해야 했다. 술은 적당하게 마서야 하며 자신의 주량보다 더 마시는 것은 허락되지 않았다. 그리고 새벽녘 적당한 시간이 되면 자리에서 일어나 집으로 가겠노라 말을 해야 했다. 대학생들이나 식객들, 미래의 약속, 싸움, 감상주의, 경솔한 행동들은 피해야 했다. 파티는 그런 식으로 이루어지는 법이었다. 그 밖의 모든 것은 낭비였다.

이튿날 아침이 되어도 결코 후회 같은 것은 하지 않았다. 결심 같은 것도 하지 않았지만 만약 너무 지나쳐 기분이 다소 엉망이라면, 거기에 대해 아무런 말도 하지 않은 채 당분간 술을 마시지 않으면서 지독한 따분함이 축적되어 또 다른 파티를 갈망하게 될 때까지 기다리면 되는 것이었다.

예일 클럽의 로비는 한적했다. 바에는 세 명의 젊은 졸업생이 잠깐, 별다른 호기심 없이 그를 올려다보았다.

"여, 이보게, 오스카. 오늘 오후 카힐이 여기에 들렀었나?"

앤슨이 바텐더에게 물었다.

"카일 씨는 뉴헤이번에 가셨습니다."

"오…… 그랬나?"

"야구 경기를 보러 가셨어요. 많은 신사 분들이 그곳에 가셨죠."

앤슨은 다시 한 번 로비를 둘러보았고, 잠시 생각에 잠긴 뒤, 밖으로 나와 5번가를 걸어 올라갔다. 그가 속해 있는 클럽 중 한 곳의 거대한 유리창 너머로—그가 지난 5년 동안 거의 방문하지 않았던 장소였다—물기 어린 눈동자를 가진 회색빛 사내가 그를 말끄러미 바라보고 있었다. 앤슨은 재빨리 고개를 돌렸다. 망연히 체념한 듯, 얕보는 듯한 고독 속에 앉아 있는 그의 모습이 그를 우울하게 했다.

그는 걸음을 멈추고, 왔던 길을 되돌아가, 티크 워든의 아파트가 위치한 47번가를 향해 걷기 시작했다. 티크와 그의 아내는 한때 그의 가장 친한 친구였다. 바로 돌리 카거와 그가 연애를 하던 시절 그들이 자주 방문하곤 했던 집이었다. 하지만 티크가 심하게 술을 마시자, 그의 아내는 앤슨이 그에게 나쁜 영향을 미친 것이라고 공공연하게 비난했다. 그녀의 비난이 과장되게 부풀어져 앤슨의 귀에 들어왔고, 모든 것이 분명하게 바로잡혔을 때에는 친밀함이라는 미묘한 마법은 사라져, 결코 되돌아오지 않았다.

"워든 씨가 집에 계신가요?"

그가 물었다.

"두 분께서는 시골로 내려가셨습니다."

그 소식이 예상치 못하게 그에게 상처가 되었다. 그들이 시골로 갔는데, 그 사실을 모르고 있었다니. 2년 전이라면 날짜까지 알고 있었을 테고, 떠나기 직전에 찾아와 마지막으로 술을 한잔 나누면서 언제쯤 제일 처음 그들을 방문할 것인지 계획을 세웠을 텐데. 이제 그들은 그에게 한마디 말도 없이 시골로 가버렸다.

앤슨은 자신의 시계를 들여다보며, 자신도 시골로 내려가 그의 가족과 함께 주말을 보내는 것을 고려해 보았지만, 그곳으로 가는 열차는 오직 완행열차뿐이어서 찜통 같은 더위 속에 세 시간을 덜컹거리며 달려가야 했다. 게다가 내일은 시골에서 보낸다 해도, 일요일은 어떻게 해야 할지. 얌전한 대학생들과 브리지 게임을 하고 도로변 나이트클럽에서 저녁 식사를 하고 춤을 추는 것은 썩 내키지가 않았다. 비록 그것이 그의 아버지가 너무나 중요시 여기던 사치스러움의 축소판이긴 했지만.

"오, 아니야. 아니야. ……."

그는 혼잣말로 중얼거렸다.

그는 당당하고 인상적인 청년으로 다소 살이 붙기는 했지만 방탕의 흔적을 보일 정도는 아니었다. 그는 중요한 기둥의 역할을 맡을 수 있을지도 모른다—때때로 사교계가 아니라 뭔가 다른 분야에서의 기둥감이라고 확신했을지도 모른다—법조계나 종교계와 같은. 그는 47번가의 아파트 건물 앞 보도에 잠시 미동도 없이 서 있었다. 난생처음으로 해야 할 일이 아무것도 없었다.

그런 뒤 마치 그는 뭔가 중요한 약속이 생각난 듯 5번가를 따라 경쾌하게 걷기 시작했다. 이렇게 감정을 은폐할 필요성이 있는 것은 우리 인간이 개와 공유하는 몇 안 되는 특징 중의 하나였고, 그날의 앤슨의 모습은 평소에 잘 드나들던 뒷문에서 거절당한 어떤 혈통 좋은 개와 비슷했다고 생각한다.

그는 한때 화려한 사적인 파티에 불려 다니며 잘 나가던 바텐더였지만 지금은 플라자 호텔의 미로와 같은 와인 창고에서 알코올 없는 샴페인을 차갑게 만드는 일을 맡고 있는 닉을 찾아가고 있었다.

"닉, 도대체 일이 어떻게 돌아가는 거지?"

그가 물었다.

"경기가 완전히 죽었어요."

닉이 대답했다.

"위스키 사우어(위스키에 레몬즙·설탕·소다수 따위를 타고 얼음을 넣어 만든 음료.) 한 잔 만들어주게."

앤슨은 카운터 너머로 1파인트(액량의 단위로 0.473 *l* 이다.)들이 병을 건넸다.

"닉, 여자들도 변했다네. 브루클린에 사는 어떤 아가씨를 알고 있었는데, 내게 알리지도 않고 지난주 결혼을 했더라고."

"그게 사실이에요? 하하하."

닉이 눈치 빠르게 응수했다.

"몰래 빠져나갔군요."

"정말이라니까. 바로 전날만 해도 그 아가씨랑 함께 외출을 했는데 말이야."

앤슨이 말했다.

"하-하-하."

닉이 큰 소리로 웃었다.

"하-하-하!"

"핫스프링스에서 열린 그 결혼식을 기억하나, 닉? 왜 웨이터들과 연주자들이 '신이여, 왕을 보호하소서!〈God Save the King—영국의 국가(國歌). 누가 글을 썼는지 또는 음악으로 작곡했는지는 알려져 있지 않지만 18세기에 이미 전통 노래로 정착되어 있었다. 노래는 여러 절로 되어 있지만, 처음 구절은 "신이여, 우리의 왕을 보호하소서."로 시작한다.'〉를 연주했었던."

"아! 그게 어디였죠, 헌터 씨?"

닉이 골똘히 생각에 잠겼다.

"제 기억으론 그게 아마……."

"다음 날 그들이 돈을 더 받으려고 찾아왔지. 헌데 나는 내가 그들에게 얼마나 지불했는지 의심을 품기 시작했어."

앤슨이 말했다.

"…… 아마도 드랜홈 씨의 결혼식이었던 깃으로 기억해요."

"난 그런 사람은 모르는데."

앤슨이 단호하게 말했다. 그는 자신의 추억에 알지도 못하는 이름이 끼어들자 기분이 언짢았다. 닉이 그것을 감지했다.

"아…… 아니죠, 그분이 아니지요."

그가 맞장구를 쳤다.

"분명 기억하고 있는데. 친구 분들 중 한 분으로, 브라킨스…… 베이커……."

"브리커 베이커였네."

앤슨이 반응을 보였다.

"식이 끝나고 녀석들은 날 영구차에 밀어 넣은 뒤, 날 꽃으로 뒤덮은 채 차를 몰고 달렸지."

"하-하-하."

닉이 웃었다.

"하-하-하."

옛날 집안에 있던 하인 흉내를 내는 닉의 행동에 금방 흥미를 잃어버린 앤슨은 위층 로비로 올라갔다. 그는 주위를 둘러보았다. 그의 시선이 책상에 앉아 있는 낯선 호텔 직원의 두 눈과 마주쳤고, 곧 아침에 열렸던 결혼식의 꽃 한 송이가 놋쇠 타구(唾具)의 주둥이에 놓여 있는 것이 눈에 띄었다. 그는 밖으로 나가 콜럼버스 서클 위에 걸려 있는 핏빛 태양을 향해 천천히 걸어갔다. 갑자기 그는 몸을 돌려 플라자 호텔을 향해 발길을 돌렸고, 공중전화박스 안으로 몸을 밀어 넣었다.

나중에 그는 그날 오후 내게 세 차례나 전화를 걸었다고, 뉴욕에 있을 법한 사람이면 빠짐없이 다 시도해 보았다고 털어놓았다. 몇 년 동안 만나지 못했던 남자들, 여자들, 주소록에 흐릿하게 번호가 남아 있는, 대학 시절 알고 지내던 화가의 한 모델아가씨에게까지……. 교환원은 이제 그 번호는 국번마저 없어진 지 오래라고 일러주었다. 결국 그는 교외에까지 탐색의 범위를 넓혔지만, 단호한 집사들과 하녀들과의 짧고 실망스러운 통화만 계속 되었을 뿐이었다. 이렇게 저렇게 외출 중, 승마 중, 수영 중, 골프 중이거나 지난 주 유럽행 배를 탔다는 얘기뿐이었다. 누구에게 전화를 걸어야 하지?

저녁을 혼자서 보내야 한다는 사실이 짜증스러웠다. 여가가 생기면 해보리라 은밀하게 생각해 놓았던 계획들도 막상 혼자 있게 되니 그 매력을 상실했다. 그렇고 그런 여자들은 항상 존재했지만, 그가 알고 지내던 이들은 일시적으로 모습을 감추었고, 뉴욕에서 돈으로 고용한 낯선 이와 함께 밤을 보낸다는 생각은 그의 머릿속에 떠오르지 않았다. 그는 그러한 행동은 낯선 도시를 여행하는 외판원들의 일종의 부끄럽고 은밀한 오락거리라고 간주해왔다.

앤슨은 전화 요금을 지불하고―여직원이 그 액수에 대해 불필요하게 농담을 건네려 애를 썼다―그날 오후 그는 두 번째로 어디로 가야 할지 모르는 상태로 플라자 호텔을 떠나려 했다. 회전문 근처에 어떤 여인이―임산부임이 분명한―옆으로 햇살을 받으며 서 있었다. 회전문이 움직일 때마다 어깨 위에 걸친 옅은 베이지색 망토가 펄럭거리고, 매번 기다림에 지친 것처럼 그녀는 문을 향해 짜증스럽게 고개를 돌렸다. 그녀의 모습을 처음 본 순간 어딘가 낯이 익다는 느낌이 강한 전율처럼 그의 온몸을 타고 흘렀지만, 다섯 발자국 정도 떨어진 곳까지 다가가서야 그는 그녀가 폴라임을 깨달았다.

"이런, 앤슨 헌터!"

그의 심장이 세차게 뛰었다.

"이런, 폴라……."

"어머, 놀라운 일이네요. 믿어지지가 않아요, 앤슨!"

그녀는 그의 두 손을 잡았고, 그는 그 허물없는 몸짓에서 그에 대한 추억들이 무뎌졌다는 것을 알았다. 하지만 그는 그렇지가 않았다. 그녀가 새삼 불러일으킨 옛날의 그 애틋한 기분이 다시 살아나는 듯한 기분을 느꼈다. 마치 그 표면을 상하게 하는 것이 두려운 듯 그녀의 낙천적인 성품을 만날 때면 언제나 가졌던 그 부드러움 말이다.

"우리는 이 여름을 라이(뉴욕 주 웨스트체스터 군에 있는 마을.)에서 보내기로 했어요. 피트가 사업을 위해 동부로 와야 했거든요―물론 알고 계시겠지만, 이제 전 피트 해거티 부인이에요―그래서 우리 는 아이들을 이곳으로 데려오고 집을 구했어요. 언제 꼭 한번 놀러 오서야 해요."

"그래도 될까?"

그가 직접적으로 물었다.

"언제쯤?"

"언제라도 좋아요. 저기 피트가 오네요."

회전문이 움직이더니 구릿빛 피부에 잘 다듬은 수염을 기른 훤칠 하고 키가 큰 삼십 대의 남자가 밖으로 나왔다. 그의 고결하고 건 강한 모습이 다소 딱 달라붙는 모닝코트 아래 분명하게 드러난 불 어난 몸집과 날카로운 대조를 이루었다.

"그렇게 서 있으면 안 되잖아."

해거티가 아내에게 말했다.

"여기에 앉도록 해."

그는 로비의 의자들을 향해 손짓을 했지만 폴라가 주저했다.

"지금 당장 집으로 가야 해요."

그녀가 말했다.

"앤슨, 어때요? 오늘 밤 우리와 함께 저녁 식사를 하는 것은 어때 요? 이제 막 자리를 잡았지만, 만약 당신만 괜찮다면……."

해거티가 그 초대를 따뜻하게 뒷받침해 주었다.

"하룻밤 머물고 가십시오."

그들의 차가 호텔 앞에서 기다리고 있었고, 폴라는 피곤한 몸짓 으로 뒷좌석의 비단 쿠션에 몸을 묻었다.

"당신에게 하고 싶은 말이 너무나 많아요. 너무 많아 다 못 할지 도 몰라요."

그녀가 말했다.

"나도 당신의 이야기를 듣고 싶군."

"글쎄요."

그녀가 해거티를 향해 미소를 지었다.

"그것 또한 아주 많은 시간이 걸릴걸요. 전 아이가 셋인데, 첫 남편과의 사이에서 낳은 아이들이에요. 큰 아이가 다섯 살, 그다음이 네 살, 막내가 세 살이에요."

그녀가 다시 미소를 지었다.

"꽤 열심히 낳았죠, 그렇죠?"

"다 아들이야?"

"아들 하나와 딸 둘이오. 그러고 나서…… 오, 너무 많은 일들이 일어났어요. 그리고 1년 전에 파리에서 첫 남편과 이혼하고 피트와 결혼했죠. 그게 전부예요. 아니, 한 가지가 더 있어요. 지금 내가 몹시 행복하다는 것도요."

라이에 도착하자, 자동차는 비치 클럽 근처의 커다란 집으로 달려갔고, 즉시 세 명의 검은 피부에 명랑한 아이들이 영국인 가정교사의 품에서 뛰어나와 잘 알아들을 수 없는 외침과 함께 그들을 향해 달려왔다. 멍하니, 그리고 어렵시리 폴라는 각각의 아이들을 품 안에 안아 주었고, 엄마의 품에 뛰어들지 말라는 훈계를 들은 것이 분명한 듯, 아이들은 어색하게 그 포옹을 받아들였다. 심지어 아이들의 기운찬 표정과 비교해도 폴라의 피부에는 지친 기색이 거의 보이지 않았다. 모든 육체적인 피로에도 불구하고 현재의 폴라는 7년 전 팜비치에서 마지막으로 보았을 때보다 더 어려 보였다.

저녁 식사 내내 그녀는 뭔가에 몰두해 있었고, 그 뒤, 식구들이 라디오에 귀를 기울이는 동안, 그녀는 소파에 눈을 감고 누워 있었다. 문득 앤슨은 혹시 이런 시기에 찾아온 자신의 존재가 방해가 되는 건 아닌가 하는 생각이 들었다. 하지만 9시가 되자, 해거티가 자리에서 일어나 두 사람만의 시간을 가질 수 있도록 잠시 자리를 비워주겠노라고 유쾌하게 말했고, 그녀는 천천히 자기 자신과 과거에 대해 말하기 시작했다.

"나의 첫 아이는."

그녀가 말했다.

"우리가 달링이라 부르는, 맏딸이지요. 그 아이를 가졌다는 사실을 알았을 때 나는 죽고 싶은 심정이었어요, 왜냐하면 로웰이 마치 내겐 낯선 남자 같았으니까요. 그러니 그 애가 내 아이라는 느낌이 들지 않았어요. 나는 당신에게 편지를 썼다가 그것을 찢어버렸죠. 오, 당신은 내게 너무 잔혹했어요, 앤슨."

다시 그들의 대화가 오르락내리락하며 계속되었다. 앤슨은 그때의 추억이 빠르게 되살아나는 것을 느꼈다.

"당신은 한 번인가 약혼을 하지 않았나요?"

그녀가 물었다.

"이름이 돌리 뭐였던 것 같은데."

"약혼을 한 적은 한 번도 없었어. 약혼을 하려고 했었지. 하지만 당신을 제외한 그 누구도 결코 사랑한 적이 없었어, 폴라."

"어머나!"

그녀가 탄성을 지른 후, 한동안 잠자코 있다가 말했다.

"이 뱃속의 아이는 내가 진심으로 바라는 첫 번째 아이에요. 있잖아요, 난 이제야 사랑에 빠져 있어요—마침내요."

그는 그녀가 과거의 기억을 까맣게 잊고 있다는 사실에 충격을 받았다. 그는 아무런 대답도 하지 않았다. 그 '마침내' 라는 말이 그에게 상처가 되었음을 알아차린 것이 분명한 듯, 그녀가 말을 이었다.

"나는 당신에게 빠져 있었죠, 앤슨. 당신은 내게 당신이 원하는 것은 뭐든지 할 수 있었어요. 하지만 우리는 행복하지 않았을 거예요. 나는 당신에게 어울릴 만큼 영리하지가 못해요. 나는 당신처럼 그렇게 상황이 복잡해지는 것을 좋아하지 않아요."

그녀는 잠시 멈추었다.

"당신은 결코 결혼해서 안주하지 못할 거예요."

그 말이 그의 뒤통수를 내리쳤다. 그것은 그가 지금껏 들어온 비난들 중에서 가장 부당한 비난이었다.

"만약 여자들이 달랐다면 나도 안주할 수 있었을 거야."

그가 말했다.

"만약 내가 그들에 대해 그렇게 잘 이해하지 못했다면, 만약 여자들이 다른 여자들 때문에 내 분위기를 맞추어주지 않았더라면, 만약 그들이 조금이라도 자존심이 있었더라면, 만약 내가 정말 내 집이라 할 수 있는 장소에서 잠깐이라도 잠에 들었다가 깨어날 수 있었다면……. 그래, 난 그렇게 만들어졌어, 폴라. 여자들은 내 안에서 그런 점을 보고, 그런 점을 좋아했지. 단지 나는 더 이상 결혼하는데 필요한 그런 예비단계를 헤쳐 나갈 수가 없어."

해거티가 11시 조금 안 되어 방 안으로 돌아왔다. 한 잔의 위스키를 마신 뒤 폴라는 자리에서 일어나 이제 침대로 갈 시간이라 선언했다. 그녀는 남편에게 걸어가 그의 옆에 섰다.

"어디에 갔었어요, 여보?"

그녀가 물었다.

"에드 손더스와 한잔 했어."

"걱정했잖아요. 어쩌면 당신이 도망갔을지도 모른다고 생각했어요."

그녀는 그의 외투 위에 머리를 올려놓았다.

"이이는 멋있어요, 그렇지 않아요, 앤슨?"

그녀가 물었다.

"진짜로 그래."

앤슨이 미소를 지으며 말했다.

"그녀는 남편에게로 자신의 얼굴을 들어 올렸다.

"자, 나는 준비가 되었어요."

그녀가 말했다. 그녀는 앤슨을 향해 머리를 돌렸다.

"우리 가족의 곡예 묘기를 보고 싶어요?"

"그럼."

앤슨이 흥미롭다는 듯 말했다.

"좋아요. 자, 갑니다."

해거티는 쉽사리 그녀를 두 팔로 안아 들었다.

"이것을 우리는 가족 곡예 묘기라고 불러요."

폴라가 말했다.

"이이가 나를 안고 2층으로 올라가거든요, 이 사람 너무 멋지지 않나요?"

"그래."

앤슨이 말했다.

해거티는 자신의 얼굴이 폴라의 얼굴에 닿을 때까지 살며시 고개를 숙였다.

"그리고 나는 이이를 사랑해요."

그녀가 말했다.

"당신에게 그 말을 하고 있었죠. 안 그래요, 앤슨?"

"그래."

그가 말했다.

"이이는 세상에 존재하는 가장 근사한 사람이에요. 안 그런가요,

여보?······ 잘 자요. 우리는 갈게요. 이 사람, 정말 힘이 세죠?"

"그렇군."

앤슨이 대답했다.

"당신을 위해 피트의 잠옷을 찾아 놨어요. 잘 자요. 아침에 봐요."

"그래."

앤슨이 대답했다.

8

나이가 지긋한 회사의 중역들은 여름 동안 앤슨이 해외라도 다녀와야 한다고 주장했다. 그는 7년 동안 휴가를 거의 쓰지 않았다. 과로로 지쳐 있는 그에게 휴식이 필요했기 때문이다. 하지만 앤슨은 딱 잘라 거절했다.

"만약 제가 떠나면, 다시는 돌아오지 못할 지도 모릅니다."

그가 단언했다.

"터무니없는 소리네, 이 친구야. 3개월이면 그런 우울함을 떨쳐 버리고 돌아올 수 있을 거야. 그 어느 때보다 건강하게."

"아닙니다."

그는 고집스럽게 고개를 내저었다.

"일단 손을 떼면, 다시는 일로 돌아오지 못할 겁니다. 손을 뗀다는 것은, 그것은 내가 포기한다는 의미이지요. 그러면 모든 것이 끝장나는 겁니다."

"성공하든 실패하든 해보도록 하게. 만약 원한다면 6개월 정도 머물도록 하게. 자네가 우리를 떠날 거라는 걱정은 하지 않아. 왜냐하면, 자네는 일 없이는 못 사는 사람이니까."

그들은 그를 위해 여행 준비와 배편을 마련해 주었다. 그들은 앤슨을 좋아했다―모두들 그를 좋아했다―그리고 그에게 찾아온 변화로 인해 사무실 안에도 어두운 그림자가 드리워졌다. 늘 활력을 불어넣던 사업에 대한 열정, 동료나 부하직원들에 대한 사려 깊은 배려, 사기를 진작시켜 주는 그의 활기찬 존재감……. 지난 4개월 동안 그의 과도한 신경과민과 극도의 피로감 때문에 이런 자질이 40대 남자의 까다로운 염세주의로 자리바꿈했다. 그가 관여된 모든 거래가 지체되고 긴장으로 팽팽해졌던 것이다.

"만약 지금 떠나면, 전 다시는 돌아오지 못할 겁니다."

그가 말했다.

그가 여행을 떠나기 사흘 전, 폴라 르잰더 해거티가 출산 도중 사망했다. 그 당시 우리는 함께 대서양을 건너는 중이었기 때문에, 나는 그와 많은 시간을 함께 보냈지만, 그는 자신의 감정에 대해 한마디도 털어놓지 않았다. 나 역시 어떤 감정의 변화도 내비치지 않았다. 그런 일은 우리가 알고 지낸 후로 처음 있는 일이었다. 그의 주된 관심사는 자신이 이제 서른 살이 되었다는 사실이었다. 대화 중에 그 사실을 상기시킬 만한 암시가 언급되거나 화제로 떠오르면, 그는 마치 그 말이 꼬리를 물고 이어질 상념의 시작이라도 되는 듯 침묵 속으로 빠져들었다. 그의 회사 중역들처럼, 나도 그의 변화에 놀랐고, 우리가 탄 '파리' 호가 공국(公國)을 뒤로하고 두 세계를 가르는 바다로 미끄러져 나가는 것을 은근히 기뻐했다.

"술 한잔 어떤가?"

그가 제안했다.

우리는 여행의 특징인 설레는 기분을 간직한 채 바로 들어가 네 잔의 마티니를 시켰다. 첫 잔을 비울 무렵 그에게 변화가 일어났다. 갑자기 손을 뻗어 내 무릎을 흔들었다. 지난 몇 달 만에 처음으로 보이는 쾌활한 모습이었다.

"아까 말이야, 붉은 베레모를 쓴 여자 보았나?"

그가 물었다.

"왜 저 아래서 두 마리 경찰견의 배웅을 받던, 밝은 표정의 그 아가씨 말이야."

"상당히 예쁜 아가씨던데."

내가 맞장구를 쳐주었다.

"사무실에 가서 그녀에 대해 물어보았는데, 혼자서 여행을 하는 중이라더군. 잠시 후 스튜어드(여객기나 여객선 등에서 승객을 돌보는 남자 승무원.)를 만나러 갈 생각이야. 오늘 밤 우리는 그 아가씨와 함께 저녁을 먹게 될 거야."

잠시 그는 내 곁을 떠났고, 채 한 시간도 지나지 않아 그녀와 함께 갑판을 거닐면서, 강하고 분명한 어조로 끊임없이 무언가를 이야기하고 있었다. 그녀의 붉은 베레모가 강철처럼 푸른빛이 도는 바다에 비치어 선명하게 눈길을 끌었다. 그녀는 가끔 짧게 자른 머리를 쳐들고 미소를 지었다. 그 미소는 즐거움과 기대로 반짝였다. 저녁 시간에 우리는 샴페인을 마시고 무척 즐거운 시간을 보냈다. 앤슨이 사방에 생기를 발산하며 내기 당구를 친 뒤, 몇몇 사람들이 그와 함께 있던 나를 알아보고 내게 와서 그의 이름을 물었다. 내가 침실로 돌아갈 무렵, 그와 그 아가씨는 라운지에서 다정하게 웃으며 대화를 나누고 있었다.

그 뒤로 내가 기대했던 것만큼 그를 만날 기회가 많지는 않았다. 아니, 별로 없었다. 그는 여자를 한 명 더 물색해 네 명의 패거리를 만들기를 원했지만, 마땅한 인물이 없었고, 그래서 나는 오직 식사 시간에만 그를 볼 수 있었다. 때때로, 바에서 칵테일을 마시며 그는 내게 붉은 베레모 아가씨와 그녀와의 모험에 대해, 늘 그렇듯, 색다르고 재미있게 만들어 이야기를 해주었고, 나는 그가 다시 예

전의 본래 모습, 최소한 내가 알고 지냈던 편안한 모습으로 되돌아
온 것에 안도했다. 앤슨은 그를 사랑해주고, 자석에 달라붙듯 그에
게 반응하고, 그가 자신을 드러낼 수 있도록 도와주고, 그에게 무
엇인가를 약속해 주는 누군가가 없이는 행복할 수 없는 사람이라
고 나는 생각한다. 그 약속이 어떤 것인지는 나도 모른다. 어쩌면
그가 가슴속에 소중히 품어온 그 우월감을 보살피고 보호하기 위
해 자신의 가장 찬란하고, 신선하고, 소중한 시간을 아낌없이 쏟아
부어줄 여자들이 세상에는 언제나 존재한다는 그런 약속일지도 모
르겠다.

 (1926년)

얼음 궁전
The Ice Palace

1

예술품 항아리 위의 황금색 물감처럼 햇살이 집 위로 뚝뚝 떨어지고, 여기저기 어둑어둑한 그림자들은 오직 쏟아지는 햇살의 가혹함을 더욱 강렬하게 만들 뿐이었다. 버터워스와 라킨 저택의 측면은 아주 빽빽한 나무숲 뒷부분이 에워싸고 있었고, 오직 하퍼 저택만이 햇살을 잔뜩 받으며 종일 먼지 자욱한 도로를 관대하고 상냥한 인내심으로 마주하고 있었다. 이곳은 조지아 최남단의 탈턴이라는 도시로 때는 9월의 어느 오후였다.

샐리 캐럴 하퍼는 19년을 먹은 자신의 턱을 22년이 된 창틀에 올려놓은 채 자신의 침실 창문 너머로 클락 대로우의 고물 포드가 길모퉁이를 도는 것을 지켜보았다. 자동차는 뜨거웠다―부분적으로 금속으로 이루어진 물체는 자신이 흡수한 또는 생산해낸 열기를 고스란히 지니고 있었다―그리고 클락 대로우는 마치 스스로를 그 차의 일부분으로 생각하는 듯, 금세라도 고장이 날 듯한 긴장된 표정으로, 고통스러워하는 바퀴 위 의자에 꼿꼿하게 앉아 있었다. 그는 힘겹게 두 개의 먼지 쌓인 도랑을 가로질렀고 바퀴들이 회전을 하며 성난 듯이 비명을 질렀다. 그런 뒤 상기된 표정으로 핸들을 힘껏 비틀어 자신과 자동차를 하퍼 저택의 계단 앞에 정확히 세웠다. 애처롭게 요동을 치는 소리와 잦아들며 덜거덕하는 소리 뒤로 짧은 침묵이 뒤따랐고, 그런 뒤 날카로운 경적이 허공을 메웠다.

샐리 캐럴은 졸린 눈으로 아래를 내려다보았다. 그녀는 하품하려 했지만, 창틀에서 고개를 들지 않고는 불가능한 일임을 깨닫고, 마음을 바꾸고 조용히 자동차를 바라보았다. 차 주인은 자신의 신호에 대한 대답을 기다리면서, 꼿꼿하고 멋들어진 자세로, 의기양양하게 앉아 있었다. 잠시 후 먼지 자욱한 허공으로 다시 한 번 경적이 울려 퍼졌다.

"좋은 아침이에요!"

클락은 자신의 큰 키를 돌려 창문을 향해 찡그린 시선을 던졌다.

"아침이 아니잖아, 샐리 캐럴."

"그런가요? 분명해요?"

"뭐 하고 있어?"

"사과를 먹고 있어요."

"수영하러 가자, 어때?"

"그럴까요?"

"좀 서두르는 것이 어때?"

"그러죠."

샐리 캐럴은 땅이 꺼져라 한숨을 내쉬며 반쯤 먹은 사과를 휴지통에 버리고, 여동생을 위해 색칠하다 만 종이 인형들이 널브러져 있는 방바닥에서 사뿐 걸음을 옮겼다. 그녀는 거울로 다가가 자신의 얼굴을 바라본 뒤, 입술 위에 루주를 찍어 바르고 코끝에 분가루를 두들긴 뒤 단발로 자른 옥수수 빛 머리카락 위에 장미꽃이 흩뿌려진 차일(遮日) 모자를 썼다. 그러다가 물감을 풀어놓은 물통을 발로 걷어차 엎질렀다. 그녀는 "오, 이런!" 하고 소리쳤지만 그대로 놔둔 채 방을 나섰다.

“요즘 어때요, 클락?”

무덤덤하게 자동차 안으로 오른 후 그녀가 물었다.

“상당히 좋아, 샐리 캐럴.”

“수영은 어디에서 할 거예요?”

“윌리의 수영장으로 나가려고. 마릴린에게 우리가 그녀와 조 에 이에게 들러 태우고 가겠다고 말해놨어.”

클락은 피부가 검고 말랐으며, 서 있을 때에는 다소 몸을 구부정하게 숙이는 버릇이 있었다. 그의 두 눈동자는 약간은 기묘했고, 그가 자주 만드는 미소로 놀랄 만큼 환해질 때를 제외하고는 표정도 어쩐지 성마르게 보였다. 클락에게는 ‘일정한 수입’이 있었고—그러나 자신의 몸 하나 잘 건사하고 자동차에 기름이나 넣을 수 있는 정도였다—조지아 공업대학을 졸업한 후 그는 맥없이 2년 동안 게으르게 고향의 거리들을 맴돌면서 자신의 자금을 어떤 식으로 투자해야 즉각적으로 큰 재산을 벌어들일 수 있을 것인지 생각했다.

그 근방을 어슬렁거리는 일은 전혀 문제될 것이 없었다. 한 무리의 어린 소녀들이 아름답게 성장했고, 근사한 샐리 캐럴은 그들 중에서도 으뜸이었다. 그리고 그들은 함께 수영을, 춤을, 그리고 꽃들이 만발한 한여름 밤에 사랑에 빠지는 것을 즐겼다. 그리고 그녀들 모두 클락을 무척이나 좋아했다. 여성들과의 교제가 지루해질 때면, 언제나 막 무엇인가를 시작하려던 참인 대여섯 명의 젊은 청년들이 존재했고, 이들은 그런 와중에도 그와 몇 홀의 골프코스를 돌고, 당구 한 판을 치거나 술 한 병을 비우는 일에 기꺼이 동참했다. 때때로 이런 동갑내기들 중 하나가 직업을 구하기 위해 뉴욕이나 필라델피아 또는 피츠버러로 떠나가기 전에 주위를 돌아다니며 작별의 인사를 하기도 했지만, 대부분은 파란 하늘과 개똥벌레가 날아다니는 저녁, 그리고 시끄럽고 흑인들이 득실대는 길거리 벼룩시장들이 있는, 특히나 돈 대신에 추억 속에 자라난 우아하고 부드러운 목소리의 아가씨들이 존재하는 이 나른한 천국에 그렇게 머물렀다.

자동차는 그들의 들뜨고 흥분한 인생에 동참했다. 클락과 샐리 캐럴이 덜걱거리며 벨리 가(街)를 달려 제퍼슨 거리로 들어서자 먼지가 자욱한 길이 포장도로로 바뀌었다. 대여섯 채의 부유하고 값비싼 대저택들이 늘어서 있는 밀리센트 플레이스를 따라 내려가자 바로 시내로 들어섰다. 쇼핑 시간이었기 때문에, 이곳에서 운전은 위험한 일이었다. 주민들은 나른하게 거리를 가로질렀고 한 떼의 황소들이 나지막하게 웅얼거리며 정지한 전차 앞을 부지런히 걸어갔다. 늘어선 상점들도 그저 입을 크게 벌리고 하품하며 완전히 잠이 들기 전 잠시 태양을 받으며 창문을 껌벅거리는 것처럼 보였다.

“샐리 캐럴.”

클락이 갑자기 입을 열었다.

“약혼을 했다는 것이 사실이야?”

그녀는 재빨리 그를 바라보았다.

“그 이야기는 어디서 들었어요?”

“매우 확실한 곳에서, 약혼한 거야?”

“꽤 즐거운 질문이네요!”

“어떤 아가씨가 하는 말이 네가 지난여름 애쉬빌에서 만난 어떤 양키(뉴잉글랜드 지역의 사람 또는 미국 북부 여러 주의 사람을 칭하는 말. 원래 남북 전쟁 당시 남부 사람들이 북군에 대한 적의와 경멸의 뜻을 함축시켜서 썼던 방언이었다.)와 약혼을 했다고 말하더라고.”

샐리 캐럴은 한숨을 내쉬었다.

“이렇게 소문이 무성한 오래된 마을은 본 적이 없어요.”

“양키와는 결혼하지 마, 샐리 캐럴. 우리에게는 이 지역 사람이 필요해.”

샐리 캐럴은 잠시 침묵을 지켰다.

“클락, 그럼 누구와 결혼할까요?”

그녀가 갑자기 그에게 물었다.

“나는 어때?”

“이봐요, 당신은 아내를 건사할 능력이 못 되잖아요.”

그녀가 유쾌하게 대답했다.

“어쨌든, 사랑에 빠지기에는 당신을 너무 잘 알고 있다고요.”

“그렇다고 해서 당신이 양키와 결혼해야 한다는 의미는 아니잖아.”

“내가 그이를 사랑한다면요?”

“그럴 수는 없어. 그는 모든 면에서 우리랑 아주 많이 다를 테니까.”

그는 산만하고 황폐한 집 앞에 차를 멈추기 위해 브레이크를 밟았다. 마릴린 웨이드와 조 에이그가 문을 지나 모습을 드러냈다.

“여, 샐리 캐럴.”

“안녕!”

“두 사람 모두 안녕?”

“안녕, 샐리 캐럴.”

다시 차가 움직이기 시작하자 마릴린이 물었다.

“자기, 약혼했어?”

“맙소사, 도대체 이게 어디서 시작된 거야? 이 마을에서는 모두들 내가 어떤 남자를 쳐다보기만 해도 약혼했다고 생각하는 건가?”

클락은 자신 눈앞의 덜걱거리는 앞 유리창을 똑바로 응시했다.

“샐리 캐럴, 우리를 좋아하지 않는 거야?”

그가 강렬한 어조로 물었다.

“뭐가요?”

“우리를 얕잡아 보냐고?”

“왜 그래요, 클락. 자기도 알잖아요. 내가 이곳 남자들을 얼마나 찬양하는지.”

“그렇다면 왜 양키와 약혼하려는 거지?”

“나도 모르겠어요. 내가 어떻게 할는지는 나도 확실하지 않아요. 하지만 나는 어디로든 가서 많은 사람을 만나고 싶어요. 나는 내 세계가 더 커지기를 원해요. 나는 어딘가 더 큰 사건들이 벌어지는 곳에서 살고 싶어요.”

“그게 무슨 의미야?”

“오, 클락! 당신을 사랑해요. 여기, 조 에이그도요. 모두를 사랑해요. 하지만, 하지만……”

“우리는 모두 낙오자라고?”

“그래요, 단지 돈과 관련해서 말하는 것이 아니라, 단지 일종의—무기력하고 슬퍼요 그리고 오—어떤 말로 표현할 수 있을까요?”

“그 말은 우리가 이곳 탈턴에 머물러 있기 때문이야?”

“네, 클락. 그리고 당신이 그 사실을 사랑하고, 상황이나 생각이 변하거나 앞으로 나아가는 것을 결코 원하지 않기 때문이에요.”

그는 고개를 끄덕였고, 그녀는 손을 뻗어 그의 손을 눌렀다.

“클락, 세상을 위해 당신을 바꾸고 싶지는 않아요. 당신은 당신 나름대로 멋진 사람이에요. 당신을 낙오자로 만든 그 모든 것들을 나는 항상 사랑해 왔어요. 과거 속에서 사는 것, 나른한 밤낮의 일상들, 그리고 당신의 그 모든 부주의함과 관대함.”

그녀가 부드럽게 말했다.

"하지만 넌 어디론가 떠날 거잖아."

"그래요. 왜냐하면 당신과는 결코 결혼을 할 수 없으니까요. 당신은 내 마음속에 다른 이들이 결코 가질 수 없는 자리를 차지했어요. 하지만 나는 이곳에 매여서는 절대로 안정적일 수가 없어요. 내가, 나 자신이 아닌 것처럼 느껴져요. 내 안에는 두 가지 면이 있어요. 그러니까, 당신이 사랑하는, 늘 나른하고 이전부터 낯익은 내 자신과 그리고 일종의 에너지가…… 내게 거친 일들을 하게 만드는 어떤 느낌들이 존재해요. 그것은 어딘가 다른 곳에서는 유용할지도 모르는 나 자신의 일부분이겠죠. 내가 더 이상 아름답지 못할 때에도 계속 남아 있게 될 부분이오."

그녀는 특유의 변덕스러움을 드러내며 말을 끊고 한숨을 내쉬었다. 기분이 변한 듯 그녀는 "오, 근사하네요!" 하고 말했다.

반쯤 눈을 감고, 좌석 등받이에 닿을 때까지 머리를 뒤로 젖히며 그녀는 향긋한 바람이 눈가를 스치고 단발로 자른 나풀거리는 곱슬머리 위로 잔물결을 일으키는 것을 만끽했다. 어느새 도심을 빠져나와 울창하게 자란 밝은 녹색의 작은 관목 숲과 목초지를 지나자 키 큰 나무들이 시원한 환영 인사를 하기 위해 길 위로 잎사귀들을 흩뿌렸다. 여기저기 쓰러져 가는 흑인의 오두막을 지나쳤다. 나이가 많은 하얀 머리카락의 거주민이 문 옆에서 옥수수 속대로 만든 곰방대로 담배를 피우고 있었고 대여섯 명의 허름한 옷을 입은 흑인 아이들이 그 앞의 무성하게 자란 잔디 위에서 누더기 옷을 입은 채 인형들처럼 행진을 하고 있었다. 멀리, 심지어는 일꾼들조차 노동을 위해서가 아니라 오랜 세월의 전통을 이어나가기 위해 9월의 황금빛 벌판 위에 나와 있는 것 같았다. 졸린 듯 목화밭이 노곤하게 펼쳐져 있고, 그 나른한 풍경들 주위로, 나무들과 초라한 오두막들과 진흙투성이 강, 그리고 적의라곤 조금도 느낄 수 없는, 오직 아기와 같은 순수한 대지를 위해 태양은 뜨거운 열기가 내뿜고 있었다. 이곳에는 커다랗고 따스한 엄마의 젖가슴 같은 편안함만이 존재했다.

"샐리 캐럴, 이제 도착했어!"

"이런 가여운 아가씨, 깊게 잠들었구먼."

"자기, 마침내 완전한 게으름뱅이가 되어버린 거야?"

"물이야, 샐리 캐럴! 차가운 물이 너를 기다린다고."

그녀의 두 눈이 졸린 듯이 열렸다.

"안녕!"

그녀가 미소를 지으며 웅얼거렸다.

2

11월, 키가 크고, 덩치가 좋고, 기운이 넘치는 해리 벨라미가 나흘 간의 일정으로 자신의 고향인 북부를 떠나 이곳으로 왔다. 그는 한 여름 북캐럴라이나의 애쉬빌에서 샐리 캐럴을 만난 직후부터 늑장을 부려오던 일을 정리하려는 생각이었다. 그 정리는 단지 활활 타오르는 불길 앞에서의 어느 조용한 밤에 다 해결되었다. 해리 벨라미는 그녀가 원하는 모든 것을 가지고 있었다. 더구나 그녀는 그를 사랑하고 있었다. 특별히 그를 위한 사랑을 준비하고 있었던 것처럼 그녀는 그를 사랑했다. 샐리 캐럴은 확실히 여러 면에서 매력적인 여자였다.

그가 머무는 마지막 날 오후 함께 산책을 하던 중, 그녀는 그들의 발걸음이 무의식적으로 그녀가 가장 좋아하는 장소 중 하나인, 공동묘지로 향하고 있음을 깨달았다. 활기찬 늦은 햇살 아래 금회색으로, 금청색으로 빛나는 그곳이 시야에 들어오자 그녀는 망설이듯 철문 앞에 걸음을 멈추었다.

"당신은 천성적으로 슬픔에 잘 잠기는 편인가요, 해리?"

흐릿한 미소를 머금으며 그녀가 물었다.

"슬픔이오? 전 아닙니다."

"그렇다면 이 안으로 들어가도록 해요. 어떤 이들은 우울함을 느끼곤 하지만, 전 이곳을 좋아해요."

그들은 철문을 통과해 무덤들이 줄지어 있는 구불구불한 계곡 위의 오솔길을 따라 걸었다. 회색빛 먼지와 이끼가 내려앉아 있는 50년대, 멋스럽게 새긴 글씨와 항아리와 꽃들이 있는 70년대, 그리고 돌베개 위에서 축축한 잠을 청하는 포동포동한 대리석 아기천사들과, 정말로 불가능한 일이지만 그 위에 피어 있는 이름 모를 화강암 꽃들이 화려함과 섬뜩함을 동시에 보여주는 90년대의 비석들이 눈에 들어왔다. 무릎을 꿇고 헌화하는 이들의 모습이 종종 보였지만, 대부분의 묘비 위에는 오직 생명을 갖고 꿈틀거릴 그들 자신의 어두운 추억들의 향기와 침묵과 떨어진 잎사귀들만이 놓여 있었다.

언덕 꼭대기에 도착하자 습기로 인한 검은 반점들과 덩굴들이 반쯤 뒤덮은 커다란 원형의 묘석과 마주했다.

"마저리 리."

그녀가 소리 내어 읽었다.

"1844년~1873년. 근사하지 않아요? 그녀는 스물아홉이라는 나이에 죽었어요. 불쌍한 마저리 리."

그녀가 부드럽게 덧붙였다.

"그녀가 보이나요, 해리?"

"그래요, 샐리 캐럴."

그는 자신의 손안에 들어오는 작은 손을 느꼈다.

"그녀는 피부가 검었을 거예요, 내 생각에요. 그리고 항상 리본으로 머리를 묶고, 앨리스의 파란색과 장미색의 멋진 후프-스커트(버팀테로 버티어 펼친 스커트.)를 입었을 거예요."

“그래요.”

“오, 그녀는 상냥한 여자였을 거예요, 해리! 그리고 그녀는 넓고, 기둥들이 줄지어 서 있는 현관에 서서 사람들을 맞이하기 위해 태어난 그런 여자였을 거예요. 아마도 많은 남자가 전쟁에 참가하고자 멀리 떠나며, 그녀에게 다시 돌아오려 했겠죠. 하지만 어쩌면 아무도 돌아오지 못했을지도 몰라요.”

그는 비석을 향해 몸을 숙이며, 과연 어떤 결혼 기록이 새겨져 있는지 조사해 보았다.

“여기에는 아무것도 적혀 있지 않아요.”

“당연히 그렇겠죠. 단지 ‘마저리 리’라는 이름과 저 설득력 있는 연도 외에 그 무엇이 더 필요하겠어요?”

그녀는 그에게 몸을 바싹 붙였고, 그녀의 노란 머리카락이 그의 뺨을 문지르자 예상치 못하게 어떤 덩어리가 그의 목구멍을 타고 내려갔다.

“그녀가 어떤 여자인지 보이는 거죠. 안 그래요, 해리?”

“네, 보여요.”

그가 부드럽게 동의했다.

“당신의 그 소중한 두 눈을 통해 볼 수가 있어요. 지금의 당신이 아름답기에, 그녀가 분명 아름다웠을 거라고 확신해요.”

침묵 속에 바싹 붙어 있었기 때문에 그는 그녀의 어깨가 살짝 떨리는 것을 느낄 수 있었다. 느릿한 바람이 언덕 위로 불어와 그녀의 챙이 넓은 모자의 가장자리를 펄럭였다.

“저쪽으로 내려가요!”

그녀가 언덕 반대쪽의 평편한 평야를 가리켰다. 녹색 잔디 위에 천여 개의 회색빛이 도는 하얀색 십자가들이 줄을 지어 서 있는 광경이 마치 무장한 대부대의 병사들이 끝없이 도열해 있는 것처럼

338

보였다.

"저곳이 남군들의 묘지예요."

샐리 캐럴이 간략하게 말했다.

그들은 함께 걸으며, 비문들을 읽었다. 대부분이 단지 이름과 날짜뿐이었지만 가끔은 상당히 읽기 힘겨운 글도 있었다.

"마지막 줄이 가장 슬퍼요. 봐요, 저쪽에요. 십자가들 전부가 단지 날짜만 적혀 있을 뿐, '신원미상' 인 무덤들이에요."

그녀는 그를 바라보았고, 그녀의 두 눈동자에는 눈물이 고여 있었다.

"만약 당신이 알지 못한다면, 나도 저것들이 실제로 내게 어떠한 느낌을 주는지 당신에게 말해줄 수가 없어요."

"당신이 느끼는 그 감정이 내게는 아름답게 느껴진다는 것은 어때요?"

"아뇨, 아뇨, 그건 내가 아니에요. 그건 저들이죠. 내 속에 살아서 존재시키고자 노력했던 옛날이오. 이들은 확실히 별로 중요하지 않은 이들이었을 거예요. 아니면 '신원미상' 으로 남을 이유가 없겠죠. 하지만 이들은 세상에서 가장 아름다운 것을 위해 죽었어요. 남부를 위한 죽음이오. 당신도 알겠지만요."

계속 말을 이어가는 그녀의 목소리는 여전히 거칠었고, 두 눈동자에는 눈물이 반짝이고 있었다.

"사람들은 이들의 꿈을, 그들이 매달리려던 것들을 가지고 살아요. 그리고 나도 항상 그 꿈들과 함께 성장했죠. 그것은 죽은 것이고, 내 미몽을 깨우치러 올 이가 만무했기 때문에 너무 쉬운 일이었어요. 저는 귀족계급의 특권이라는 과거의 기준 속에서 그에 맞추어 살려고 노력했어요. 단지 그것만이 마지막 유물처럼 남아 있거든요. 주변의 모든 것들이 죽어가는 낡은 정원에 홀로 피어 있는 장미들처럼요. 색다른 품격이 존재하는 행동거지와 몇몇 소년들에게 남아 있는 기사도 정신, 그리고 옆집에 살던 남군 병사에게서 들곤 하던 이야기들, 몇몇 늙은 흑인들. 오, 해리, 거기에는 뭔가가 있어요. 뭔가가 있어요. 당신이 과연 이해했는지 잘 모르겠지만, 거기에는 뭔가가 있어요."

"이해해요."

그가 다시 조용히 그녀를 확신시켰다.

샐리 캐럴은 미소를 지었고, 자신의 가슴 위 주머니에 살짝 삐져나와 있던 손수건의 끝으로 눈가를 닦았다.

"당신은 별로 우울함을 느끼지 않는군요. 안 그래요, 자기? 심지어는 눈물을 흘릴 때에도, 나는 이곳에 있어서 행복하고, 이곳에서 어떤 힘을 얻어요."

손을 맞잡고 두 사람은 몸을 돌려 천천히 자리를 떠났다. 부드러운 풀밭을 발견한 그녀는 낮게 무너져 내린 벽의 잔재를 등에 기대고 앉아 그를 자신의 옆자리로 잡아당겼다.

"저 세 노부인이 사라져줬으면 좋겠군. 당신에게 키스하고 싶어요, 샐리 캐럴."

그가 불평을 했다.

"저도요."

그들은 인내심을 갖고 허리를 구부린 세 노파가 움직이길 기다린 뒤, 하늘이 흐릿하게 변할 때까지 그녀의 모든 미소와 눈물이 영원한 황홀경의 순간 속에 사라져버릴 때까지 키스를 했다.

그런 뒤 하늘가 구석에서 황혼이 하루의 끝을 상대로 흑백의 체스를 두는 동안 두 사람은 함께 천천히 되돌아왔다.

"1월 중순쯤 올라오는 거요. 그리고 그곳에서 최소 한 달은 머물기로 해요. 근사할 거야. 그곳에서는 겨울 축제가 열리니까. 만약 당신이 정말로 눈을 본 적이 없다면, 그곳은 마치 요정의 나라처럼 보일 거예요. 스케이트와 스키를 타고 터보건(바닥이 평평한 썰매 일종.)과 썰매도 탈 수 있을 거요. 눈신을 신고 횃불 행렬도 할 거고. 몇 년 동안 축제를 벌이지 못했으니, 아마 이번에는 다들 지쳐 쓰러질 때까지 즐길 거예요.”

그가 말했다

“제가 추위를 많이 탈까요, 해리?”

그녀가 갑자기 물었다.

“분명 그렇지 않을 거요. 어쩌면 코끝이 얼지는 모르지만, 오슬오슬 떠는 추위는 없을 거요. 매섭긴 해도 건조한 날씨인걸.”

“아마도 나는 여름 아이인가 봐요. 나는 지금까지 겪은 그 어떤 추위도 좋아하지 않았거든요.”

그녀가 말을 멈추었고 잠시 두 사람은 침묵을 지켰다.

“샐리 캐럴, 3월쯤이 어떨까?”

그가 아주 천천히 말했다.

“당신을 사랑해요.”

“3월?”

“네, 3월이오, 해리.”

3

풀먼(쾌적한 설비가 있는 침대차.)에서 지새운 밤은 너무나 추웠다. 그녀는 포터(침대차나 식당차의 사환.)를 찾아 여분의 담요를 부탁했지만, 그는 여분의 것을 찾아내지 못했고, 그녀는 침대의 바닥부분에 웅크리고 누워 반으로 접은 이불을—헛된 노력이었지만—덮은 채 몇 시간만이라도 눈을 붙이려 노력했다. 그녀는 아침에 최상의 상태로 사람들 앞에 나타나고 싶었다.

그녀는 6시에 일어나 불편하게 옷을 차려입고 커피를 마시러 비틀거리며 식당칸으로 걸어갔다. 눈이 통로 안으로 스며들어와 마룻바닥을 미끄럽게 했다. 추위가 사방을 가득 채우고 있었다. 흥미로운 일이었다. 자신의 숨결이 확연히 눈에 보이자, 그녀는 천진난만하게 재미를 느끼며 허공에 대고 숨을 불었다. 식당칸에 자리를 잡은 그녀는 차창 너머로 하얀 언덕과 계곡들 그리고 가지마다 차가운 눈을 잔뜩 담은 푸른 접시를 이고 띄엄띄엄 서 있는 소나무들을 바라보았다. 때때로 하얀 황무지 위에 황량하고 외롭게 서 있는 외딴 농장이 순식간에 지나갔다. 그럴 때면 매번 그녀는 그곳에서 영혼을 닫고 봄을 기다리고 있을 이에게 순간적이나마 동정심을 느꼈다.

식당칸을 떠나 비틀거리며 풀먼 안으로 들어가던 그녀는 활기가 밀려 들어오는 듯한 기분에 과연 자신이 헨리가 말했던 그 긴장감을 느끼고 있는 것인지 궁금해했다. 이것이 북부였다. 북부—이제 그녀의 땅이었다.

"그렇다면 불어라, 너 바람이여, 어이!
방랑이여, 내가 가리라."

그녀는 의기양양하게 외쳐댔다.
"무슨 일이죠?"
포터가 공손하게 물었다.
"나는 나 자신에게 '자신을 떨쳐버려.' 라고 말했어요."
그녀가 말했다.
전신주의 긴 전선이 두 줄로 늘어났다. 두 겹의, 세 겹의, 네 겹의 전선이 기차와 나란히 달렸다. 하얀 지붕을 가진 집들이 계속되었다. 유리창에 서리가 낀 시내전차가 얼핏 지나가고, 거리들, 더 많은 거리들이 나타났다—도시였다.
서리가 낀 기차역에 잠시 멍하게 서 있던 그녀는 불현듯 세 개의 털 뭉치가 자신의 앞에 나타나는 것을 보았다.
"그녀가 여기에 있군!"
"오, 샐리 캐럴!"
샐리 캐럴은 자신의 가방을 내려놓았다.
"안녕하세요!"
어렴풋이 낯이 익은, 얼음처럼 차가운 얼굴이 키스했고, 이내 그녀는 진한 연기구름을 엄청나게 뿜어대는 한 무리의 얼굴들에 둘러싸였다. 그녀는 악수를 나누었다. 고든이라는, 키가 작고 적극적인 서른 살의 남자는 얼핏 소란스러운 모습의 해리처럼 보였고, 그의 아내인 미라는 자동차용 털모자 아래로 담황색 머리를 소유한 여자였다. 만나자마자 샐리 캐럴은 왠지 모르게 그녀가 북유럽인일 것으로 생각했다. 활기찬 운전기사가 그녀의 가방을 받아들었고, 반쯤 이어지는 대화와, 감탄사, 그리고 미라가 형식적으로 웅얼거리는 '착한 아가씨' 등등의 쏟아지는 대화 속에 그들은 기차역을 빠져나왔다.

그런 뒤 그들이 탄 세단은 여남은 명의 어린 아이들이 잡화점 마차나 자동차 뒤에 갈고리로 고정시킨 터보건을 타고 있는 구불구불한 눈 덮인 거리를 따라 달려갔다.

"오."

샐리 캐럴이 외쳤다.

"저걸 하고 싶어요! 가능할까요, 해리?"

"저건 아이들을 위한 거야. 하지만 어쩌면……."

"마치 서커스처럼 보여요."

그녀가 아쉬운 듯 말했다.

집은 하얀 눈밭 위에 세워진 저택으로 그곳에서 그녀는 덩치가 크고 백발이 성성한 남자와―그녀는 그가 좋았다―그녀에게 키스를 해준, 계란 같은 여인을 만났는데 이들이 해리의 부모님이었다. 반쯤 이어지는 대화, 뜨거운 물, 베이컨과 계란 그리고 혼란스러움으로 가득 채워진 숨이 멎을 듯한, 설명할 수 없는 한 시간이 지났다. 그런 뒤 서재에 해리와 단둘이 있게 되었을 때, 그녀는 혹시 담배를 피워도 되는지 물었다.

서재는 벽난로 위에 성모상이 올려져 있는 커다란 방으로 밝은 금색, 어두운 금색 그리고 반짝이는 붉은색으로 뒤덮인 책들이 줄줄이 놓여 있었다. 의자에는 사람들이 머리를 올려놓고 쉴 수 있도록 작고 네모난 레이스 천이 놓여 있었고, 소파는 너무나 편안해 보였다. 전시된 책들은 누군가가 읽고 있는 것처럼 보였다—단지 몇 권만은. 샐리 캐럴은 순간적으로 집에 있는 허름하고 오래된 서재를 떠올렸다. 아버지의 무거운 의학 서적들 그리고 유화로 그려진 세 분 할아버지의 초상화, 그리고 44년 동안 수선을 해서 사용해온 낡은 소파는 그녀의 꿈속에서는 여전히 사치스러운 물건이었다. 이 방은 매력적이기도 그렇다고 독특하게 느껴지지도 않았다. 단순히 상당히 값비싼 물건들이 잔뜩 들어 있는, 대충 15년 정도 된 방일 뿐이었다.

"이곳에 오니까 어떤 생각이 들어요?"

해리가 열렬히 물었다.

"당신을 놀라게 만들었나요? 내 말은, 당신은 어떤 것을 기대했었어요?"

"당신이오, 해리."

그녀는 조용하게 말하며 손을 뻗어 그의 팔을 잡았다.

하지만 짧은 키스 후 그가 그녀에게서 열정을 끌어내는 듯이 조바심을 냈다.

"도시 말이오, 내 말은. 이곳이 좋은가요? 공기 중에 활기가 느껴지지 않아요?"

"오, 해리."

그녀는 웃음을 터트렸다.

"내게 시간을 좀 줘야죠. 그렇게 막무가내로 질문을 던지면 어떡해요."

그녀는 만족스러운 한숨을 내쉬며 담배 연기를 들이켰다.

"한 가지 내가 당신에게 말하고 싶은 것은."

그가 사죄하는 어조로 입을 열었다.

"당신네 남부 사람들은 가문을 꽤나 중요하게 여기지요, 그리고 그것이 모든 것인 것처럼. 그것이 완전히 틀리다는 말은 아니오. 하지만 여기는 조금은 다르다는 것을 당신도 알아차리게 될 거요. 내 말은, 처음에는 많은 것들이 당신에게는 다소 세속적으로 내비친다고 느끼게 될 거요, 샐리 캐럴. 하지만 이곳은 3세대가 함께 사는 도시라는 것을 기억해 줘요. 모든 이들이 아버지가 집에 계시고, 절반 이상은 조부모님들이 살아 계시지. 그 위로는 거슬러 올라가기가 힘들지만."

"물론이죠."

그녀가 웅얼거렸다.

"우리의 조부모님들은, 당신도 알겠지만, 이곳을 개척하셨어요. 이곳이 개척되어지는 동안, 그들 중 많은 분들이 다소 기묘한 직업들을 가지셨지요. 예를 들어서, 현재 이 도시에서 역할 모델이 되어주시는 한 숙녀 분이 있는데, 그렇다지만, 그녀의 아버지는 이곳의 첫 쓰레기 청소부였지요. 그런 식이라고요."

"어째서."

샐리 캐럴이 당황해서 말했다.

"내가 사람들에 대해 이러쿵저러쿵 할 거라고 생각하는 거죠?"

"그런 생각을 하는 건 전혀 아니오."

해리가 말을 잘랐다.

"그렇다고 다른 이를 대신해서 사과하려는 것도 아니고. 이건 단지, 그러니까 지난여름에 어떤 남부 아가씨가 이곳에 올라와서 몇몇 불미스러운 행동을 저질렀거든요. 그리고 오, 단지 그 이야기를 해주고 싶었어요."

샐리 캐럴은 갑자기 분노를 느꼈다―마치 부당하게 따귀를 한 대 맞은 듯한 기분이었다―하지만 해리는 분명 그것으로 그 주제는 끝났다고 생각하는 듯, 다시 흥분한 듯 대화를 이었다.

"알고 있겠지만, 축제 기간이오. 10년 만에 처음이지. 그리고 밖에는 지금 1885년 이후 처음으로 얼음 궁전을 만들고 있어요. 우리가 찾아낼 수 있는 가장 투명한 얼음으로 벽돌을 쌓아 올리고 있는데, 그 규모가 엄청나지요."

그녀는 자리에서 일어나 창문에 처져 있는 두꺼운 터키산 휘장을 젖히고 밖을 바라보았다.

"오! 두 명의 남자 아이들이 눈사람을 만들고 있어요! 해리, 내가 밖으로 나가 저들을 도와줘도 될까요?"

그녀가 갑자기 외쳤다.

"꿈도 꾸지 말아요! 이쪽으로 와서 내게 키스를 해줘요."

그녀는 마음이 내키지 않는 듯 창가를 떠났다.

"이곳 날씨가 그리 키스하기 좋다고는 생각되지 않아요, 안 그래요? 내 말은, 날씨가 사람을 그냥 앉아 있지 못하게 만들잖아요, 안 그래요?"

"그렇지도 않을 거요. 당신이 이곳에 있는 첫 번째 주에는 나도 휴가를 받았거든요. 오늘 밤에는 댄스 모임이 있어요."

"오, 해리."

그녀는 반쯤은 그의 무릎에, 반쯤은 쿠션 위에 엉덩이를 내려놓으며 고백했다.

"확실히 좀 혼란스러운 것 같아요. 내가 이곳을 좋아하게 될지 모르겠어요. 사람들이 무엇을 기대하는지, 또는 기대하기는 하는지조차 모르겠어요. 그러니 당신이 내게 알려줘야 해요, 내 사랑."

"내가 알려줄게요."

그가 부드럽게 말했다.

"만약 당신이 이곳에 와서 기쁘다고 말해 준다면 말이오."

“기뻐요, 정말 너무나도 기뻐요.”

그렇게 속삭이며 그녀는 특유의 방식으로 그에게 슬며시 팔짱을 꼈다.

그렇게 말하는 동안 그녀는 거의 난생처음으로 자신이 연기를 하고 있음을 느꼈다.

그날 밤, 흐릿하게 촛불을 밝힌 만찬에서는 남자들이 대부분의 대화를 주도하는 동안 여자들은 거만하고 새침하고 초연하게 앉아 있었고, 비록 샐리 캐럴의 왼쪽에 해리가 앉아 있었지만, 그의 존재마저도 그녀를 편안하게 만들어주지 못했다.

“상당히 멋있는 사람들이야, 안 그래요?”

그가 물었다.

“그냥 한번 둘러봐요. 저쪽은 작년 프린스턴 대학의 태클(미식축구에서 앤드와 가드 사이의 전위 위치.)이었던 스퍼드 허버드요. 그리고 주니 모튼도 보이는군. 저기 저 남자와 그 옆의 빨강머리는 둘 다 예일 대 하키 팀의 주장이었어요. 주니는 나랑 같은 학년이었고. 우리 주에서 배출해낸 세계 최고의 운동선수들이 다 이곳에 있어요. 이곳은 사내들의 지역이오. 저기 봐요. 존 J, 피시번이야!”

“그게 누군데요?”

샐리 캐럴이 순진하게 물었다.

“누군지 몰라요?”

“이름은 들어봤어요.”

“북서쪽에서는 가장 위대한 밀거래업자요. 그리고 이 나라에서 가장 뛰어난 자본가들 중 한 명이라고요.”

그녀는 자신의 오른쪽에서 들리는 목소리를 따라 갑자기 몸을 돌렸다.

“아마도 사람들이 우리 두 사람을 소개시키는 것을 잊은 것 같네요. 제 이름은 로저 패튼입니다."

"제 이름은 샐리 캐럴 하퍼예요."

그녀가 우아하게 말했다.

"네, 알아요. 해리가 당신이 온다고 말해주었어요."

"친척이신가요?"

"아뇨, 전 선생입니다."

"오."

그녀가 웃음을 터트렸다.

"대학에서 프랑스어를 가르치고 있어요. 당신은 남부 출신이죠, 안 그래요?"

"네, 조지아의 탈턴에서 왔어요."

그녀는 처음부터 그가 마음에 들었다. 적갈색 턱수염을 기르고 그 위쪽의 물기 어린 푸른 눈동자에는 다른 이들에게는 부족한 무언가가, 어떤 이해심이 담겨 있었다. 그들은 저녁 식사 내내 이런 저런 이야기를 나누었고, 그녀는 그를 다시 만나기로 결심했다.

커피를 마신 뒤 그녀는 꽤 많은 잘생긴 남자들을 소개받았다. 그들 모두 상당히 기계적으로 자로 잰 듯한 춤을 추고 마치 당연히 그녀는 해리에 대한 이야기만 해야 한다고 생각하고 있었다.

'맙소사, 약혼을 했다고 내가 저들보다 더 나이가 많은 것처럼 대하잖아. 마치 내가 자기네의 엄마나 되는 것처럼!'

그녀가 생각했다.

남부에서는 약혼한 여자도, 심지어는 결혼한 젊은 여자라 해도, 막 사교계에 선을 보이는 아가씨들과 똑같은 입에 발린 말들과 반쯤 애정 어린 농담을 기대할 수 있었지만, 이곳에서는 모든 것이 다 금지된 듯했다. 한 청년은, 샐리 캐럴의 눈동자에 대한 주제로—그가 방 안으로 들어온 이후부터 그녀의 두 눈동자가 어떻게 그를 유혹했는지에 대해—이야기를 시작했지만, 그녀가 해리의 약혼녀로서 벨라미 집안에 방문한 것임을 알게 된 이후 심하게 당황한 기색을 보였다. 마치 자신이 어떤 외설스럽고 용서받지 못할 중죄를 저지른 것처럼 즉시 정중한 태도를 보이며 재빨리 그녀의 곁을 떠났다.

로저 패튼이 끼어들어 잠시 자리에 앉자고 제안하자 그녀는 다소 기쁨을 느꼈다.

"자, 남부에서 온 카르멘은 기분이 좀 어떠신지?"

그는 활기차게 눈을 깜박이며 물었다.

"굉장히 좋아요. 그럼 위험한 댄 맥그로우 씨는 어떠신지요? 미안해요. 하지만 내가 조금이나마 알고 있는 북부인은 그 사람이 전부거든요."〈캐나다 출신의 작가인 로버트 서비스(1874~1958)가 집필한 장편시의 주인공으로 방랑하는 밀수업자이다. 작가는 유콘과 알래스카를 배경으로 한 장편시를 집필했는데, 주요 작품으로는 "댄 맥그로우의 사냥" 그리고 "샘 맥기의 화장" 등이 있고, 작품 속에서 댄 맥그로우는 항상 '위험한 댄 맥그로우(Dangerous Dan McGrew)' 라고 표현된다.〉

그는 그 사실이 꽤나 재미있는 듯했다.

"사과를 받아들이죠. 문학 교수로서, 저는 위험한 댄 맥그로우와 같은 책을 읽어서는 안 되니까요."

그가 고백했다.

"당신은 이곳 토박이인가요?"

"아뇨, 필라델피아 출신이에요. 프랑스어를 가르치기 위해 하버드에서 왔어요. 하지만 여기에 온 지는 10년이 되었어요."

"그렇다면 저보다 9년하고 삼백육십사일 먼저 오셨군요."

"이곳이 좋아요?"

"휴-우, 확실히 그래요."

“정말이오?”

“왜요, 아닐 이유가 있나요? 마치 내가 즐거운 시간을 보내고 있지 않다는 듯 날 바라보지 말아요.”

“바로 1분 전 당신이 창밖을 바라보는 것을 보았어요. 몸을 떨더군요.”

“단지 제 상상력 때문이에요.”

샐리 캐럴은 웃음을 터트렸다.

“전 모든 생활을 밖에서 하는데 익숙해져 있나 봐요. 그래서 가끔 밖을 내다봤을 때 눈송이가 날리는 것을 보면 마치 죽은 이들이 움직이는 듯한 기분이 들어요.”

그는 이해한 듯 고개를 끄덕였다.

“이전에 북부에 와본 적이 있어요?”

“지난 7월에 북캐럴라이나의 애쉬빌에서 2주를 보냈어요.”

“근사해 보이는 사람들이에요, 안 그래요?”

사람들이 소용돌이치는 방 안을 가리키며 피터가 말했다.

샐리 캐럴은 깜짝 놀랐다. 해리도 똑같은 말을 했었다.

“물론이죠! 저들은…… 개들 같아요.”

“뭐라고요?”

“미안해요. 의미하는 것보다 더 이상하게 들리죠? 알겠지만 저는 성별과 상관없이, 사람들을 고양이과나 개과로 생각하거든요.”

“당신은 어느 쪽이죠?”

“저는 고양이과에요. 당신도 그렇구요. 대부분의 남부 사람들과 이곳의 여자들의 대부분이 그렇죠.”

“해리는요?”

“그이는 확실히 개과에요. 오늘 밤 제가 만난 모든 남자들이 개과인 것 같아요.”

"그 '개과'라는 것이 어떤 것을 함축하고 있죠? 어떤 자의식이 강한 남성다움과 섬세함을 의식적으로 대조시킨 건가요?"

"그럴 수도 있겠죠. 한번도 그것을 분석해 본 적은 없어요. 단지 사람들을 볼 때 '개과' 또는 '고양이과'구나라고 생각해요. 다소 엉터리 같죠, 제 생각에요."

"전혀요. 흥미로운데요. 저도 이 사람들에 대한 이론을 가지고 있었죠. 전 이들이 얼어가고 있다고 생각해요."

"뭐라고요?"

"제 생각에 이들은 점점 스웨덴식의 입센틱하게 되어가는 것 같아요. 알겠어요? 아주 천천히 음침하고 우울하게 변해가고 있어요. 여기는 겨울이 상당히 길어요. 입센〈헨리크 입센(1828~1906), 노르웨이 출신의 드라마작가이자 시인으로 말기 작품의 삭막하고 우울한 현실주의로 잘 알려져 있다.〉의 작품을 읽어보았나요?"

그녀는 고개를 가로저었다.

"흠, 그의 책을 보면 등장인물들이 어떤 엄격함을 지니고 있다는 것을 발견하게 될 거예요. 저들은 정직하고, 편협하고 그리고 기쁨이 없고, 엄청난 슬픔이나 엄청난 기쁨을 위한 무한한 가능성이 존재하지 않아요."

"웃음도 눈물도 없다고요?"

"바로 그거예요. 그게 제 이론이에요. 당신은 이곳에서 수천 명의 스웨덴인을 보게 될 거예요. 그들이 이곳에 온 것은, 제 이론에 의하면, 자신의 고향과 기후가 아주 똑같기 때문이죠. 그리고 점차 뒤섞여갔죠. 아마도 오늘밤 이곳에는 여남은 명이 참석했을 거요. 하지만 지금까지 우리에게는 네 명의 스웨덴인 주지사가 있었고, 이런 제 이야기가 좀 지루하게 만들었나요?"

"상당히 흥미로운데요."

"당신의 장래 동서가 되실 분도 반은 스웨덴인이에요. 개인적으로 저는 그녀를 좋아해요. 하지만 제 이론에 의하면 스웨덴인은 전체로서는 우리에게 다소 심하게 행동한다는 거예요. 스칸디나비아 사람들은, 당신도 아시겠지만 세계에서 자살률이 가장 높답니다."

"만일 그렇게 우울하다면 왜 이곳에서 살고 계신 거죠?"

"오, 제게는 별 영향을 끼치지 않거든요. 전 상당히 잘 은둔하는 편에다가, 어쨌든 내게는 사람들보다 책이 더 의미가 있으니까요."

"하지만 작가들은 모두 남부를 비극적으로 말하잖아요. 있잖아요, 잊혀지지 않는 음악과 단검 그리고 검은 머리카락의 스페인계 세뇨리타."

그는 머리를 흔들었다.

"아뇨, 북반구인들이 더 비극적인 인종이에요. 그들은 눈물이라는 사치스런 위안에는 만족하지 못해요."

샐리 캐럴은 자신의 묘지를 생각했다. 아마도 그곳이 자신을 우울하게 만들지 않는다고 했던 말이 어떤 의미였는지 어렴풋이 알 것 같았다.

"이탈리아인들은 세상에서 가장 활기찬 인종이죠. 어쨌든 좀 지루한 주제네요."

그가 말을 끊었다.

"하여간에, 당신이 멋지고 근사한 남자와 결혼을 하는 거라고 말씀드리고 싶네요."

샐리 캐럴은 자부심을 담아 충동적으로 움직였다.

"알아요. 저는 어떤 부분에서는 보호를 받고 싶어하는 그런 종류의 사람이에요. 그리고 전 그렇게 될 거라고 확신해요."

"우리 춤을 출까요?"

함께 자리에서 일어나며 그가 말을 이었다.

"자신이 무엇을 위해 결혼을 하는지 아는 여인을 발견하니 고무감이 드는군요. 십중팔구의 아가씨들은 결혼을 활동사진속의 황혼으로 걸어가는 것쯤으로 생각하거든요."

그녀는 웃음을 터트렸고, 그를 더욱 좋아하게 되었다.

2시간 후 집으로 가는 길에 그녀는 자동차 뒷좌석의 해리의 품에 자리를 잡았다.

"오, 해리. 정말 너무나 추워요."

그녀가 속삭였다.

"하지만 이 안은 따뜻한걸, 사랑스러운 아가씨."

"하지만 밖은 춥잖아요. 그리고 오, 저 바람의 호곡성을 들어봐요."

그녀는 그의 가죽코트 깊숙이 얼굴을 묻은 채, 그의 차가운 입술이 그녀의 귀 끝에 키스하자 간헐적으로 몸을 떨었다.

$$4$$

북부를 방문한 첫 번째 주는 회오리처럼 빠르게 지나갔다. 추운 1월의 어느 황혼 무렵 자동차에 매단 터보건을 타자던 약속이 이루어졌다. 모피에 돌돌 싸인 채, 그녀는 이른 아침 컨트리클럽의 언덕 위에서 터보건을 탔다. 심지어는 스키도 타 보았다. 그녀는 한순간 근사하게 허공을 가른 뒤 한 움큼의 웃음소리와 함께 부드러운 눈밭 위에 착지했다. 그녀는 눈신을 신고 흐릿한 노란 햇살이 비치는 눈부신 평원을 거니는 오후의 산책을 제외한, 겨울 운동이 전부 다 마음에 들었다. 하지만 이내 그러한 것들이 아이들을 위한 놀이임을 깨달았고, 자신이 농담거리가 되었다는 사실과 주변의 즐거움이 단지 자신의 웃음소리에 대한 반응이었을 뿐이라는 것도 깨달았다.

무엇보다도 그녀는 벨라미 가족에게 당혹스러움을 느꼈다. 남자들은 믿음직스러웠고 그녀는 그들이 좋았다. 특히 벨라미 씨의, 회백색 머리카락과 활기찬 위엄에 처음부터 그에게 호감을 느꼈다. 그가 켄터키에서 태어났다는 사실을 알게 되자 그것이 그의 과거와 현재를 이어주는 연결고리가 되었다. 하지만 여자들에게는 분명한 적개심을 느꼈다. 미래의 동서가 될 미라는 무기력한 인습의 정수(精粹)인 것 같았다. 그녀의 대화에는 인간적인 부분이 너무나 완벽하게 제거되어서, 여자들끼리는 얼마만큼의 험담과 뻔뻔스러움은 당연하게 받아들여지는 지역에서 온 샐리 캐럴로서는 자연히 그녀를 경멸하게 되었다.

'만약 외모가 아름답지가 않았다면.'
그녀는 생각했다.
'저 여자들은 아무것도 아니야. 저들은 그저 쳐다보기만 해도 역겨워져. 저들은 가정적이라고 칭송을 받아도 다른 이들과 뒤섞여 있을 때에는 남자들이 중심이 되는 거야.'

마지막으로 벨라미 부인이 있었는데, 샐리 캐럴은 그녀가 너무나 싫었다. 계란 같다는 첫인상이 확고하게 굳어져 버렸다. 금이 간 계란, 핏줄이 설 것 같은 목소리에 꼴사납고 추악한 태도에 샐리 캐럴은 만약 자신이 실수를 저지르면 그대로 짓뭉개질 것 같은 기분이 들었다. 게다가 벨라미 부인은 이방인에게 본능적으로 적개심을 느끼는, 그 도시를 대표하는 인물인 것 같았다. 그녀는 샐리 캐럴을 '샐리'라고 불렀고, 아무리 설득해도 두 개의 이름을 함께 부르는 것은 따분하고 우스꽝스러운 별명에 지나지 않는다는 생각을 굽히려 하지 않았다. 샐리 캐럴에게는 이름을 잘라 부른다는 것은 마치 옷을 반만 차려입고 대중 앞에 모습을 드러내는 것이나 마찬가지였다. 그녀는 '샐리 캐럴'이라는 이름을 사랑했고, '샐리'라는 이름에 혐오감을 느꼈다. 또한 그녀는 해리의 모친이 자신의 단발머리를 좋아하지 않는다는 것도 알고 있었다. 그리고 첫날 밤 벨라미 부인이 서재로 들어와 거칠게 코를 킁킁거린 뒤로는 아래층에서는 절대로 담배를 피우지 않았다.

샐리는 자신이 만난 사람들 중에서 종종 저택을 방문하곤 하는 로저 패튼이 마음에 들었다. 그는 군중들의 입센틱한 경향에 대해서는 다시 언급하지 않았지만, 언젠가 집을 방문해 소파에 몸을 웅크리고 앉아 '페르귄트'(노르웨이 문호 입센의 5막 극시.)를 탐독하고 있는 그녀를 발견한 그는 웃음을 터트리며 자신이 말한 것은 잊어버리라고, 그것은 전부 쓰레기라고 말했다.

그녀가 북부에 머문 지 2주가 지난 어느 날 오후 그녀와 해리는 위태롭고 터무니없는 싸움을 벌일 뻔했다. 비록 그녀는 싸움의 발단은 전적으로 그라고 생각했지만, 그러나 이 경우, 세르비아(오늘날처럼, 20세기 초, 인종적인 갈등의 부지로 오스트리아 황태자 부부가 세르비아를 방문하던 중 한 청년의 총에 암살을 당했고 많은 역사가들이 그것이 세계 1차 대전의 불씨가 되었다고 간주한다. 이 전쟁으로 오스트리아인-헝가리인 제국의 붕괴를 야기시켰다.) 사태는 꾸깃꾸깃한 바지를 입은 어떤 알지 못하는 남자 때문에 벌어졌다. 그들은 높게 쌓인 눈더미 사이를 따라 집을 향해 걷고 있었는데, 내리쬐는 태양 아래서도 그녀는 햇살을 거의 느낄 수가 없었다. 그들은 회색 모직물을 입은 작은 소녀를 지나쳤는데, 그 모습이 작은 곰인형을 너무 닮아 샐리 캐럴은 자신도 모르게 모성애에 사로잡혔다.

"저것 좀 봐요, 해리!"

"뭐요?"

"저 여자아이요, 그 아이의 얼굴을 봤어요?"

"응, 왜요?"

"마치 딸기처럼 붉더라고요. 오, 너무나 귀여워요."

"이런, 당신의 얼굴도 거의 그 정도로 붉은걸. 이곳에서는 모든 이들이 다 건강해요. 걸음마를 뗄 정도의 나이가 되면 곧 밖으로 나오니까요."

그녀는 그를 바라보았고, 그의 말에 동의했다. 그는 정말로 건강해 보였다. 그의 형제들도 그렇고, 또한 바로 그날 아침 그녀는 자신의 두 뺨에 새로운 홍조가 깃들었음을 깨달았다.

갑자기 그들의 시선을 사로잡는 것이 있어, 그들은 자신들이 걸어가고 있던 거리의 모퉁이를 한순간 빤히 쳐다보았다. 한 남자가 무릎을 굽힌 채 서서, 긴장한 표정으로 시선을 위로 향하고 있었는데 마치 차가운 하늘을 향해 당장에라도 뛰어오를 듯한 자세였다. 그런 뒤 두 사람은 갑자기 폭소를 터트렸는데, 그 이유는 점점 더 가까이 다가가자 너무 심하게 헐렁한 남자의 바지 때문에 자신들이 어리석은 상상을 했음을 깨달았기 때문이었다.

"저걸 우리가 입었다고 생각해봐요."

그녀가 웃으며 말했다.

"남부 사람이 분명해요, 저 바지를 봐서 말이야."

해리가 농담을 하듯 말했다.

"어째서요, 해리?"

그녀의 놀란 표정이 그의 마음을 상하게 한 것 같았다.

"빌어먹을 남부인들!"

샐리 캐럴의 두 눈에 분노가 서렸다.

"그들을 그렇게 말하지 말아요!"

"미안해요, 자기."

그가 악의가 서린 변명을 늘어놓았다.

"하지만 당신도 내가 그들을 어떻게 생각하는지 알아야 해요. 저들은 일종의―일종의 퇴화한 인종들이지―그 옛날의 남부사람들과는 완전히 달라요. 너무 오랫동안 저 아래쪽에서 온갖 유색인종들과 함께 살면서 점점 게으르고 무능력한 존재가 되어 버렸어요."

"입 조심해요, 해리!"

그녀가 화를 내며 소리쳤다.

"그런 게 아니에요. 어쩌면 게으를 수는 있겠죠―그런 기후에서라면 다들 그렇게 될 테니까요—하지만 그들은 다 내 친한 친구들이에요. 그렇게 그들을 싸잡아서 비난하는 것을 듣고 싶지 않아요. 그들 중 몇 명은 세상에서 가장 멋진 사람들이라고요.”

“오, 나도 알아요. 북쪽에 있는 대학을 나온 이들은 괜찮았으니까. 하지만 내가 본 그 모든 비굴하고, 초라하고, 추접한 인물들을 봐도 그렇고, 작은 시골 마을의 남부사람들은 최악이지!”

샐리 캐럴은 장갑을 낀 두 손을 꼭 움켜쥐며 입술을 거칠게 깨물었다.

“있잖아, 자기.”

해리가 말을 이었다.

“뉴헤이번 시절 나랑 같이 수학하던 이들 중에, 우리 모두 마침내 진짜 남부 귀족을 만났다고 생각하게 했던 동기가 있었거든. 하지만 결국 귀족이고 뭐고 아무것도 아니라는 것이 밝혀졌지. 그저 모빌 시 주변의 목화밭을 전부 소유한 북부의 카펫 직공(carpetbagger, 뜨내기 벼락부자라는 속어로, 소위 남북전쟁 후 이익을 노려 북부에서 남부로 간 사람들을 말한다.)의 아들이었던 거야.”

“남부사람들은 당신이 지금 말하는 그런 식으로 상대를 말하지는 않아요.”

그녀가 덤덤하게 말했다.

“그럴 만한 기운이 없으니까.”

“그 어떤 경우에도요.”

“미안해요, 샐리 캐럴! 하지만 당신도 당신 입으로 남부 사람과는 결코 결혼하지…….”

“그건 완전히 다른 문제예요. 나는 내 인생이 현재 탈턴 근처를 어슬렁거리는 청년들 중 한 명과 얽히는 것을 원하지 않는다고 말했죠. 하지만 단 한 번도 남부사람들을 다 싸잡아서 일반화시키지는 않았어요."

그들은 침묵을 지키며 길을 걸었다.

"내가 어쩌면 너무 심하게 말했는지도 모르겠어, 샐리 캐럴. 미안해요."

그녀는 고개를 끄덕였지만 아무런 대답도 하지 않았다. 5분 후 복도에 서 있던 그녀가 갑자기 그를 두 팔로 안았다.

"오, 해리. 다음 주에 결혼식을 올리도록 해요. 이런 공연한 소란이 생기는 것이 두려워요. 난 두려워요, 해리. 만약 우리가 결혼하게 되면 그런 일은 없을 거예요."

그녀의 두 눈이 눈물로 번들거렸다.

하지만 비난을 받은 쪽인 해리는 여전히 기분이 상해 있었다.

"바보같이 굴지 말아요. 3월로 결정했잖아."

샐리 캐럴의 두 눈에 흐르던 눈물이 사라졌다. 그녀의 표정이 약간 딱딱해졌다.

"좋아요, 아무래도 그런 말은 하지 말 걸 그랬군요."

해리가 마음을 풀었다.

"우리 엉뚱한 아가씨! 이쪽으로 와서 내게 키스를 해주고 모든 것들을 잊도록 하자고요."

그가 외쳤다.

바로 그날 밤 보드빌 공연(노래 · 춤 · 만담 · 곡예 등을 섞은 쇼.)의 마지막에 오케스트라가 "딕시(남부연맹의 군가이다. 1859년 뉴욕에서 다니엘 에멧이 '딕시의 땅'으로 작사를 했고, 처음 뉴욕에서 유행하기 시작했으나 나중에 아메리카 남부연방의 대통령 취임식에서 그 노래가 연주됨으로 인해 남부의 국가가 되었다. 어쨌든 딕시는 에이브러햄 링컨이 가장 좋아하는 노래였다.)"를 연주하자 샐리 캐럴은 그날의 눈물과 미소보다 더 강하고 영속적인 무엇인가가 가슴속을 가득 채우는 것을 느꼈다. 그녀는 자신의

얼굴이 진홍색이 될 때까지 의자 팔걸이를 움켜쥔 채 앞으로 몸을
숙였다.

"감동받은 거야, 자기?"

해리가 속삭였다.

하지만 그녀는 그의 말을 듣고 있지 않았다. 생기 넘치는 바이올
린의 선율과 가슴을 뛰게 하는 케틀드럼의 박자에 맞추어 그녀의
해묵은 유령이 어둠 속 근처에서 행진했고, 파이프가 낮은 앙코르
에 호각을 불고 신호를 던질 무렵, 그들은 거의 시야에서 벗어나고
있었고 그녀는 손을 흔들어 작별을 고했다.

"멀리, 멀리
저 멀리 남부 딕시에는!
멀리, 멀리
저 멀리 남부 딕시에는!"

5

특별히 더 추운 밤이었다. 전날은 갑자기 날씨가 풀려서 거리가 깨끗하게 드러나나 싶더니 이제는 바람의 발길 아래 푸석푸석한 눈가루가 가루투성이의 연기를 날리고 굽이치며 다시 거리 구석구석을 활보했고, 허공중에는 미세한 눈안개가 낮게 깔렸다. 하늘은 보이지 않았다. 오직 어둡고 불길한 장막이 거리 위를 뒤덮고 실제로 거대한 눈가루 군단이 접근해오고 있었다. 그러는 반면 불이 켜진 창문에서 흘러나오는 녹황색의 불빛이 주는 안락함이 한기를 씻어냈고 그들의 썰매를 끄는 말의 숨죽인 규칙적인 발걸음 소리는 끝없이 북풍을 씻어냈다. 너무나 우울한 도시라고 그녀는 생각했다—우울한 도시.

밤이면 가끔씩 그녀는 이 도시에는 아무도 살지 않는 것 같다는 생각을 했다. 모두들 오래전에 떠나고 불이 켜진 채 버려진 집들 위로 시간이 흐름에 따라 진눈깨비가 무덤처럼 쌓여가고 있었다. 오, 분명 그녀의 무덤 위에도 눈송이들이 쌓여가겠지. 기나긴 겨울 내내 저 엄청난 눈더미 아래 누워 있고, 그녀의 묘비는 환한 눈빛을 반사해 하얀 그림자를 드리우겠지. 그녀의 무덤이—꽃들이 만발하고, 햇살을 받고 비에 씻겨내려야 하는 무덤이.

그녀는 자신이 타고 왔던 기차가 지나쳤던 고립된 시골 농장들을, 그리고 긴 겨울이 지나는 동안 그곳의 삶을 다시 생각해 보았다. 창문 너머로 끊임없이 일렁거리는 불길, 바삭바삭 떨어져 내리는 부드러운 눈송이, 마침내 천천히 가차 없이 녹아내리는, 로저 패튼이 말해준 그 가혹한 봄이 찾아오겠지. 영원히 상실하게 될 그녀의 봄이, 라일락과 나른함의 향기가 그녀의 마음을 휘저어놓았다. 그렇게 그녀는 그 봄을 묻어버렸다―언젠가는 그 달콤함도 묻어버릴 수 있겠지.

점차 고집을 꺾고 눈보라가 멈추었다. 샐리 캐럴은 자신의 눈썹 위에 한 겹의 눈송이가 내려와 재빨리 녹아내리는 것을 느꼈고, 해리가 푹신푹신한 팔을 내밀어 그녀의 복잡한 문양의 프란넬 모자를 더 깊숙하게 잡아당겼다. 그러자 작은 눈송이들이 바로 눈앞에서 작은 실랑이를 벌였다. 투명한 하얀 물체가 순간순간 자신의 몸 위에 쌓이는데도 말은 침착하게 목을 숙이고 있었다.

"오, 추울 것 같아요, 해리."

그녀가 재빨리 말했다.

"누가? 말이? 오, 아니야. 말은 눈을 좋아해."

또다시 10여 분이 흐른 뒤 그들이 길모퉁이를 돌았고 그러자 목적지가 눈에 들어왔다. 높은 언덕 위에 겨울 하늘을 배경으로 선명한 녹색 불빛 속에 그 윤곽을 드러내고 서 있는 것은 얼음 궁전이었다. 허공중에 세워진 3층짜리 건물에는 성첩(城堞: 성 위에 낮게 쌓은 탑으로 그 뒤에 몸을 숨기고 적을 방어한다.)과 총안(銃眼) 그리고 고드름이 달린 좁은 창문들까지 갖추었고 그 안쪽의 셀 수 없을 만큼 많은 전기 불빛들이 거대한 중앙 홀에 근사하고 투명한 무늬를 만들고 있었다. 샐리 캐럴은 모피 코트 아래로 해리의 팔을 꼭 잡았다.

"아름다워! 맙소사, 정말 아름답군, 안 그래요? 85년 이후로 이곳에 이런 건물을 세운 적이 없었어."

그가 흥분해서 소리쳤다.

어떤 일인지 85년 이후 그런 일이 없었다는 생각이 그녀를 짓눌렀다. 얼음은 유령이었고, 얼음으로 만든 이 장원에는 분명히 창백한 얼굴들과 뿌옇게 눈발이 서린 머리카락을 가진 80년대의 그림자들이 뿌옇게 자리를 메우고 있었다.

"이쪽으로 와요, 내 사랑."

해리가 말했다.

그녀는 그를 따라 썰매에서 내려와 그가 말을 묶는 동안 잠시 기다렸다. 네 명의 무리가—고든, 미라, 로저 패튼 그리고 또 다른 아가씨가—커다랗게 종소리를 울리며 그들 곁에 모습을 드러냈다. 그곳에는 이미 상당히 많은 이들이 몰려 있었고, 양가죽이나 털가죽으로 몸을 감싼 채, 서로를 부르고 소리치며, 이제 몇 미터 앞도 분간할 수 없을 만큼 무겁게 내리는 눈을 뚫고 움직이고 있었다.

"높이가 5미터가 넘는대."

입구를 향해 터벅터벅 걸어가면서 해리가 옆에서 걷고 있는 털에 푹 감싸인 형체에게 말했다.

"자그마치 대지가 1,000평방야드(1평은 약 3.954평방야드.)래."

샐리 캐럴은 드문드문 몇 마디의 대화를 들을 수 있었다.

"중앙 홀 하나가…….", "성벽들은 50cm에서 1m 두께이고…….", "그리고 얼음 동굴이 거의 2km 길이…….", "이것을 지은 캐나다인은……."

그들은 안으로 난 길을 발견했고, 엄청난 자수정 벽의 마법에 넋이 나간 샐리 캐럴은 '쿠빌라이 칸'〈Kubla Khan(1797년 작, 1816년 간행) 콜리지가 쓴, 영어로 쓰인 최초의 초현실주의 시.〉 안의 두 문장을 계속 되풀이해서 중얼거렸다.

364

"이는 유례없는 기계의 기적이다.
얼음 동굴 속의 햇살이 비추는
유쾌한 돔이여!"

어둠을 밀어내고 반짝이는 동굴 안으로 들어간 그녀는 나무 의자 위에 자리를 잡았고 그날 저녁의 짓눌리는 듯하던 느낌도 사라졌다. 해리의 말이 맞았다. 너무나 아름다웠다. 그녀의 시선이 매끈한 벽을 따라 이리저리 두리번거렸다. 특별히 순결하고 투명한 것으로 선택된 벽돌들이 유백광(乳白光) 반투명의 효과를 냈다.

"저것 봐요! 여기, 오, 이런!"

해리가 고함을 질렀다.

악단이 멀리 구석에서 '환영, 환영, 이곳의 모든 사람들(Hail, Hail, the Gang's All Here!)' 을 연주하자 그 소리가 그들의 머리 위로 웅얼거리듯 울려 퍼졌고, 그런 뒤 갑자기 불이 나갔다. 침묵이 얼음벽을 타고 사방으로 퍼져 나가 그들을 뒤덮었다. 샐리 캐럴은 어둠 속에서도 여전히 자신의 하얀 숨결을 볼 수 있었다. 그리고 반대쪽에 줄을 지어 있는 창백한 얼굴들도.

음악이 숨죽인 불평으로 잦아들었고, 외부에서부터 행진하는 규악대의 목청껏 높이 울리는 연주가 흘러 들어왔다. 그 소리가 마치 바이킹 부족이 고대의 황야를 가로지르며 내지르는 승리의 찬가처럼 점점 더 커져갔다. 그 소리가 더 높아졌고 그들이 더 가까워졌다. 그런 뒤 한 줄의 횃불이 나타나고, 또 한 줄 또 한 줄, 모카신(북아메리카 원주민의 뒤축 없는 가죽신.)을 신은 발들이 박자를 맞추며 회색 맥키나우〈바둑판무늬(Mackinaw). 그것으로 만든 옷가지 류.〉를 입은 사람들의 모습이 긴 띠를 이루며 안으로 밀고 들어왔다. 모두들 눈신을 어깨에 걸쳐 멨고, 그들의 목소리가 거대한 벽을 따라 울려 퍼질 때마다 횃불이 타올라 일렁거렸다.

희색 띠가 끝나자 또 하나가 뒤따랐고, 이번에는 붉은 터보건 모자와 화염 같은 진홍색의 맥키나우 위로 불빛이 붉은 색조로 흘렀고, 안으로 들어오면서 그들은 후렴부분을 반복해서 불렀다. 그런 뒤 파란색과 흰색, 녹색, 흰색, 갈색과 노란색의 소대(小隊)들이 길게 줄을 이으며 들어왔다.

"저 하얀색 친구들이 와코타 클럽이야."

해리가 신이 난 듯 속삭였다.

"당신이 춤을 출 때 만났던 사람들이지."

목소리의 음량이 점점 커졌다. 거대하게 흔들리는 불길들과, 온갖 색조들, 그리고 부드러운 가죽신의 리듬 어린 발소리로 웅장한 동굴 안이 주마등처럼 변해갔다. 맨 처음 들어온 띠가 몸을 돌려 멈추었고, 한 소대의 사람들이 앞서 들어간 소대의 앞에 서는 식으로, 전 행렬이 하나의 튼튼한 화염의 깃발을 만들었고, 수천 명의 목소리가 한꺼번에 내지르는 목소리인 양 마치 천둥처럼 허공을 가로지르고, 횃불이 일렁거렸다. 장엄한 광경이었다! 엄청난 광경이었다! 샐리 캐럴에게 그 광경은 북부 사람들이 회색빛 눈의 이교도 신을 위해 위대한 제단 위에 제물을 바치는 것처럼 보였다. 고함치는 소리가 잦아들자, 악단이 다시 음악을 연주했고 더 많은 노래가 이어졌다. 그런 뒤 각각의 클럽에서 쩌렁쩌렁 울리는 긴 환호성을 질렀다. 딱딱 끊어지는 외침이 고요를 잘라놓는 동안 그녀는 아주 조용히 앉아 귀를 기울였다. 그러다 그녀는 화들짝 놀라고 말았다. 연달은 폭발음이 들려오고 동굴 내부 이곳저곳에 자욱하게 연기가 피어올랐다. 작업에 들어간 사진사들이 터트린 플래시 불빛이었다. 집회는 끝났다. 악단에 맞추어 클럽들은 다시 한 번 머리를 모으고, 환성을 지르며 행진을 해서 밖으로 나갔다.

“이쪽으로! 저들이 불을 끄기 전에 아래층에 있는 미로를 보러갔다 오자고.”

해리가 소리쳤다.

모두 자리에서 일어나 비탈진 길을 향해 걷기 시작했다. 해리와 샐리 캐럴이 앞장을 섰고, 그녀의 작은 털장갑이 그의 커다란 가죽장갑 속에 묻혀버렸다. 비탈길의 밑바닥에는 얼음으로 만들어진 텅 빈 긴 방이 있었고 천정이 너무 낮아서 모두들 고개를 숙여야 했다. 그들의 손이 떨어졌다. 미처 그의 의도를 깨닫기도 전에, 해리가 방 안으로, 입을 벌린 대여섯 개의 불이 밝혀진 통로들 중 한 곳으로 쏜살같이 뛰어 들어갔고 그다음은 오직 녹색으로 가물거리는 빛을 가리며 흐릿하게 멀어지는 그림자뿐이었다.

“해리!”

그녀가 소리를 쳤다.

“어서 와요!”

그가 뒤를 돌아보며 소리쳤다.

그녀는 텅 빈 방 안을 둘러보았다. 나머지 일행들은 분명 집으로 돌아가기로 결정한 듯 이미 바깥으로, 높이 쌓인 눈더미 속 어딘가로 나산 뒤였다. 그녀는 주지히머 헤리를 따라 들어갔다.

“해리!”

대답이 없었다. 똑바로 앞으로 달려가던 그녀는 갑작스럽게 서릿발 같은 공포에 휩싸여 번개처럼 몸을 돌려 왔던 길로 되돌아갔다. 갈림길에 도착했다. 여기였던가? 왼쪽으로 돌면 출구로 향하는 길고 낮은 방이 나와야 하는데. 하지만 그곳에는 그 끝에 어둠이 내려앉은, 빛이 가물거리는 또 다른 통로뿐이었다. 그녀는 다시 소리를 쳤지만, 벽들은 단지 반향조차 없는 단조롭고 평평한 메아리만 되돌려줄 뿐이었다.

자신의 발자국을 쫓아 그녀는 또 다른 모퉁이를 돌았고, 이번에는 넓은 통로가 이어졌다. 마치 홍해의 갈라진 물 사이에 놓여진 녹색의 소로(小路) 같았고, 텅 빈 무덤으로 연결된 축축한 아치 같았다.

덧신의 바닥에 얼음이 끼었기 때문에 걸음을 옮길 때마다 약간씩 미끄러지고 있었다. 그녀는 반쯤 미끈거리는, 반쯤 끈끈한 벽을 장갑을 낀 두 손으로 짓누르며 균형을 유지했다.

"해리!"

여전히 대답이 없었다. 그녀가 만든 소리가 조롱하듯 통로 끝을 타고 되돌아왔다.

바로 그 순간 불빛이 사라졌고, 그녀는 완전히 어둠 속에 갇혔다. 그녀는 나직하게 두려움에 잠긴 외침을 토해냈고 차갑고 작은 얼음 덩어리 위로 무너졌다. 그녀는 넘어지며 자신의 왼쪽 무릎이 어떻게 되었다는 것을 느꼈지만, 안정감을 잃었다는, 보다 더 큰 공포에 사로잡혀 그 사실을 거의 깨닫지 못했다. 그녀는 북쪽에서 날아온 죽음의 사신과 단둘이 되었고, 북극바다의 얼음 속에 갇힌 포경선에서, 모험가들의 하얀 뼛조각들이 흩뿌려져 있는 연기 한 점, 인적 하나 없는 황무지에서나 느낄 법한 음침한 외로움을 느꼈다. 죽음의 차가운 입김이, 대지를 가로질러 달려와 그녀를 사로잡았다.

분노와 절망에서 야기된 힘으로 그녀는 다시 일어나 맹목적으로 어둠을 향해 달려갔다. 이곳을 나가야만 했다. 반드시 나가야만 했다. 이곳에서 며칠 동안 길을 잃고, 얼어 죽으면, 마치 책에서 읽었던 시체들처럼 얼음에 뒤덮여 누운 채, 빙하가 녹을 때까지 완벽하게 보존되겠지. 해리는 아마도 그녀가 다른 이들과 함께 떠났다고 생각할 거야. 지금쯤이면 이곳을 떠났을 거야. 내일 늦게까지 아무도 깨닫지 못할 거야. 그녀는 처량하게 벽에 몸을 기대었다. 두께가 1m, 그들이 그렇게 말했지. 두께가 1m라고!

"오!"

그녀는 자신의 양옆의 벽을 따라, 이 궁전에, 이 도시에, 이 북부에 맴돌고 있는 섬뜩하고 축축한 영혼들을 느꼈다.

"오, 누군가를 보내줘요. 누군가를 보내줘요……."

그녀가 큰 소리로 외쳤다.

클락 대로우, 그라면 이해할 것이다. 혹은 조 에이그도. 그녀가 이곳에 영원히 떠돌도록 남겨지는 일이 없었을 것이다. 심장이, 육체가, 영혼이 얼어붙어 버리도록……. 여기 그녀가, 여기 샐리 캐럴이 어찌하여? 그녀는 행복한 존재였다. 그녀는 행복한 작은 소녀였다. 그녀는 온기와 여름과 딕시를 좋아했다. 이러한 것들은 너무 낯설었다─낯설었다.

"넌 울지 않아."

무언가가 크게 말했다.

"넌 더 이상 절대로 울지 않아. 네 눈물은 그냥 얼어버릴 거야. 이곳에서는 눈물도 다 얼어버려."

그녀는 얼음 위에 손발을 쭉 뻗은 채 쓰러졌다.

"오, 하느님!"

그녀가 손으로 주위를 더듬으며 말했다.

긴 시간이 흐르고, 엄청난 피로와 함께 그녀는 자신의 눈이 감기는 것을 느꼈다. 그런 뒤 누군가가 그녀의 옆에 앉는 것 같더니 따스하고 부드러운 손이 그녀의 얼굴을 감쌌다. 그녀는 기분 좋게 올려다보았다.

"이런, 마저리 리."

그녀가 부드럽게 혼잣말을 읊조렸다.

“당신이 올 줄 알았어요.”

정말로 마저리 리였다. 그녀는 샐리 캐럴이 알고 있던 그대로 젊고, 하얀 눈썹과 크고 따스함이 담긴 눈동자를 가졌고 몸을 쉬기에 너무나도 편안한 부드러운 옷감으로 만든 후프 스커트를 입고 있었다.

“마저리 리.”

이제 점점 더 어두워졌다―그 모든 비석들을 다시 칠을 해야만 했다, 분명 그래야 했다. 물론 그렇게 하면 그것들은 더럽혀지겠지. 하지만 그것들을 볼 수 있어야 했다.

그런 뒤 순간순간 시간의 연결이 빠르게 그리고 느리게 하지만 궁극적으로 스스로를 분해해 창백한 노란색 태양을 향하는 셀 수 없는 부연 광선으로 응집시키려는 듯이 이어졌다. 그녀의 귀에 정적이 부서지는 아주 맹렬한 소음이 들려왔다.

태양이었다. 빛이었다. 횃불이, 그 뒤로도 횃불이, 또 하나의 횃불이, 목소리들과 함께 횃불 아래 하나의 얼굴이 모습을 드러냈고, 두꺼운 팔들이 그녀를 들어 올렸고, 그녀의 뺨에 무엇인가를 느꼈다―축축함이 느껴졌다. 누군가가 그녀를 끌어안고 그녀의 얼굴을 눈으로 문지르고 있었다. 얼마나 웃기는 일인지―눈이라니.

“샐리 캐럴! 샐리 캐럴!”

위험한 댄 맥그로우와 그녀가 모르는 또 다른 두 개의 얼굴이었다.

“아가씨, 아가씨! 우리는 당신을 2시간 동안 찾아다녔어요. 해리는 반쯤 미쳐버렸어요.”

사물들이 서둘러 공간을 채웠다. 노랫소리, 횃불, 행진하는 클럽의 커다란 외침. 그녀는 로저 패튼의 품 안에서 꿈틀거리며 길고 긴 외침을 토해냈다.

“오, 여길 나가고 싶어요! 집으로 돌아갈래요. 날 집으로 데려다

쉬요”

　그녀의 목소리가 비명으로 바뀌었고, 다음 통로를 따라 아래로 달려 내려오던 해리의 심장에 냉기를 불어넣었다.

　“내일요!”

　그녀가 혼미한 상태로, 거리낌 없는 열정을 담아 소리쳤다.

　“내일 당장! 내일! 내일!”

6

황금색 햇살의 풍요로움이 얼마간 그 기세를 잃었지만 기묘하게도 편안한 열기를, 곧게 뻗어 있는 먼지 쌓인 도로를 마주하고 있는 집 위에 종일 쏟아 부었다. 두 마리의 새가 옆집의 나뭇가지 사이에서 찾아낸 시원한 장소에서 엄청난 소란을 피우고 있었고, 거리 아래쪽에는 한 검은 옷을 입은 여인이 노래를 부르듯 딸기를 사라고 소리쳤다. 4월의 오후였다.

자신의 팔을 낡은 창틀 위에 올려놓고, 그 팔 위에 턱을 올려놓은 채 샐리 캐럴 하퍼는 반짝이는 먼지 너머, 올 봄 들어 처음으로 밀려드는 열기의 물결을 졸린 듯이 응시했다. 그녀는 아주 낡은 포드가 위험하게 모퉁이를 돌아 보도 끝에 멈추어 서기 위해 달각거리며 신음을 내뱉는 것을 지켜보았다. 그녀는 아무런 소리도 내지 않았고, 잠시 후 귀에 거슬리는 낯익은 휘파람 소리가 허공을 갈랐다. 샐리 캐럴은 미소를 지으며 눈을 깜박였다.

"좋은 아침이에요."

자동차 뚜껑 아래에서 힘겹게 머리가 나왔다.

"아침이 아니야, 샐리 캐럴."

"정말 확실해요?"

그녀가 애정이 담긴 놀란 목소리로 말했다.

"어쩜 아닐 수도 있겠죠."

"뭐 하고 있어?"

"녹색 복숭아를 먹고 있었어요. 아마도 이제 곧 죽을 거예요."

클락이 그녀의 얼굴을 바라보기 위해 더 이상 돌려지지 않을 때까지 자신의 몸을 비틀었다.

"물이 주전자에서 뿜어져 나오는 수증기처럼 따스해, 샐리 캐럴. 수영하러 가지 않을래?"

"움직이지 싫어요."

샐리 캐럴이 게으른 한숨을 내쉬었다.

"하지만 그래야겠죠."

(1920년)

컷글라스 그릇
The Cut-Glass Bowl

1

구석기 시대가 있었고 신석기 시대가 있었고 청동기 시대가 있었으며, 그리고 오랜 세월이 지난 후 컷글라스 시대가 도래했다. 컷글라스 시대에는, 젊은 처녀들이 길고 곱슬곱슬한 콧수염을 기른 젊은 청년들에게 설득당하여 결혼을 한 뒤 몇 달 후, 두 사람이 나란히 앉아 선물로 받은 여러 종류의 컷글라스 그릇들—펀치볼, 핑거볼, 디너글라스, 아이스크림 접시, 봉봉 접시, 유리병과 그리고 꽃병들—에 대한 감사편지를 썼다. 물론 1890년대에는 컷글라스 그릇들이 특별히 새로운 물건은 아니었지만, 그 무렵 특별히 백베이(Back Bay: 미국 메사추세츠 주 보스턴에 있는 고급 주택가.)에서부터 중서부 지방의 요새에 이르기까지 전 지역에 걸쳐 유행이라는 찬란한 빛을 내뿜고 있었다.

  결혼식이 끝난 뒤 펀치볼들은 커다란 그릇을 중심으로 찬장에 나란히 자리를 잡았고 술잔들은 도자기 찬장 속에 수납되었다. 그리고 촛대를 그 양쪽 끝에 세워놓았다. 그러고 나면 살아남기 위한 투쟁이 시작되었다. 봉봉 접시는 작은 손잡이가 떨어져 나간 뒤 2층에서 핀을 담는 접시로 전락하였다. 고양이 한 마리가 찬장 위를 어슬렁거리다가 작은 그릇을 바닥에 떨어뜨렸고, 가정부가 설탕 그릇에 부딪쳐 중간 크기의 그릇은 이가 빠졌다. 그 뒤 와인글라스들의 다리 부분이 하나씩 부러지고, 심지어 디너글라스들도 마치 '열 꼬마 인디언'처럼 차례차례 모습을 감추고, 마지막까지 남아 있던 하나는 상처투성이에 쓸모가 없어져 결국 칫솔꽂이로 전락해 초라해져 버린 다른 값비싼 물건들과 함께 욕실 선반 위에 놓이게 되었다. 하지만 이 모든 일들이 다 끝나갈 무렵, 어쨌든 컷글라스 시대도 끝이 났다.

하루 중 강렬한 햇살이 완전히 사그라졌을 무렵, 호기심 많은 로저 페어볼트 부인이 아름다운 해럴드 파이퍼 부인을 만나기 위해 방문했다.

"부인."

호기심 많은 로저 페어볼트 부인이 말했다.

"집이 너무나 마음에 들어요. 상당히 예술적이라는 생각이 드는군요."

"정말 고마워요."

아름다운 해럴드 파이퍼 부인이 생기가 넘치는 검은 눈동자를 반짝이며 대답했다.

"종종 놀러오세요. 저는 오후에는 거의 항상 집에 혼자 있으니까요."

페어볼트 부인은 그녀의 말을 조금도 믿지 않는다고, 그녀가 자신의 방문을 기대할 거라고는 생각하지 않는다고 말해주고 싶었다. 지난 여섯 달 동안 일주일에 닷새는 프레디 게드니 씨가 늦은 오후쯤 파이퍼 부인을 방문해왔다는 사실이 마을 전체에 퍼져 있었다. 페어볼트 부인은 특히나 아름다운 여자들을 신뢰하지 않는 그런 원숙한 나이에 접어들어 있었다.

"특히 식당이 가장 마음에 들어요. 저 근사한 도자기들과 거대한 컷글라스 그릇도요.”

파이퍼 부인이 너무나 예쁘게 웃자, 페어볼트 부인의 머릿속에 은
근히 남아 있던 프레디 게드니 씨에 대한 생각이 완전히 사라졌다.

“오, 그 큰 그릇이오!”

그렇게 말하는 파이퍼 부인의 입술이 싱그러운 장미 꽃잎처럼 벌
어졌다.

“그 그릇에는 사연이 있답니다……..”

“어머……..”

“칼튼 캔비라는 청년을 기억하세요? 글쎄, 한때 그이가 내게 상
당히 관심을 보였는데, 7년 전, 즉 1892년, 내가 해럴드와 결혼을
할 거라고 말한 날 저녁, 그는 몸을 꼿꼿하게 세우면서 이렇게 말
했어요. ‘이블린, 당신처럼 냉혹하고, 당신처럼 아름답고, 당신처
럼 속이 텅 비고, 당신처럼 속을 훤히 들여다볼 수 있는 그런 선물
을 보내도록 하죠.’ 라고요. 그때 난 그 사람 때문에 다소 겁을 먹었
지요……. 그의 눈동자가 칠흑같이 검었거든요. 그이가 유령이 나
오는 고택의 집문서나 아니면 뚜껑을 여는 순간 폭발하는 뭔가를
선물할 거라고 생각했죠. 그런데 저 그릇이 도착했고, 당연히 너무
나 아름다웠어요. 지름인지 원둘레인지 뭔가가 70cm래요……. 아
니, 아마 1m였나. 어쨌든 찬장이 너무 작아서 그릇을 올려놓을 수
없었죠. 밖으로 툭 튀어나왔거든요.”

“어머나, 부인, 너무나 기묘한 일이군요. 그가 그때쯤 마을을 떠
났죠, 안 그런가요?”

페어볼트 부인은 자신의 머릿속에 이탤릭체로 메모를 해두고 있
었다. ‘냉혹하고 아름답고 속이 텅 비고 속을 훤히 들여다볼 수 있
는.’ 이라고 말이다.

“그래요, 그는 서부로—아니, 남부인가—하여간에 어디론가 떠

났죠."

파이퍼 부인은 그녀의 미모가 세월을 뛰어넘을 수 있도록 도와준 그 신비스럽고 애매한 분위기를 풍기며 대답했다.

페어볼트 부인은 장갑을 끼면서 넓은 음악실에서 서재를 통해 건너편 식당의 일부까지 훤히 보이는 탁 트인 공간에 감탄했다. 그 집은 사실 근사한 집이긴 했지만 시내에서는 다소 작은 편에 속하는 집이었다. 파이퍼 부인은 데브룩 애버뉴에 있는 더 큰 집으로 이사를 할 예정이라고 말했다. 해럴드 파이퍼가 화폐를 찍어내기라도 한다는 말인가.

가을의 어스름이 밀려드는 인도로 발을 내디디며 그녀는 대부분의 성공한 사십 대 여자들이 거리를 거닐 때 흔히 보여주는 뭔가 못마땅한 듯한, 불쾌한 표정을 지었다.

만일 내가 해럴드 파이퍼라면, 그녀는 생각했다. 사업에 시간을 조금 덜 쓰고, 집에서 시간을 조금 더 보냈을 거야. 친구 중 누군가가 그에게 귀띔을 좀 해줘야 하는데.

하지만 만약 페어볼트 부인이 그날 오후의 방문을 비교적 성공적인 것이라고 평가했다면, 2분만 더 기다렸더라면 대성공이라 일컬었을 것이다. 그녀가 100m 정도 거리를 따라 걸어 내려가고 있을 즈음, 아주 수려한 외모에 다소 얼이 빠져 보이는 청년이 산책로를 돌아 파이퍼의 집으로 빠르게 걸어갔다. 초인종이 울리자 파이퍼 부인이 직접 문을 열었고, 그녀는 몹시 당황한 표정으로 재빨리 그를 서재로 안내했다.

"당신을 꼭 만나야만 했어요."

그가 거칠게 입을 열었다.

"당신의 쪽지를 받고 기분이 너무 참담했어요. 해럴드가 당신을 위협해 그런 편지를 쓰게 했나요?"

그녀는 고개를 내저었다.

"이제 끝났어요, 프레디."

그녀가 천천히 말했고, 그의 눈에는 그런 그녀의 입술이 장미꽃에서 막 따온 꽃잎처럼 보였다.

"어젯밤 남편이 그 일로 아주 괴로워하며 돌아왔어요. 제시 파이퍼가 의무감을 느끼고, 그이의 사무실로 가서 다 이야기했대요. 그이는 상처를 입었고…… 오, 그 사람의 입장을 충분히 이해할 수 있어요, 프레디. 그의 말로는 우리가 여름 내내 클럽의 구설수에 올랐는데, 그이만 그걸 눈치 채지 못하고 있었대요. 하지만 그는 자신이 전에 언뜻 들었던 대화나 사람들이 나에 대해 넌지시 암시했던 말들을 이제 이해하게 된 거예요. 그 사람은 굉장히 화가 났어요, 프레디. 그리고 그이는 나를 사랑하고 나는 그이를 사랑해요……. 무척이나."

프레디 게드니는 천천히 고개를 끄덕이고 반쯤 눈을 감았다.

"그래요."

그가 말했다.

"네, 내 근심도 당신과 똑같아요. 다른 사람들의 시점에서 우리의 관계를 너무나 분명하게 볼 수 있어요."

그의 회색 눈동자가 그녀의 검은 눈동자를 진지하게 마주 보았다.

"우리들의 축복받은 시간은 이제 끝났어요. 맙소사, 이블린, 온종일 사무실에 앉아서 당신이 보낸 편지 봉투만을 바라보고 또 바라보았어요. 그것을 읽고 또 읽으면서요……."

"이제 그만 돌아가요, 프레디."

그녀가 진지하게 말했고, 그녀의 목소리에 담긴, 힘주어 재촉하는 듯한 기색이 그에게는 새로운 아픔으로 다가왔다.

"그이에게 당신을 만나지 않겠다고 약속했어요, 해럴드의 참을

성이 어디까지인지는 내가 잘 알고 있어요. 그리고 지금 이렇게 당신과 함께 있는 건 용납이 되지 않는 일이에요."

그들은 여전히 서 있었고, 그녀는 말을 하면서 조금씩 문 쪽으로 이동했다. 게드니는 절망스러운 표정으로 그녀를 바라보며, 이제 마지막으로, 그녀의 모습을 소중히 간직하려 노력했다……. 그때 두 사람은 문득 집 밖 보도 위를 걷는 발소리를 듣고 대리석처럼 굳어져 버렸다. 순간적으로 그녀는 팔을 뻗어 그의 외투 옷깃을 움켜쥐었고 반은 재촉하듯, 반은 밀쳐내듯 그를 끌고 커다란 문을 지나 어두운 식당으로 밀어 넣었다.

"그이를 2층으로 올라가게 만들게요."

그녀가 그의 귀에 대고 속삭였다.

"그이가 2층으로 올라가는 소리가 들릴 때까지 움직이지 말아요. 그런 뒤 현관으로 나가도록 해요."

그러고 나서 그는 홀로, 그녀가 복도에서 남편을 맞이하는 소리를 듣고 있었다.

해럴드 파이퍼는 서른여섯 살로 아내보다 아홉 살이 많았다. 그는 잘생긴 편이었고, 굳이 덧붙이자면, 두 눈은 너무 가까이 붙어 있어서 긴장을 풀고 있을 때의 얼굴이 확실히 부자연스럽긴 했다. 이 게드니 문제에 대한 그의 태도는 이제까지 그가 보여준 전형적인 모습과 다를 게 없었다. 그는 이블린에게 이 문제는 끝난 일로 간주하고 있으며, 더 이상 결코 그녀를 비난하지 않고 그 어떤 형태로든 언급하지 않겠다고 말했다. 그리고 그는 그렇게 하는 것이 대범한 행동이라고 스스로를 납득시켰다. 그녀는 조금도 감동을 받지 않았지만 말이다. 사실, 자신의 대범하다고 믿는 모든 남자들과 마찬가지로 그도 유별나게 속이 좁은 사람이었다.

그는 그날 저녁, 지나친 애정을 드러내며 이블린을 반겼다.

"서둘러서 옷을 갈아입어요, 해럴드."

그녀는 조급하게 말했다.

"브론슨 씨 댁에 가야 하니까요."

그는 고개를 끄덕였다.

"옷을 갈아입는 데는 별로 시간이 걸리지 않을 거야, 여보."

말소리가 잦아들었고, 그가 서재 안으로 걸음을 옮겼다. 이블린의 심장이 큰 소리로 뛰었다.

"해럴드……."

약간의 초조함이 담긴 목소리로 말하며 그녀는 그를 따라 안으로 들어갔다. 그는 담배에 불을 붙이고 있었다.

"서둘러요, 해럴드."

그녀는 문가에 서서 말했다.

"왜? 당신도 아직 옷을 차려입지 않았잖아, 이비(이블린의 애칭.)"

그가 다소 짜증스러운 듯 물었다.

그가 안락의자 위에 몸을 쭉 펴고 앉아 신문을 펼쳤다. 이블린은 무기력한 기분으로 이렇게 되면 그가 최소 10분은 더 서재에 머물 거란 사실을 깨달았다. 게드니는 바로 옆방에 숨을 죽이고 서 있었다. 어쩌면 해럴드가 2층으로 올라가기 전에 찬장의 술병에서 술 한잔을 따라 마시기로 마음먹을 수도 있었다. 그러자 남편에게 미리 술병과 술잔을 가져다 줘서 그 뜻하지 않은 사태를 모면해야겠다는 생각이 들었다. 그의 관심이 식당 쪽으로 쏠리는 것이 너무나 끔찍했지만, 다른 위험을 감수할 수는 없었다.

하지만 바로 그 순간 해럴드가 자리에서 일어나, 신문을 내려놓고, 그녀를 향해 다가왔다.

"이비, 여보."

그는 몸을 숙여 두 팔로 그녀를 감싸 안으며 말했다.

“당신이 어젯밤 일에 대해 더 이상 생각하지 않았으면 좋겠어……”

그녀는 몸을 떨면서 그에게 바싹 다가갔다.

“나도 알아.”

그가 말을 이었다.

“당신의 입장에서는 그저 가벼운 친구 사이였겠지. 사람은 누구나 다 실수를 하는 법이야.”

이블린은 그의 말을 거의 듣고 있지 않았다. 그녀는 혹시 이렇게 바싹 몸을 붙인 채로 그를 2층으로 끌고 올라가는 건 어떨지 고민했다. 아픈 척하며 침실로 옮겨달라고 할까도 생각해 보았지만 불행히도, 그러면 그는 우선 자신을 소파에 눕혀놓고 위스키를 가져올 것이 자명했다.

갑자기, 그녀의 초조한 긴장감이 마지막 단계를 넘어 버렸다. 아주 희미하지만, 아주 분명하게 부엌의 마룻바닥이 삐걱거리는 소리가 들려왔다. 프레디가 뒤쪽으로 빠져나가려 하고 있었다.

바로 그 순간 공을 울리는 듯한 공허한 소리가 온 집안에 메아리를 치자, 그녀의 심장이 요동을 쳤다. 프레디 게드니의 팔이 커다란 컷글라스 그릇에 부딪친 것이 분명했다.

“무슨 소리지? 거기 누구요?”

해럴드가 소리쳤다.

그녀가 힘껏 그에게 매달렸지만 그가 몸을 떼어냈고, 그녀의 귀에는 마치 온 방이 무너져 내리는 듯했다. 식료품실의 문이 열리는 소리, 몸싸움이 벌어지는 소리, 양철 팬이 쩔렁거리는 소리가 들려왔고, 완전히 낙심한 채로 그녀는 서둘러 부엌으로 들어가 싸움을 말렸다. 게드니의 목을 감고 있던 남편의 팔이 천천히 풀리고, 그가 잠시 아주 가만히 서 있었다. 처음에는 놀란 듯한 기색이, 그런 뒤 고통스러운 기색이 그의 얼굴 위를 스쳐 지나갔다.

"이런!"

그가 당황한 듯이 되풀이해서 말했다.

"이런!"

그는 마치 다시 게드니를 향해 달려들 듯이 몸을 돌렸지만, 이내 행동을 멈추었고, 눈에 띄게 근육에서 힘이 풀리더니, 짧게 씁쓸한 웃음을 터트렸다.

"당신들…… 당신들……."

이블린의 두 팔이 그를 감싸고 그녀의 두 눈이 미친 듯이 애원했지만, 그는 그녀를 밀쳐내고 금방이라도 부서질 듯한 표정으로 멍하니 부엌 의자에 주저앉았다.

"어떻게 내게 이런 짓을 하는 거야, 이블린. 정말 당신은 작은 악녀야, 당신은 작은 악녀라고!"

그녀는 결코 이렇게까지 그에게 미안함을 느낀 적이 없었다. 결코 이렇게까지 그를 사랑한 적도 없었다.

"그녀의 잘못이 아니에요."

게드니가 다소 조심스럽게 말했다.

"제가 찾아왔을 뿐입니다."

하지만 해럴드는 고개를 휘저었고, 그가 고개를 쳐들었을 때의 표정은 마치 어떤 사고로 큰 충격을 받아 일시적으로 정신을 놓아 버린 듯했다. 갑자기 그의 애처로운 눈동자가 이블린의 심금을 깊고 그윽하게 울렸다. 동시에 맹렬한 분노의 감정이 부글부글 끓어 올랐다. 눈꺼풀에 불이 붙은 것처럼 느꼈다. 그녀는 난폭하게 발을 굴렀다. 그리고는 무기라도 찾듯이 신경질적으로 두 팔을 휘저으며 탁자 위를 쓸고 난 뒤 게드니를 향해 거칠게 몸을 돌렸다.

"나가요!"

검은 눈동자를 번쩍이며, 작은 두 주먹으로 그가 뻗은 두 팔을 두드리면서 그녀가 소리를 질렀다.
"당신이 이렇게 만들었어요! 여기서 나가요…… 나가요! 나가란 말이에요!"

2

서른다섯 살의 해럴드 파이퍼 부인에 대한 의견은 둘로 나뉘었다. 여자들은 그녀가 여전히 근사하다고 말했고, 남자들은 그녀가 더 이상 아름답지 않다고 했다. 이것은 어쩌면 여자들이 두려워하고 남자들이 추종하던 그녀만의 독특한 아름다움이 사라져 버렸기 때문일 것이다. 그녀의 눈동자는 여전히 크고, 여전히 검고, 여전히 우수에 차 있었지만, 신비감은 사라져버렸고, 그 속의 슬픈 표정은 더 이상 영원불멸의 것이 아닌, 인간의 것으로 변해 있었다. 그리고 깜짝 놀랄 때나 심란한 일이 있을 때면 이맛살을 찌푸리며 눈을 깜박거리는 버릇이 생겼다. 그녀의 입술 또한 그 매력을 잃었다. 붉은빛이 바랬고, 미소를 지을 때면 언저리가 살짝 처지면서, 표정에 슬픈 빛을 띤 눈동자를 돋보이게 하고, 희미하게 세상을 조롱하는 듯하던 매혹적인 아름다움이 사라진 것이었다. 이제 그녀가 미소를 지을 때면 입 언저리가 약간 치켜 올라갔다. 과거, 이블린이 자신의 미모에 도취되어 있었을 한창 때에는 그런 미소를 즐겨 지었고, 그것을 일부러 강조하곤 했었다. 하지만 그것을 강조하는 것을 멈추자, 그 표정이 사라지며 그녀에게 남아 있던 마지막 신비감마저 함께 사라져버렸다.

　이블린은 프레디 게드니와의 사건 이후 한 달도 채 지나지 않아 자신의 미소를 강조하는 것을 그만두었다. 표면적으로는 예전과 달라진 것이 거의 없었다. 하지만 이블린은 자신이 얼마나 남편을 사랑하는지를 알게 된 바로 그 몇 분 동안, 자신이 남편에게 씻을 수 없는 상처를 주었음을 깨달았다. 처음 한 달은 고통스러운 침묵과 세찬 비난과 질타에 맞서 싸웠다. 빌면서 애원도 해보고, 조용히 동정적인 사랑을 보여주기도 했지만, 그는 그런 그녀를 가차 없이 비웃었다. 그러자 그녀도 천천히 침묵 속으로 빠져들었고, 그들 사이에 허물 수 없는 음울한 장벽이 드리워졌다. 그녀는 자신의 가슴속에 들끓는 넘치는 애정을 고스란히 어린 아들, 도널드에게 쏟아 부었고, 그 아이가 자신의 삶의 일부라는 사실에 거의 경이로움까지 느꼈다.

　한 해가 지나자 상호간의 흥미와 책임이 늘어나기도 하고 또 타다 만 지난날의 불꽃이 조금씩 되살아나면서 다시금 부부 관계가 좋아졌다. 하지만 이블린은 한차례 뜨겁게 솟구치던 열정의 홍수가 휩쓸고 간 뒤 자신에게 주어졌던 엄청난 기회가 완전히 사라졌음을 깨달았다. 이제 자신에게는 아무것도 남은 것이 없었다. 이전에 그녀는 두 사람을 위한 젊음과 사랑으로 충만한 존재였다. 그러나 그 침묵의 세월이 천천히 애정의 샘물을 고갈시켰고, 다시 그 물을 마시길 바랐던 그녀 자신의 욕망도 말라붙어 버렸다.

　난생처음으로 그녀는 여자 친구를 찾았고, 예전처럼 독서를 즐기고, 두 아이에게 아낌없이 헌신하면서 늘 두 아이를 지켜볼 수 있는 곳에서 바느질을 시작했다. 그녀는 사소한 것들에 대해 신경 쓰게 되었다. 대화를 나누는 중에도, 식탁 위에 빵 부스러기가 조금만 떨어져 있어도 신경이 자꾸 그곳으로 쏠렸다. 그렇게 그녀는 점차 중년으로 접어들고 있었다.

그녀의 서른다섯 번째 생일은 예외적으로 바쁘게 지나갔다. 그날 저녁 갑작스럽게 손님을 치르게 되었기 때문인데, 그날 오후 늦게 침실 창가에 서 있던 그녀는 자신이 상당히 지쳐 있음을 깨달았다. 10년 전이었다면 즉시 침대에 누워 낮잠을 청했겠지만, 이제는 여러 가지 일에 마음을 써야 했다. 하녀들이 아래층을 청소하는 중이어서, 골동품들이 마룻바닥 여기저기에 널려 있었고, 식료품점에서 점원이 주문을 받으러 오면 따끔하게 한마디 해줘야겠다고 결심했다. 그런 다음에는 이제 열네 살이 되어 처음으로 집을 떠나 학교 기숙사에 머무는 도널드에게 편지도 써 보내야 했다.

그럼에도 잠시 침대에 몸을 누이기로 마음을 먹은 그 순간, 아래층에서 어린 딸 줄리의 갑작스럽고 귀에 익은 외침이 들려왔다. 그녀는 입술을 굳게 다물고, 이맛살을 찌푸리며 눈을 깜박였다.

"줄리!"

그녀가 외쳤다.

"아야, 아, 아악!"

줄리가 애처롭게도 비명을 길게 질렀다. 잠시 후 보조 하녀인 힐다의 목소리가 2층까지 들려왔다.

"줄리가 손가락을 약간 베었어유, 파이퍼 마님."

이블린은 반짇고리로 달려가, 그 안을 뒤적거려 찢어진 손수건을 찾아낸 뒤, 서둘러 아래층으로 내려갔다. 그녀가 줄리의 드레스 위에 희미한 흔적을 남긴 상처를 찾는 동안, 아이는 그녀의 품에서 울어댔다.

"어엄지 손가락."

줄리가 설명했다.

"아야, 아, 앙, 아파아."

"여기 있는 유리그릇 때문이에유."

힐다가 변명조로 말했다.

"잠시 바닥에 내려놓구 찬장을 닦는 중이었거든유. 그런데 줄리가 와서 그걸 갖고 놀았어유. 그러다가 손가락을 다친 거지유."

이블린은 힐다를 향해 엄한 표정을 지었다. 그리고 줄리를 자신의 무릎에 돌려 앉힌 뒤, 손수건을 길게 찢기 시작했다.

"자…… 상처를 좀 보자꾸나, 아가야."

줄리가 엄지손가락을 쳐들자 이블린은 그것을 움켜쥐었다.

"자!"

줄리는 헝겊에 쌓인 엄지손가락을 의심스러운 듯이 살펴보았다. 엄지손가락을 약간 구부리니 흔들거렸다. 눈물이 얼룩진 얼굴 위로 기쁘고 흥미롭다는 표정이 나타났다. 아이는 코를 쿵쿵거리며 냄새를 맡아보더니 또 한 번 엄지손가락을 움직였다.

"소중한 우리 아가!"

이블린은 큰 소리로 말하면서 아이를 안고 키스했다. 그녀는 방을 나서기 전에 다시 한 번 힐다를 향해 냉정하게 인상 쓰는 것을 잊지 않았다. 부주의하기는! 요즘 하녀들은 다 이 모양이란 말이지. 일 잘하는 아일랜드 여자를 구할 수만 있다면……. 하지만 그런 하녀를 어디서 구한담……. 하여간 이 스웨덴 하녀들이란…….

5시가 되자 해럴드가 집으로 돌아왔고, 수상쩍을 정도로 신바람이 나서 그녀의 생일을 축하하기 위해 서른다섯 번의 키스를 해주겠다고 큰 소리로 떠들어댔다. 이블린은 저항했다.

"술을 마셨군요."

짤막하게 말한 뒤, 조심스럽게 한마디 덧붙였다.

"비록 한두 잔이라 해도, 내가 술 냄새를 얼마나 끔찍이 싫어하는지 당신도 알잖아요."

"이비."

그가 잠시 멈칫하더니 창가 옆 의자에 앉으며 말했다.

"당신에게 할 말이 있어. 당신도 지금 시내 경기가 신통치 않다는 건 알 테지."

그녀는 창가에 서서 머리를 빗고 있었지만, 그 말에 고개를 돌려 그를 바라보았다.

"그게 무슨 말이죠? 이 시내에서는 철물 도매점이 하나 더 생긴다 해도 일은 충분하다고 말하곤 했잖아요."

그녀의 목소리에는 놀란 기색이 역력했다.

"그랬었지."

해럴드가 의미심장하게 말했다.

"하지만 이 클래런스 에이헌이란 작자는 상당히 영리하거든."

"그 사람을 저녁 식사에 초대했다는 말을 듣고 사실 좀 놀랐어요."

"이비."

그가 자신의 무릎을 탁 치며 말을 이어나갔다.

"1월 1일부터 '클래런스 에이헌 사'는 '에이헌·파이퍼 사'로 이름이 바뀌게 돼…… 그러면 '파이퍼 형제 회사'는 더 이상 존재하지 않게 되는 거야."

이블린은 깜짝 놀랐다. 남편의 이름이 뒤로 간다는 사실이 왠지 마음에 걸렸다. 하지만 그는 여전히 즐거워 보였다.

"이해가 되지 않아요, 해럴드."

"그러니까 이비, 에이헌이 막스와 어울려 다니고 있었어. 만일 두 사람이 합병을 한다면, 우리 회사의 규모가 가장 작아질 거고, 그렇게 고전하면서 작은 주문거리나 받아먹다가는 결국 위험에 처하게 될 거야. 이건 자본의 문제야, 이비. 그리고 '에이헌·막스 사'가 된다 해도 '에이헌·파이퍼 사'가 나아갈 방향과 똑같은 방

390

식으로 장사를 할 거야."

그가 말을 멈추고 기침을 하자, 약간의 위스키 냄새가 그녀의 코끝에 풍겨왔다.

"사실대로 말하자면, 이비. 에이헌의 아내가 뭔가 중요한 역할을 한 것 같아. 몸은 작지만 야심 많은 여자라고 하더군. 이곳에선 막스 집안이 별 도움이 되지 않을 거라고 추측한 모양이야."

"그 부인…… 좀 저속한 사람인가요?"

이블린이 물었다.

"한 번도 만난 적이 없어. 하지만 분명…… 그럴 거라 생각해. 클래런스 에이헌의 이름이 이미 다섯 달 전부터 컨트리클럽 입회 심사에 올라와 있는데, 아직 어떤 결정도 내리지 않고 있어."

그는 깔보듯이 손을 휘저었다.

"오늘 에이헌과 점심을 같이 먹었는데, 막 일을 마무리 지으려는 순간, 그와 그의 아내를 저녁 식사에 초대하는 것도 괜찮겠다는 생각이 들었어. 전부 다해도 아홉 명밖에 안 되고, 대부분 우리 가족이잖아. 이비, 이건 내게 중요한 일이야. 그리고 당신도 말야, 그 부부를 종종 만나게 되지 않겠어?"

"그래요."

이블린이 깊이 생각해보고 말했다.

"물론 그래야겠지요."

이블린은 사교적인 부분에 있어서는 별로 신경을 쓰지 않았다. 하지만 '파이퍼 형제 회사'가 '에이헌·파이퍼 회사'로 바뀐다는 사실에는 다소 놀랐다. 자신의 세상이 한쪽으로 기울어져 내리는 듯한 기분이 들었다.

30분쯤 후, 저녁 식사를 위해 옷을 갈아입으려는데 아래층에서 남편이 부르는 소리가 들려왔다.

“오, 이비, 내려와 봐.”

그녀는 복도로 나가 난간 너머로 소리쳤다.

“무슨 일이죠?”

“오늘 저녁에 마실 펀치를 좀 만들려고 하는데 당신이 도와줬으면 해.”

그녀는 서둘러 드레스를 지퍼를 올리고 나서 아래층으로 내려와, 남편이 식당 테이블 위에 늘어놓은 재료들을 보았다. 그녀는 찬장으로 가서 유리그릇을 하나 꺼내 왔다.

“오, 그건 아니야.”

그가 항의하듯 말했다.

“더 큰 그릇을 사용하자고. 에이헌과 그의 아내, 당신과 나 그리고 밀턴, 그럼 다섯 명이고, 톰과 제시, 일곱, 그리고 처제와 조 앰블러, 그렇게 아홉 명이잖아. 당신이 만든 펀치가 얼마나 빨리 동나는지 몰라서 그래.”

“그래도 이 유리그릇을 쓰도록 해요. 이 그릇도 충분히 커요. 더군다나 톰이 어떤지는 당신이 더 잘 알잖아요.”

그녀가 완강하게 주장했다.

해럴드의 사촌 누이동생인 제시의 남편 톰은 술이라면 어떤 종류이든 가리지 않고 끝장을 보는 버릇이 있었다.

해럴드는 고개를 내저었다.

“어리석은 소리 좀 하지 마. 그건 3리터밖에 안 들어가는데 우리는 전부 아홉 명이라고. 게다가 하녀들도 조금 마시고 싶어할 테고…… 별로 독한 술도 아니잖아. 이런 건 많이 마셔야 그만큼 더 흥겨워지는 법이야, 이비. 그리고 굳이 다 마실 필요도 없고 말이야.”

“작은 그릇으로 하자니까요.”

해럴드는 다시 고집스럽게 머리를 내저었다.

"아니, 그건 안 된다니까. 사리에 맞게 생각해봐."

"당신이 사리에 맞지 않는 말을 하니까 그러지요. 난 집에 술 취한 사람들이 있는 것이 싫어요."

이블린이 짧게 말했다.

"누가 잔뜩 취하게 한대?"

"그렇다면 작은 그릇을 써요."

"이런, 이비……."

그는 다시 제자리에 갖다놓기 위해 작은 유리그릇을 집어 들었다. 순간 이블린이 손을 뻗어 그릇을 낚아챘다. 얼마 동안 실랑이가 벌어졌고, 조금 화가 난 듯 투덜거리던 그가 허리를 살짝 쳐들고 그녀의 손가락 사이에서 그릇을 빼앗아 찬장에 도로 집어넣었다.

이블린은 남편을 바라보며 경멸 어린 표정을 지으려고 노력했지만, 그는 그저 웃음을 터트릴 뿐이었다. 자신의 패배를 인정하지만 더 이상 펀치를 만드는 일에는 관여하지 않겠다고 선언하며 그녀는 식당을 나갔다.

3

7시 30분, 두 뺨에 홍조를 띄우고, 높게 틀어 올린 머리카락에 아주 약간의 머릿기름으로 윤기를 낸 이블린이 계단을 내려왔다. 에이헌의 부인으로 보이는, 붉은 머리와 대담한 제정 시대풍의 드레스 속에 약간의 불안감을 숨긴 작은 여인이 수다스럽게 그녀를 맞이했다. 이블린은 처음 본 순간부터 그 여자가 싫었지만 그녀의 남편은 그런대로 괜찮은 편이었다. 날카로운 푸른 눈동자에 사람들을 즐겁게 만드는 타고난 재능을 갖고 있어, 너무 일찍 결혼하는 너무 빤한 실수를 저지르지 않았다면, 사교적인 면에서 한 입지를 다질 수도 있었을 것 같았다.

"파이퍼 부인을 만나게 되어 기쁩니다."

그가 간단히 말했다.

"부인의 남편 분과 저는 앞으로 자주 만나게 될 것 같군요."

그녀는 우아하게 미소를 지으며 고개를 숙인 뒤, 다른 손님을 맞이하기 위해 자리를 떴다. 밀턴 파이퍼는 해럴드의 동생으로 조용하고 점잖은 편이지만 소극적인 남자였다. 로리 집안의 제시와 톰, 아직 미혼인 그녀의 여동생 아이린, 마지막으로 아이린의 오랜 연인이자 확고한 독신주의자인 조 앰블러가 들어왔다.

해럴드가 그들을 식당으로 안내했다.

"오늘 저녁에는 펀치를 마시기로 합시다."

그가 즐거운 듯이 선언했다. 이블린은 남편이 이미 자신의 작품을 시음하면서 상당히 마셨음을 알아챘다.

"그러니 펀치 이외에 다른 음료는 없을 겁니다. 이건 집사람의 근사한 작품이죠, 에이헌 부인. 만일 원하신다면 아내가 그 비법을 알려드릴 겁니다. 하지만 오늘은 아내가 약간⋯⋯."

아내와 눈이 마주치자 그는 잠시 말을 멈추었다.

"아내가 약간 몸이 좋지 않아서, 이번 한 번만은 제가 만들었습니다. 여기, 자!"

저녁 내내 펀치가 제공되었지만, 이블린은 에이헌과 밀턴 파이퍼 그리고 다른 여자들이 하녀를 향해 거절의 뜻으로 고개를 내젓고 있음을 눈치 챘고, 펀치 그릇에 대한 자신의 생각이 옳았음을 알았다. 여전히 반이 넘게 남아 있었다. 조금 후 남편에게 직접 주의를 줘야겠다고 결심했지만, 여자들이 식탁을 떠날 무렵 그녀는 에이헌 부인에게 붙들려 구석으로 끌려갔고, 어느새 흥미 있는 척 예의를 차리며 드레스의 상표며 여러 도시에 대해 이야기를 나누게 되었다.

"우리는 너무 이사를 많이 다녔어요."

에이헌 부인이 잡담을 늘어놓았고, 그녀의 붉은 머리가 심하게 까닥거렸다.

"오, 그래요. 전에는 한 도시에 이렇게 오래 머문 적이 없어요⋯⋯. 하지만 이곳에서는 언제까지든 오래 살고 싶어요. 나는 이곳이 너무 좋아요. 부인은 그렇지 않으세요?"

"글쎄요, 저는 지금까지 줄곧 이곳에서 살아왔잖아요. 그러니 당연히⋯⋯."

“오, 그것도 맞는 말이에요.”

말하면서 에이헌 부인은 웃음을 터트렸다.

“남편은 입버릇처럼 항상 이렇게 말했어요. 집으로 돌아와 ‘여보, 내일 우리는 시카고로 이사 갈 거야. 그러니 짐을 꾸려.’ 라고 말할 수 있는 그런 아내가 필요하다고요. 그래서 이렇게 어딘가 한 곳에 오래 머물 거라고는 기대하지 않았어요.”

그녀가 다시 조그맣게 미소를 지었다. 이블린은 아마도 그것이 그녀의 사교적인 미소라고 추측했다.

“남편께서 아주 능력 있는 분이신가 봐요.”

“네, 그래요.”

에이헌 부인이 적극적으로 찬동했다.

“그이는 머리 회전이 빠른 사람이에요. 아이디어와 열정으로 가득 차 있죠. 자신이 무엇을 원하는지 알게 되면, 그것을 반드시 손에 넣고 말죠.”

이블린은 고개를 끄덕였다. 그녀는 혹시 남자들이 아직도 식당에서 펀치를 마시고 있는지 궁금했다. 에이헌 부인의 과거지사가 두서없이 이어졌지만, 그녀는 더 이상 듣고 있지 않았다. 먼저 자욱한 담배 연기와 악취가 흘러나오기 시작했다. 그리 큰 집이 아니니까 하고 이블린은 생각했다. 오늘과 같은 저녁이면 종종 서재는 푸른 연기로 가득 메워졌고, 다음 날에는 누군가가 커튼에 스며든 심한 악취를 없애기 위해 몇 시간씩 문을 열어두어야 했다. 만약 이번 동업이 잘만 된다면…… 그녀는 새 집에 대해 고민하기 시작했다…….

에이헌 부인의 목소리가 머릿속을 헤집고 들어왔다.

“어디에든 적어주실 수 있다면, 정말로 부인의 펀치 만드는 방법을 알고 싶어요…….”

그때 식당에서 의자를 뒤로 물리는 소리가 들렸고, 남자들이 자리를 옮겼다. 즉시 이블린은 자신이 두려워하던 최악의 사태가 발생했음을 알았다. 해럴드의 얼굴이 한껏 상기되어 있었고, 혀 꼬부라진 소리를 내고 있었다. 반면 톰 로리는 비틀거리며 걸어와 가까스로 아이린의 무릎을 피해, 그녀의 옆에 있는 의자에 무너지듯 주저앉았다. 그는 그곳에 앉아, 눈을 가늘게 뜬 채 멍하니 주위 사람들을 둘러보았다. 이블린도 눈을 가늘게 뜨고 그를 마주 보고 있었지만, 하나도 재미있지 않았다. 조 앰블러는 만족스러운 미소를 지은 채 담배를 피우고 있었다. 오직 에이헌과 밀턴 파이퍼만이 취해 보이지 않았다.

"상당히 좋은 도시요, 에이헌. 당신도 곧 알게 될 겁니다."

앰블러가 말했다.

"이미 알고 있답니다."

에이헌이 유쾌하게 말했다.

"더 잘 알게 될 거요, 에이헌. 만일 내가 손을 쓰면 말이죠."

해럴드가 유난스럽게 고개를 끄덕이며 말했다.

의기양양해진 그는 도시에 대해 극찬하면서 찬사를 늘어놓았다. 이블린은 혹시 그의 이야기기 지신에게 따분하게 들리는 것처럼 다른 사람들까지 따분하게 만들고 있는 건 아닌지 불안했다. 그러나 꼭 그런 것 같지는 않았다. 모두가 주의 깊게 귀를 기울이고 있었다. 잠시 이야기가 중단된 틈을 이블린이 재빨리 끼어들었다.

"예전에는 어디에서 사셨나요, 에이헌 씨?"

그녀가 흥미를 보이며 물었다. 그 즉시 그녀는 에이헌 부인이 이미 다 말했음을 기억해냈지만, 그건 중요하지 않았다. 해럴드가 너무 많은 말을 혼자 지껄이는 것을 막아야 했다. 술을 마시면 남편은 완전히 멍청이가 되어 버렸다. 그러나 해럴드는 자신이 하던 이야기를 다시 시작했다.

"내가 말해주지, 에이헌. 우선 이 근처 높은 지대에 있는 집을 구입해야 할 거요. 스턴이나 리지웨이의 저택을 구입하시오. 그래서 사람들이 '저것이 에이헌의 저택이야.' 라고 말하는 소리를 들어야지. 확실히 효과가 눈에 띄게 있을 거요."

이블린의 얼굴이 붉어졌다. 전혀 이치에 맞는 말 같지 않았다. 하지만 에이헌은 아직 뭔가 잘못되어 간다는 것을 눈치 채지 못한 것처럼 그저 진지하게 고개를 끄덕일 뿐이었다.

"집은 찾아보고 계신……."

하지만 해럴드의 목소리가 더 높아지면서 그녀의 말을 가로막았다.

"집을 구하시오…… 그게 첫 단계이니까. 그런 뒤 차츰 사람들을 알아가는 거지. 처음에는 이 도시 사람들이 이방인이라고 텃세를 부리겠지만, 머지않아…… 당신을 잘 알게 되면, 그런 일은 없을 거요. 사람들은 당신을 좋아할 거야……."

그는 손을 크게 휘둘러 에이헌과 그의 아내를 가리켰다.

"문제없을 거요. 인정 많은 곳이니 따스하게 환송할 거요, 일단 첫 장, 자, 장……."

그는 숨을 들이마신 다음 멋지게 '장벽' 이라는 말을 되풀이했다.

이블린은 애원하는 표정으로 시동생을 바라보았다. 하지만 그가 끼어들려는 순간 톰 로리가 웅얼거리며 끼어들었는데, 이빨 사이에 단단히 물고 있던 불이 꺼진 담배 때문에 무슨 소린지 알아듣기가 더 어려웠다.

"후마 우마 호 후마 다 아디 움……."

"뭐라고?"

해럴드가 정색을 하고 물었다.

체념한 듯 그리고 어렵사리 톰은 담배를 처리했다. 자세히 설명하자면, 그는 담배의 일부분을 떼어낸 뒤, 나머지 부분을 '훅' 하는 소리와 함께 방 건너 쪽으로 뱉어냈는데, 그 축축한 덩어리는 맥없이 에이헌 부인의 무릎 위에 떨어지고 말았다.

"미안합니다."

그는 웅얼거리며, 그것을 뒤쫓으려는 듯 몸을 일으켰다. 밀턴의 손이 때맞추어 코트를 잡아 그를 앉혔고, 에이헌 부인은 볼썽사납지 않게 치마에서 담배를 털어내고서 그쪽으로는 절대 시선을 던지지 않았다.

"내가 하려던 말은."

톰이 탁한 목소리로 말했다.

"방금 그 일이 있기 전에……."

그는 에이헌 부인을 향해 사과의 뜻이 담긴 손짓을 했다.

"컨트리클럽에 대한 모든 전말을 들었다고 말을 하려던 것이었습니다."

밀턴이 몸을 숙이며 그에게 뭐라고 말했다.

"날 내버려 둬요."

그가 언쨚은 듯이 말했다.

"내가 지금 뭘 하는지 알고 있으니까. 그래서 이 사람들이 여기 온 거 아니오."

이블린은 공포에 질린 채 그곳에 앉아, 입술을 움직여 무슨 말인가 해야겠다고 생각했다. 그녀는 여동생의 냉소적인 표정을 보았고, 에이헌 부인의 표정이 새빨갛게 바뀌는 것을 보았다. 에이헌은 자신의 시곗줄을 만지작거리며 고개를 숙이고 있었다.

"누가 당신을 따돌리려고 하는지 들었소. 그 작자도 당신보다 별로 나은 인간은 아니지. 그 빌어먹을 일은 내가 다 처리하겠소. 예전에는 당신을 알지 못했지요. 해럴드는 당신이 그 일로 기분 상했다고……."

밀턴은 갑자기 어색하게 자리에서 일어났다. 순간 모든 사람들이 긴장된 표정으로 자리에서 일어났다. 밀턴은 서둘러 해야 할 일이 있어 일찍 가봐야 한다고 말했고, 에이헌 부부는 진지하게 귀를 기울이고 있었다. 그런 뒤 에이헌 부인은 표정을 가다듬으며 제시를 향해 억지 미소를 지었다. 이블린은 톰이 앞으로 몸을 기울이며 에이헌의 어깨에 손을 올려놓는 것을 보았다. 그때 갑자기 바로 뒤에서 겁에 질린 듯한 새로운 목소리가 들려왔다. 그녀가 몸을 돌리자 보조 하녀인 힐다가 서 있는 것이 보였다.

"저, 파이퍼 마님. 아무래도 줄리의 손에 독이 들어간 것 같아유. 퉁퉁 부어오르고, 두 뺨이 불덩어리 같고 계속 신음을 하고 끙끙거리고 있어유……."

"줄리가?"

이블린이 날카롭게 물었다. 갑자기 파티는 머릿속에서 사라졌다. 그녀는 재빨리 몸을 돌려, 두 눈으로 에이헌 부인을 찾아낸 뒤, 그녀를 향해 다가갔다.

"죄송하지만 부인……."

순간적으로 그녀의 이름이 기억나지 않았지만, 그냥 말을 이어나갔다.

"딸아이가 많이 아픈가 봐요. 잠시 올라갔다가 곧 다시 돌아오겠어요."

그녀는 담배 연기가 자욱한 혼란스러운 광경을 뒤로 한 채 몸을 돌려 재빨리 계단 위로 달려 올라갔고, 방 한가운데서 벌어진 시끄러운 논쟁은 이제 말다툼으로 바뀌어갔다.

유아실의 불을 켜자, 줄리가 열에 들떠 몸을 뒤척이면서 나지막하게 이상야릇한 신음 소리를 내고 있었다. 그녀는 아이의 뺨에 손을 대보았다. 몸이 불덩이였다. 외마디 비명을 지르며 그녀는 이불 속을 더듬어 아이의 팔을 찾았다. 힐다가 옳았다. 엄지손가락이 팔목까지 부풀어 있었고 중심부에 염증을 일으킨 붉은 상처가 보였다. 패혈증(敗血症)이야! 마음속에 두려움이 밀려들었다. 어느 사이에 상처를 동여맨 붕대가 벗겨지고, 뭔가가 상처 안으로 들어간 것이다. 손가락을 다친 것이 3시경이었는데……. 지금은 거의 11시가 다 되어가고 있었다. 8시간이 지난 것이다. 패혈증이라면 이렇게 빨리 진행되지는 않을 텐데. 그녀는 곧 전화기 앞으로 달려갔다.

길 건너편에 사는 마틴 선생은 외출 중이었다. 그들의 주치의인 푸크 선생은 전화를 받지 않았다. 머리를 쥐어뜯으며, 절망적인 심정으로 그녀는 자신의 이비인후과 전문의에게 전화를 걸었고, 그가 외과 의사 두 명의 전화번호를 찾아내는 동안 거칠게 입술을 깨물었다. 그 영겁과 같은 시간 동안 그녀는 아래층에서 커다란 목소리들이 들려온다고 생각했다. 하지만 그것도 또 다른 세상의 일인 것 같았다. 15분 후 그녀는 전화 때문에 잠에서 깨어 화가 났는지 뚱하게 대답하는 외과 의사 한 사람을 찾아냈다. 다시 유아실로 달려가 손을 살펴보던 그녀는 아까보다 상처가 조금 더 부어올라 있음을 발견했다.

"오, 하느님!"

그녀는 비명을 지르며 침대 옆에 무릎을 꿇고 앉아 줄리의 머리를 계속해서 쓰다듬었다. 뜨거운 물을 가져와야겠다는 막연한 생각에, 자리에서 일어나 문가로 향했다. 하지만 드레스의 레이스 자락이 침대 난간에 걸리는 바람에 그녀는 두 팔과 무릎을 부딪치며 앞으로 넘어졌다. 그녀는 가까스로 자리에서 일어나 미친 듯이 레이스를 낚아챘다. 침대가 움직이고 줄리가 신음 소리를 냈다. 이블린은 더 조용히, 하지만 성급하고 어색한 손놀림으로 스커트 앞쪽의 주름을 잡아, 패니어(여성용 스커트를 펼치기 위해 사용한 고래수염 따위로 만든 테.)를 완전히 뜯어낸 뒤 서둘러 방을 나섰다.

복도로 나가자 커다랗고 고집스러운 목소리가 들려왔지만, 그녀가 층계참에 도착하는 순간 그 목소리가 끊기고 현관문이 쾅 소리를 냈다.

음악실이 눈에 들어왔다. 해럴드와 밀턴만이 거기에 있었다. 해럴드는 의자에 몸을 기대고 있었는데, 얼굴은 몹시 창백하고, 옷깃은 약간 열려 있고, 입은 느슨하게 벌어져 있었다.

"도대체 무슨 일이죠?"

밀턴이 그녀를 걱정스럽게 바라보았다.

"사소한 문제가 있었는데……."

그때 해럴드가 그녀를 발견하고, 몸을 꼿꼿이 펴며 말했다.

"내 집에서 내 사촌을 모욕하다니. 빌어먹을 속물 녀석. 내 집에서 내 사촌 동생을 말이야……."

"톰이 에이헌과 문제를 일으키자 해럴드 형이 끼어들었어요."

밀턴이 말했다.

"맙소사, 밀턴 서방님."

이블린이 외쳤다.

"서방님이 어떻게 좀 해보시지 그러셨어요."

"저도 노력을 했어요. 저는……."

"줄리가 아파요. 아무래도 뭔가에 감염된 것 같아요. 서방님이 이 사람을 침실로 데려다 주세요."

그녀가 말했다.

해럴드가 멍하니 올려다보았다.

“줄리가 아파?”

그에게 관심조차 보이지 않은 채, 식당을 서둘러 가로지르던 이블린은 주변의 광경에 오싹 소름이 끼쳤다. 커다란 펀치 그릇은 여전히 식탁 위에 있었고, 얼음이 녹아서 생긴 액체들이 바닥에 흥건했다. 현관 쪽 계단에서 발소리가 들렸다. 밀턴이 해럴드를 부축하여 2층으로 올라가고 있었다. 해럴드가 웅얼거리는 소리도 들렸다.

“무슨 일이야, 우리 줄리는 괜찮아.”

“그이를 유아실로 들어오게 해서는 안 돼요!”

이블린이 소리쳤다.

그 후 몇 시간은 그야말로 악몽이었다. 자정이 되기 직전 의사가 도착했고 그는 반 시간 정도 상처 난 곳을 절개했다. 의사는 2시쯤 돌아가면서 간호사 두 명의 연락처를 가르쳐 주었다. 무슨 일이 있으면 그곳으로 전화하라고 이른 다음, 자신은 6시 30분에 다시 오겠다고 약속했다. 역시 패혈증이었다.

4시, 힐다를 침대 옆에 남겨놓은 채, 그녀는 자신의 침실로 돌아가 몸서리를 치며 이브닝드레스를 벗어 구석으로 차 던져버렸다. 그녀는 평상복으로 갈아입고 유아실로 되돌아갔고, 힐다가 커피를 만들러 나갔다.

정오가 되어서야 간신히 해럴드의 방을 둘러볼 짬을 낸 이블린은 잠에서 깨어나 비참한 표정으로 천정을 올려다보고 있는 그를 보았다. 그가 붉게 충혈되어 움푹 들어간 두 눈을 그녀를 향해 돌렸다. 잠시 동안 그녀는 그가 너무나 미워서 아무런 말도 할 수가 없었다. 침대에서 꽉 잠긴 목소리가 들려왔다.

“몇 시지?”

“정오예요.”

"빌어먹을! 내가 정말 바보짓을……."

"상관없어요."

그녀가 날카롭게 쏘아붙였다.

"줄리가 패혈증에 걸렸어요. 의사들 말이……."

목이 메어 말이 잘 나오지 않았다.

"그들은 줄리가 팔을 잃게 될지도 모른다고 하더군요."

"뭐라고?"

"줄리가 손을 베었어요. 그, 그 큰 그릇에 말이에요."

"어젯밤에?"

"오, 그게 무슨 상관이에요."

그녀가 소리쳤다.

"애가 패혈증에 걸렸다고요. 듣고 있어요?"

그는 당황한 듯 그녀를 바라보았다. 침대에 반쯤 일어나 앉은 채로.

"옷을 입어야겠어."

그녀의 분노가 가라앉고, 엄청난 피곤함과 그에 대한 연민이 물결처럼 온몸을 휩쓸고 지나갔다. 무엇보다도, 그에게도 힘겨운 일이긴 마찬가지였다.

"그래요, 그러는 편이 좋겠어요."

그녀가 힘없이 말했다.

4

만약 이블린의 미모가 30대 초까지 주저하며 머물러 있었다면, 얼마 뒤에는 갑자기 결심을 내린 듯 완전히 그녀를 떠나버렸다. 얼굴 위로 흐릿하게 드러나던 주름들이 갑자기 깊어지고 다리와 팔과 허리에 살들이 붙기 시작했다. 이맛살을 찌푸리는 버릇이 이제 표정으로 굳어졌다. 책을 읽을 때나, 말할 때 심지어는 잠을 잘 때에도 끊임없이 이맛살을 찌푸리고는 했다. 그렇게 마흔여섯이 되었다.

재산이 불어나기보다는 줄어드는 대부분의 가정이 그렇듯 그녀와 해릴드 사이에는 막언한 적대간이 맴돌았다. 마음이 평온할 때는 마치 부서져 버린 낡은 의자를 바라보듯 그런 관대함으로 서로를 바라보았다. 이블린은 그가 아플 때면 조금은 그에 대해 걱정을 했고, 좌절한 남자와 함께 평생을 살아야 한다는 진저리나는 우울함 속에서도 밝은 표정과 기운을 잃지 않기 위해 최선을 다했다.

저녁 식사 후 가족 간의 브리지 게임이 끝나자 그녀는 안도의 한숨을 내쉬었다. 오늘 저녁에는 평상시보다 더 많은 실수를 저질렀지만, 별로 신경을 쓰지 않았다. 아이린은 보병대가 특히나 더 큰 위험에 처해 있다는 발언을 해서는 안 되는 것이었다. 벌써 3주가 지나도록 편지 한 장 없었고, 물론 그렇다고 평상시와 별로 다른 것은 아니지만, 그녀는 마음의 갈피를 잡을 수 없었다. 그러니 게임에서 클로버가 지금까지 몇 장 나왔는지, 모임이 어떻게 끝났는지 전혀 알 수가 없었다.

이미 해럴드는 2층으로 올라간 뒤였고, 그녀는 신선한 공기를 마시기 위해 현관 앞 난간으로 나갔다. 휘영청 밝은 달이 인도와 잔디 위를 두루 비추고 있었고, 반쯤 작게 하품을 하고, 반쯤 미소를 머금으며, 그녀는 젊었을 적 어느 달 밝은 밤 긴 시간 동안 연애 하던 일을 떠올렸다. 한때는 끊임없이 이어졌던 애정 행각의 모든 총체가 바로 그녀의 삶이었다는 사실이 너무나 놀라웠다. 현재 그녀의 문제들의 총체도 바로 그것이었다.

무엇보다 줄리가 문제였다. 줄리는 열세 살이 되었고 최근 들어 자신의 장애에 대해 점점 더 민감하게 반응했으며, 언제나 자신의 방 안에 틀어박혀서 책만 읽었다. 몇 년 전 아이는 학교에 가야 한다는 생각에 겁을 먹었고, 이블린은 감히 아이를 학교에 보낼 엄두가 나지 않았다. 그래서 아이는 엄마의 그림자 속에서 자랐으며, 그 불쌍한 어린 것은 자신의 팔에 달린 의수(義手)를 사용할 시도조차 하지 않은 채, 늘 애처로이 손을 주머니에 넣고 다녔다. 이블린은 아이가 손을 움직이는 일을 완전히 포기할까 봐 두려워서, 아이에게 의수 사용하는 수업을 받게 했다. 하지만 수업을 받은 뒤에도, 비록 엄마에 대한 복종으로 마지못해 의수를 움직이긴 했지만, 이내 작은 손은 기어가듯 다시 드레스 속으로 살며시 숨어버리는 것이었다. 한동안은 아이의 드레스에 있는 주머니를 전부 없애 보았지만, 줄리가 한 달 내내 너무나 절망적인 표정으로 집 안을 헤집고 다니자, 이블린의 마음이 약해져 그런 시도를 다시는 할 수 ·없게 되었다.

도널드의 문제는 시작부터 달랐다. 줄리가 자신에게 덜 의지하도록 가르치려 노력한 것처럼, 그녀는 아들이 자신의 곁에 더 가까이 있게 하려고 헛되이 노력했다. 최근 들어 도널드의 문제는 그녀의 손에서 완전히 떠난 상태였다. 아들의 부대는 이미 석 달째 해외에 파병되어 있었던 것이다.

그녀는 다시 하품을 했다. 삶이란 젊은 사람들의 것이었다. 확실히 근사한 청춘을 보내긴 했다. 그녀의 조랑말인 비쥬가 떠올랐고, 열여덟 살 때 엄마와 함께 갔던 유럽 여행이 생각났다.

"왜 이리 복잡한 걸까."

그녀는 달을 쳐다보며 매정하게 큰 목소리로 말했다. 그리고 집 안으로 들어와 막 문을 닫으려는데 서재에서 무슨 소리가 들려오자 가슴이 철렁했다.

중년이 된 하녀 마서였다. 지금은 부리는 하녀도 단 한 명뿐이었다.

"무슨 일이지, 마서?"

그녀가 놀란 목소리로 물었다.

마서가 재빨리 몸을 돌렸다.

"오, 2층에 계신 줄 알았이유. 지는 단지……."

"무슨 문제라도 있어?"

마서가 주저했다.

"아니유, 저는……"

그녀는 불편한 자세로 서 있었다.

"편지가 왔어유, 마님. 제가 어딘가에 놓아두었는데유."

"편지? 마서에게 온 편지?"

이블린이 전깃불을 켜며 말했다.

"아니유, 마님에게 온 편지유. 오늘 오후에 도착한 마지막 편지

예유, 마님. 우체부가 제게 편지를 주었는데, 그때 뒷문의 종이 울리는 바람에. 분명히 편지가 제 손안에 있었는데, 어딘가에 꽂아둔 것이 분명해유. 이제야 생각이 나서 그걸 찾으려고…….”

“무슨 편지지? 도널드에게서 온 편지인가?”

“아니유, 광고 편지였어유, 아마도. 아니면 업무적인 편지거나유. 길고 좁은 봉투였던 걸로 기억해유.”

두 사람은 음악실을 가로지르며, 쟁반들과 벽난로 위 선반들을 살핀 뒤, 서재로 들어가 책꽂이 책들 위쪽을 더듬었다. 마서가 실망한 듯 잠시 손길을 멈추었다.

“어디다 두었는지 생각이 나지 않아유. 곧장 식당으로 갔는데. 어쩌면 식당에 놓아두었나 봐유.”

마서는 희망을 갖고 식당을 향해 걷기 시작했지만, 등 뒤에서 들리는 거친 숨소리에 재빨리 몸을 돌렸다. 이블린이 이맛살을 찌푸린 채, 두 눈을 연신 깜박거리며, 힘없이 모리스 스타일의 안락의자에 앉아 있었다.

“어디 아프세유?”

잠시 아무런 대답도 없었다. 이블린은 아주 가만히 앉아 있었고, 마서는 그녀의 가슴이 아주 빠르게 오르락내리락하는 것을 볼 수 있었다.

“어디 아프세유?”

그녀가 되풀이했다.

“아니.”

이블린이 천천히 대답했다.

“하지만 이제 편지가 있는 곳을 알았어. 가서 쉬도록 해, 마서. 괜찮으니까.”

의아함을 느끼며, 마서는 자리를 떠났고, 이블린은 여전히 그렇게 앉아 있었다. 단지 눈가의 근육만이 수축과 이완을 반복하며 움직이고 있었다. 그녀는 이제 편지가 어디에 있는지 알게 되었다. 마치 자신이 놓아둔 것처럼 잘 알고 있었다. 또한 직감적으로 그리고 의심할 여지없이 무슨 내용인지도 알았다. 광고 서신처럼 길고 좁았지만 봉투 위쪽의 한 모퉁이에는 커다란 글자로 '국방부'라고 적혀 있고, 아래쪽에 작은 글씨로 '공용 우편'이라 쓰여 있겠지. 커다란 컷글라스 그릇 속에 들어 있는 봉투의 아래쪽에 자신의 이름이 적혀 있는 것도 알았고, 그 안에는 죽은 영혼이 들어 있다는 것을 알았다.

어색하게 일어나, 책장 앞을 지나 문가를 지나는 것까지 똑바로 인식하며 그녀는 식당을 향해 걸어갔다. 잠시 후 그녀는 스위치를 찾아 불을 켰다.

그곳에 그 유리그릇이 있었다. 그릇은 검은색 테를 두른 진홍색의 네모꼴과 푸른 테를 두른 노란색 네모꼴로 전깃불을 반사시키며 육중하고 현란하게, 기묘하고도 의기양양한 듯 불길한 모습을 드러낸 채. 그녀는 앞으로 한 걸음 나가 다시 멈추었다. 이제 또 한 걸음을 옮기면 그릇의 위쪽과 안쪽을 볼 수 있겠지. 또 한 걸음만 더 가면. 하얀 가장자리를 볼 수 있을 테고, 또 한 걸음만 더 내딛는다면. 그녀의 손이 거칠고 차가운 표면에 닿았다.

어느새 그녀는 봉투를 뜯고, 접혀져 잘 펴지지 않는 부분을 억지로 펴서 그 안의 종이를 꺼내 들었다. 종이 위에 타이프로 쳐진 글씨들이 불빛을 번뜩이며 그녀의 시선을 끌었다. 그런 뒤 종이는 새처럼 팔랑거리며 바닥 위로 날아갔다. 언젠가부터 빙글빙글 돌고 윙윙거리고 있던 집이 갑자기 조용해진 것 같았다. 열려 있는 현관문을 통해 한줄기의 바람이 지나가는 자동차의 소음을 싣고 들어왔다. 2층에서 희미한 소리들이 들려왔고, 책장 뒤로 삐걱거리는 소음이 들려왔다. 남편이 수도꼭지를 틀었다 잠그는 소리였다.

 바로 그 순간, 만약 도널드의 죽음이, 이블린과 이 차갑고 악의에 찬 물건—오래전에 얼굴도 잊어버린 한 남자에게서 받은 이 원한 서린 아름다운 선물—사이에서 갑작스럽게 시작된, 맥 빠진 막간(幕間)이 번갈아 지속되는 음험한 투쟁에서의 또 다른 득점이 아니라고 한다면, 정말 그런 것이 아니라면, 아들의 죽음은 진짜가 아닐 것이라는 생각이 들었다. 당당하고 사색에 잠긴 듯 냉정한 모습으로 그릇은 지난 수년 동안 그랬던 것처럼 이 집의 한가운데 자리를 잡고 있었다. 사악한 빛은 절대 늙지도 변하지도 않고 서로가 하나로 합쳐지면서, 수천 개의 눈동자들을 얼음처럼 차가운 빛을 내뿜으며 번쩍이고 있었다.

 이블린은 식탁 가장자리에 앉아 넋을 잃고 그것을 응시했다. 마치 그것이 미소를, 아주 잔인한 미소를 짓고 있는 것 같았다. 그리고 마치 이렇게 말하는 것 같았다.

 "알겠지, 이제는 너를 직접 해칠 필요가 없어. 난 별로 상관하지 않아. 네 아들을 데려간 것이 나라는 것을 너는 알 거야. 내가 얼마나 차가운지, 얼마나 냉혹한지, 얼마나 아름다운지 너도 알 거야. 왜냐하면 너도 한때 그렇게 차갑고 냉혹하고 아름다웠으니까."

 갑자기 그 그릇이 뒤집히더니, 점점 커지고 부풀어 올라 식당 전체를, 집 전체를 뒤덮고 찬란하게 반짝이며 요동치는 커다란 천개(天蓋)로 변했다. 사방의 벽들이 천천히 녹아 안개가 되는 동안 이블린의 눈에 그것이 점점 멀어져 밖으로 밖으로 움직이고 있는 것처럼 느껴졌다. 먼 지평선과 태양과 달과 별들을 전부 차단한 채, 유리를 통해 보이는 잉크의 얼룩 외에는 아무것도 보이지 않았다. 그 아래로 사람들이 걸음을 옮기고, 그들을 향한 빛이 굴절되고 뒤틀려서, 결국에는 빛이 어둠이 되고 어둠이 빛이 되었다. 결국에는

410

세상의 모든 덮개가 반짝이는 유리그릇의 하늘 아래서 변형되고 일그러졌다.

그런 뒤 멀리서부터, 나지막하고 명확한 종소리처럼 울리는 목소리가 들려왔다. 그것은 정중앙에서 그릇의 가장자리를 따라 바닥으로 내려와 그녀를 향해 혹독하게 내리쳤다.

"이제 알겠지. 나는 운명이야."

유리그릇이 크게 소리쳤다

"그리고 너의 하잘 것 없는 계획들보다 힘이 센 운명이지. 나는 네 작은 꿈들과는 달라. 나는 쏜살같이 날아가는 시간이자, 아름다움의 끝이며, 지각할 수 없는 존재이며, 잔인한 시간들을 형성하는 작은 순간들이 바로 나라는 존재야. 나는 어떤 규칙으로도 증명할 수 없는 예외이며, 네 힘이 미치지 못하는 한계이자, 인생이라는 요리의 양념이야."

울려 퍼지는 목소리가 멈추었다. 그 메아리가 넓은 땅 위를 지나 세상의 경계인 유리그릇의 가장자리에 반사되어 거대한 측면을 타고 그 중심으로 되돌아와 그곳에서 잠시 윙윙거리다 사라져버렸다. 그런 뒤 그 거대한 벽들이 천천히 그녀를 압박하기 시작했다. 마치 그녀를 으깨버릴 것처럼 점점 더 작아지며 점점 더 가까이 다가왔다. 그녀가 손을 꼭 쥐고 차가운 유리가 순식간에 부서지기를 기다리던 순간, 유리그릇이 갑자기 몸을 비틀어 뒤집혀졌다. 그리고 그 유리그릇은 빛을 반짝이며, 수백 개의 프리즘을 통해 수만 가지의 무수한 색을 반사시키고, 어슴푸레하게 서로 교차하는 빛, 엇갈린 빛을 반사하면서 찬장 위에 원래대로 놓여 있었다.

현관문을 통해 차가운 바람이 불어왔고, 이블린은 필사적으로 손을 뻗어 그릇을 두 팔로 감쌌다. 서둘러야 해. 강해져야 해. 아플 정도로 세게 두 팔에 힘을 주자, 부드러운 살결 아래 여린 근육 줄기들이 팽팽해졌고, 힘겨운 노력 끝에 그녀는 그 유리그릇을 들어 올려 안았다. 무리한 노력 때문에 드레스 자락이 벌어져 등 쪽으로 차가운 바람이 들어오는 것을 느끼며, 그녀는 그쪽으로 몸을 돌려 그릇의 엄청난 무게에 비틀거리며 서재를 가로질러 현관으로 향했다. 서둘러야 해. 강해져야 해. 두 팔의 혈관이 둔탁하게 고동쳤고, 무릎이 자꾸 내려앉으려 했지만, 차가운 유리의 감촉은 그다지 나쁘지 않았다.

현관 밖을 지나 그녀는 비틀거리며 돌계단 위에까지 나갔고, 그곳에서 마지막 힘을 쓰기 위해 자신의 영혼과 육신을 모두 쥐어짜 반쯤 몸을 돌렸다. 그러나 한순간 그녀가 쥐고 있던 유리그릇을 놓으려고 할 때 감각이 없어진 손가락들이 유리의 거친 표면에 걸려 버렸다. 그 순간 그녀는 발이 미끄러지며 균형을 잃고 여전히 그릇을 감싸 안은 채 필사적인 외마디 비명과 함께 앞으로 고꾸라졌다. …… 땅 아래로…….

도로를 따라 불이 켜졌다. 골목 반대쪽에서도 그 부서지는 소리가 들렸고, 지나가던 이들이 당황해서 몰려들었다. 2층에서는 한 피곤한 남자가 잠에 빠져들었다 깨어났고, 어린 소녀가 가위에 눌린 잠에서 깨어나 훌쩍거렸다. 달빛이 비치는 도로 위의, 움직이지 않는 검은 형체 주변에는 수백 개의 프리즘과 유리 조각 그리고 유리 파편이 불빛을 받아 푸른색, 노란 테를 두른 검은색, 노란색 그리고 검은 테를 두른 진홍색으로 반짝였다.

F. 스콧 피츠제럴드 생애와 연보

1896

미네소타 주 세인트폴에서 에드워드 피츠제럴드와 몰리 퀼 리언의 사이에 스콧 피츠제럴드(F. Scott Fitzgerald) 탄생.

1898

아버지인 에드워드 피츠제럴드는 가구 사업이 실패하자 가족을 이끌고 버펄로로 이사하고, 그곳에서 프록터 앤 갬블의 영업사원으로 일함.

1901

1월, 가족 모두가 다시 시러큐스로 이사함. 여동생 애너벨리 태어남.

1903

9월, 일가족이 다시 버펄로로 돌아옴.

1908

에드워드 피츠제럴드가 프록터 앤 갬블에서의 직업을 잃고, 가족은 또다시 세인트폴로 돌아감. 피츠제럴드는 세인트폴 아카데미에 입학함.

1909

첫 단편 작품인 〈레이먼드 저당의 신비〉가 세인트폴 아카데미에서 발행하는 잡지 《지금과 그때》에 발표됨.

1911

뉴저지 주의 뉴먼 스쿨에 입학. 그곳에서 키릴 시고니 웹스터 페이 신부를 만나는데, 이 신부는 그의 초기 지적 단계에 중대한 영향력을 끼침. 이

때부터 1913년까지 《뉴먼 스쿨 뉴스》에 단편 세 작품을 발표함.

1913

9월, 프린스턴 대학에 입학. 그곳에서 미국 문단에서 크게 활약한 에드먼드 월슨과 시인 존 필 비숍과 친구가 됨. 학업보다는 문학과 연극 활동에 적극 참여함. 《나소 문학잡지》와 《프린스턴 타이거》에 단편, 희곡, 시 등을 발표함.

1914

12월, 세인트폴에서 일리노이 주 레이크포리스트 출신의 16세 소녀 지니브러 킹을 만남. 하지만 후에 그는 가난하다는 이유로 거절당하는데, 이때의 경험이 그의 모든 작품에 중요한 모티브가 됨.

1915

질병을 핑계로 프린스턴 대학을 휴학하고, 이 해 내내 지니브러 킹과 데이트를 즐김.

1916

졸업을 목표로 프린스턴 대학에 복학한 뒤, 3학년 과정을 재수강함. 그해 3월 지니브러는 웨스트오버 교양 학교에서 퇴학당함. 피츠제럴드는 8월 일리노이 주 포레스트 호수로 지니브러를 만나러 감.

1917

1월, 피츠제럴드와 헤어진 지니브러는 6월에 다른 남자와 약혼함.
10월, 그는 프린스턴을 떠나 미 보병대의 소위로 임관됨.
11월, 캔자스 주 레번워스 요새로 배치받고, 그곳에서 〈낭만적인 에고이스트(Romantic Egoist)〉의 집필을 시작함.

1918

2월, 켄터키 주 루이빌의 테일러 요새로(그 무렵, 〈낭만적 에고이스트〉를 탈고하여 뉴욕의 찰스 스크리브너스 선스 출판사에 보냄.), 4월, 조지아주 고든 요새, 6월, 앨라배마 주 몽고메리 시 외곽의 셰리던 요새로 전임됨. 7월, 앨라배마 주 대법원 판사의 딸인 젤다 세이어를 만남. 8월, 스크리브너스 출판사는 그의 소설 출간을 거절함. 10월에 다시 개작하여 출판사에 보내지만 그마저 거절당함. 그해 11월 뉴욕 주 롱아일랜드에 있는 밀스 요새로 전임되어 해외 파견을 기다리던 중 제 1차 세계대전이 끝남.

1919

2월, 군에서 제대한 뒤, 뉴욕으로 가 배런콜리어 광고 회사에 입사함. 6월 피츠제럴드의 미래가 불투명하다는 이유로 젤다가 약혼을 파기함. 7월 직장을 그만두고 세인트폴로 돌아와 그 해 여름 내내 〈낭만적 에고이스트〉의 개작에 몰두함. 9월, 스크리브너스 출판사에서 〈낙원의 이쪽〉이라는 제목으로 출판 허락을 받음.

1920

1월, 남부로 돌아와 젤다와 약혼함. 다른 단편 소설들과 함께 〈얼음 궁전〉을 출판함. 3월, 첫 장편 소설인 〈낙원의 이쪽〉이 출간되고, 4월 3일 뉴욕, 세인트 패트릭 대성당의 목사관에서 젤다와 결혼. 신혼여행 후, 그들은 코네티컷 주 웨스트포트에 거주함. 같은 해 가을 잡지 《스마트 셋》에 희곡인 〈오월제〉를, 《새터데이 이브닝 포스트》에 〈말괄량이 아가씨들과 철학자들(Flappers and Philosophers)〉을 발표함. 10월, 뉴욕 시로 이주.

1921

5월, 영국, 프랑스, 이탈리아를 여행하고 돌아와 나머지 여름은 미네소타 주 화이트 베어 호수에서 보냄. 9월, 딸 프랜시스 스콧(애칭 스코티)이 태어남. 11월부터 1922년 6월까지 세인트폴에 거주함.

1922

3월, 두 번째 소설 〈저주받은 아름다운 사람들(The Beautiful and Philosophers)〉 출간. 9월, 두 번째 단편집 〈재즈 시대의 이야기들(Tales of the Jazz Age)〉이 출간. 〈리츠보다 큰 다이아몬드(The Diamond as Big as the Ritz)〉가 《스마트 셋》 6월호에 실림. 여름, 화이트 베어 요트 클럽

으로 이사를 하고 그곳에서 피츠제럴드는 〈위대한 개츠비〉의 초기 줄거
리를 세움. 피츠제럴드는 뉴욕으로 돌아와 그레이트 넥, 게이트웨이 드라
이브 6번지에서 삶. 이곳에서 그들은 링 라드너를 만나고 〈위대한 개츠비
〉의 배경이 되는 세상에 대해 알게 됨. 〈겨울 꿈(Winter Dream)〉이 《메
트로폴리탄》 12월호에 개재됨.(10월 롱아일랜드의 그레이트넥으로 이주.
이곳에서 소설가 링 라드너를 만나고, 〈위대한 개츠비〉의 배경을 알게 되
면서 작품의 줄거리를 잡음.)

1923

11월, 장편 희극 〈야채(The vegetable)〉가 애틀랜틱 시에서 시험 공연되
지만 실패함. 이후 피츠제럴드는 빚을 갚기 위해 5달 동안 단편 소설의 집
필에 매진함.

1924

장기 체류를 위해 5월 유럽으로 떠남.(4월, 프랑스에 거주함. 젤다가 프랑
스 조종사인 에두아르 조장과 애정행각을 벌임.) 결국 리비에라의 세인트
라파엘 시에 정착하고 남프랑스의 앙티브 만에서 사라 머피를 만남. 이때
의 경험이 〈밤은 부드러워〉의 줄거리에 중심적인 역할을 함. 〈면제
(Absolution)〉가 《아메리칸 머큐리》 6월호에 개제됨. 여름부터 가을까지
〈위대한 개츠비〉의 초고 집필. 이탈리아를 여행하며 〈위대한 개츠비〉의
개작에 들어감.

1925

4월, 세 번째 장편 소설인 〈위대한 개츠비〉가 출판됨. 5월, 프랑스 몽파
르나스에서 어니스트 헤밍웨이를 만나고, 파리 근교에서 이디스 워튼을
만남.

1926

1월, 《레드북》에 〈부잣집 아이(The Rich Boy)〉가 출간되고, 2월, 〈모든
슬픈 젊은이들(All the sad Young Men)〉이 출간됨. 12월, 집으로 돌아가
기 전 일가족은 리비에라에서 다시 봄과 여름을 보냄.(미국으로 돌아옴.)

1927

할리우드 영화사에서 일하기 시작하면서 그곳에서 〈밤은 부드러워〉에서 로즈마리 호이트의 모델이 된 로이스 모런과 사귐. 3월, 피츠제럴드 가족은 델라웨어 주 윌밍턴 외곽의 장원인 엘러슬리로 이주함.

1928

4월, 파리로, 9월, 엘러슬리로 다시 돌아옴.

1929

3월, 프랑스와 이탈리아를 여행함.
〈벨라의 최후(The Last of the Belles)〉가 《새터데이 이브닝 포스트》에서 출판됨.

1930

2월. 북아프리카 여행.
4월, 젤다가 신경 쇠약 증세를 보이기 시작함. 병 치료를 위해 스위스로 이주하고, 젤다는 프랭잰스 진료소에 입원함.

1931

1월, 부친 사망으로 귀국함.
〈다시 찾은 바빌론〉이 《새터 데이 이브닝 포스트》 2월호에 기재됨. 9월, 미국으로 돌아온 그는 할리우드로 가 메트로-골드윈-메이어(Metro-Goldwyn-Mayer) 사에서 일함.

1932

2월, 젤다가 재발된 신경쇠약으로 메릴랜드 주의 존스홉킨스 대학병원에 입원함. 젤다의 소설 〈나를 위해 왈츠를 남겨주오(Save Me the Waltz)〉가 출간됨.

1933

볼티모어의 파크 애버뉴로 집을 옮김.

1934

1월, 젤다가 신경쇠약으로 쓰러짐. 4월, 네 번째 소설 〈밤은 부드러워〉가
출간됨.

1935

피츠제럴드가 병에 걸려, 휴양을 위해 트라이턴과 애슈빌에 머묾. 3,월 네
번째 단편집 〈기상나팔 소리(Taps at Reveille)〉가 출간됨. 겨울 동안 지
내기 위해 다시 핸더슨빌로 감. 나중에 '붕괴'라는 에세이집에 실리게 되
는 글을 집필하기 시작함.

1936

4월, 젤다, 애슈빌의 하일랜드 정신 병원에 입원함. 피츠제럴드의 모친 9
월에 사망함.

1937

7월, 그는 세 번째로 할리우드로 가 MGM과의 6개월간 계약을 맺음. 그
무렵에 칼럼니스트인 셰일러 그레이엄과 만나고, 이들의 교제는 그가 사
망할 때까지 계속됨.

1938

4월, 알라의 가든에서 식민지령 말리부로 이사하고, 10월 말리부에서 엔
시노로 이사하는데, 이곳에서 그는 에드워드 에버렛 호손의 영지 위에 있
는 오두막에 머무름. 12월 MGM은 그와의 계약을 갱신하지 않음.

1939

1940년 봄까지 할리우드에서 프리랜서로 일함. 할리우드를 소재로 한 소
설 〈겨울 카니발(Winter Carnival)〉은 뉴욕 병원에서 완성.

1940

〈마지막 거물(The Last Tycoon)〉을 집필. 《에스콰이어》 지에 〈적절한 취
미(Pat Hobby)〉 실림. 12월 21일, 그레이엄의 집에서 심장마비로 사망함.

27일, 메릴랜드 주의 록빌 세인트 묘지에 묻힘.

1941
10월, 미완성 유작인 〈마지막 거물〉이 에드먼드 윌슨의 편집으로 출간됨.

1945
6월, 유작 에세이집 〈붕괴(The Crack·Up)〉가 출간됨.

1948
하일랜드 병원에서 치료 중이던 젤다가 화재로 사망함.

역자의 말

　F. 스콧 피츠제럴드는 178편의 단편소설을 집필했는데 이 중 146편이 그의 생전에 출판되었고, 18편은 그의 사후에 출판되었으며, 14편은 여전히 미출판 상태로 남아 있다. 피츠제럴드의 단편들은 세계 각국에서 여러 차례 단편집으로 묶여 소개되었는데, 이들 중 스크리브너에서 출판한 「다시 찾아온 바빌론 그리고 다른 단편들(Babylon Revisited and Other Stories)」은 그중에서도 가장 유명하고 가장 감동적인 작품들로 엮여져 있다는 평을 받는다. 이 책에는 9개의 단편 소설이 수록되었는데, 이들 중 7편이 그의 걸작이라고 일컬어지고 있다. 본 단편집은 〈다시 찾아온 바빌론 그리고 다른 단편들〉의 작품들을 주로 다루고, 펭귄 출판사에서 출판된 「재즈 시대 이야기들(Jazz Age stories)」을 참고로 삼았다.

　피츠제럴드는 대부분의 단편소설들을 대중적인 독자들을 위해 집필했는데, 이는 단편소설이 빠르게 목돈을 손에 넣을 수 있는 수단이었기 때문이었다고 한다. 그런 이유에도 불구하고, 1920~30년대에 집필된 그의 작품들 중에 걸작들이 많았고, 이들 중 몇몇 작품은 그가 장편들을 집필하는데 있어 이야기 형식의 구성과 주제를 구성하는데 도움이 되었다.　피츠제럴드의 초기 단편집의 경험은 상당히 제한적이었다. 그의 주제는 젊음과 첫사랑을 포함하고 있으며, 작은 도시나 마을을 배경으로 할 때는 이러한 이야기들이 달빛 비치는 교외 사교클럽을 배경으로, 자극적인 상대방에 대한 구애와 젊은 사랑이 펼쳐진다. 하지만 교외 사교클럽은 낭만적인 상상력을 전부 포함할 수 없었고 피츠제럴드는 점차적으로 자신의 작품들의 배경을 완전한 낭만적인 기회가 존재하는 뉴욕으로 옮기게 된다.

피츠제럴드는 자신의 초기 작품들에 대해 '내 머릿속에 들어온 모든 이야기들은 일말의 재앙을 포함하고 있다. 내 작품속의 사랑스런 젊은 인물들은 파멸로 빠져들고, 내 이야기속의 다이아몬드 산은 폭발을 하며, 내 작품 속의 백만장자들은 토마스 하디의 농부들처럼 아름다우면서도 저주를 받은 인물들이다.(브라이어, p.41 재인용)' 라고 하였다. 「The Crack up」(1937년)

피츠제럴드의 단편집 「Flappers and Philosophers」에 처음 소개된 〈얼음궁전(1920)〉은 그의 대표작 중 하나라 단언할 수 있는데 그 이유는 그가 등장인물의 사상과 장소 그리고 운명 사이의 완전한 확신에 대해 표현하였기 때문이다. 이 작품에는 남북이라는 대조와 그 상반관계로 인한 심리적 긴장관계가 아주 역력히 나타나 있다. 남부는 피츠제럴드의 작품 속에 항상 중요한 역할을 차지하고 있다. 비록 미네소타의 세인트폴에서 태어나, 프린스턴에 입학하기 전까지 그곳에서 자랐지만, 피츠제럴드는 자신을 거칠고 성공적이고 과장된 북부와 귀족적인 우아함과 위엄 그리고 훌륭한 예의바름을 보여주는 남부 사이에 찢겨진 존재로 인식했다. 그러한 것들은 피츠제럴드가 미국 역사의 분수령이라 생각하는 시민전쟁 이후 샐리 캐럴 하퍼의 감정들이 자라나는 과정을 통해 잘 드러나고 있다. 그는 샐리 캐럴 하퍼를 통해 "나는 여러 곳에 가고, 여러 사람들을 보고 싶어요. 나는 내 마음이 자라나길 바라지요. 나는 사건들이 커다란 규모로 일어나는 곳에서 살고 싶어요.”라고 피력한다. 동시에 샐리 캐럴은 남부 속에 존재하는, 이제는 사라진 화려한 영광 속에 매료되어 있다.

해리 벨라미가 남부로 와 그녀에게 결혼신청을 했을 때, 그녀는 그의 북부 도시(피츠제럴드의 세인트 폴)에서 새로운 자아와 새로운 운명을 발견할 것이라는 희망에 청혼을 받아들인다. 하지만 그녀가 발견한 북부는 거울에 비친 남부의 모습일 뿐이다. 처음 그녀의 눈에 보이는 북부는 권태로운 남부와는 달리 힘이 넘쳤고, 과거의 영광을 그대로 내재하고 있는 남부와는 달리 실용적이며 전통부재의 모습으로 비추어진다. 이러한 차이에도 불구하고, 샐리 캐럴은 북부 또한 비극적인 운명을 지니고 있다는 결론을 내리게 된다. 닳아빠져 사그라지는, 죽음이 그 손아귀를 꼭 움켜쥐고 있는 것처럼. 공격적이고, 거의 무법천지에 가까운 산업적인 북부가 귀족적인 남부와 그 오래된 관습을 파괴하고, 새로운 종류들의 인간들이 관련되고 그 자체를 파괴적으로 소멸시키는 현금지향주의 세상을 창조하고 있다. 이러한 필연적인 죽음의 구체적인 표현이 바로 얼음 궁전 그 자체이며, 얼음 궁전은 그녀의 남부 공동묘지와 물질적으로 동등한 가치를 지녔고, 오히려 그것이 그녀의 마음속에 ‘길을 잃는 두려움보다 더 깊은 공포’를 창조해낸다는 점에서 더 두렵게 만든다. 이러한 공포를 직면해서 샐리 캐럴은 북부에서 낭만적인 존재로서 스스로를 새롭게 창조해낸다는 것이 버거운 일임을 깨닫게 되고, 오히려 그 낭만적인 상상과 함께 운명적인 예감에 사로잡히게 된다. 즉, 그녀는 차가운 북부와 그곳의 사람들이 자신에게는 어울리지 않음을 깨닫고 맥없는 남부 멋쟁이에게로 서둘러 되돌아가게 된다.

<리츠 호텔만큼 큰 다이아몬드(1922)>는 피츠제럴드가 물질주의적인 사회에 대한 환상적인 해석으로 창조해낸 작품이다. 이 다이아몬드는 피츠-노먼 쿨페퍼가 몬태나에서 발견한 산 그 자체다. 조지 워싱턴과 메릴랜드 주의 창시자인 볼티모어 경의 직계후손인 쿨페퍼는 분명 미국의 전설을 계승하고 있다. 남부군 대령이었던 그는 시민전쟁이 끝난 직후 광산업에 뛰어들기 위해 버지니아의 농장을 버리고 서부로 온다. 그곳에서 다이아몬드 산을 발견한 그는 미국과 세계 시장을 통해 그 자연적인 원천으로부터 거대한 부를 창조해낸다. 실제로 이러한 그의 활동은 미국의 역사와 함께 하는데 1870년부터 1900년에 이르는 '황금광 시대' 의 증거라 할 수 있겠다. 아버지에게서 그 땅을 물려받은 브래독 워싱턴과 그의 가족들은 이제 완전히 독립적이고 자급자족적으로 살아가고 있다. 그들은 종종 자신들을 즐겁게 해줄 수 있는 손님들을 초대하는데, 이들은 워싱턴 가족의 보안을 위해 반드시 제거되어야 하는 사람들이다—이는 이 계급의 사람들에 대한 피츠제럴드의 태도를 증명해주는 은유로도 볼 수 있다. 이는 <위대한 개츠비>에서 그리고 <부잣집 소년>에서 보이는 상류사회를 통해 피츠제럴드가 재차 인급하고 있다.

또한 <리츠 호텔만큼 큰 다이아몬드>는 환상적인 면이 두드러지는 작품인데 이 작품 속에는 세 종류의 환상이 성장하고 있다. 존과 워싱턴 일가 그리고 화자 자신의 거짓된 모방이 그것인데, 우선 피츠제럴드는 존 언거를 통해 부(富)에 대한—부와 상류사회를 존경하는—미국 중류계급의 상상을 보여준다. 존 언거는 바로 '부유할수록 더 좋은 사람' 이라는 믿음을 가지고 하데스에서 세인트 마이더스 학교로 보내게 된 인물이다. 이야기가 흘러가면서 하데스는 말 그대로 중류 사회라는 지옥(Hades)을 상징하게 된다.

둘째로 작가가 표현하는 워싱턴 일가는 미국의 성공과 고귀함을 상징하는 동시에 또한 귀족 가문의 출신으로 개척을 통해 부를 이루어 낸 사람들이며 불가능한 부를 유지하고 그것을 누릴 수 있다는 몽상가들이다.

셋째로 이 이야기속의 화자는 자신의 환상을 늘어놓듯이 계속적으로 사건을 풀어나가고, 이는 마치 동화와 같이 일부러 과장되게 서술되어진다. 현실을 보여주는 듯하던 존 언거의 삶이 기묘한 서술과 함께 환상 속으로 뒤섞여 들어가고, 환상 속의 묘사 또한 비슷한 방식으로 현실처럼 서술한다. 덕분에 독자는 존 언거와 워싱턴 일가라는 두 등장인물이 마치 현실인 듯, 현실이 아닌 듯이 인식하게 되는 것이다. 이는 '이는 기적의 시대이고, 예술의 시대이고, 부절제의 시대이며 풍자의 시대이다' 라는 당 시대에 대한 피츠제럴드의 인상을 반영하는 것이라 볼 수 있다.

반면 사회적 변화 속에서의 부자들의 삶을 그린 〈오월제〉는 전형적인 진짜 피츠제럴드적인 소설이다. 이는 경고의 깃발처럼 펄럭이며 미국 사회의 심각한 긴장과 분열의 장소를 가리키고 있다. 〈오월제〉는 피츠제럴드의 자서전적인 허구 속에 자주 드러나는 인간적인 위급함과 긴장들이 섞여 있는 피츠제럴드적인 이야기의 정형화된 모습이라고도 할 수 있다. 이 이야기는 전후(戰後) 즉 1차대전 이후 '정복자들의 위대한 도시' 인 뉴욕에서 벌어진다. 뉴욕은 사회적 잔상을 구체화된 곳이며 볼티모어 호텔에서 예일 클럽, 델모니코 호텔 그리고 사회주의적 신문사와 차일드 식당에서 코모도르 호텔로 장소가 다양하게 바뀌면서 다양한 경험들이 전개되고, 장소가 바뀌고 사건들이 일어나면서, 빠르게 변화해가는 등장인물들은 점점 도덕적인 중심에서부터 멀어지게 된다. 작품 속의 부자들은 풋내기에 공허하고 가난한 이들은 무지하고 편견에 가득 찬 인물로 그려진다. 이렇게 두 가지 관점에서 보이는 세상은 '소위 미국의 화려한 사교계라 불리는 현상'에 대한 매력과 혐오라는 이중성을 드러내고 있다. 비록 〈오월제〉가 피츠제럴드의 대표작은 아닐지라도 이 작품은 미국 사회의 관계 구조의 복잡한 문제에 대한 그의 내면적인 갈등을 어떻게 풀어낼 수 있는지를 여실히 보여주는 작품이라고 할 수 있는 셈이다.

반면 〈다시 찾아온 바빌론〉의 경우, 피츠제럴드는 스스로가 이 작품을 뛰어난 단편 소설이라 평한 적이 있다. 사실 이 소설은 1930년 그가 유럽에 머무는 동안 '쉬옹'의 지하 감옥을 방문한 뒤, 어린 시절 아버지가 읽어주었던 바이런의 '쉬옹의 죄수'라는 시를 떠올리며 구상하기 시작했다고 한다. 그 뒤 6개월 후 쓰인 단편은 자유와 감금이라는 이중적인 주제를 포함한 〈다시 찾아온 쉬옹〉이란 가제가 붙었다고 한다. 하지만 성경 속의 사치와 사악의 상징인 바빌론과 찰스 웨일스가 자신의 아이를 위해 갖고 싶어하는 조용하고 적당한 가정이라는 대조된 모티브로 인해, 〈다시 찾아온 바빌론〉이라 불리게 된다. 비록 찰스 웨일스는 자신에게 양육권과 자유를 되찾을 수 있는 권리와 능력이 있다고 생각하지만, 이야기가 끝날 무렵 그에게 채워져 있는 쪽쇄가 신명하게 드러난다. 이렇게 소설 속의 바빌론은 찰리 웨일스의 방탕이 그 시대의 정신과 사건들이 일어나는 장소들처럼 분리될 수 없음을 분명하게 보여준다. 또한 우리들은 이 소설을 통해 피츠제럴드의 삶과 작품세계의 내적 그리고 외적인 슬픔을 직접 목격하고, 다시 인생을 쌓아올리기 위해 애써 노력하지만 결국은 피할 수 없는 과거에 의해 패배하고 마는 이 가공의 죄수와 그를 비교해보게 되는 것이다. 이렇게 작품은 과거는 현재를 헛되이 흐르게 하는 길임을 보여준다.

피츠제럴드의 작품들은 비록 20세기 초에 집필된 작품이지만, 지금 읽어보아도 공감되는 부분이 많이 있다. 작품들을 번역하면서, 사람들을 만나면서, 그리고 뉴스를 보면서, 어쩜 우리의 삶이 이렇게도 피츠제럴드의 작품과 많이 닮아 있을까 하는 생각을 했다. 물질에 목을 매는 사람들, 부를 쫓는 사람들, 목적 없이 방황하는 사람들 그리고 파멸의 길인 줄 알면서도 그저 걸어가는 사람들……마치 그의 작품들이 이들에게 경종을 울리고 있구나 하는 생각을 했다. 덕분에 힘들게 작업을 하는 동안에도 많은 생각을 하고, 많은 교훈을 얻을 수 있었다. 아마도 고전은 그래서 고전이라 불리는지도 모르겠다. 이 작은 책이 세상 속으로 걸어가는 동안 우리에게 깨달음을 줄 수 있는 작은 목소리가 될 수 있기를 바라며, 이만 글을 마치고자 한다.

풍납동에서,
역자 조지현 드림.

참고문헌

● F. SCOTT FITZGERALD. Babylon Revisited and Other Stories. Scribber Library Company New York:1996.

● F. SCOTT FITZGERALD. Jazz Age Stories. Penguin Books, London:1999

● Jackson R. Bryer, ed., The Short Stories of F. Scott Fitzgerald New Approaches in Criticism. The University of Wisconsin Press, 1982.

● John Kuehl. F. SCOTT FITZGERALD A study of the short fiction. Twayne Publishers, Boston:1991.

● Matthew J. Bruccoli, ed., New Essays on The Great Gatsby. Cambridge University Press, New York:1987.

피츠제럴드 단편선

초판 1쇄 인쇄일 ‖ 2008년 10월 25일
초판 1쇄 발행일 ‖ 2008년 10월 30일

지은이 ‖ F. 스콧 피츠제럴드
옮긴이 ‖ 조지현
발행처 ‖ 현대문화센타
발행인 ‖ 양장목
출판등록 ‖ 1992년 11월 19일
등록번호 ‖ 제3-448호
주소 ‖ 경기도 고양시 일산동구 백석동 1449-5
대표전화 ‖ (031)907-9690~1   팩시밀리 ‖ (031)907-9714
이메일 ‖ hdpub@hanmail.net

ISBN 978-89-7428-339-1(03840)

값 13,000원